本书为国家社科基金一般项目"春秋笔法的现代阐释"之优秀成果
（结项证书号：20111094）

由大连市人民政府资助出版

A LIBRARY OF
DOCTORAL
DISSERTATIONS
IN SOCIAL SCIENCES IN CHINA

中国
社会科学
博士论文
文库

春秋笔法论

李洲良　著

导师　傅道彬

中国社会科学出版社

图书在版编目(CIP)数据

春秋笔法论/李洲良著. —北京:中国社会科学出版社,2012.12
(2014.5 重印)
(中国社会科学博士论文文库)
ISBN 978 - 7 - 5161 - 1910 - 5

Ⅰ.①春…　Ⅱ.①李…　Ⅲ.①中国文学—古典文学研究　Ⅳ.①I206.2

中国版本图书馆 CIP 数据核字(2012)第 308063 号

出 版 人	赵剑英
责任编辑	罗　莉
责任校对	张依婧
责任印制	王　超

出　　　版	中国社会科学出版社
社　　　址	北京鼓楼西大街甲 158 号 (邮编100720)
网　　　址	http://www.csspw.cn
	中文域名:中国社科网　　010 - 64070619
发 行 部	010 - 84083685
门 市 部	010 - 84029450
经　　　销	新华书店及其他书店

印　　　刷	北京市大兴区新魏印刷厂
装　　　订	廊坊市广阳区广增装订厂
版　　　次	2012 年 12 月第 1 版
印　　　次	2014 年 5 月第 2 次印刷

开　　　本	710 × 1000　1/16
印　　　张	22.25
插　　　页	2
字　　　数	376 千字
定　　　价	66.00 元

总　序

在胡绳同志倡导和主持下，中国社会科学院组成编委会，从全国每年毕业并通过答辩的社会科学博士论文中遴选优秀者纳入《中国社会科学博士论文文库》，由中国社会科学出版社正式出版，这项工作已持续了12年。这12年所出版的论文，代表了这一时期中国社会科学各学科博士学位论文水平，较好地实现了本文库编辑出版的初衷。

编辑出版博士文库，既是培养社会科学各学科学术带头人的有效举措，又是一种重要的文化积累，很有意义。在到中国社会科学院之前，我就曾饶有兴趣地看过文库中的部分论文，到社科院以后，也一直关注和支持文库的出版。新旧世纪之交，原编委会主任胡绳同志仙逝，社科院希望我主持文库编委会的工作，我同意了。社会科学博士都是青年社会科学研究人员，青年是国家的未来，青年社科学者是我们社会科学的未来，我们有责任支持他们更快地成长。

每一个时代总有属于它们自己的问题，"问题就是时代的声音"（马克思语）。坚持理论联系实际，注意研究带全局性的战略问题，是我们党的优良传统。我希望包括博士在内的青年社会科学工作者继承和发扬这一优良传统，密切关注、深入研究21世纪初中国面临的重大时代问题。离开了时代性，脱离了社会潮流，社会科学研究的价值就要受到影响。我是鼓励青年人成名成家的，这是党的需要，国家的需要，人民的需要。但问题在于，什么是名呢？名，就是他的价值得到了社会的承认。如果没有得到社会、人民的承认，他的价值又表现在哪里呢？所以说，价值就在于对社会重大问题的回答和解决。一旦回答了时代性的重大问题，就必然会对社会产生巨大而深刻的影响，你也因此而实现了你的价值。在这方面年轻的博士有很大的优势：精力旺盛，思想敏捷，勤于学习，勇于创新。但青年学者要多向老一辈学者学习，博士尤其要很好地向导师学习，在导师的指导下，发挥自己的优势，研究重大问题，就有可能出好的成果，实现自己的价值。过去12年入选文库的论文，也说明了这一点。

什么是当前时代的重大问题呢？纵观当今世界，无外乎两种社会制度，一种是资本主义制度，一种是社会主义制度。所有的世界观问题、政治问题、理论问题都离不开对这两大制度的基本看法。对于社会主义，马克思主义者和资本主义世界的学者都有很多的研究和论述；对于资本主义，马克思主义者和资本主义世界的学者也有过很多研究和论述。面对这些众说纷纭的思潮和学说，我们应该如何认识？从基本倾向看，资本主义国家的学者、政治家论证的是资本主义的合理性和长期存在的"必然性"；中国的马克思主义者，中国的社会科学工作者，当然要向世界、向社会讲清楚，中国坚持走自己的路一定能实现现代化，中华民族一定能通过社会主义来实现全面的振兴。中国的问题只能由中国人用自己的理论来解决，让外国人来解决中国的问题，是行不通的。也许有的同志会说，马克思主义也是外来的。但是，要知道，马克思主义只是在中国化了以后才解决中国的问题的。如果没有马克思主义的普遍原理与中国革命和建设的实际相结合而形成的毛泽东思想、邓小平理论，马克思主义同样不能解决中国的问题。教条主义是不行的，东教条不行，西教条也不行，什么教条都不行。把学问、理论当教条，本身就是反科学的。

在21世纪，人类所面对的最重大的问题仍然是两大制度问题：这两大制度的前途、命运如何？资本主义会如何变化？社会主义怎么发展？中国特色的社会主义怎么发展？中国学者无论是研究资本主义，还是研究社会主义，最终总是要落脚到解决中国的现实与未来问题。我看中国的未来就是如何保持长期的稳定和发展。只要能长期稳定，就能长期发展；只要能长期发展，中国的社会主义现代化就能实现。

什么是21世纪的重大理论问题？我看还是马克思主义的发展问

题。我们的理论是为中国的发展服务的，绝不是相反。解决中国问题的关键，取决于我们能否更好地坚持和发展马克思主义，特别是发展马克思主义。不能发展马克思主义也就不能坚持马克思主义。一切不发展的、僵化的东西都是坚持不住的，也不可能坚持住。坚持马克思主义，就是要随着实践，随着社会、经济各方面的发展，不断地发展马克思主义。马克思主义没有穷尽真理，也没有包揽一切答案。它所提供给我们的，更多的是认识世界、改造世界的世界观、方法论、价值观，是立场，是方法。我们必须学会运用科学的世界观来认识社会的发展，在实践中不断地丰富和发展马克思主义，只有发展马克思主义才能真正坚持马克思主义。我们年轻的社会科学博士们要以坚持和发展马克思主义为己任，在这方面多出精品力作。我们将优先出版这种成果。

2001 年 8 月 8 日于北戴河

《春秋笔法论》序

傅道彬

　　春秋在中国历史上是一个独特的时代，春秋时代是以鲁国编年体史书《春秋》命名的，而以一部书命名一个时代这是中国历史上唯一的时代。不仅如此，《春秋》还留下了以这个时代命名的特有的历史叙述方法和文学表达方式——"春秋笔法"。

　　《左传》成公十四年谓："《春秋》之称，微而显，志而晦，婉而成章，尽而不汙，惩恶而劝善。"即谓《春秋》一书立意精微而表达明确，情感鲜明而有所回避，叙述委婉而章法有致，记载详备而不枝蔓，以此发挥历史惩治罪恶而劝勉善良的警戒作用。这虽然是《左传》作者对《春秋》称颂的话，却是中国古代历史和文学一贯的审美追求，是中国古典"中和"美学的体现。"微"与"显"、"志"与"晦"、"婉"与"成章"、"尽"与"汙"、"善"与"恶"之间，是两极，是对立。而在认识到事物的矛盾与冲突时，中国古代思想家们不是强化对立，变本加厉；而是找到相对事物之间的联系，消弭两极对立，架起沟通的桥梁，实现对立中的和谐，冲突中的平衡，从而建构中和委婉、含蓄蕴藉的美学境界。

　　"春秋笔法"是根植于古典礼乐文化传统的。周代礼乐文化的本质是协调自然与人类、个人与群体之间的关系，形成阴阳之间、天人之间、男女之间、君臣之间的相互制约又相互融合的和谐有机的世界秩序。"《易》以道阴阳"，《周易》就是以阴阳为中心，阴阳是有无、上下、天人、男女、君臣等相对事物的终极描述。而古代思想家们对于矛盾的两极，并不是以消灭对方为前提，而是承认对立，执两用中，不走极端，化解矛盾，走向融合，走向和谐。《尚书·尧典》主张艺术上的"直而温，宽而栗，刚而无虐，简而无傲"，《皋陶谟》倡导道德上的"宽而栗，柔而立，愿而恭，乱而敬，扰而毅，直而温，简而廉，刚而塞，强而义"，古代经典善于描述对立两极的存在，却不将两极推向绝对的对立，而是化干戈为玉帛，融戾气为祥和，将丰富复杂甚至彼此对立的方面化为一炉，熔铸成从政治到道德、从哲学到艺术广阔而统一的世界，表现出古典美学万川归海丰富多彩的美学气象。

"春秋笔法"是属于春秋时代的。只有理解春秋时代的文化精神，才能理解"春秋笔法"的历史成因。简单地把春秋时代描绘成礼崩乐坏是不对的，准确地说春秋时代是一个充满矛盾的文化时代，一方面是礼乐的被僭越被破坏，另一方面是礼乐文化精神的被坚持被建设。僭越的是制度层面，建设的是精神层面的。随着王官解体，史官散在四方，宫廷雍容持重的西周文明风范也走出宫廷散入民间，经过新的城邦精神的洗礼与滋养，实现了一种文化的飞跃与哲学的转折，而生成出一种新的充满活力的空灵优雅的新的文化精神。

春秋文化是以诗为核心的，《诗经》在春秋中叶结集，"诗三百"成为春秋贵族必须接受的知识教育，《风》《雅》最终从一种教育蓝本转化为春秋时代的君子人格。"诗三百"作为独特的语言流行于春秋社会，宴乐歌诗，赋诗言志，成为春秋时代独特的文化景观。以诗为核心的春秋礼乐文化造就了独特的春秋辞令，春秋辞令产生在礼乐文化的土壤上，因此其言辞表达一方面"尽而不汙"，要准确地表达情志；一方面又要委婉其词，讲求含蓄之美。这种艺术表达方式是"春秋笔法"的典型体现。《左传》僖公四年齐桓公率领诸侯之师讨伐尚在崛起中的楚国，楚人明知齐人兵临城下，兴师问罪，却佯装不知其故，谓"君处北海，寡人处南海，唯是风马牛不相及也，不虞君之涉吾地也，何故？"委婉其词中，一个"不虞"，显得不经意没准备，将精心策划的大张旗鼓的讨伐行为变成了无意间的"涉吾地"。而管仲千里兴兵，以报楚人侵伐郑国蔑视齐国霸权的罪过，意在讨伐的征战，却因楚人和颜悦色的辞令，而闪烁其词，故意大事化小，举重若轻，仅以"尔贡苞茅不入，王祭不共，无以缩酒，寡人是征。昭王南征而不复，寡人是问"，仿佛只是催交周室祭祀的一点礼品，或者是追问一段历史的旧账，一场一触即发的战争顷刻间变成了似乎无关轻重的误解，为矛盾的化解提供了可能。既要表达情志，又要收敛锋芒，没有高超的语言艺术是很难完成的。春秋辞令是对"春秋笔法"的生动诠释，春秋辞令"婉而成章"的表达方式，直接促成中国文学委婉含蓄的"隐秀"风格的形成。

"春秋笔法"是具有现代意义的。其冷静含蓄的叙述方式与委婉蕴藉的审美风格，对中国文学有着深刻的理论影响。"春秋学"是中国古代经学的重要分支，而在"春秋学"中对于《春秋》"笔法""书法""义例"的研究是其重要的内容。钱锺书先生认为所谓"春秋笔法"，"实即文章之修词"，将"春秋笔法"从"微言大义"的传统经学领域带入"史蕴诗心"的文学世界，于是自20世纪80年代开始，从文学和审美角度研究"春秋笔法"渐渐成为古典文学研究的一个重要的研究话题。

在近年来的"春秋笔法"的研究成果中，李洲良教授的"春秋笔法研究"成绩最为明显也最引人注目。洲良对"春秋笔法"的研究起源于十年前的博士论文选题，那时洲良正跟随我读先秦两汉专业的博士研究生。洲良原来的兴趣是诗学研究，并已经取得了相当可观的研究成果。但是我个人觉得博士论文恰恰应避开较为熟悉的领域，应当另辟蹊径，才能有所发现，有所创造。于是执意让洲良做关于先秦史传文学的课题，这样就有了"春秋笔法论"的题目。

而选题一旦确定，洲良就以极大的热情投入到论文的研究中。"春秋笔法"研究资料可谓汗牛充栋，从汉代开始对《春秋》的研究就代不乏人，甚至许多学者将毕生的精力都用于"《春秋》学"的研究，而所有"《春秋》学"的研究都不能回避"春秋笔法"这一基本问题。对于研究者来说，资料丰富固然是好事，而研究的难度也正在于此，前人的建树也往往使后来者的学术创新变得艰难。让我感动的是洲良知难而进，阅读经典、查找资料、访问专家，他耗费了大量的时间与精力，出色地完成了《春秋笔法论》的博士论文。论文完成后，他仍然意犹未尽，在中国社会科学院读博士后期间，又完成了《中国文学中的春秋笔法传统》的出站报告。一个课题他坚持了十年的时间，而这十年也是他个人最辛苦最忙碌的十年。十年间他经历了母亲去世、亲人患病、夫妻分居两地、女儿高考等重大事情；而这一时期他既承担着繁重的教学任务、承担着国家社科基金研究项目，还在学校先后担任了中文系教学主任、二级学院院长、社科处处长等行政职务，完成了中文本科教学评估、博士后流动站建设等工作，可以想见他承受的巨大心理压力和付出的超乎寻常的艰辛。那一时期很容易看到他的疲惫，但是一说起"春秋笔法"，他又变得宏论滔滔，兴高采烈。孔子说"知之者不如好之者，好之者不如乐之者"（《论语·雍也》），在孔子看来，无论人生追求还是学术探索，懂得不如喜好，而喜好不如快乐，最难达到的境界是乐在其中，洲良对"春秋笔法"十余年不间断的研究是达到了以此为乐的境界的。

洲良最早的一本学术著作是研究钱锺书的。钱先生治学讲求"打通"，以为"东海西海，心理攸同；南学北学，道术未裂"，认为天下学问无古今、无中西、无界限、无痕迹而又统统融化于无限广阔的历史时空中。可能受到钱锺书学术思想的影响，洲良的《春秋笔法论》也特别注意"打通"。一是贯通学科的研究视野。"春秋笔法"是一种历史叙事方法，而作者本于史学，却不局限于史学，而是将"春秋笔法"作为一种审美原则，从历史出发，延伸到经学、文学、哲学、艺术、心理等广泛的学术领域，跨越界限，不分畛域，通过"春秋笔法"，探索华夏民族共同的美学精神。二是贯通古今的历史意识。该书按照追本溯源的方式，立足《春秋》文本，挖掘内涵，而又沿波讨源，上溯商周时代甲骨文、青铜铭文的记事特点，又从《左传》《国语》等经典叙事开始，顺流而下，沿着《史记》《汉书》《三国志》《世说新语》及唐代诗文、明清小说的历史线索，寻找"春秋笔法"对隐秀含蓄的古典美学的艺术影响。该书对"春秋笔法与小说叙事"的研究，别开生面，最具典型意义。三是贯通中外的理论目光。"春秋笔法"是最富中国本土精神的理论术语，而作者在分析"春秋笔法"的理论意义时，却注意将目光从中国转移到世界，注意引进、吸纳西方叙事学和阐释学理论的研究成果，这使得该书的理论视野大为开阔。我们有理由相信，文学研究是不能忽视和弱化理论的，没有思想的批评终究是苍白的、缺少活力的。

为洲良的新作写序的时候，哈尔滨刚刚下过一场雪，瑞雪过后，天地间洋溢着洁白祥和的气象。但愿洲良的学术研究也在这辞旧迎新的季节里，能够开拓新的格局新的天地。"春秋笔法"的研究，他坚持了十年，如果以这样的努力与坚持，再换一个课题，相信会有更大的收获。

瞻彼前途，乐观其成。

2012 年 12 月 20 日于哈尔滨在宽堂

目　　录

中文摘要

　　"春秋笔法"是最富有中国本土精神的理论范畴，包括写什么（笔），不写什么（削），怎么写（"微而显，志而晦，婉而成章，尽而不汙"），写作目的是什么（"惩恶而劝善"）。本书第一次梳理出"春秋笔法"立于经学，成于史学，彰显于文学的发展轨迹，并对其由经及史、由史及文嬗变中的文学文化现象加以阐述。认为《春秋》"五例"是"春秋笔法"的基本内涵，其社会功利价值表现为惩恶劝善的思想原则与法度，其审美价值表现为微婉隐晦的修辞原则与方法。经法、史法与文法是"春秋笔法"的外延：经法求善，史法求真，文法求美。尚简用晦是"春秋笔法"的本质特征，意在追求"一字定褒贬"的美刺效果。"春秋笔法"与诗史关系，一方面是诗具史笔，即"《诗》亡然后《春秋》作"，早期的《诗》充当了"史"的角色，是"全面的社会生活"；另一方面是史蕴诗心，即"《春秋》作而《诗》未亡"，尚简用晦的"春秋笔法"是源于"诗三百"的比兴寄托手法和美刺褒贬精神在史书写作中的拓展和延伸，与赋比兴有明显的对应关系。今文家以"《春秋》无达辞"为前提，在笔削之间阐释《春秋》"微言大义"和褒贬书法，本质上是《春秋》文本与今文家之间的"视界融合"，表明《春秋》经典的可阐释性和阐释的无限性。"史迁笔法"继承孔子"春秋笔法"，从一字定褒贬的修辞层面拓展到《史记》"五体"结构、人物传记，细节叙事等方面，表现在寓论断于序事，藏美刺于互见和定褒贬于论赞等方面，成为后代史书撰写之轨范。

　　"春秋笔法"作为文学叙述方法对后代诗文、小说创作产生了重要影响。诗文方面，杜甫诗善陈时事，推见至隐，沉郁顿挫，褒贬自现的"诗史"特征，白居易讽谕诗即事作断，卒章显志和人物叙事的手法，都是对"春秋笔法"的沿用。韩柳古文在"辞令褒贬"上多采用"尽而不汙"的笔法，在"导扬讽谕"上多采用"委婉隐晦"的笔法，也得益于"春秋笔法"。"春秋笔法"对小说创作的影响表现在作者与视角、结构与寓意、修辞与技巧三个层面。作者的"微言大义"、美刺褒贬是通过叙述者的介入和叙事视角的切入来实现的，不能抛开作者来谈小说叙事，这是中国叙事学不同于西方叙事学之处。中国六大古典小说的叙事结构大致可分为"缀段式"和"网状式"两种，但都以"纪传式"为基础。这一结构特色使作家能更加自觉地运用"春秋笔法"寄寓褒贬之义。古代小说最基本的叙事手法是"春秋笔法"，表现为露珠映日、一叶知秋，草蛇灰线、绵针泥刺，曲笔回护、褒贬有度，明镜照物、妍媸毕露。总体特征是文约意丰，委婉多讽。如果把小说叙事比为大树，那么作者与视角是根，结构与寓意是干，修辞与技巧是满树的枝叶和缤纷的花朵，"春秋笔法"则贯穿其中。

儒家文化是用诗性话语来表达的。"易"之象、"诗"之兴和"史"之笔构成了儒家文化诗性话语的三种表达模式。其中易象用以寓理，诗兴用以抒情，史笔用以叙事。易象所蕴含的道理是宗教的哲学的，但表达方式是文学的象征的，《周易》以"立象尽意"的方式传达出对世界的诗意解读，易象就成为隐含《周易》易理的诗性载体；诗之兴经历了从祭祀之兴到政教之兴再到诗学之兴演变历程。祭祀之兴是隐喻是象征，政教之兴是美刺是寄托，诗学之兴是言有尽而意无穷；"史"之笔特指"春秋笔法"。《春秋》所开创的约言示义的记事方法，被《左传》《国语》《史记》等继承并发展，逐渐成为中国叙事文体的基本手法和批评范畴，形成了中国叙事文学的"春秋笔法"传统。因此，"春秋笔法"是中国叙事文学的话语表达方式，是中国叙事学的基本特征，体现了中国人的叙事智慧。

关键词：春秋笔法　属辞比事　尚简用晦　美刺褒贬　叙事话语

Abstract

Chuen-Qiou writing style is a theoretical category with the richest Chinese native spirit. It includes what to write (to compose), what not to write (to omit), how to write (to clarify clearly in few diction, to record history in a devious way, narrate tactfully but logically, explicate in a direct way) and what the writing purpose is (punishing evil-doers and encouraging good-doers). This book for the first time clarifies the progess of Chuen-Qiou writing style when developing from confucius classics, mature in history, and then reach the peak in literature. It also illustrates some literary and cultural phenomena appeared in the transition from classics to history, then to literature. The "Five Cases" in *Chuen-Qiou* prove to be the basic principles of Chuen-Qiou writing style. Its social utility value lies in the moral principles of punishing evil-doers and encouraging good-doers, and its aesthetic value lies in the rhetoric methods of being devious and indirect. Confucius classics, history and literure are the extension of Chuen-Qiou writing style. Confucius classics seek the goodness, history seeks the truth and literature seeks the beauty. Concise and indirect diction are the substantive characteristic of Chuen-Qiou writing style, to the effect of "praising or criticising with one single word". The relationship between Chuen-Qiou writing syle and poetic history is, for one thing, history is the contents of poetry, that is, *The Book of Poetry* lost favor and *Chuen-Qiou* appeared. *The Book of Poetry* in early time played the role of "history" so as to show "the panaroma of social life". For another, Poetry is the hearts of history, that is, Chuen-Qiou appeard and *The Book of Poetry* revived. Chuen-Qiou writing style, which values on concise and indirect diction, is the extension of the writing style and critical view from *The Book of Songs* into the history record, then has a clear correspondence with the wring skills of "Fu" "Bi" and "Xing". Based on the premise that "*Chuen-Qiou* has no exact explanation", Scholars in Han dynasty illustrate the Chuen-Qiou writing style of using sublime words with deep meaning, reveal their critical views in selecting and deleting information, at last reach the Horizon Verschmelzung between scholars and texts, and state the possibility of interpreting the Chuen-Qiou classics and the unlimitedness of such interpretation. Following the rhetoric aspect of Chuen-Qiou writing style to "praise or criticise with one single word", Sima Qian's style expands into the five style construction, biography, and detail narrative. through the skills of hiding praise and criticisim in different texts and showing approval amd disapproval in author's comments, it becomes the model of later history writing.

As a narrative method, Chuen-Qiou writing style had an important influence on later poetic and novel creation. In poetic creation, Du fu presents a "poetic history" by recording the current affairs with an underlying viewpoint as well as a profound and forceful tone. BaiJuyi considers the thing as it stands, narrates through the characters, illustrates the meaning at the end of texts. Both poets follow the Chuen-Qiou writing style. In essay, Han Yu and Liu Zongyuan also benefit from Chuen-Qiou writing style, their essays are rich in rhetoric but tactful in allegorization. In novel creation, the influence of Chuen-Qiou writing style is shown in three aspects: author and perspective, framework and meaning, rhetoric and skill. The difference between the Chinese and western narratives is that Chinese narrative is in close relationship with its author, all the information and viewpoints involve from the author and the narrative perspective. The framework of Chinese six classic novels can be roughly divided into two kinds, that is Episodic form and Net construction. Both are based on the historical biography, and enable the writers to employ the Chuen-Qiou writing style more consciously. The basic narrative method of ancient novels is Chuen-Qiou writing style. It intends to find big issues with small things, find truth with blurring clues; it shows conservative attitudes with hidden comments, and clear exposure of the historical facts. The general characteristic is to reach rich meanings in concise diction and ctiticism in allegory. If the narrative is compared to a tree, then the author and perspctive is the root, the framework and meaning is the trunk, and the rhetoric and skills are the leaves and flowers, with Chuen-Qiou writing style going all through.

Confucian culture is expressed with a poetic discourse. The images in *The Book of Chages*, the metaphors in *The Book of Poetry* and the writings in *The Book of Histoty* constitute the three modes of Confucian poetic discourse, in which the image is used to preach, the metaphor to express, the writings to record. The connotation of those images in *The Book of Chages* are religional and philosophical, but their languages are literary and symbolic. *The Book of Chages* carries on a poetic interpretation of the world by the way of " full meanings in images", then images become the poetic carrier of the senses of *The Book of Chages*. The metaphors in *The Book of Poetry* go through a developing progress from sacred ceremony to political civilization, then to poetics. The metaphor is a symbol in sacred ceremony, a spiritual ballast in political civilization, an all-inclusive discourse in poetics. The writings in *The Book of Histoty* refer to Chuen-Qiou writing style. Its narrative methods of showing criticism in concise diction are inherited and developed by *Tso Chuan*, *The Kuo yü*, *The Book of Histoty* and so on, become the basic narrative mehod and criticism category, and form the tradition of Chuen-Qiou writing style in chinese narrative literature. Therefore, Chuen-Qiou writing style, as a mode of discouse in narrative, is the fundenmental characteristic of Chinese narrative literature, and illustrates best the Chinese people's narrative intellegence.

Key words: Chuen-Qiou writing style, writing articles for chronicle, concise and indirect diction, kind satires view, narrative discourse

导论

关于春秋笔法研究

一　春秋笔法研究述要

"春秋笔法"或言"春秋书法""书例""义例""义法",最初属于经学命题,但对后代史学、文学产生了重大影响。经学是古代"显学",关于"春秋笔法"研究,代不乏人。从《左传》对《春秋》的称许,经孟子的阐释,到汉代儒学定于一尊后,尤其是今文家对《春秋》"微言大义"和"褒贬书例"的抉发和推演,遂确定了"春秋书法"的经学地位。在此后漫长的经学史上,春秋学作为经学的一个重要分支,自汉至清长盛不衰。而"春秋书法"作为春秋学的一项重要内容,为历代治《春秋》者所推重,自汉至清汗牛充栋的春秋学著作中,大部分著作都或多或少地论及"春秋书法"。就连不以治经学见长的明代学者张溥,在其《春秋三书》中亦有《春秋书法解》一卷。且以"书法""释例""义例"等命名的就有数十种。如汉颖容的《春秋释例》,晋杜预的《春秋释例》,唐陆淳的《春秋集传纂例》,宋刘敞的《春秋说例》、陈德宁的《公羊新例》,元黄泽的《三传义例考》,明王樵的《春秋凡例》,清方苞的《左传义法解要》、刘逢禄的《春秋公羊何氏释例》、徐经的《春秋书法凡例》(附胡氏释例)、何佩融的《春秋释例》、柳兴宗《谷梁大义述》、许桂林的《谷梁释例》、康有为的《春秋笔削大义微言考》等。且不以"书法""释例""义例"等命名的就更多了。如汉董仲舒的《春秋繁露》、何休的《春秋公羊解诂》,晋杜预的《春秋经传集解》,唐陆淳的《春秋集传辨疑》,宋孙复的《春秋尊王发微》、胡安国的《春秋传》、叶梦得的《春秋传》,元赵汸的《春秋属辞》,明徐学谟的《春秋亿》,清庄存与的

《春秋正辞》和《春秋要旨》、孔广森的《公羊通义》、陈立的《公羊义
疏》、龚自珍的《春秋决事比答问》、钟文烝的《春秋谷梁传补注》、廖平
的《谷梁古义疏》、江慎中的《春秋谷梁传条指》等,不胜枚举。问题还
不仅限于经学。在史学领域,自司马迁创造性地将"春秋笔法"运用于
《史记》写作后,便确定了"春秋笔法"的史学地位,即"史迁笔法"。
风从波靡,《汉书》《后汉书》《三国志》,乃至于后代官修史书,虽著史
风格各有不同,史才亦高下不等,但都或多或少地接受了《春秋》和
《史记》笔法的影响是毫无疑问的。魏晋以降,随着中国文学自觉时代的
到来,刘勰在《文心雕龙》开始有意识地总结儒家经传的写作特点,"春
秋笔法"虽未正式提出,但对其写作特点已作了精要的概括。所谓"褒
见一字,贵若华衮;贬在片言,诛深斧钺"。① 至唐代刘知几著《史通》
提出史家叙事"尚简""用晦"的原则后,"尚简用晦"的"春秋笔法"
遂成为经学、史学、文学共同遵奉的修辞原则。"春秋笔法"不仅在经学、
史学,也在文学领域得到了广泛运用,至清代方苞提出文章"义法"说
及刘熙载《艺概》"文概"说,则完成了"春秋笔法"向文章笔法的泛
化和总结。

　　延续古代"春秋笔法"研究,进入 20 世纪之交,有关"春秋笔法"
研究变得"热闹"起来。今文家如廖平的《谷梁古义疏》《公羊解诂十
论》,康有为的《春秋董仲舒学》《春秋笔削微言大义考》,皮锡瑞的
《经学通论》等均表现出对《春秋》"微言大义"和笔削原则的浓厚兴
趣。究其实,是由于今文经学经世致用和新变思想为当时变法图存的社会
改良主义思潮提供理论上的依据。与此同时,古文家如章太炎、刘师培等
也致力于《左传》凡例、书例研究,取得了不菲的成绩。但无论今文学
还是古文学,有关"春秋笔法"的研究,除江慎中的《春秋谷梁传条指》
带有中西兼通的学术特点外,基本上是传统学术的延续。用周予同的话
说:"就是今文学以孔子为政治家,以'六经'为孔子致治之说,所以偏
重于'微言大义',其特色为功利的,而其流弊为狂妄。古文学以孔子为
史学家,以'六经'为孔子整理古代史料之书,所以偏重于'名物训

---

① 范文澜:《文心雕龙注》,中华书局 1958 年版,第 284 页。

诂',其特色为考证的,而其流弊为烦琐。"① 20 世纪 20 年代,受五四新文化运动的影响,以儒家文化为主体的中国传统文化遭到了前所未有的批判和否定。在史学界兴起的"疑古派"思潮即古史辨运动,基本上否定了孔子作《春秋》之说,也就间接否定了"微言大义"和"春秋笔法"。"春秋笔法"研究仍停留在传统经学研究的水平上。古史辨运动对于当时的史学界树立科学的历史观念功不可没,但是许多翻案的结论,今天看来,伴随着出土文物、文献陆续被发掘、发现而不攻自破。这说明相沿已久的成说自有其流传久远的道理。

新中国成立后,1961 年周振甫分别在《新闻业务》第 10 期、第 11 期发表《春秋笔法》(上、下),从修辞学的角度对"春秋五例"的内涵和用法进行了解析,用来指导新闻写作,开启了新中国成立后国内"春秋笔法"研究的先河。但由于经学研究一直处于边缘化的地位,直到 20 世纪 70 年代中期,有关"春秋笔法"这一重要课题的研究几乎无人问津。尽管由于时代环境、思维方式、价值理念、知识结构等方面的变化和进步,"春秋笔法"研究给今人留下了相当大的研究空白,可惜没能引起学界的关注。真正开启"春秋笔法"现代阐释之先河的是当代著名学者钱锺书。他在 1979 年出版的《管锥编》著作中有关"春秋笔法"的论述是富有开创性的:

> 《春秋》之"书法",实即文章之修词。……《公羊》、《谷梁》两传阐明《春秋》美刺"微词",实吾国修词学最古之发凡起例;②
> 昔人所谓春秋"书法",正即修词学之朔,而今之考论者忽焉。③

再如对"史蕴诗心"、《春秋》"五例"、《左传》"代言"、"拟言"与戏曲、小说之关系的阐释等。他在给敏泽的一封信中说:"两汉时期最有后世影响之理论,为'春秋书法',自史而推及于文。"④ 此言当视为研究"春秋笔法"意义与价值的不易之论。可惜也未能引起学界的重视,继踵

---

① 周予同:《经学历史·序言》,皮锡瑞著,周予同注释:《经学历史》,中华书局 2004 年版。
② 钱锺书:《管锥编》,中华书局 1986 年版,第 967 页。
③ 钱锺书:《管锥编》第五册,中华书局 1986 年版,第 21 页。
④ 敏泽:《论钱学的基本精神和历史贡献》,《文学评论》1999 年第 3 期。

者为数寥寥。

从 20 世纪 80 年代至今，以"春秋笔法"为内容撰写的论文有三四百篇之多。择其要者，有敏泽的《论春秋笔法对后代文论的影响》（《社会科学战线》1985 年第 3 期）、曹顺庆的《"春秋笔法"与"微言大义"》（《北京大学学报》1997 年第 2 期）、张毅的《论"〈春秋〉笔法"》（《文艺理论研究》2001 年第 4 期）、过常宝的《"春秋笔法"与古代史官的话语权利》（《北京师范大学学报》2003 年第 4 期）、石昌渝的《春秋笔法与〈红楼梦〉的叙事方略》（《红楼梦学刊》2004 年第 1 期）、肖锋博士的《百年"春秋笔法"研究述评》（《文学评论》2006 年第 2 期）、张金梅博士的《近三十年来国内外"〈春秋〉笔法"的研究回顾与展望》（《兰州学刊》2006 年第 8 期）等①。敏泽受钱锺书先生的启发，第一次较为全面地探讨了"春秋笔法"对中国古代文论的影响；曹顺庆从构建中国当代文论话语系统的战略高度出发，探讨了发掘整理中国古代文论资源的重要意义，并在此基础上分析了"春秋笔法"与"微言大义"在话语表达方式上的中国特色；张毅指出"春秋笔法"不仅指记事和修辞书写方法，也包括寓含是非褒贬的"微言大义"，虽属于经学命题，但对中国古代文学创作和文学批评的影响，绝不在许多纯文学命题之下；过常宝认为"春秋笔法"是在天命支持下的史官话语权利，并对"常事不书""隐而不书"和"一字褒贬说"等进行了具体的论证；石昌渝认为史传叙事对后世影响最大的莫过于"春秋笔法"，"春秋笔法"不仅影响着史传、小说，至今还影响着中国人的表达方式；肖锋和张金梅两位博士撰写的两篇研究综述则分别以百年和近三十年为时段，从经学、史学、文学、新闻学等学科对"春秋笔法"研究进行了回顾与前瞻。此外就是笔者先后在《文学评论》《文学遗产》《国学研究》《中华文史论丛》《河北学刊》《求是学刊》《北方论丛》等期刊发表的 10 余篇有关"春秋笔法"的系列论文，其中多篇论文被《中国社会科学文摘》、《中国文学年鉴》、中国人民大学复印报刊资料《中国古代、近代文学研究》等转载。

现有多部经学、史学、文学著作都提到"春秋笔法"问题，如钱穆

---

① 另有论述《史记》笔法、方苞"义法"多篇，如张大可的《史记体制义例简论》（《兰州大学学报》1983 年第 6 期）、赵生群的《〈史记〉书法论》（见《〈史记〉文献学小稿》江苏古籍出版社 2000 年版，第 258 页）、王镇远的《论方苞"义法"说》（《江淮论坛》1984 年第 1 期）等。

《国学概论》（商务印书馆 1997 年版），沈玉成、刘宁《春秋左传学史稿》（江苏古籍出版社 1992 年版），夏传才《十三经概论》（天津人民出版社 1998 年版），赵生群《春秋经传研究》（上海古籍出版社 2000 年版），严正《五经哲学及其文化学的阐释》（齐鲁书社 2001 年版），葛剑雄等《历史学是什么》（北京大学出版社 2002 年版），袁行霈主编《中国文学史》（高等教育出版社 1998 年版），郭预衡主编《中国古代文学史长编》（首都师范大学出版社 2002 年版），冯天瑜《中华元典精神》（武汉大学出版社 2006 年版）等。但介绍的多，论述的少，辟专章详加阐述的也为数寥寥，直到 2002 年，台北五南图书出版股份有限公司出版了台湾成功大学张高评的《春秋书法与左传学史》，才打破这一局面。该书是目前"春秋笔法"研究的第一部专著。张高评秉承传统学术与方法，治《左传》与宋诗颇多建树，其论著精审细微，考论相长，自成风格。该书由 10 篇相对独立的论文组成，其中《左传》研究 3 篇：《〈左传〉学研究之现状与倾向》《〈左传〉据事直书与以史传经》《〈左传〉预言之基型与作用》；《史记》1 篇：《〈史记〉笔法与〈春秋〉书法》；宋代诗学 1 篇：《〈春秋〉书法与宋代诗学——以诗话笔记为例》；左传学史 5 篇：《黄泽论〈春秋〉书法——〈春秋师说〉初探》《高攀龙〈春秋孔义〉之解经方式》《高攀龙〈春秋孔义〉之取义研究》《方苞义法与〈春秋〉书法》《焦循〈春秋左传补疏〉刍议》。张氏撰此书，欲"详人之所略，异人之所同，重人之所轻，而忽人之所谨"。① 如作者提出"《左传》所揭示《春秋》五例中，前三例所谓'微婉显晦'之书法，实即《春秋》书法中之'微言'，最可与比兴思维相互发明。"② 此正见出作者之创意。此外，海外"春秋笔法"研究值得一提的还有法国学者弗朗索瓦·于连的《迂回与进入》一书。该书开宗明义："我们对正面接近世界已习以为常。然而，从迂回的接近中，我们可以获得什么好处？换句话说，迂回何以提供进入？"③ 表明作者在本书探讨的是中国文化如何通过"迂回"的话语表达方式表达丰富的不便直言的文化内涵。该书不是研究"春秋笔法"的专著，但在论及"春秋笔法"时颇有见地："所谓春秋笔法是'微而

---

① 张高评：《春秋书法与左传学史》，台北五南图书出版股份有限公司 2002 年版，见封底。
② 同上书，第 120 页。
③ ［法］弗朗索瓦·于连：《迂回与进入》，生活·读书·新知三联书店 2003 年版，第 1 页。

显'，'志而晦'，'婉而辩'（昭公三十一年）。在隐与显两极之间，二者分量相等，保持平衡。'晦'与'明'共分秋色，但又互相补偿：明暗交接使色彩趋淡，晦暗的明亮使人猜测。这种笔法不是秘藏不露，也不是透明的；作家实际上是向所有人表达，但所用的方式是有保留的：因为正是在这二者之间、即隐约显示这种笔法的地方，意义可能受到重视，同时一方很谨慎地形成。"① 简言之，在作者看来，"春秋笔法"就是以迂回的方式进入话语世界的表达方法。

近年来，以"春秋笔法"作为博士论文和博士后工作报告选题的有 4篇，依次为笔者的《春秋笔法论》（哈尔滨师范大学博士论文，2003年）、肖锋博士的《"春秋笔法"的修辞学研究》（中国社会科学院博士论文，2006 年）、张金梅博士的《"〈春秋〉笔法"与中国文论》（四川大学博士论文，2007 年）和笔者的《中国文学中的春秋笔法传统》（中国社会科学院博士后研究工作报告，2008 年）。笔者的博士论文分别从流变论、范畴论、诗史论、经学论、史学论、话语论等多角度第一次对"春秋笔法"的渊源流变、内涵外延以及在经学、史学、文学中的表现进行了系统的研讨；笔者的博士后工作报告则从叙事论角度阐述了"春秋笔法"在中国古代小说叙事中的作用。指出，如果说中国文学的抒情传统以比兴手法为代表的话，那么"春秋笔法"则体现出中国文学的叙事传统；肖锋的博士论文在回顾百年"春秋笔法"研究历史的基础上，从"三体""五例"等方面对传统经学意义上的"春秋笔法"进行了修辞学研究，对"春秋笔法"与"微言大义"的关系以及"春秋笔法"与中国古代思维方式进行了探讨；张金梅的博士论文从构建中国文论话语系统的当代意识出发，探讨了"春秋笔法"的文化内涵，"春秋笔法"在构建中国文论话语和文学批评系统中的作用，以及在现代生活中的意义和价值。这些著作填补了大陆没有"春秋笔法"研究专著的空白。

二　春秋笔法研究前瞻

通过对以上研究论文、著作的评介不难看出，"春秋笔法"看似一个

---

① ［法］弗朗索瓦·于连：《迂回与进入》，生活·读书·新知三联书店 2003 年版，第 109页。

语词，却连接着经学、史学、文学、修辞学、新闻学等多个学科，体现了中国人的思维方式和话语模式，在中国文化史上的重要性是不言而喻的。尽管已取得了阶段性成果，但是目前学界对"春秋笔法"的研究仍显得很薄弱，需要拓深拓宽的领域还很多。张高评在《〈左传〉学研究现状与趋向》一文中拟出 13 个值得开拓的《左传》学研究专题：

> 一、《左传》之史笔与诗笔；二、《左传》书法与修辞学；三、《左传》之叙战研究；四、《左传》之外交辞令文学研究；五、《左传》之形象塑造研究；六、《左传》与《史记》义法之比较；七、《左传》书法与桐城义法；八、《左传》义法与《西厢记》笔法；九、《左传》评点学研究；十、《左传》之文学价值；十一、《左传》"君子曰"之文学研究；十二、《左传》之文艺观念；十三、"左氏浮夸"研究。①

从中可以看出与"《左传》笔法"相关的研究专题就有 9 个。在《春秋经传研究选题举例》一文中，张高评又拟出《春秋》经传研究选题 114 个。经笔者整理，其中与"春秋笔法"研究及其相关内容联系紧密的有如下选题：

1. 《春秋》学中"春秋笔法"研究选题

（1）《春秋》书法与修辞学；（2）《春秋》书法与诗学话；（3）《春秋》书法与比兴之旨；（4）《三传》解经与经典阐释学；（5）《春秋》书法与语言诠释学；（6）属辞比事与《春秋》之教；（7）微言大义与《春秋》笔削；（8）《春秋》之直书与曲笔；（9）司马迁《史记》与《春秋》书法；（10）《春秋》书法与文学评论；（11）"赵盾弑其君"书法研究；（12）《春秋》书法与叙事学；（13）史家笔法与《春秋》书法；（14）《春秋》书法与语法学；（15）事文义之会通与《春秋》学研究；（16）《新五代史》与《春秋》义例；（17）《春秋》经传与传统思维方式；（18）《春秋》三传属辞考异；（19）《春秋》三传比事考异。

2. 《左传》学中有关"春秋笔法"研究选题

（1）《左传》"以史传经"研究；（2）《左传》"寓论断于叙事"研究；（3）《左传》之史笔与诗笔；（4）《左传》叙事与《春秋》五例；

---

① 张高评：《春秋书法与左传学史》，台北五南图书出版股份有限公司 2002 年版，第 9 页。

（5）《左传》叙事与《春秋》书法；（6）《左传》"藉言纪事"研究；（7）《史记》《左传》义法之比较；（8）《左传》义法与唐宋八大家古文；（9）《左传》义法与《西厢记》笔法；（10）《左传》书法与桐城义法；（11）《左传》编年与义法；（12）《左传》属辞比事研究；（13）《左传》叙事要法阐说。

3.《公羊》学中有关"春秋笔法"研究选题

（1）微言大义与《公羊》学；（2）讳言讳书与《公羊》义例；（3）《公羊》义例与《春秋》书法；（4）《公羊春秋》比事研究；（5）《公羊传》之属辞研究；（6）《春秋繁露》属辞研究；（7）《公羊解诂》之属辞研究；（8）《公羊》家法示例；（9）《公羊》解经与经典诠释学；（10）经义史例之会通研究；（11）《公羊传》"以义解经"研究；（12）《公羊传》属辞与《春秋》书法；（13）《公羊传》之属辞与修辞学；（14）《公羊传》之属辞与语言学；（15）《公羊传》之义例与训诂学。

4.《谷梁》学中有关"春秋笔法"研究选题

（1）《谷梁传》之叙事研究；（2）《谷梁传》"以义传经"研究；（3）《谷梁传》之义例研究；（4）"微言大义"与《谷梁》学；（5）《春秋》书法与《谷梁》学；（6）《公羊》《谷梁》比义；（7）《谷梁传》与训诂学；（8）《谷梁传》与语义学；（9）《春秋》三传叙事考异；（10）《谷梁传》之属辞研究；（11）《谷梁传》之讳书研究。①

上述 58 个研究专题虽有局部交叉重复之处，但仍可以看出张高评治《春秋》学和"春秋书法"之细致、广博。照此类推，笔者还可以拈出多个有关"春秋笔法"的研究专题，如"春秋笔法"范畴研究，"春秋笔法"与叙事诗法，"春秋笔法"与杜诗史笔，"春秋笔法"与八股文法，"春秋笔法"与反讽叙事，"春秋笔法"与经学阐释学，等等。但笔者以为，当前"春秋笔法"研究最迫切需要研究的是有关"春秋笔法"的综合研究，且代表了"春秋笔法"研究的未来发展趋势。比如说"春秋笔法"渊源与流变问题，它是如何由经及史、由史及文的？"春秋笔法"范畴仅仅是经学意义上的吗？该不该有史学、文学意义上的范畴？诗史关系因"春秋笔法"的介入是否可以重新加以阐释？今文家阐释"微言大义"有什么特点？史迁笔法又怎样发展了"春秋笔法"？中国叙事学只是照搬

---

① 参见《南京师范大学文学院学报》2004 年第 2 期。

西方的叙事理论加中国文献就能建立起来吗？"春秋笔法"作为中国式话语能否走向世界成为世界范围内的话语表达方式？凡此种种，都是需要认真加以研讨的内容。

三 春秋笔法研究的意义和方法

重建中国文论话语系统，是当代中国文论界的一项具有战略意义的学术工程。在未来多元化的世界文化格局中，我们能否克服中国文论的失语症，建立一套自己的（而非从西方借用的）文论话语系统，是 21 世纪中国文化与文论能否自立于世界学术之林并为世界学术文化作出贡献的关键问题。要想重建中国文论话语系统，则必须首先整理中国古代文化与文论话语系统，从古代文论范畴入手，进而探讨中国文论的发展规律和话语表达模式，是中国文论走向现代、走向世界的必然选择。[①]

从"春秋笔法"范畴入手，进而探讨其发展演变进程和话语表达模式，对于重建当代中国文论话语系统，对于建构中国史传文学批评理论尤其是中国叙事学理论，都是有意义的探讨。

"春秋笔法"是一个古老而又鲜活的话语表达方式。就其古老而言，它是中国传统儒家经典固有的话语权利和话语模式，旨在通过"书"与"不书"、"何以书"与"如何书"含蓄隐约地表达对历史人物和事件褒贬态度，而评价的标准则是儒家的伦理价值观念。在《春秋》一书中是以孔子志在恢复"周礼"为核心的"礼义"观念为标准，用司马迁的话说，"故《春秋》者，礼义之大宗也"。[②] 至汉代，《春秋》同其他儒家典籍被奉为经典，"春秋笔法"与"微言大义"不仅成为汉代经学思想体系中的重要范畴，而且《春秋》要义还广泛地运用到司法领域成为分析案情、认定犯罪的依据，即"春秋决狱"，又称为"引经断狱"；就其鲜活而言，"春秋笔法"由经及史，由史及文的历史嬗变，发展至今仍活跃在政治话语、外交话语、新闻话语、文学话语乃至在日常话语中。当我们每天浏览报纸、观看"新闻联播""焦点访谈""东方时空"等时事类节目时，不仅仅在了解事情的真相，还能从事实的叙事中体会到讲述者（叙

---

① 曹顺庆：《"春秋笔法"与"微言大义"》，《北京大学学报》1997 年第 2 期。

② 司马迁：《史记·太史公自序》，中华书局 1959 年版，第 3298 页。

述者）的价值判断。也就是说"春秋笔法"穿透了历史的尘封，在现代社会生活中仍具有旺盛的生命力。通过"春秋笔法"的系统研究与阐释，不仅可以弥补该领域研究之不足，更为古代文论话语的现代转换提供尝试性探索，也是克服当前中国文论"失语症"的必然选择。

众所周知，新中国成立以来，在相当长的时期里中国文论在体系建构上主要是照搬苏联模式，自己本民族的传统文论研究几乎陷于停滞，甚至倒退。"新时期"以来，中国文论研究有了长足的发展和进步。改革开放的大环境带来了中国学术的新气象、新格局，西方的各种思想、学说、流派如潮水般涌进了开启的国门。新理论、新方法、新名词的确开阔了中国学人的学术视野，为中国学界注入了新的活力。但是，当下一个不能不令人忧虑的问题是，伴随着中国经济的迅速崛起，迫切需要建立起与之相适应的中国式的话语体系，这是时代的要求和呼声。但在学术界，中国声音、中国话语还远没能达到与中国经济实力相匹配的地位。因此，回归传统，以当代的知识体系和学术视角对古典重新发掘、梳理、阐释，将古典赋予新的生命和意义，进而构建中国学术的当代话语，已成为学界有识之士共同努力的方向。"春秋笔法"作为个案研究应站在重构中国文论话语体系的高度，并以此为路径为指向展开研究。

"春秋笔法"研究有利于建立中国史传文学批评体系，尤其是中国叙事学理论体系。自张隆溪在1983年《读书》第11期首次将西方叙事学（Narrotology）介绍到中国以来，形成了中国叙事学研究的持续热潮。主要学者有杨义、申丹、罗钢、赵毅衡、石昌渝、董乃斌、傅修延、徐岱、赵炎秋、高小康、王平等。近年，江西社科院还成立了"中国叙事学研究中心"，先后出版四辑《叙事丛刊》。伴随着建立中国意义上的叙事学体系的呼声越来越高，应声而作的学术著作相继出现①，表明当前叙事学

---

① 在20世纪90年代就有学者致力于中国叙事学研究，这方面的代表作主要是杨义的《中国叙事学》、美国学者浦安迪的《中国叙事学》。近年出版的两部叙事学著作值得注意。其中赵炎秋主编的《中国古代叙事思想研究》（三卷本，湖南师范大学出版社2011年4月版）明确提出"建立中国本土叙事理论"（代序）的主张，并对中国古代先秦至明清近代的代表性作家和文本的叙事思想进行了探讨；董乃斌主编的《中国文学叙事传统研究》（中华书局2012年3月版）提出建构与中国文学抒情传统并行互动的叙事传统的主张，力主中国文学史有叙事传统，并从汉字构型与古人叙事思维出发，对古文论、史书叙事及诗词文赋戏曲小说等叙事个案进行了深入分析。他坦言："深潜于我国丰富的历史文库，仅就叙事传统而言，我们可做的题目实在太多。"见该书第23页。

研究已由介绍引进、消化吸收到融会贯通的新阶段，构建中国叙事学体系的自觉时代已经到来。但是，从总体上看，还是未能摆脱西方叙事理论框架加中国文献资料的写作模式。而长期延续这种写作模式，对于建立中国叙事学理论体系是十分不利的。以"春秋笔法"为核心的中国叙事研究有可能改变这一状况，以中国的叙事理论研究中国的叙事文本，或将有助于推动中国叙事学的建立和发展。

关于"春秋笔法"的研究方法，笔者以为，可以在传统考据学的基础上运用还原批评、阐释学和叙事学等方法，打通经学、史学与文学间的壁垒，进行跨学科的综合研究。

要对"春秋笔法"进行现代意义上的理论阐释，那么首先就应把"春秋笔法"还原到它产生的起始点上，考察它在起始点上是怎样形成的，具备怎样的功能。要考察其怎样发展流变的，并梳理其发展脉络。中国古代的理论范畴总是随着时代的发展，语境的变化而发生变化，通常缺乏像西方哲学美学那样有一个比较明确的内涵，这就给梳理工作带来了很大的难度，越是溯源难度越大，但这是必须做的基础性工作。结合春秋时代的社会变革和史官角色的转型，结合今文经学家和古文经学家对"春秋笔法"的阐释，笔者发现"春秋笔法"并非像当代辞海、字典所描述的那样简单，仅仅是用笔曲折而意含褒贬的修辞手法。从源头上看，"春秋笔法"包含着"写什么"（笔）、"不写什么"（削）、"怎么写"（微而显、志而晦、婉而成章、尽而不汙）、"写的目的是什么"（惩恶而劝善）等内容，这就不仅仅是通常意义所说的修辞手法问题，而涉及作者在整部作品所要表达或寄托的美刺褒贬问题、结构安排问题、事件因果逻辑关系问题和人与人之间错综复杂关系问题。简言之，"春秋笔法"说的是文章的根本写法问题，此其一。

其二，通过溯源，不难发现今文经学家在阐释《春秋》时特别注意发掘《春秋》里的"微言大义"，通过归纳总结《春秋》记录历史事实的书写体例发掘书中的圣人之志。也就是说今文家阐释《春秋》不仅重视书中的历史叙事，更重视历史叙事的背后所隐藏的"微言大义"。经学家把孔子的《春秋》作为政治经典来解读，由于热衷于"微言大义"的阐发，导致对《春秋》文本的"过度阐释"，则不免为后人所诟病。但通过发掘《春秋》的"微言大义"为当朝者提供治国之策或为治国提供理论依据，则是今文经学家治《春秋》的主要动机。同时，重视深层叙事结构文化内涵挖掘的思维方法也道出了中国阐释学和叙事学的基本特色。

其三，由上述两点，则不难推导出"春秋笔法"与"微言大义"是一而二，二而一，相互依存不可分割的整体，如鸟之双翼，剪之并刃。"春秋笔法"是含有"微言大义"的"春秋笔法"；"微言大义"是带有"春秋笔法"的"微言大义"。在中国古代似乎没有哪一个范畴能把内容与形式结合得这样紧密。如果套用英国学者克莱夫·贝尔在他的名著《艺术》一书中最经典的话来概括，"春秋笔法"是"有意味的形式"，"微言大义"是"有形式的意味"。

其四，"春秋笔法"在不同类别的叙事文本中有不同的"微言大义"。在儒家经典文本《春秋》中"春秋笔法"所蕴含的"微言大义"是圣人之志；在史书文本中"春秋笔法"所蕴含的"微言大义"是史官之意；在文学文本中"春秋笔法"所蕴含的"微言大义"是作家之褒贬。当然，这种划分只是相对而言，在具体书写过程中，正名思想、大一统思想、尊王攘夷、尊尊亲亲等经学观念对史官记史和作家叙事都产生了深远的影响，甚至左右史家和作家的是非判断和价值取向。换句话说，经学思想作为占统治地位的思想，不可能不对史官、作家产生或深或浅或多或少或明或暗的影响。

在对"春秋笔法"作还原批评和现代阐释的基础上，再探讨它在中国文学传统中尤其在叙事文学传统中的地位和作用，便豁然开朗了。笔者认为，如果说中国文学有一个以比兴手法为特点的抒情传统，那么也存在着一个以"春秋笔法"为特色的叙事传统。"春秋笔法"在叙事文学中的地位相当于比兴手法在抒情文学中的地位。"春秋笔法"是中国叙事学有别于西方叙事学的主要范畴和基本特征，在史传和小说叙事中尤为突出。只不过这一重要问题在过去没有得到应有的重视和研究。同时，在研究方法上，本书也适当地借鉴了西方阐释学、叙事学以及后现代史学的理论和方法，但决不赶时髦，并始终坚持立足于"春秋笔法"的相关文献，打通经学、史学与文学间的阻障，梳理其渊源、流变，挖掘其内涵、外延，在文本细读的基础上展开研究。

总之，"春秋笔法"看似一个语词，却是中国独有的理论范畴。涉及中国古代经学、史学与文学等多个领域，涉及传统儒家"尊尊亲亲、贤贤贱不肖"的伦理观念和"大一统"的价值取向，涉及史官载笔实录与沟通古今的记史原则、方法，涉及作家俯仰时事寄托褒贬的艺术手法，涉及中国人尚简用晦的思维方式和约言示义的话语模式。它体现了中国人的叙事智慧，也是中国式话语对世界话语表达方式的贡献。

第一章

春秋笔法考辨

> 史之大原，本乎《春秋》。《春秋》之义昭乎笔削，笔削之义，不仅事具始末，文成规矩已也。以夫子"义则窃取"之旨观之，固将纲纪天人，推明大道。
>
> ——章学诚《文史通义》第五

"春秋笔法"或言"春秋书法""春秋义法""义例""书例"，是汉儒阐释孔子所修《春秋》①一书最重要的经学范畴之一。这一理论范畴由经入史、由史及文，对中国文学创作与批评乃至中国文化诗性话语的建构，都产生了十分深远的影响。要探讨"春秋笔法"对中国文学乃至中国文化的影响，首先应梳理"春秋笔法"这一范畴的渊源与形成，流变

---

① 《春秋》的作者，历来以为是孔子，极少异说，此说最早见于《孟子》，后得到《公羊传》的作者和司马迁的认同，风靡波从，遂成定说，自唐刘知几著《史通·惑经》对孔子作《春秋》第一次提出疑问，后北宋王安石斥《春秋》为"断烂朝报"之作，与孔子无关。明代的徐学谟在《春秋亿》中认为《春秋》乃旧史，本有缺文，并非孔子笔削。但历代学者大都承认《春秋》是孔子据鲁史笔削而成。至近代，受五四运动和疑古思潮的影响，非孔子作《春秋》说被正式提出，主要著作有钱玄同的《春秋左氏考证书后》、顾颉刚的《春秋三传及国语之综合研究》、曹聚仁的《中国学术思想史随笔》、杨伯峻的《春秋左传注·前言》等。同时认同孔子作（修）《春秋》的著作则以范文澜的《中国通史》、匡亚明的《孔子评传》、钱穆的《两汉经学今古文平议》、白寿彝的《中国史学史》、卫聚贤的《古史研究》等为代表。笔者认为，在缺乏新的材料（诸如新的出土文献等）足以否定传统说法或者找不出否定这一传统说法的铁证之前，维持相沿已久的成说或保留成说不失为一种审慎而明智态度。因此，笔者倾向于孔子作（修）《春秋》说，至于详细考辨则不在本书范围之内，且古今学者辨之甚详，兹不赘言。

与整合。

一　春秋笔法的渊源与形成

（一）渊源

广义地讲，春秋笔法系史家著史所遵循的原则与方法。只要是史家写史则不可避免地要遵循一定的原则与方法。因此，"春秋笔法"虽始于孔子之作《春秋》，但此前史官著史亦不可无例、无法。所以，欲穷"春秋笔法"之渊源当上溯古代的史官乃至于巫官。

刘知几《史通·史官建置》云："盖史之建官，其来尚矣。昔轩辕受命，仓颉、沮诵实居其职。"[1] 马端临《文献通考》卷五十一亦云："史官肇自黄帝有之，自后显者，夏太史终古，商太史高势。"[2] 这些据传说记载下来并不可信的史官其实就是由巫官充当的。何谓巫？《国语·楚语下》云：

> 古者民神不杂，民之精爽不携贰者，而又能齐肃衷正，其智慧上下比义，其圣能兴远宣朗，其明能光照之，其聪能听彻之，如是则明神降之。在男曰觋，在女曰巫。[3]

古代的巫是沟通天地、神人之间关系的唯一人，既能占卜吉凶，又能行医治病，既知天文、地理，又通历史、博物，其神情专注不二，恭敬中正，其智慧使天地上下各得其宜，其圣明能流播广远，耳聪目明，洞察一切，非人群中之杰出者不能担当此任。进入奴隶社会后，尤其是殷商社会具有浓厚的宗教迷信观念，统治者为维护其统治，大力神化祖先，崇拜鬼神，因而，巫官享有崇高地位。《史记·封禅书》云："至帝太戊，有桑谷生于廷，一暮大拱，惧。伊陟曰：'妖不胜德。'太戊修德，桑谷死。伊陟赞巫咸，巫咸之兴自此始。"巫咸是殷臣，是现知最早的一个著名的巫官。[4]

---

[1]　浦起龙：《史通通释》，上海古籍出版社 2009 年版，第 281 页。

[2]　马端临：《文献通考》卷五十一，中华书局 1986 年版，第 466 页。

[3]　徐元诰：《国语集解》，中华书局 2002 年版，第 512—513 页。

[4]　袁行霈：《山海经初探》，《中华文史论丛》1979 年第 3 辑。

　　从现存文献看，殷商时代是巫官文化的繁荣期，至西周则开始了由巫官向史官文化的转变。《礼记·表记》云："殷人尊神，率民以事神，先鬼而后礼"。殷商甲骨卜辞中，以卜问有关自然神祇和祖先祭祀的内容为最，卜问者由巫史来充当，有尹、多尹、卜某、工、多工、我工、史、大史、吏、大吏等。这些巫史大都履行敬天、事神、祭祖的职能，因而卜辞在简练的行文中呈现出庄重、神秘以至神圣化的特点。例如《甲骨文合集》10405 版反面有一段著名的"出虹"记载：

　　　　王占曰：有祟！八日庚戌有各云自东，宦母。昃，亦有出虹自北，饮于河。（时王视兆以后认为：有灾祸出现！占卜以后的第八天庚戌日，从东方涌来一片乌云，天空东北方阴暗了下来。太阳偏西的时候，从北方上空也出现了虹——龙吸水，在黄河里饮水。）①

将雨后"出虹"的自然现象描述得那样瑰丽神奇，却充满了大祸临头的恐惧感，真是不可思议的想象！由于将自然神化，巫史即使观照自然胜景也无法具有审美的眼光。

　　西周时期，巫史职能开始由敬天事神向事鬼神而近人事的转变。《礼记·表记》云："周人尊礼尚施，事鬼敬神而远之，近人而忠焉。"周代史官渐从殷商的巫官中分流出来，尽管不可能完全割断与巫的联系，但总体上靠近人事，并开始关注现实。《周礼·春官·宗伯》记载当时的史官有大史、小史、内史、外史、御史等，《礼记·玉藻》亦云："动则左史书之，言则右史书之。"都可见出史官重人事的特点。1976 年在陕西扶风出土的 103 件青铜器，是微史家族从周初到西周末年所传之各种礼器。其中最重要的一器是铭文长达 284 字的史墙盘。该铭文叙述西周文武成康昭穆的事迹及史墙自己列代祖先的功业。史墙时代当在共、懿之世，史墙盘当作于共王时②。据李学勤的释文，许倬云加以疏通，其大意如下：

　　　　当初文王的政治得到普遍的拥护，上帝降命赐德，文王拥有天下万邦。武王开疆辟土，征伐四方，击败了殷人，不必惧怕北方狄人，

---

① 李圃：《甲骨文选注》，上海古籍出版社 1989 年版，第 235 页。
② 周原考古队：《陕西扶风庄白一号西周铜器窖藏发掘简报》，《文物》1979 年第 3 期。

也得以征伐东方的夷人。成王时代则有刚直的大臣辅政，康王继续成王的事业，整理疆土。昭王南征荆楚，穆王也遵守教训。当时的天子（大约是周共王）能继文武的功烈，国家安定，天子长寿，厚福丰年，长承神佑。微氏的高祖原居于微，在武王既伐之后，微文烈祖始来归顺武王，武王命令周公把他安置于周人本土。乙祖仕周为心腹大臣。第三代亚祖祖辛教育子孙成材，子孙也多昌盛。史墙的父亲乙公努力经营农业，为人孝友。史墙自己也持守福泽，长受庇佑。①

这是一篇典型的"铭者自名"的文章。何谓"铭者自名"？《礼记·祭统》云："夫鼎有铭，铭者，自名也，自名以称扬其先祖之美，而明著之后者也。为先祖者，莫不有美焉，莫不有恶焉。铭之义，称美而不称恶。此孝子孝孙之心也。唯贤者能之。铭者，论撰其先祖之存德善、功烈、勋劳、庆赏、声名，列于天下，而酌之祭器，自成其名焉，以祀其先祖者也。"② 由此可见，由殷商甲骨卜辞发展到西周铜器铭文③。在由敬天事神向事鬼神而近人事转变的大背景下，还有以下几种现象值得注意：其一，史的叙事样态出现了。何谓"史"？《说文解字》："㕜，记事者也，从又持中。中，正也。"尽管对"从又持中"的"中"字，古今学者有不同的解说，④ 但史官以"记事"为其职能则是一致的看法。"从又持中"的"㕜"字在甲骨文中业已出现，但这种求神问卜的宗教话语显然不属于通常意义下的史的叙事样态。至西周，以史墙盘铭为代表的青铜铭文的出现，则意味着史的叙事样态初见雏形。史墙盘铭文以颂扬西周开国君王之文治武功始，又以炫耀自己家族的兴旺发达终，属于"有国才有家"的写法，且层次清楚，行文洒脱，非有较高文化修养者不能道。许倬云据史墙的祖先中三位用乙辛为名号，与殷商风俗相同，判断微氏为殷臣。"大

---

① 许倬云：《西周史》，生活·读书·新知三联书店 2001 年版，第 117 页。

② 王文锦：《礼记译解》（下）中华书局 2001 年版，第 723 页。

③ 郭沫若认为，中国的青铜时代，"上起殷末，下逮秦、汉，有周一代正是青铜器时代的极盛期"。见《中国古代社会研究》，《郭沫若全集》历史编第 1 卷，人民出版社 1982 年版，第 252 页。

④ 见来新夏等人的《中国古代图书事业史》："'史'象征右手持物，但所持何物则自来有不同的解释。清江永谓：'凡官府书谓之中'；吴大澄谓：'象手执简形'；王国维解释为'盛算之器'；马叙伦谓为笔；陈梦家谓为田猎之网；劳干谓是弓钻，为钻灼卜骨之用。这些解释虽不同，但有一共同点，即'中'必与文字记录有关。"上海人民出版社 1990 年版，第 14 页。

约微史的祖先即是商人的史官，归顺周武王之后，属于‘殷士肤敏’之列，继续为周室担任史官的职务。"① 因此，史墙能写出上述文字便在情理之中了。其二，既然是赞美历代君王的文治武功，称颂列祖列宗的功业德行，那么，溢美之辞难免，隐恶之心必存。也就是说，出于歌功颂德的政治功利目的，铭文的叙述，就其大节而言，其真实性是可信的，但在真实程度上或某个关键细节上的叙述未必就是百分之百的真实。况且，"铭之义，称美而不称恶，此孝子孝孙之心也。唯贤者能之。"《礼记》的这番训诰让我们知道，铭文的叙述者可以堂而皇之地美化其祖先的功德，同时，也可以理所当然地为祖先有过不那么光彩的行为或不足为外人道的事例进行堂而皇之的遮掩。且看史墙铭文叙微氏归周一节：

> 青幽高祖，甲散（微）霝处（祖处，鱼韵）。霎武王既戈殷，散史（使）剌（烈）祖逪来见武王，武王则令（命）周公舍圕于周，卑（俾）处闶。②

从文字表面看，武王克商后，微史烈祖主动归顺了周朝，但或许是烈祖被迫归顺周朝更符合历史事实。如前所述，微氏家族世为殷臣，世受殷恩。徐中舒甚至认为微氏高祖即是殷三仁之一的微子③。那么，武王伐纣、灭商之后，微史烈祖才"来见武王"，是主动地"弃暗投明"，寻求正果，心甘情愿地做周的顺民呢？还是迫于无奈，离开世代久居的家族封地，不得不迁徙到周人的本土，在周人的监控下讨生活？④ 笔者以为后者的可能性更大。如此说来，看似洋洋洒洒，极尽虔诚赞美之能事的史墙盘铭文，其背后竟潜藏着如此委曲的难言之隐！明乎此，可对魏晋时期曹丕提出"铭诔尚实"的主张作深一层理解；明乎此，可对《公羊传》所言"为尊者讳，为贤者讳，为亲者讳"的观点找到其文献渊源。其三，铭文这种为达到"隐恶扬善"之政治目的而采用的夸饰性或隐约性的写作手法，在今天看来，其实就是一种文学手法。在畅言与寡言之间，尽言与难言之间，欲打出一条通道且能保持洒脱的行文风格，良非易到。从这种意义上

---

① 许倬云：《西周史》，三联书店 2001 年版，第 119 页。
② 徐中舒：《西周墙盘铭文笺释》，《考古学报》1978 年第 2 期。
③ 同上。
④ 傅修延：《先秦叙事研究》，东方出版社 1999 年版，第 57 页。

说，笔者认为，史墙盘铭在属词比事上的良苦用心，可视为"春秋笔法"
之滥觞。

此外，1980 年春，出土于陕西长安新旺村的史惠鼎，刻有铭文五行
共二十七字。经考证，该鼎系西周晚期作品，史惠当为周王朝臣属。该铭
文字数不多，除第一行"史惠作宝鼎"和第五行"其子子孙孙永宝"为
铭文常见的话语外，中间三行的文字值得注意。经专家考释，认为铭文中
"日就月将"一语出自《诗经》中《周颂》的《敬之篇》。① 李学勤疏解
这三行文字为："惠其日就月将，察化恶臧，持纯鲁命。"大意是：史惠
日有所成，月有所行，能知以善恶教人，得到嘉美的赐命。"察化恶臧"，
就是知教善恶，表明西周晚期史官已以教善为己任，与孔子笔削《春秋》
渊源相承。②

（二）形成

如果说西周时期已开始了古代巫官文化向史官文化的转变，那么，到
了春秋战国时期则史官文化代替了巫官文化。伴随着中国古代社会前所未
有的急剧动荡和伟大变革，在意识形态领域，天子失官，学在四夷，百家
蜂起，不尚一尊。其中所贯穿的一个总思潮、总倾向，用李泽厚的话概
括，即"先秦理性精神"，或称之为"实践（用）理性"③。李泽厚在其
后来《试谈中国的智慧》一文中又进一步阐释道："就整体说，中国实用
理性有其唯物论的某些基本倾向，其中我以为最重要的是它特别执著于历
史。历史意识的发达是中国实用理性的重要内容和特征。"④ 这无疑是十
分精辟的见解。春秋战国时期以怀疑论或无神论为哲学基础的实用理性主
义精神是以其丰厚的历史意识为标志的。徐复观也认为："史是中国古代
文化的摇篮，是古代文化由宗教走向人文的一道桥梁，一条通路。""欲
为中国学术探本溯源，应当说中国一切学问皆出于史。"⑤

表现之一，是史家对上古神话作了历史化的解读。神话本属于巫官文
化，经史家的改造而被说成可信的历史。《大戴礼记·五帝德篇》记载了

① 李学勤：《走出疑古时代》，辽宁大学出版社 1997 年版，第 12 页。
② 李学勤：《史惠鼎与史学渊源》，《文博》1985 年第 6 期。
③ 李泽厚：《美的历程》，文物出版社 1981 年版，第 49、50 页。
④ 李泽厚：《中国古代思想史论》，人民出版社 1986 年版，第 305 页。
⑤ 徐复观：《两汉思想史》第三卷，华中师范大学出版社 2001 年版，第 140 页。

不语"怪力乱神"的孔子在宰我问他黄帝何以能活三百年时答道:"生而民得其利百年,死而民畏其神百年,亡而民用其教百年:故曰三百年。"孔子还把神话中的一足神"夔"曲解为像夔这样的贤臣有一个就足够了①。司马迁撰《史记》,认为五帝的许多神话传说"其文不雅训"而加以删汰,将神话中的"五帝"拉回到人间,如此等等。从文学神话学的角度看,史家的肆意曲解使上古神话神圣而瑰丽的幻想精神过早褪色了,这不能不说是中国神话的一大遗憾;但从历史进化论的角度看,史家将人们探寻的目光从令他们诚惶诚恐的幻想天国中投向生于斯长于斯的人世间,并得出"未事人,焉事鬼"的理性判断,则无疑是一次伟大的历史进步。诚如黑格尔所言:"……只有到了人成为精神方面的自觉者,摆脱了生活的直接性,从而获得了自由,认识到客观世界是外在的,和自己对立的时候,人才会对客观世界有散文性的看法。"所谓"散文性的看法",即"抽象的凭知解力的看法","人到认识自己是主体而外物是对象时,对客观世界才开始有较客观的反映,也才有散文意识"。②从这个意义上说,也只有在春秋战国时期,真正意义的散文出现了,即刘大杰所说的"散文的勃兴"!

　　表现之二,春秋战国时期的历史观念还包括史家乃至政治家已经充分意识到历史具有鉴往知来、惩恶劝善的教化作用。如前所述,殷商卜辞中的巫说之语尚不具备历史意识。西周铜器铭文隐恶扬善,颂美德之形容以告于神明,且结尾大都有"其万年子子孙孙永宝用"之语,似有作为历史凭证的含义,西周晚期铭文则出现了知教善恶的历史意识。《尚书》作为中国史学上最早的历史典册,其中关于殷商和西周人的记载,不仅有明确的历史意识,而且有明确的以史为鉴思想。如《尚书·酒诰》写周公以"王若曰"的语气告诫康叔:殷朝"先哲王"自成汤至于帝乙,上上下下不敢"崇饮",故国运昌盛。至纣王"荒腆于酒",以至于"庶群自酒,腥闻在上,故天降丧于殷。"③司马迁在《史记·殷本纪》中也记殷

①《韩非子·外储说左下》:"哀公问于孔子曰:'吾闻夔一足,信乎?'曰'夔,人也,何故一足?彼其无他异,而独通于声。尧曰:'夔一而足,使为乐正。'故君子:'夔有一足。'非一足也。'"见王先慎《韩非子集解》,中华书局1998年版,第297页。

②〔德〕黑格尔:《美学》第二卷,商务印书馆1984年版,第24页。

③《尚书正义》卷十四,见《十三经注疏》,阮元校刻,中华书局1980年影印本,第207页。

纣王"大聚乐戏于沙丘，以酒为池，悬肉为林，使男女倮相逐其间，为长夜之饮"。① 由此观之，商纣灭亡是一种必然。这样惨痛的教训，当由周人汲取。再如《召诰》反复讲夏商兴亡的历史，指出"我不可不监（鉴）于有夏，亦不可不监（鉴）于有殷"，等等。周初统治者与史官们重视前代兴亡的历史经验及其对现实的引以为戒，直接启发了春秋士人的著史思想和动因。

笔者认为，如果说西周的史鉴思想更多地带有高高在上的官方色彩，无论隐恶扬善还是知教善恶，都流露出王朝永固的贵族气，那么到了春秋战国时期则发展为来自下层的私人著史，由一般意义上王室贵族的史鉴思想发展为士人阶层惩恶劝善的道德评判精神。这一道德评判精神正是史官文化代替巫官文化的又一重要标志，并对后代产生了深远的影响。

春秋时期，不论是周王朝，还是各诸侯国，都设置了史职。周有史佚、史伯、史角、史扁、史良、史豹、内史过、内史兴等；晋有史狐（董狐）、史龟、史苏、史赵、史墨（史黯）等；齐有太史兄弟三人、南史氏；楚有史皇、史若、左史倚相等。尽管这些史官尚未完全摆脱神职，但他们更多的是面向人事、面向社会，所谓"君举必书""秉笔事君""诸侯之会""无国不记"。《墨子·明鬼下》有"著在周之《春秋》""著在燕之《春秋》""著在宋之《春秋》""著在齐之《春秋》"之语。唐刘知几《史通·六家》对《春秋》辨之甚详："《春秋》家者，其先出于三代。案《汲冢琐语》记太丁时事，目为《夏殷春秋》。孔子曰：'疏通知远，《书》教也。''属辞比事，《春秋》教也。'知《春秋》始作，与《尚书》同时。《琐语》又有《晋春秋》，记献公十七年事。《国语》云：晋羊舌肸习于《春秋》，悼公使傅其太子。《左传》昭公二年，晋韩宣子来聘，见《鲁春秋》曰：'周礼尽在鲁矣。'斯则《春秋》之目，事匪一家。至于隐没无闻者，不可胜载。又案《竹书纪年》，其所记事皆与《鲁春秋》同。孟子曰：'晋谓之《乘》，楚谓之《梼杌》，而鲁谓之《春秋》，其实一也。'然则《乘》与《纪年》、《梼杌》，其皆《春秋》之别名者乎！故《墨子》曰：'吾见百国《春秋》'，盖皆指此也。"② 尽管这些在孔子之前的"百国《春秋》"早已失传，但可推知书中也富有惩恶劝

---

① 司马迁：《史记·殷本纪》，中华书局 1959 年版，第 205 页。
② 浦起龙：《史通通释》，王煦华整理，上海古籍出版社 2009 年版，第 7 页。

善之意。《国语·晋语》载："司马侯谓悼公曰：'羊舌肸习于《春秋》'。"韦昭注云："《春秋》，纪人事之善恶而目以天时，谓之《春秋》，周史之法也。时孔子未作《春秋》。"① 结合《尚书》中有关周公的劝戒之语，韦昭的注是可信的。

由此可见，惩恶劝善的历史教化观念虽不自孔子始，但正是孔子以私人身份据鲁史而作《春秋》，才将这一观念发扬光大，并为中国史学奠定了这样一条发展道路：中国史学决不满足于对历史事实的客观叙述，而要在此基础上追求惩恶劝善的道德评判价值，即不仅追求历史的真，还要表现史家对历史人物与事件的评价，论其功过是非，定其善恶褒贬，以此来实现以史为鉴的教化作用。

孔子作《春秋》之意义至孟子而彰显。《孟子·滕文公下》云："世衰道微，邪说暴行有作。臣弑其君者有之，子弑其父者有之。孔子惧，作《春秋》。《春秋》，天子事也。是故孔子曰：'知我者其惟《春秋》乎！罪我者其惟《春秋》乎！'"世道侵衰，天子失政，孔子作《春秋》，行褒贬于二百四十二年的历史中，以匡正于天下纲纪，为后代立法。故云"《春秋》，天子之事也"。《孟子·离娄下》载孟子曰："王者之迹熄而《诗》亡，《诗》亡然后《春秋》作。晋之《乘》，楚之《梼杌》，鲁之《春秋》，一也：其事则齐桓、晋文，其文则史。孔子曰：'其义则丘窃取之矣。'"这是说孔子把自己的思想（义）具化于历史叙事之中。后来司马迁借董仲舒所引孔子之语与此相类："我欲载之空言，不如见之于行事之深切著明也。"② 所谓"载之空言"，是将自己的爱憎褒贬无所凭托地直说出来，这是孔子所不取的。所谓"见之于行事之深切著明"，是将自己的爱憎褒贬寓托于当时所因之事，深切著明以书之，以为将来之诫。至于孔子作《春秋》的本旨，司马迁在《太史公自序》中说得更清楚了：

　　夫《春秋》，上明三王之道，下辨人事之纪，别嫌疑，明是非，定犹豫，善善恶恶，贤贤贱不孝，存亡国，继绝世，补敝起废，王道之大者也。……《春秋》以道义。拨乱世反之正，莫近于《春秋》。《春秋》文成数万，其指数千，万物之散聚皆在《春秋》。《春秋》

---

① 徐元诰：《国语集解》，中华书局 2002 年版，第 415 页。
② 司马迁：《史记·太史公自序》，中华书局 1959 年版，第 3297 页。

之中，弑君三十六，亡国五十二，诸侯奔走不得保其社稷者不可胜数。察其所以，皆失其本已。……故有国者不可以不知《春秋》……为人臣者不可以不知《春秋》……故《春秋》者，礼义之大宗也。①

由此可以推知，孔子何以被汉人推为"素王"，其《春秋》何以被说成代天子立法的缘由了。因此，探讨孔子《春秋》之惩恶劝善之褒贬大义，则必须探讨孔子之"春秋笔法"。

表现之三，春秋战国时期的历史观念不仅表现在将神话历史化，发扬史书具有惩恶劝善的社会功用，而且还创造出为实现这一社会功用而形成的一套含蓄凝练，谨严有序的写作体例，也就是后人所谓"春秋笔法"。

大凡历史记载总是由时间、地点、人物、事件（原因、过程、结果）等诸要素组成，而事件发展的延续性决定了史书一般是用时间顺序将其他要素统贯起来，也可以说记史始于记时。甲骨文、金文以及名目繁多的古史，多以时间为序已是不争的事实。但从传世文献看，《春秋》以前的记事很不完备，记言体史料无时间位置可作对比，而有依时间记事的文献，其排序亦不得当。一般日、月在前，年在后，或有日月而无年，有年而无日月。王国维《观堂集林》卷一《洛诰解》云："书法先日、次月、次年者，乃殷周间记事之体"②，这种按日、月、年的顺序排列记事似乎并不太符合古人记事的习惯。故孔子《春秋》一出，使以时记事之体例为之一变："记事者以事系日，以日系月，以月系时，以时系年，所以纪远近，别异同也。故史之所记，必表年以首事。"③"表年以首事"即以年领起史事，而不是以日、月领起。故《春秋》以后以年领起史事的习惯便延续下来。《史记·三代世表序》云："孔子因史文次《春秋》，纪元年，正时日月，盖其详哉！"④ 说明孔子详细订正年月日的时间顺序，是修订《春秋》的主要内容。而《春秋》所记二百四十二年间诸侯聘问、会盟、战争等大事以及日食、地震、山崩、水旱等自然现象，均以年月日的顺序

①　司马迁：《史记·太史公自序》，中华书局 1959 年版，第 3298 页。

②　王国维：《观堂集林》，河北教育出版社 2003 年版，第 16 页。

③　杜预：《春秋经传集解序》，见阮元校刻《十三经注疏》，中华书局 1980 年影印本，第1703 页。

④　司马迁：《史记·三代世表序》，中华书局 1959 年版，第 487 页。

记载，这是编年体的基本形式。因此，《春秋》被称为中国历史上第一部编年体史书，孔子对这一体例的创新，使他成为现存文献可考的编年之祖。

《墨子》佚文中所言墨子曾见过的"百国《春秋》"后世已失传，究竟为何面目，已不得而知。在《史记·六国年表序》中，司马迁说秦火之后，"独有《秦纪》，又不载日月，其文略不具"，又说"余于是因《秦纪》，踵《春秋》之后，起周元王，表六国时事"。可见，与孔子修订后的《春秋》相比，"不载日月""其文略不具"的《秦纪》才是名副其实的"断烂朝报"之作。司马迁只是因用《秦纪》的史料，在体例上则效仿《春秋》，而创为纪传体。其中本纪便是以时间为序载录史事的编年体，它揭示了历史发展的基本轮廓，是全书的总纲，其余世家、列传、表、书，无不以时间顺序为旨归，显然取法《春秋》的编年体例而又有新的丰富和发展。故章学诚云："纪传正史，《春秋》之流变也。……马史班书以来，已演《春秋》之绪矣。"① 我们在肯定《史记》纪传体的独创性的同时，也不能否认《春秋》编年体对其产生的影响。

笔者以为，如果说孔子《春秋》的编年体例是"春秋笔法"的表层结构，那么深层结构则是《春秋》一书在属比事方面所表现出的思想原则和修辞原则。现存文献最早言及"春秋笔法"的文字始于《左传》成公十四年：

> 君子曰："《春秋》之称，微而显，志而晦，婉而成章，尽而不汙，惩恶而劝善。非圣人，谁能修之？"②

这就是著名的《春秋》"五例"。何谓"五例"？杜预《春秋左氏传序》云："一曰'微而显'，文见于此，而起义在彼。……二曰'志而晦'，约言示制，推以知例。……三曰'婉而成章'，曲从义训，以示大顺。……四曰'尽而不汙'，直书其事，具文见意。……五曰'惩恶而劝善'，求

① 叶瑛：《文史通义校注》，中华书局 1994 年版，第 571 页。
② 杨伯峻释"春秋五例"前四例：措辞不多而意义显豁，记载史实而意义幽深，表达婉转屈曲，但顺理成章，尽其事实，无所汙曲。见《春秋左传注》，中华书局 1990 年版，第 870 页。

名而亡，欲盖而章。"① "微而显"以下四点是说，《春秋》用词精微而意义显明，记载史实却含蓄深远，表达婉转而顺理成章，直书其事而不纡曲。第五句"惩恶而劝善"为最后一点，是说《春秋》的社会教化作用。前四句为修辞原则，后一句为思想原则，修辞原则既依附于思想原则，又有其独立意义。前者为手段为形式，后者为目的为内容。又《左传》昭公三十一年："故曰，《春秋》之称，微而显，婉而辩。上之人能使昭明，善人劝焉，淫人惧焉，是以君子贵之。"② 这同样是对《春秋》修辞原则和思想原则的称颂。

"春秋笔法"的形成，一方面在于孔子于《春秋》寄寓了"微言大义"和褒贬书法，另一方面在于后来经学家对《春秋》书法的阐释。或者更确切地说，"春秋笔法"的经学地位是后来经学家对孔子《春秋》一书的不断阐释得以确立的。

作于春秋末年的《左传》③，系左氏解经之作。与后来《公羊传》《谷梁传》以阐释《春秋》之"微言大义"有所不同，《左传》着重于以事解经。左氏即左丘明，鲁人，为鲁史官，与孔子同时，其卒年在孔子之后。《论语·公冶长》："子曰：'巧言、令色、足恭，左丘明耻之，丘亦耻之。匿怨而友其人，左丘明耻之，丘亦耻之。'"《史记·十二诸侯年表》在记叙孔子作《春秋》，七十子之徒口受其传指后云："鲁君子左丘明惧弟子人人异端，各安其意，失其真，故因孔子史记具论其语，成《左氏春秋》。"④《严氏春秋》引《观周篇》云："孔子将修《春秋》，与左丘明乘如周，观书于周史，归而修《春秋》之经，丘明为之传，共为表里。"⑤ 严氏名彭祖，宣帝时博士，以治《公羊春秋》为名，其平生事迹见《汉书·儒林传》。又《汉书·艺文志》与《史记》记载略同："（孔子）与左丘明观其史记，据行事，仍人道，因兴以立功，就败以成罚，假日月以定历数，藉朝聘以正礼乐。有所褒讳贬损，不可书见，口授

① 《春秋左传正义》，见阮元校刻《十三经注疏》，中华书局 1980 年影印本，第 1706—1707 页。
② 杨伯峻：《春秋左传注》，中华书局 1990 年版，第 1513 页。
③ 关于《左传》写作年代，有春秋末年说，战国说和汉人伪托说。笔者同意春秋末年说，今人胡念贻撰长文辨之甚详，见《〈左传〉的真伪和写作时间问题考辨》，《文史》第 11 辑。
④ 司马迁：《史记·十二诸侯年表》，中华书局 1959 年版，第 509—510 页。
⑤ 孔颖达《春秋序》疏引沈文阿语，阮元校刻《十三经注疏》，中华书局 1980 年影印本，第 1705 页；沈文阿所引《观周篇》之文，出自《孔子家语》，与后来王肃伪撰者不同。

弟子，弟子退而异言。丘明恐弟子各安其意，以失其真，故论本事而作传，明夫子不以空言说经也。《春秋》所贬损大人当世君臣，有威权势力，其事实皆形于传，是以隐其书而不宣，所以免时难也。"① 左丘明与孔子志同道合的亲密关系，由此可见一斑。

左丘明深通《春秋》笔法，撰《左传》遂开以事传经之法。一方面以历史阐释的方式归纳《春秋》笔法，如前所述《春秋》之"五例"，如僖公二十八年，《春秋》书"天王狩于河阳"。《左传》云："是会也，晋侯召王，以诸侯见，且使王狩。仲尼曰：'以臣召君，不可以训。'故书曰：'天王狩于河阳'。言非其地也，且明德也。"又如《左传》中所谓"五十凡"，归纳《春秋》凡例，有相当一部分是有道理的，《左传》桓公元年："凡平原，出水为大水。"《左传》襄公三年："凡师，一宿为舍，再宿为信，过信为次。"《左传》庄公二十九年："凡师，有钟鼓曰伐，无曰侵，轻曰袭。"另一方面左丘明更多的是以历史叙事的方式实践了《春秋》笔法，与前者相比，后者显得更重要，更难能可贵。如隐公元年，《春秋》书："夏五月，郑伯克段于鄢。"《左传》则用541字叙述了郑伯克段之前后始末，叙事之简明，细节之逼真，人物之生动，作者之褒贬，尽在其中，深得"春秋笔法"之精妙。《左传》与《春秋》之关系，东汉桓谭在其《新论·正经》里说得十分明确："左氏《传》于《经》，犹衣之表里，相待而成。《经》而无《传》，使圣人闭门思之，十年不能知也。"② 钱锺书亦有同感："《经》之于《传》，尤类今世报纸新闻标题之于报道。苟不见报道，则只睹标题造语之繁简、选字之难易，充量更可睹词气之为'惩'为'劝'，如是而已；至记事之'尽'与'晦'、'微'与'婉'，岂能得之于文外乎？苟曰能之，亦姑妄言之而妄听之耳。"③ 明乎此，可知《左传》对"春秋笔法"的归纳与实践是很值得研究的。

今文学家主要阐释《春秋》的"微言大义"，也就是通常所言"以义传经"。班固《汉书·艺文志》所列西汉时期《春秋》传有《左氏传》《公羊传》《谷梁传》《邹氏传》《夹氏传》五家。其中《左氏传》流传最早，"及末世口说流行，故有《公羊》、《谷梁》、《邹》、《夹》之传。四

---

① 班固：《汉书·艺文志》，中华书局1962年版，第1715页。
② 《全后汉文》卷一四，严可均辑，商务印书馆1999年版，第132页。
③ 钱锺书：《管锥编》，中华书局1986年版，第162页。

家之中，《公羊》、《谷梁》立于学官，邹氏无师，夹氏未有书"。邹、夹二家后世无传，故不能具论。《公羊传》《谷梁传》二传同属今文，立于学官。景帝、武帝时《公羊》家垄断《春秋》学。《谷梁》家经过一番斗争，在宣帝时被列入学官，但始终未能摆脱庶出旁支的地位，无法与《公羊》家分庭抗礼。

章学诚云："公、谷之于《春秋》，后人以谓假设问答以阐其旨尔。不知古人先有口耳之授，而后著之竹帛焉。"① 可见，《公羊传》《谷梁传》的问答体形式是根据一代代师徒间的口耳授受的记录整理而成。既是阐发经义，则必然涉及春秋书法，所释之"微言大义"，或是《春秋》经之本义，或是经学家一己之义，但都离不开对经文的字、词解读而空谈义理。也就是说，《公羊传》《谷梁传》通过对经文字、词的训释来阐发"微言大义"，正是"《春秋》笔法"的解读模式，抉发"微言大义"之时正是解读"春秋笔法"之际。现仍以《春秋》经"郑伯克段于鄢"为例，《公羊传》曰：

> 克之者何？杀之也。杀之，则曷为谓之克？大郑伯之恶也。曷为大郑伯之恶？母欲立之，己杀之，如勿与而已矣。段者何？郑伯之弟也。何以不称弟？当国（与国为敌）也。其地何？当国也。齐人杀无知（公孙无知），何以不地？在内（国都内）也。在内，虽当国，不地也。不当国，虽在外，亦不地也。②

《谷梁传》亦云：

> 克者何？能也。何能也？能杀也。何以不言杀？见段之有徒众也。段，郑伯弟也。何以知其为弟也？杀世子、母弟目君（称谓郑伯）。以其目君，知其为弟也。段，弟也，而弗谓弟；公子也，而弗谓公子，贬之也。段失子弟之道矣，贱段而甚郑伯也。何甚乎郑伯？甚郑伯之处心积虑，成于杀也。于鄢，远也，犹曰取之其母之怀中而

---

① 叶瑛：《文史通义校注》，中华书局 1994 年版，第 172 页。
② 《春秋公羊传注疏》，见阮元校刻《十三经注疏》，中华书局 1980 年影印本，第 2198 页。

杀之云尔，甚之也。然则为郑伯者宜奈何？缓追逸贼，亲亲之
道也。①

上述《公羊传》《谷梁传》两段解经文字大同小异，都意在贬责郑伯、公
叔段之恶，一场王位争夺与反争夺的政治斗争化为兄弟之间的手足相残，
政治功过之评判被伦理道德评价所取代。这些惩恶劝善的批评文字又是通
过《春秋》经"郑伯克段于鄢"这六字的训释引发出来的。因此，如果
说《左传》更多的是通过排比事实（比事）来昭示"春秋笔法"的话，
那么《公羊传》《谷梁传》更多的是通过字词训释（属辞）来阐发"微
言大义"、书法条例。至于说《公羊传》《谷梁传》所阐发之"大义"是
《春秋》经之本义，还是今文家一己之义则又当别论。

　　董仲舒作为汉代最有影响力的《公羊》学大师，借对《春秋》属辞
比事的训释，发挥《公羊》学"大一统"学说，将儒家的基本理论与战
国以来风行的阴阳五行学说配置起来，把自然与人事作各种比附，建立了
较系统严密的以"天人感应"为核心的神秘主义思想体系，以期适应统
一的汉帝国政治、思想、文化的需要。董仲舒在后人为其辑录的《春秋
繁露》一书中提出"《诗》无达诂，《易》无达占，《春秋》无达辞"②的
主张。这一主张为董仲舒借《春秋》经阐发个人一己之意提供了理论依
据。他提出的三统、三世、十指、六科、五始等学说都是在"《春秋》无
达辞"这一命题基础上创立的。东汉时期又一《公羊》学大师何休积十
七年之心力撰成《春秋公羊传解诂》，进一步将董仲舒学说加以完善，并
使之条理化，成为汉代《公羊》学集大成之作。如果说《春秋繁露》多
发挥《春秋》的"微言大义"，那么《公羊解诂》则多阐释《春秋》之
"书法""条例"。然而，他们笔下的"微言大义""书法""条例"已不
再是孔子《春秋》中的"义例"，而是《公羊》家们自己所理解的甚至
是自我创立的"义例"。

　　汉代今文家注重"春秋笔法"，在与今文家斗争中不断壮大的古文家
受其影响也同样注重"春秋笔法"。

---

　　① 《春秋公羊传注疏》，见阮元校刻《十三经注疏》，中华书局 1980 年影印本，第 2365—
2366 页。

　　② 苏舆：《春秋繁露·精华》，中华书局 1992 年版，第 95 页。

如前所言，《左传》已开始自觉地总结"春秋笔法"，至汉开始有人研究《左传》，据沈玉成考述：西汉初贾谊有《左氏传训故》见于《汉书》本传，但《艺文志》未载，当是早佚，而刘歆可能是第一个为《左传》作文字"章句"的学者，惜"章句"已佚，隋志不载，仅《经典释文》《春秋左传正义》《路史》等有部分征引①。晋杜预《春秋序》称"刘子骏（刘歆）创通大义"，可见古文经创立初始受今文经影响之大。

东汉末年，祖述刘歆《左氏》学的颖容综合刘歆、贾逵、许淑之说，加之己意，著《春秋释例》。该书可能是现存文献最早阐释《左传》之笔法条例的著作。颖容，字子严，陈国长平人，博学多通，善《春秋左氏》，师事太尉杨赐。郡举孝廉，州辟，公车征，皆不就。初年中，避乱荆州，刘表任为武陵太守，不肯起，著《春秋左氏条例》五万余言②，隋志云《春秋释例》十卷，唐志亦作颖容《释例》七卷，今佚。《玉函山房辑佚书·经编春秋类》辑录二十七节，遂定名《春秋释例》③，实应为《春秋左氏条例》。颖氏释《左传》系采用《公羊传》《谷梁传》解经的方法，意在探求《左传》中"微言大义"，褒贬书例，自不免带有今文家主观裁断，随意解说的弊病。如隐公元年，《传》云："元年，春，王周正月。不书即位，摄也。"颖容《春秋释例》云："恩深不忍，则传言'不称'；恩浅可忍，则传言'不书'。"案：鲁国十二国君即位，隐、庄、闵、僖四公都未举行"即位"的典礼，经文不载是有实际情况的。《左传》对四公未记"即位"都一一作了解释。就隐公而言，不书即位是"摄"，即桓公年幼，隐公摄政辅佐而非正式继承君位。对此，《左传》释经，简洁明了。颖容等人的《释例》则把"不书"二字搞复杂了，非要把"不称"与"不书"区别开。对此，孔颖达《正义》批评刘（歆）、贾（逵）、颖（容）的解释"博据传辞，殊多不通"，"传本意在解经，非曲文以生例，是言'不书''不称'义同之意也"。④

颖容等人的《春秋释例》虽多有臆测牵强之处，但引起了后代西晋

①　沈玉成、刘宁：《春秋左传学史稿》，江苏古籍出版社1992年版，第105—107页。
②　范晔：《后汉书·儒林列传》，中华书局1965年版，第2584页。
③　见《续修四库全书·子部·杂家类》，第400—404页。又沈玉成认为，孔颖达."《正义》中引用刘歆之说，往往与贾（逵）、许（淑）、颖（容）合并引用，贾、许、颖都祖述刘歆之学，所以合并引用的文字都可以看作刘歆的意见"。姑备一说。见《春秋左传学史稿》，江苏古籍出版社1992年版，第108页。
④　《春秋左传正义》，见阮元校刻《十三经注疏》，中华书局1980年影印本，第1715页。

著名《左传》学家杜预的关注。杜预《集解序》云："然刘子骏创通大义，贾景伯父子、许惠卿，皆先儒之美者也，末有颖子严者，虽浅近亦复名家，故特举刘、贾、许、颖之违，以见同异。分经之年，与传之年相附，比其义类，各随而解之，名曰《经传集解》。又别集诸例及地名、谱第、历数，相与为部，凡四十部，十五卷，皆显其异同，从而释之，名曰《释例》。将令学者观其所聚，异同之说，《释例》详之也。"① 也许是受了颖容《春秋释例》启发，杜预也定名为《春秋释例》，但内容、规模扩大了许多。今存《四库全书》本，十五卷，分四十七篇，即《公即位例》《会盟例》《战败例》《母弟例》等共四十三例，另加《释土地名》《世族谱》《经传长历》《盟会图疏》四篇。杜预的《春秋释例》远不如他的《集解》对后世影响大，《春秋释例》中多主观臆说和自相抵牾处，自然降低了其学术价值。但与今文家的随意发挥仍有不同，在字义训诂、文义诠释和地理、名物、制度等方面的说明上都有独到之处。至于《集解》中《左传序》有关"春秋五例"的解说，将于下章展开说明，在此从略。

要而言之，两汉经学的兴起和兴盛，尤其是汉代《春秋》学家解释经传重例，由例以明义的特点，确立了"春秋笔法"在经学领域内不可替代的重要作用。正是在此基础上，"春秋笔法"才由经学渐次拓展到史学、文学领域，对中国文化产生了重要影响。

二 春秋笔法的流变与整合

（一）流变

"春秋笔法"最初属于经学命题，然而，正当西汉经学家们陶醉于对《春秋》"大义"的层层生发并乐此不疲的时候，一位职位并非显赫的学者则对孔子及《春秋》进行一番系统的分析、总结，并将孔子治史精神与"春秋笔法"一同自觉地运用到史书写作之中，从而完成了"春秋笔法"由经学向史学的跨越。他就是汉代伟大的思想家、史学家司马迁。

1. 由经学向史学的流变

曾求教于西汉《公羊》学大师董仲舒的司马迁，受今文经学思想的影响是毋庸置疑的。但司马迁是史学家，不是经学家，更不是《公羊》

---

① 《春秋左传正义》，见阮元校刻《十三经注疏》，中华书局1980年影印本，第1707页。

学家，也是学界公认的事实。限于篇幅和标题，笔者在此并不想就司马迁与今文学之关系展开论述，而侧重谈司马迁对"春秋笔法"的贡献。

严格意义上说，第一次对"春秋笔法"进行深入分析和总结并自觉地纳入著书立说之中的是司马迁，不是经学家。《左传》中的"五例"之说尚嫌笼统，需西晋的杜预加以阐释。今文家由于热衷于"微言大义"的阐发，而对"春秋笔法"的归纳往往又失之牵强。唯有司马迁以史家的眼力，超越经学的局限，在理论与实践上为"春秋笔法"在史学领域的运用树立了典范，并为后代史家所效法。司马迁在理论上对孔子《春秋》"笔法"的总结主要表现在以下几个方面：

首先，揭示孔子作《春秋》的心态。与《孟子》所云"孔子惧，作《春秋》"相比，司马迁则认为"仲尼厄而作《春秋》"，《史记·太史公自序》亦有相类似的说法："孔子厄陈、蔡，作《春秋》。"突出了孔子因困顿而发愤著书的怨愤心态。又《史记·十二诸侯年表》："是以孔子明王道，干七十余君，莫能用，故西观周室，论史记旧闻，兴于鲁而次《春秋》。"《史记·孔子世家》："子曰：'弗乎弗乎，君子病没世而名不称焉。吾道不行矣，吾何以自见于后世哉？'乃因史记作《春秋》。"①　与孟子相比，遭受困厄的司马迁似乎更能准确把握住孔子修史之心态。

其次，昭示孔子《春秋》的主要内容和写作本旨。即通过创制"义法"以达到劝戒之功能。承继《孟子》所言"孔子成《春秋》而乱臣贼子惧"，司马迁《报任安书》也说"《春秋》之义行，则天下乱臣贼子惧焉"。又《史记·太史公自序》云："余闻董生曰：'周道衰废，孔子为鲁司寇，诸侯害之，大夫壅之。孔子知言之不用，道之不行也，是非二百四十二年之中，以为天下仪表，贬天子，退诸侯，讨大夫，以达王事而已矣。'子曰：'我欲载之空言，不如见之于行事之深切著明也。'夫《春秋》，上明三王之道，下辨人事之纪，别嫌疑，明是非，定犹豫，善善恶恶，贤贤贱不肖，存亡国，继绝世，补敝起废，王道之大者也。……《春秋》辩是非，故长于治人。……拨乱世反之正，莫近于《春秋》。……《春秋》采善贬恶，推三代之德，褒周室，非独刺讥而已也。"②　与汉代《公羊》学家言孔子知有汉，故作《春秋》以为汉代立法的荒诞推演相比，司马迁上述

---

①　司马迁：《史记·孔子世家》，中华书局1959年版，第1943页。
②　司马迁：《史记·太史公自序》，中华书局1959年版，第3297页。

言论更能切合孔子作《春秋》的本旨。

其三，指出孔子《春秋》有"笔法"在。既然孔子说"我欲载之空言，不如见之于行事之深切著明也"，那么借《春秋》以言"义"则必有"义法"在。

> 是以孔子……兴于鲁而次《春秋》……约其文辞，去其烦重，以制义法。
>
> ——《史记·十二诸侯年表》

> 至于为《春秋》，笔则笔，削则削，子夏之徒不能赞一辞。
>
> ——《史记·孔子世家》

> 乃因史记作《春秋》……据鲁，亲周，故殷，运之三代，约其文辞而指博。故吴楚之君自称王，而《春秋》贬之曰"子"；践土之会实召周天子，而《春秋》讳之曰"天王狩于河阳"，推此类以绳当世。贬损之义，后有王者举而开之。
>
> ——《史记·孔子世家》

> 故因史记作《春秋》，以当王法，其辞微而指博，后世学者多录焉。
>
> ——《史记·儒林列传》

"义法"一词最初是由司马迁提出的。司马迁所说的"义法"就是指孔子笔削《春秋》所定的义例、书法。义即指"大义"，法即指"书法"，后人亦称之为"笔法"。"辞微而指博"一语经由刘歆《移书让太常博士》"及夫子没而微言绝，七十子卒而大义乖"的衍化，遂成"微言大义"一词的语源。可以说，司马迁关于孔子《春秋》"义法"说的提出，是"春秋笔法"由经学向史学过渡的标志，不仅得到了经学家、史学家的认同，也得到了文学家的响应。

不仅如此，司马迁引淮南王刘安对屈原《离骚》的评价也可视为"春秋笔法"的成功尝试：

屈原之作《离骚》，盖自怨生也。国风好色而不淫，小雅怨诽而不乱，若《离骚》者可谓兼之矣。上称帝喾，下道齐桓，中述汤武，以刺世事。明道德之广崇，治乱之条贯，靡不毕见。其文约，其辞微，其志洁，其行廉，其称文小而其指极大，举类迩而见义远。

——《史记·屈原贾生列传》

其中的惩恶劝善，文约辞微，指大义远不正是"春秋笔法"的翻版吗？

更进一步说，司马迁在整部《史记》的写作上不仅成功运用了"春秋笔法"，而且在诸多方面又超越了孔子的"春秋笔法"。如果说孔子"春秋笔法"主要表现在"一字定褒贬"上，那么《史记》"笔法"则将其扩大为篇章的叙事结构上、人物形象的描写上乃至《史记》全书的整体布局上。现择其要者简述之。

其一，寓论断于序事。清代顾炎武《日知录》云："古人作史，有不待论断，而于序事之中即见其旨者，惟太史公能之。《平准书》末载卜式语，《王翦传》末载客语，《荆轲传》末载鲁句践语，《晁错传》末载邓公与景帝语，《武安侯田蚡传》末载武帝语，皆史家于序事中寓论断法也。"[1] 笔者以为，顾炎武上述所言尚须辨正者有二。辨正之一，寓论断于序事非司马迁之首创或独创，《左传》实首开其例。以僖公三十二年秦晋崤之战为例，先有卜偃使大夫拜曰的预言，继之有蹇叔哭师的衷告，再继之有王孙满观师的议论，最后有弦高犒师的寒暄，则秦师必败于崤无疑矣。但《左传》用此过直过露，不如《史记》运用得圆熟。因此，笔者以为，寓论断于序事，实始于《左传》而成于《史记》。辨正之二，顾炎武上述所举各传"末载"之语来证明寓论断于序事，意谓司马迁巧借文末人物话语道出自己想说又不便明说的观点，即借他人话语表达自己的论断，这就是寓论断于序事。这种界定不免狭窄，不妨拓宽一些。即，无论篇末、篇中、篇首，凡是作者未发议论而在叙事中自有是非褒贬寓焉即为寓论断于序事，简言之，以事代论。本书正是从这一界定中阐释寓论断于序事在《史记》中的表现的。或述而不作，借史料之取舍以示用意；或据事直书，词不迫切而意独至；或两相对照，见出作者内心之隐曲；或侧笔旁议，托他人之口替代作者之评价。这些都是寓论断于序事的表现。

---

[1] 黄汝成：《日知录集释》，岳麓书社1994年版，第891—892页。

其次，藏美刺于互见。或避免重复使事件集中完整，或突出人物性格不致前后矛盾，或讳饰见义以全身远祸。这是司马迁的又一独创，也是以人物为中心的纪传体在体裁上的客观要求。一般说来，编年体依时间为序，将人物事件加以排列，可避免事件上的重复。而纪传体则因以人物传记的形式记事，故人物事件时有交叉重复之处。所以，"互见法"首先表现在史料的选择与安排上要避免重复。篇与篇之间此详彼略，相互补充，使事件集中完整，同时也可以使人物形象鲜明突出，不至于前后脱节断气或自相矛盾。其次，有利于贯彻作者的写作意图，并含而不露地表达作者的褒贬态度，深化人物传记的主题，在五体之间，在篇与篇之间彼此互见，从而完善了《史记》的写作体例，为后代史家树立了写作典范。

其三，定褒贬于论赞。《史记》以写人叙事为主，然130篇中除《汉兴以来将相名臣年表第十》外均有"太史公曰"的议论。唐刘知几将其归入"论赞"一类，称"《春秋左氏传》每有发论，假君子以称之。二传云公羊子，谷梁子，《史记》云太史公"。① 刘知几指出史书的论赞源于左丘明的"君子曰"是正确的，但对司马迁的"太史公曰"却说："必理有非要，强生其大，史论之烦，实萌于此。"从中亦可见出刘知几扬《左传》而抑《史记》的倾向，实不足取。

据张高评统计，《史记》"太史公曰"，论其出现之位置，有的在篇前，凡23篇，有的在篇末，凡106篇，共30900余字②。综观"太史公曰"，虽不是《史记》全书之主体，然而对于表现司马迁之思想、情感、人格精神、价值理念都具有举足轻重的作用，是司马迁史识最集中的体现。其中，作者或借仁人君子之义行壮举抒发敬仰之情；或书贪官酷吏之暴行劣迹发泄怨愤之意；或述王朝更迭，世族盛衰以寄托兴亡之感；或深察风土民情以昭示民意之不可诬；或对重大事件条分缕析以探其成败之因；或罗列天文星历以究其天人之际；或阐明写作本旨，书法义例以成其一家之言。鲁迅盛赞《史记》为"史家之绝唱，无韵之《离骚》"，③ "太史公曰"当在其中矣！

如果说《史记》笔法多表现在对孔子"春秋笔法"的发展，那么班

---

① 刘知几：《史通·论赞》，辽宁教育出版社1997年版，第23页。
② 张高评：《春秋书法与左传学史》，台北五南图书出版公司2002年版，第94页。
③ 鲁迅：《汉文学史纲要》，《鲁迅全集》第九卷，人民文学出版社1991年版，第420页。

固《汉书》则多表现对孔子"春秋笔法"的传承。

受《春秋》大一统观念的影响，《汉书》中充满了大汉王朝的正统思想，这正是马班《史记》《汉书》分野之处。《史记》属私人著史，其目的在于"究天人际，通古今之变，成一家之言"，且将史书视为"发愤"之作，故而，敢以董狐之笔"实录"大汉皇帝的劣迹丑行，发挥史书惩劝之作用。《汉书》为奉旨而修的史书，虽为私人所修但亦有官方色彩，加之正统的家学思想的熏陶和当时业已形成的东汉正统观念。班固将《史记》中的《项羽本纪》《陈涉世家》均改入列传，以示"尊汉"的正统观念。至于《史记》颇多赞许的游侠，则在《汉书·游侠列传》中基本被否定。至于行文笔法，马班亦有不同。明代茅坤云："太史公与班掾之材，固各天授。然《史记》以风神胜，而《汉书》以矩矱胜。惟其以风神胜，故其遒逸疏宕，如餐霞，如啮雪，往往自眉睫之所及，而指次心田之所不及，令人读之，解颐不已；惟其以矩矱胜，故其规划布置，如绳引，如斧刬，亦往往于其复乱庞杂之间，而有以极其道尾节奏之密，令人读之，鲜不濯筋洞髓者。……两家之文，并千古绝调也。"①与《史记》的遒逸疏荡相比，《汉书》行文的中规中矩，谨于文法，正自《春秋》谨严的书法而来。

作为第一部纪体通史和第一部纪传体断代史，《史记》《汉书》对"春秋笔法"自觉运用，顺理成章地将这一重要经学命题转向了史学领域。后代史家著史大都遵循《春秋》以来惩恶劝善、疏通知远、尊王大一统的政治教化与历史鉴戒原则，崇尚"志而晦，微而显，婉而成章，尽而不汙"的"春秋笔法"。但由于史家才、胆、学、识之差异及列朝政治文化环境之不同，其使用效果也不同，评价也不一致。陈寿《三国志》记魏、蜀、吴三国史事，但只魏帝称本纪，蜀、吴诸主均称"传"，这便是陈寿尊魏为正统之意，然汉末之现状，曹魏实属僭越，而刘蜀才是正统，且刘备政治集团在川只称"汉"，不称"蜀"，"蜀"是陈寿著史所加。陈寿西晋人，晋代魏、魏代汉，陈寿帝魏实有不得已之用心。这便是"春秋笔法"。北宋欧阳修《新五代史》乃继"四史"之后唯一一家个人独著的史书。赵翼《廿二史札记》对欧公以"春秋笔法"著史大加赞赏："不阅薛史，不知欧公之简严。欧史不惟文笔洁净，直追《史记》，而以

---

① 凌稚隆辑：《刻汉书评林序》，《汉书评林》，山西濬文书局刻本。

《春秋》书法寓褒贬于纪传之中，则虽《史记》亦不及也。其用兵之名有四：两相攻曰攻……以大加小曰伐……有罪曰讨……天子自往曰征……攻占得地之名有二：易得曰取……难得曰克……以身归曰降……以地归曰附……立后得其正者曰以某妃某夫人为皇后……立不以正者曰以某氏为皇后……凡此皆先立一例，而各以事从之，褒贬自见。其它书法，亦各有用意之处。"① 然而，清代乾嘉时期另一重要史学家王鸣盛则对欧阳修以"春秋笔法"撰《新五代史》颇有微词，其《十七丈商榷》有"欧法《春秋》"条目："愚谓欧公手笔诚高，学《春秋》却正是一病。《春秋》出圣人手，义例精深，后人去圣久远，莫能窥测，岂可妄效？且意主褒贬，将事实壹意删削，若非旧史复出，几叹无征。"② 究其实，王鸣盛并非反对"春秋笔法"，甚至对孔子《春秋》十分尊崇："今之作者，苟能遵纪传之体制，同《春秋》之是非，文适迁、固，直如南、董，亦无上矣。"③ 他只是反对假借"春秋笔法"妄改史料以求一己之"义"的做法。至于说欧阳修的《新五代史》是否属于此类，尚需谨慎探讨。

但王鸣盛提出曲笔失真的问题应引起史学界的重视。诚如前文所言，"为尊者讳，为亲者讳，为贤者讳"乃《春秋》书例之一，能以曲笔为尊者、亲者、贤者"隐恶扬善"是符合"礼"（即"大义"）的。然而，令孔子始料不及的是，这一隐晦曲笔却为后人妄改史料提供了理论依据。直到 1900 年八国联军攻入北京，慈禧携光绪仓皇逃西安，当时史书还称之为"庚子西狩"，显然是承接《春秋》"天王狩于河阳"之余绪。

要而言之，"春秋笔法"包含事、义、文三要素，如何处理好三者之间的关系应是史家运用"春秋笔法"首先应予以考虑的。正确的看法是宋代史学批评家吴缜的论述：

> 夫为史之要有三：一曰事实，二曰褒贬，三曰文采。有是事而如是书，斯谓事实。因事实而寓惩劝，斯谓褒贬。事实褒贬既得矣，必

---

① 王树民：《廿二史札记校证》（订补本），中华书局 2001 年版，第 460 页。
② 王鸣盛：《十七史商榷》卷九十三，黄曙辉点校，世纪出版集团上海书店出版社 2005 年版，第 865 页。
③ 王鸣盛：《十七史商榷》卷九十九《正史编年二体》，黄曙辉点校，世纪出版集团上海书店出版社 2005 年版，第 927 页。

资文采以行之，夫然后成史。①

此论得史家"春秋笔法"三昧，当为不易之论。

2. 由经学、史学向文学的流变

如上所述，无论事有多真，义有多善，最终都要落实到语言的记录上，所谓文以载道，文以记事，无文则何以载道、记事？因此，经学家为了阐释"微言大义"需要锤炼语言；史学家为了记事翔实，有条不紊，需要推敲语言；而文学家为了抒情言志更需要推敲锤炼语言。葛兆光借用西方后现代史学的理论观点，用"从'六经皆史'到'史皆文也'"一句话对两千多年来的中国史学作了颠覆性的解构。说史学是文学固然是一种深刻的片面，葛兆光也不同意后现代史学的这一观点，而主张"指向真实"的说法②，但是中国古代经学、史学确有文学性修辞已是不争的事实。对此，钱锺书精辟地指出：

> 盖修词机趣，是处皆有；说者见经、子古籍，便端肃庄敬，鞠躬屏息，浑不省其亦有文字游戏三昧耳。③

"春秋笔法"虽属于史官著史，经学家阐释"微言大义"的权力话语，但就其本质而言，仍属于文学的修辞手法。如果说"春秋笔法"由经入史属于自然而然的过渡，那么由经、史推及于文，与其说是自然的流变，不如说是本能的皈依。

"春秋笔法"何时推及于文学是一个很复杂、很难回答又不能不回答的问题。大致说来，作为修辞手法，早在《春秋》之前的青铜铭文中已有萌芽（见前所述）；就纯叙事文学体裁而言，将"春秋笔法"运用得十分圆熟的作品当是不会迟于南朝刘宋时期刘义庆的《世说新语》；而第一次将"春秋笔法"纳入文学理论进行文体学总结的，则始于南朝齐梁时期刘勰的《文心雕龙》。简言之，魏晋以降，经学式微，玄学兴盛，伴随中国文学自觉时代的到来，"春秋笔法"在叙事文学作品中开始运用并受

---

① 吴缜：《新唐书纠谬·序》，商务印书馆1936年版。
② 葛兆光：《中国思想史》第二卷，复旦大学出版社2000年版，第70页。
③ 钱锺书：《管锥编》，中华书局1986年版，第461页。

到文论家的关注。这便是"春秋笔法"归于文学的基本走向。以下，试就这一问题略加申述。

《晋书·褚裒传》云："裒少有简贵之风……谯国桓彝见而目之曰：'季野有皮里春秋。'言其外无臧否，而内有所褒贬也。"① 刘义庆《世说新语·赏誉》亦有记载："桓茂伦云：'褚季野皮里阳秋。'谓其裁中也。"② 所谓"皮里"，心中是也。"阳秋"即春秋。晋简文皇后名阿春，故东晋人讳"春秋"为"阳秋"。"皮里阳秋"从此成为一句成语，形容口头上很少评论他人，内心自有好恶褒贬的一种处世态度。褚裒在晋代实有其人，但对他的为人处事的评价却颇具文学的想象与夸张。俗语云：知人知面难知心。试想，一位从来口不臧否人物的人，他人何以知晓其内心深处的好恶褒贬？褚裒不该躲进历史的尘封中黯然隐退，应该把他请到文学纪念馆中作为"春秋笔法"的"标本"来珍藏。

还有一部书也可作"标本"纪念的，那就是《世说新语》。关于《世说新语》的语言艺术成就，或云"玄远冷隽"，"高简瑰奇"（鲁迅《中国小说史略》）或云"清微简远，居然玄胜"（宋刘应登《世说新语序自》），或云"或词冷而趣远，或事琐而义奥"（袁褧《世说新语》序）。也许再用许多美丽的词藻来形容《世说新语》也不过分。但笔者以为，所有这些评价都似可用"尚简用晦"的"春秋笔法"来概括。治《世说新语》者，多以为魏晋清谈与玄风促成了《世说新语》"言约旨远"的风格，这固然是正确的。但孰不知，两汉经学、史学所推重的"春秋笔法"亦在《世说新语》中"安营扎寨"，甚至可以说，《世说新语》成了"春秋笔法"的"练兵场"也不为过。那"乘兴而行，兴尽而返"的高情韵致，让人想到精神适意已超越了肉体的疲惫；那"飘如游云，矫若惊龙"的潇洒风神，不仅活画出王羲之本人的风韵，更活画出《兰亭集序》书法的神韵。这便是词约意丰，便是尚简用晦。再如《世说新语·规箴》：

> 王夷甫雅尚玄远，常嫉其妻贪浊，口未尝言"钱"字，妇欲试之：令婢女以钱绕床，不得行。夷甫晨起，见钱阂行，呼婢曰："举

---

① 《晋书·褚裒传》，房玄龄等撰，中华书局 1974 年版，第 2415 页。
② 徐震堮：《世说新语校笺》，中华书局 1984 年版，第 252 页。

却阿堵物！"①

这里"阿堵"代指钱，不言钱而言"阿堵"正显出王夷甫以一字定褒贬的"春秋笔法"。由此看来，魏晋玄风所追求的简约玄澹与两汉经学"一字定褒贬"的"春秋笔法"并非冰炭相憎，水火不容，在修辞机趣上仍有相通之处。

"春秋笔法"在文学理论上的总结则始自齐梁时期刘勰的《文心雕龙》，继之有初唐刘知几的《史通》。

刘勰在《文心雕龙》中并未直接使用"春秋笔法"一词，但在《征圣》《宗经》《史传》《熔裁》等章节直接或间接地涉及用笔简洁而含义丰厚的问题。且看《征圣》："或简言以达旨，或博文以该情，或明理以立体，或隐义以藏用。故春秋一字以褒贬，丧服举轻以包重，此简言以达旨也。……四象精义以曲隐，五例微辞以婉晦，此隐义以藏用也。"这是说圣人根据不同的内容确定不同的写法，并由此产生简繁显隐四种写作手法。其中简、隐当属于"春秋笔法"。再看《宗经》："春秋辩理，一字具义，五石六鹢，以详备成文；雉门两观，以先后显旨；其婉章志晦，谅以邃矣。尚书则览文如诡，而寻理即畅；春秋则观辞立晓，而访义方隐。"这是说《春秋》已把婉转成章用意含蓄的写法发挥到了极致。《尚书》文字似乎深奥，但其用意易于明白，《春秋》的字句一读便懂，但探究其含义，却是难以领会。这等于再次强调了"春秋笔法"简约婉晦的特征。再看《史传》："昔者，夫子闵王道之缺，伤斯文之坠，静居以叹凤，临衢而泣麟，于是就太师以正雅颂，因鲁史以修春秋，举得失以表黜陟，征存亡以标劝戒；褒见一字，贵逾轩冕；贬在片言，诛深斧钺。然睿旨存亡幽隐，经文婉约，丘明同时，实得微言，乃原始要终，创为传体。"② 此处，刘勰虽旨在谈史传文体的形成，但对孔子《春秋》幽隐婉约之特点和惩恶劝善之功能的概括十分精当。尤其是"褒见一字，贵逾轩冕，贬在片言，诛深斧钺"已成为"春秋笔法"的经典话语而为后代沿袭下来。以《文心雕龙》对后代文学理论及创作之影响和刘勰言简意赅的经典性评价来看，"春秋笔法"继经学、史学之后成为文学批评的话语模式得到

① 徐震堮：《世说新语校笺》，中华书局1984年版，第307页。
② 范文澜：《文心雕龙注》，中华书局1958年版，第283—284页。

确立。尚简用晦的文学理念和创作追求得到了强化。

初唐刘知几撰《史通》，虽对孔子作《春秋》多讳忌而有微词，但多以实录的标准来进行评判，非有否定"春秋笔法"之意。且对史书撰写提出"简要""用晦"的要求：

> 夫国史之美者，以叙事为工；而叙事之工者，以简要为主，简之时义大矣哉！历观自古，作者权舆，《尚书》发踪，所载务于寡事；《春秋》变体，其言贵于省文。斯盖浇淳殊致，前后异迹。然则文约而事丰，此述作之尤美者也。①

所谓简要或言尚简，就是要求史家叙写历史要用最少的文字表达最丰富的内容，即"文约而事丰"，避免繁冗，刘知几又说：

> 然章句之言，有显有晦。显也者，繁词缛说，理尽于篇中；晦也者，省字约文，事溢于句外。……夫能略小存大，举重若轻，一言而巨细咸该，片语而洪纤靡漏，此皆用晦之道也。②

在刘知几看来，优秀的史书则应当是"一言而巨细咸该，片语而洪纤靡漏"。经刘知几的阐释，"春秋笔法"中的"尚简""用晦"之道，几乎成为史书、史传文学乃至于叙事文学共同遵循的修辞原则，对后世产生了重大的影响。宋欧阳修《论尹师鲁墓志》云："述其文，则曰：'简而有法'。此一句，在孔子'六经'，惟《春秋》可当之。"南宋陈骙《文则》云："且事以简为上，言以简为当。言以载事，文以著言，则文贵其简也。文简而理周，斯得其简也。读之疑有阙焉，非简也，疏也。《春秋》书曰：'陨石于宋五。'《公羊传》曰：'闻其磌然，视之则石，察之则五'。《公羊》之义，经以五字尽之，是简之难者也。"又云："文之作也，以载事为难；事之载也，以蓄意为工。"③清刘大櫆《论文偶记》："文贵简。凡文笔老则简，意真则简，辞切则简，理当则简，味淡则简，气蕴则

---

① 刘知几：《史通·叙事》，辽宁教育出版社1997年版，第50页。

② 同上书，第52页。

③ 陈骙：《文则》，见王水照编《历代文话》第一册，复旦大学出版社2007年版，第138页。

简，神远而含藏不露则简，故简为文章尽境。"① 当然，为文叙事并非越"简"越好，"繁"与"简"总是相对而言，只要能恰到好处地表达出所叙之事，所言之意，"繁"与"简"都是可用的，顾炎武对此有辩证的看法：

> 辞主于达，不论其繁与简也，繁简之论兴，而文亡矣。《史记》之繁处必胜于《汉书》之简处。《新唐书》之简也，不简于事而简于文，其所以病也。……且文章岂有繁简邪？昔人之论谓如风行水上，自然成文；若不出于自然，而有意于繁简，则失之矣。②

（二）整合

有清一代是中国传统学术文化的总结期。"春秋笔法"由先秦发展到清代历经经学、史学、文学的递嬗演变，在清代的学术文化背景下也开始自身的整合。其中最重要的人物和理论便是清前期古文家方苞及其"义法"说。也可以说，是方苞对先秦以来"春秋笔法"理论加以整合，并有了新的开拓，才使"春秋笔法"这一理论范畴更加完善。整合者，通于经法、史法而归于文法也。

1. 方苞"义法"说之渊源

方苞（1668—1749），字凤九，号灵皋，晚号望溪，安徽桐城人，官至礼部侍郎。长于经学，崇尚唐宋古文，思想依归于程朱理学，有《望溪先生全集》。在文学批评上提出以"义法"为核心的理论主张：

> 《春秋》之制义法，自太史公发之，而后之深于文者亦具焉。义即《易》之所谓"言有物"也；法即《易》之所谓"言有序"也。义以为经而法纬之，然后为成体之文。③

这里有一点值得注意：方苞认为，"义法"一词源自司马迁对孔子《春秋》书法的阐释，实际上则道出了方苞"义法"说的两个来源，即源于

---

① 刘大櫆：《论文偶记》，见王水照编《历代文话》第四册，复旦大学出版社 2007 年版，第 4112 页。
② 黄汝成：《日知录集释》卷十九，岳麓书社 1994 年版，第 686、687 页。
③ 方苞：《望溪先生全集》卷二，四部备要本。

经学和史学①。就经学而言，方苞精研《春秋》《三礼》，在《周官析疑序》中指出："凡义理必载于文字，惟《春秋》《周官》则文字所不载而义理寓焉，盖二书乃圣人一心所营度，故其条理精密如此。"② 所谓"文字所不载而义理寓焉"是指不用语言直说义理，而是将义理寓于严密之体例与精审之条理中，以简练的语言出之。他在以"义法"论文的典范之作《左传义法举要》中往往指出《春秋》《左传》的简繁详略互用的书法、义例为"义法"说之精髓。可见其"义法"说本于经学。

方苞"义法"说的另一渊源则是司马迁在《史记》中所运用的义法，这不仅是因为"义法"一词由司马迁首次提出，更重要的是，《史记》被古文学家视为治史作文必须遵循的法典，有"文家王都"之称。方苞在《书史记十表后》云："十篇之序，义并严密而辞微约，览者或不能遽得其条贯，而法之精变，必于是乎求之，始的然其有准焉。欧阳氏《五代史志考》序论，遵用其法，而韩柳书经子后语，气韵亦近之，皆其渊源之所渐也。"③ 可见，《史记》义法为后来韩、欧之文树立了典范，与《左传》相比也更为细密精审。

在方苞"义法"说之渊源上，笔者虽赞同经、史二源说，但究其实质而言，《史记》义法亦源于《春秋》义法，二源是归于一源的，但由于方苞既精研《春秋》又声称义法来自《史记》义法，反而将《春秋》义法"淡化"了，这与清初民族矛盾尖锐，清统治者加强思想文化专制的政治环境有一定关系。王达津认为："义法源于《春秋》，所谓'义例'、'义类'，也都是义法的条例。但是方苞却提出义法来自《史记》，而且遵照《史记》，这就是因为《春秋》义法是清统治者忌讳的，《春秋》所表现的'尊王攘夷'、'内诸夏而外夷狄'和忠于旧君的观念是统治者所不能允许的。"④ 明乎此，在笔者看来，方苞在"义法"说上的"二源"态度，其实正是"春秋笔法"中"为尊者讳"的一次成功运用。

2. 方苞"义法"说的内容、特点

---

　　① 今从王镇远说，见《论方苞的"义法"说》，《江淮论坛》，1984 年第 1 期，又见王镇远、邬国平《清代文学批评史》，上海古籍出版社 1995 年版，第 414 页。
　　② 方苞：《望溪先生全集》卷四，四部备要本。
　　③ 方苞：《望溪先生全集》卷二，四部备要本。
　　④ 王达津：《说方苞义法》，见《古代文学评论研究论文集》，南开大学出版社 1985 年版，第 110 页。

　　方苞对其"义法"作了简明而富有创造性的阐释。他借重《周易》"言有物"释"义"①，"言有序"释"法"，固然有为自己立论张本之意，但仍能较明确地指出"义法"的内涵及"义"与"法"之间的相互关系。

　　正如《春秋》通过具体的"义例""书法"来表现微言大义一样，方苞亦认为，作为"言有物"的"义"就体现在"言有序"的"法"之中，所谓"义以为经而法纬之"，指出了内容通过形式表现的重要性。这种认识和他以"义法"范畴评价具体作品时偏重文章作法和形式的分析是相一致的。

　　王镇远认为方苞"义法"大致表现为四方面，即"义法"指文体对写作的规定和限制，此其一；其二，"义法"是对文章材料的取舍详略提出的要求；其三，"义法"又指文章的开合起伏，脉络呼应；其四，以"义法"论文要求文字雅洁。根据这四方面内容，王镇远又总结出方苞"义法"说的三个特点：其一，以"义法"论文重在文章的体裁、详略、章法、语言等问题，都是在写作的手段和技巧上提出一些必须遵守的法则，因而"义法"说是偏重于讨论文章形式方面的理论，尽管方苞指出了"义"对"法"的主导作用，但他没有直接给"义法"作出思想内容方面的规定。其二，要求文章风格归于简约是以"义法"论文的又一特点。其三，方苞以"义法"论文，主要是应用于记事之文，这是"义法"说的又一特点。②

　　笔者倾向于王镇远的看法，且从史的角度再作一些补充说明。

　　首先，方苞"义法"说是"义"与"法"的统一，即"言有物"与"言有序"的辩证统一。尽管方苞评析古代经史典籍时偏重于"法"，即文章之体例，材料之取舍，结构之安排及遣词造句之简约雅洁，但他决不否定文章内容的重要性，并要求文章应体现内容的真实性、深刻性和政治性，尤其是儒家的思想。因此，方苞将圣贤的经传之文、记事之文、论事之文均纳入"有物"的范围，系之以"义"的准则，也就是以儒家思想为纲，这表明方苞"义法"说仍属于儒家孔孟程朱的政治教化和伦理规

---

① 以"言有物"论文不自方苞始，戴复古亦有此说，见《清代文学批评史》，上海古籍出版社1995年版。

② 王镇远：《论方苞的"义法"说》，《江淮论坛》1984年第1期。

范的思想体系。他在《礼闱示贡士》中说：

> 世宗宪皇帝特颁圣训，诱迪士子。制义以清真古雅为宗，我皇上
> 引而申之，谆谕文以载道，与政治相通，务质实而言必有物，其于文
> 术之根源，阐括尽矣。①

这里不仅说"制义""以清真古雅为宗"，而且可知"言必有物"与"文以载道"都是"与政治相通"的，由此可见，"言有物"是以政治教化为目的的儒家文艺思想的体现，它与清代社会政治环境和统治者的政策有密切的关系。

其次，从"春秋笔法"的渊源流变看，方苞"义法"说的提出，是对传统"春秋笔法"理论的总结。他从"言有物"（义）出发而偏重于"言有序"（法）的理论特色，恰恰反映了"春秋笔法"由经学之"法"到史学之"法"再到文学之"法"的递嬗过程；反映了一个理论范畴由具体到抽象、由形而下到形而上的逻辑演绎过程。"言有物"具有抽象的概括性，我们可以按照方苞的本意将其具化为儒家政教伦理内容，也可以将其理解为文章要表现的充实的思想内容，与"言有序"即文章的艺术形式相对应。在肯定"言有物"的前提下，方苞还着重探讨文章的艺术形式、写作技巧，例如他一再强调《左传》《史记》义法之精妙：

> 惟《左传》、《史记》各有义法。一篇之中，脉相灌输，而不可
> 增损。然其前后相应，或隐或显，或偏或全，变化随宜，不主
> 一道。②

这里的"义法"已不再是两汉今文家随意生发的书例、义例，也不是史学家修史所制定的原则、例法，而是文章的叙事艺术，写作手法和修辞技巧，是文学上的"春秋笔法"最终取代了经学的史学的"春秋笔法"而成为中国古代叙事体散文写作艺术之通例。笔者认为，如果说在理论观念上，刘勰的《文心雕龙》，刘知几的《史通》已开启了"春秋笔法"向

① 方苞：《望溪先生全集》集外文卷八，杂文三首之一，四部备要本。
② 《书五代史安重诲传后》，见方苞《望溪先生全集》卷二，四部备要本。

文学的转型，那么方苞的"义法"说则最终完成了这一转型，使"春秋笔法"成为通行的文学批评范畴，并为后来清代最大的散文流派——桐城派的发展奠定了理论基础。他本人也就成为名副其实的桐城派鼻祖。正如新加坡学者许福吉所言："虽然义法说（方苞）的形成是根柢于经术、规范于史义，但最后都化成文章的法度，应用在古文的写作上。"① 这就等于把"春秋笔法"泛化为文章笔法了。

3. 刘熙载之"文法"说

最后，尚须论及的是清末刘熙载《艺概》中之"文法"说。刘熙载（1813—1881），字融斋，江苏兴化人，道光二十四年（1844）进士，官至广东提学使。刘氏一生以治经为主，著作甚丰，《艺概》系晚年之作。刘熙载之"文法"说系见诸《艺概》中之《文概》。

首先，刘熙载于《艺概·叙》阐明写作之方法时便成功运用了"春秋笔法"："顾或谓艺之条绪綦繁，言艺者非至详不足以备道。虽然，欲极其详，详有极乎？若举此以概乎彼，举少以概乎多，详有极乎？若举此以概乎彼，举少以概乎多，亦何必殚竭无余，始足以明指要乎！是故余平昔言艺，好言其概，今复于存者辑之，以名其名也。"既然求详求尽是没有极限的，那么，以少概多便不失为简便务实的方法。"盖得其大意，则小缺为无伤，且触类引伸，安知显缺者非即隐备者哉！抑闻之《大戴记》曰：'通道必简。概之云者，知为简而已矣。'"② 这段释"概"的文字足以说明长于治经的刘熙载已将以简驭繁的"春秋笔法"熟稔于心。

其次，《艺概·文概》开篇即言："《六经》，文之范围也。圣人之旨，于经观其大备，共深博无涯涘，乃《文心雕龙》所谓'百家腾跃，终入环内'者也。"继之，引出《春秋》"五例"云云。刘熙载如此开篇意在表明一切文法皆出于圣人之旨，环于《六经》之内的道理，属于经学家之老生常谈，不足为凭。读者若拘泥于此反倒"误读"了《文概》。《文概》谈"文法"的价值不仅仅在于沿着传统的经史子集的路子往下谈，更重要的在于刘熙载以自然之现象类比文章之现象，以自然之理沟通作文之理，通过自然规律的体认来把握散文的写作方法和规律。这实际上是把

① ［新加坡］许福吉：《义法与经世——方苞及其文学研究》，学林出版社2001年版，第72页。

② 刘熙载：《艺概·文概》，上海古籍出版社1978年版，第1页。

文章之法提高到自然本体论哲学命题的高度来认识。

> 兵形象水，惟文亦然。水之发源、波澜、归宿，所以示文之始、
> 中、终，不已备乎？①

以自然现象比况人事现象是中国传统文化的思维特点之一，发展到极端而流于谶纬迷信，但以水喻文是不在其中的。刘熙载借《孙子兵法·虚实》中的类比来解读作文之法。《孙子兵法·虚实》云："夫兵形象水，水之形，避高而趋下，兵之形，避实而击虚。水因地而制流，兵因敌而制胜。故兵无常势，水无常形，能因敌变化而取胜者，谓之神。"②孙子从水的运动规律悟到了用兵的道理。刘熙载认为散文的成文原理与水的成流原理也是一致的：文章开端要渊源有自，文思不能枯竭；行文中要有波澜，富于变化，不呆板；结尾要有归宿，曲终奏雅。他又说："叙事之学，须贯《六经》九流之旨，叙事之笔，须备五行四时之气。"③ 所谓"叙事之笔，须备五行四时之气"，就是意在强调叙事文笔当以自然为法，如风行水上，自然成文，他评价《史记》的叙事技巧和行文气势时说："《史记》叙事，文外无穷，虽一溪一壑，皆与长江、大河相若"。反对散文写作中矫揉造作的倾向，主张"文必自然流出"。

最后，刘熙载正是站在"文必自然流出"的角度来看问题，他对"春秋笔法"的认识才会有其过人之处，他继承了方苞"义法"说，又对此进行了创造性阐释：

> 长于理则言有物，长于法则言有序。始文者矜言物序，何不实于
> 理法求之。④

这里的"理法"是指客观事物的规律性："论事叙事，皆以穷尽事理为先。事理尽后，斯可再讲笔法。不然，离有物以求有章，曾足以适用而不朽乎？"就是说，无论是"言有物"的"义"，还是"言有序"的"法"

---

① 刘熙载：《艺概·文概》，上海古籍出版社 1978 年版，第 40 页。
② 《十一家注孙子校理》，孙武著，曹操等注，中华书局 1999 年版，第 124—125 页。
③ 刘熙载：《艺概·文概》，上海古籍出版社 1978 年版，第 41 页。
④ 同上。

都应以客观事物的规律性即客观"事理"为准的。由此看来,如果说方苞的"义法"说完成了"春秋笔法"向文学理论范畴的最终转型,那么,刘熙载的文法说则将"春秋笔法"提高到艺术哲学的高度来认识。"春秋笔法"到了方苞、刘熙载那里已泛化为文章笔法了。

两千多年前的"春秋笔法"似早已尘埃落定,其实不然,它像个精灵,由古及今,穿透历史尘封,并在我们当代生活中,在精英文化政治文化和大众文化中自由穿梭。

第二章

春秋笔法的内涵外延与本质特征

> 夫史之有例，犹国之有法。国无法，则上下靡定；史无例，则是非莫准。
>
> ——刘知几《史通·序例》
>
> 《春秋》之称，微而显，志而晦，婉而成章，尽而不汙，惩恶而劝善，非圣人，谁能修之？
>
> ——《左传》成公十四年

子曰："名不正，则言不顺；言不顺，则事不成；事不成，则礼乐不兴；礼乐不兴，则刑罚不中；刑罚不中，则民无所措手足。故君子名之必可言也，言之必可行也。君子于其言，无所苟而已矣。"[①] 某一天，子路对孔子说："卫君等着您去治理国政，您准备先干什么？"孔子道："那一定要纠正名分上的用词不当。"子路反驳道："先生怎么这样迂腐啊！有纠正名分的必要吗？"于是，便引来了前面"子曰"这一番话。正名分是儒家的重要思想，就连讥刺《春秋》为"断烂朝报"之作的王安石也承认"名实已明，则天下之理得矣"的道理。因此，本章主要为"春秋笔法"正名，即探讨"春秋笔法"的内涵、外延及其本质特征。

---

① 杨伯峻：《论语译注》，中华书局1980年版，第133—134页。

一　内涵：春秋五例

《春秋》作为编年体史书，记事不记言，且记事极为简约，类似于现在的"大事年表"。将二百四十二年间的史事，仅用一万六千余字"缩写"下来，与此前的《尚书》和此后不久的《左传》相比，《春秋》记事何以如此简约？或以为古字繁难，古人削竹为简，书写十分不便，不得不注意用语的凝练所致。然此说很难令人信服。况且，《春秋》出自圣人之手，非一般史官的简单记录，这便为后人解读《春秋》提供了广阔的阐释空间。《左传》成公十四年，君子曰："《春秋》之称，微而显，志而晦，婉而成章，尽而不汙，惩恶而劝善。非圣人，谁能修之？"① 这是最早言及"春秋笔法"的文字。西晋杜预在其《春秋左传序》中对"春秋五例"进行了说明。现以《十三经注疏·春秋左传正义》为底本，即从杜预"序"和孔颖达"正义"入手，就"春秋五例"阐释如下。

（一）微而显

"一曰'微而显'，文见于此，而起义在彼。'称族，尊君命；舍族，尊夫人'、'梁亡'、'城缘陵'之类是也。"② 《春秋》成公十四年："秋，叔孙侨如如齐逆女。……九月，侨如以夫人妇姜氏至自齐。"这里，叔孙氏是氏族名，因侨如奉君命出使，为了尊重君命，故侨如前冠以氏族"叔孙"称谓，即叔孙侨如（奉君命）前往齐国迎亲。下文称侨如，而不称叔孙侨如，是因为侨如迎接夫人归来，为了尊重夫人，所以只称侨如。称谓不同，尊重的对象就不一样。《春秋》僖公十九年："梁亡"。不说秦国灭掉梁国，而是指责梁君虐待人民，民不堪命，四散而逃，实梁君自取灭亡。对此，《左传》僖公十九年有明确记载："梁亡。不书其主，自取之也。初，梁伯好土功，亟城而弗处，民罢而弗堪，则曰：'某寇将至'。乃沟宫沟，曰：'秦将袭我。'民惧而溃，秦遂取梁。"③ 《春秋》僖公十

---

① 杨伯峻：《春秋左传注》（修订本），中华书局1990年版，第870页。

② 《春秋左传正义》，见阮元校刻《十三经注疏》，孔颖达正义，中华书局1980年影印本，第1706页。

③ 杨伯峻：《春秋左传注》（修订本），中华书局1990年版，第384—385页。

四年："春，诸侯城缘陵。"① 杞国受到他国威胁，齐桓公不能救，率领诸侯在缘陵筑城，把杞国迁到缘陵。桓公不能率诸侯救杞，是缺点，所以不记修城之人。以上三例意在说明《春秋》"微而显"，即用词精微而含义明显的书例。孔颖达《正义》云："出称叔孙，举其荣名，所以尊君命也；入舍叔孙，替其尊称，所以尊夫人也。族自卿家之族，称舍别有所尊。是文见于此，而起义在彼。"又云："秦人灭梁而曰'梁亡'，文见于此，'梁亡'见取者之无罪。齐桓城杞而书'诸侯城缘陵'，文见于此，'城缘陵'见诸侯之有阙。亦是文见于此，而起义在彼。皆是辞微而义显，故以此三事属之。"②

（二）志而晦

"二曰'志而晦'，约言示制，推以知例。参（sān）会不地、与谋曰'及'之类是也。""志，记也。晦，亦微也。谓约言以记事，事叙而文微。"③《春秋》桓公二年："公及戎盟于唐。冬，公至自唐。"④ 传例曰"特相会，往来称地，让事也。自参（sān）以上，则往称地，来称会，成事也。"其意言会必有主，二人共会，则莫肯为主，两相推让，会事不成，故以地致。三国以上，则一人为主，二人听命，会事有成，故以会致。大意是说，桓公及戎在唐地相会，两人互相推让，不肯作盟主，会不成，故称公至自唐，即点明相会之地，而不说盟会成功。倘若三国以上结会，则一人为盟主，其余二人听命，结会成功，就不称至自某地，而用"会"字表示盟会成功。《春秋》宣公七年："公会齐侯伐莱。"⑤ 传例曰："凡师出，与谋约及，不与谋曰会。"其意言同志之国，共行征伐，彼与我同谋计议，议成而后出师，则以相连及为文。彼不与我谋，不得已而往应命，则以相会合为文。就是说，在出兵问题上，同志之国事前参与谋划的称"及"；事前未参与谋划又不能不出兵的称"会"。孔颖达《正义》云："此二事者（如上所举二事），义之所异，在于一字。约少其言，以

---

① 杨伯峻：《春秋左传注》（修订本），中华书局1990年版，第346页。
② 《春秋左传正义》，见阮元校刻《十三经注疏》，孔颖达正义，中华书局1980年影印本，第1706页。
③ 同上。
④ 杨伯峻：《春秋左传注》（修订本），中华书局1990年版，第84页。
⑤ 同上书，第690页。

示法制，推寻其事，以知其例。是所记有叙，而其文晦微也。"要而言之，以"会"为例，诸国会盟成功，称为"会"；而同志之国事前未参与谋划又不能不出兵协同作战的亦称为"会"。可见，同一"会"字却有不同的涵义，显示出不同的制度和规范，进而可知《春秋》义例的幽微之处。因此，所谓"志而晦"即记载史事，用词简约而含义隐微是也。

（三）婉而成章

"三曰'婉而成章'，曲从义训，以示大顺。诸所讳辟，璧假许田之类是也。"① 婉，曲也。辟，亦作"避"。谓屈曲其辞，有所辟讳，以示大顺，而成篇章。言"诸所讳辟"者，其事非一，故言"诸"以总之也。这里主要讲的是避讳，通过委曲之辞以达避讳之意。如《春秋》僖公十六年："冬十有二月，公会齐侯、宋公、陈侯、卫侯、郑伯、许男、邢侯、曹伯于淮。"② 又《春秋》僖公十七年："夏，灭项。……九月，公至自会。"③ 表面上看，记鲁僖公于淮会盟诸侯，次年灭项国，自九月而归。其实，个中委曲之处都避而不谈。对此，《左传》僖公十七年有记载："（鲁）师灭项。公有诸侯之事，未归，而取项。齐人以为讨，而止公。秋，声姜以公故，会齐侯于卞。九月，公至，书曰'至自会'，犹有诸侯之事焉，且讳之也。"④ 原来鲁僖公于十六年十二月于淮上会诸侯，次年出兵灭掉项国，齐桓公因此将僖公扣留。僖公夫人声姜原为齐女，因僖公被扣留，同年秋，遂与齐桓公相会于卞城。这样，鲁僖公才于九月被放还鲁国。声姜上演的这场"美人救英雄"的闹剧，在孔子看来属于"为尊者讳"，因此，《春秋》避而不谈。又《春秋》桓公元年："郑伯以璧假许田。"⑤ 孔颖达《正义》云："诸侯有大功者，于京师受邑，为将朝而宿焉，谓之朝宿之邑。方岳之下，亦受田邑，为从巡守备汤水以共沐浴焉，谓之汤沐之邑。鲁以周公之故，受朝宿之邑于京师许田是也；郑以武公之勋，受汤沐之邑于泰山祊田是也。隐桓之世，周德既衰，鲁不朝

---

① 《春秋左传正义》，见阮元校刻《十三经注疏》，孔颖达正义，中华书局 1980 年影印本，第 1706 页。

② 杨伯峻：《春秋左传注》（修订本），中华书局 1990 年版，第 368 页。

③ 同上书，第 371、372 页。

④ 同上书，第 373 页。

⑤ 同上书，第 81 页。

周，王不巡守，二邑皆无所用，因地势之便，欲相与易，祊薄不足以当许，郑人加璧以易许田。诸侯不得专易天子之田，文讳其事。桓元年，经书'郑伯以璧假许田'，言若进璧以假田，非久易也。掩恶扬善，臣子之义，可以垂训于后。"原来，鲁国之许田与郑国之祊田乃周天子所赐，按周礼是不能互换的。所以从维护周礼的角度出发，不能说是交换，只能说用璧来借用许田，假者，借也。杨伯峻也认为："郑伯以祊加璧与鲁易许田，此实交换，而经、传以假借言之者，盖袭用当时辞令"。《谷梁传》则云："非假而曰假，讳易地也。"① 这种隐讳的笔法就叫"婉而成章"。

（四）尽而不汙

"四曰'尽而不汙'，直书其事，具文见意。丹楹刻桷、天王求车、齐侯献捷之类是也。"② 所谓"尽而不汙"就是尽其事实而不汙曲。"汙"通"纡"。《春秋》庄公二十三年："秋，丹桓公楹。"③ 即用朱漆漆桓公宫内的柱子。据《谷梁传》，天子诸侯之屋柱用微青黑色，大夫用青色，士用黄色，用赤色者为非礼，故而《春秋》加以实录。《春秋》庄公二十四年："春王正月，刻桓宫桷。"④ 即在桓公宫内椽子上雕刻。据《谷梁传》，按礼制天子宫内的木桷要经过砍削和打磨；诸侯宫内的木桷也要经过砍削和打磨；大夫屋内木桷只需砍削光滑就可以了；士的屋内木桷只砍掉木棍的根须就行了。因此，在木桷上雕刻花纹是不符正规礼制的。又说刻桓宫桷，丹桓公楹，斥言桓宫，实际上是遣责庄公。《春秋》桓公十五年："天王使家父来求车。"⑤ 按礼制，车与戎服，乃在上者所以赐予在下者，故诸侯不用以贡于天子。而"天王使家父来求车"，当属于非礼的行动。《春秋》庄公三十一年："六月，齐侯来献戎捷。"杨伯峻引《周礼·天官·玉府》郑注云："古者致物与人，尊之则曰献，通行曰馈。《春秋》曰：'齐侯来献戎捷。'尊鲁也。"战胜而有所获，献其所获曰献捷，亦曰献功。据《左传》云："齐侯来献戎捷，非礼也。凡诸侯有四夷之功，则

---

① 杨伯峻：《春秋左传注》（修订本），中华书局1990年版，第81—82页。
② 《春秋左传正义》，见阮元校刻《十三经注疏》，孔颖达正义，中华书局1980年影印本，第1706页。
③ 杨伯峻：《春秋左传注》（修订本），中华书局1990年版，第225页。
④ 同上书，第227页。
⑤ 同上书，第141页。

献于王，王以警于夷；中国则否。诸侯不相遗俘。"可见，齐侯把戎俘献给鲁国是违礼的。所有这些都是直书其事，不加隐晦，来显示他们做了违礼的事。

（五）惩恶劝善

"五曰'惩恶而劝善'，求名而亡，欲盖而章。书齐豹'盗'、三叛人名之类是也。"此例是说善名必书，恶名不灭，以期达到惩劝之作用。孔颖达《正义》引：《春秋》昭公二十年："盗杀卫侯之兄絷。"《春秋》襄公二十一年："邾庶其以漆闾丘来奔。"《春秋》昭公五年："莒牟夷以牟娄及防兹来奔。"《春秋》昭公三十一年："邾黑肱以滥来奔。"是谓盗与三叛人名也。齐豹，卫国之卿，《春秋》之例，卿皆书其名氏，齐豹忿卫侯之兄，起而杀之，欲求不畏强御之名，《春秋》抑之，故书曰"盗"。盗者，贱人有罪之称也。邾庶其、邾黑肱、莒牟夷三人，皆小国之臣，并非命卿，其名于例不合见经，窃地出奔，求食而已，不欲求其名闻，《春秋》故书其名，使恶名不灭。若其为恶求名而有名章彻，则作难之士，谁或不为？若窃邑求利而名不闻，则贪冒之人，谁不盗窃？故书齐豹曰"盗"，三叛人，使其求名而名亡，欲盖而名彰，所以惩创恶人，劝奖善人。[1]《左传》昭公三十一年具论此事，其意甚明：

> 君子曰："名不可不慎也如是：夫有所名而不如其已（有时有名不如无名）。以地叛，虽贱，必书地，以名其人，终为不义，弗可灭已。是故君子动则思礼，行则思义；不为利回（违），不为义疚（见义勇为，不因不为而内疚）。或求名而不得，或欲盖而名章（彰），惩不义也。齐豹为卫司寇，守嗣大夫，作而不义，其书为'盗'。邾庶其、莒牟夷、邾黑肱以土地出，求食而已，不求其名。贱而必书。此二物者，所以惩肆而去贪也。若艰难其身，以险危大人，而有名章徹，攻难之士将奔走之。若窃邑叛君以徼大利而无名，贪冒之民将寘（致）力焉。是以《春秋》书齐豹曰'盗'，三叛人名，以惩不义，数恶无礼，其善志也。故曰，《春秋》之称微而显，婉而辨。上之人

_____

① 《春秋左传正义》，见阮元校刻《十三经注疏》，孔颖达正义，中华书局1980年影印本，第1707页。

能使昭明，善人劝焉，淫人惧焉，是以君子贵之。"①

盗与三叛俱是恶人，书此二事，唯得惩恶耳，而言"劝善"者，恶惩则善劝，故连言之。

要而言之，笔者认为，"春秋五例"作为"春秋笔法"的基本内涵，其社会功利价值表现为"惩恶劝善"的思想原则与法度，其审美价值表现为"微而显""志而晦""婉而成章""尽而不汙"的修辞原则与方法。前者为目的为功用，后者为手段为方法。就修辞艺术而言，又可分为二类：一为直书其事，"尽而不汙"者是也；一为微婉隐晦，"微而显""志而晦""婉而成章"者是也。微婉隐晦又可分为二类：出于避讳者，"婉而成章"是也；非出于避讳者，"微而显""志而晦"是也。"微而显"与"志而晦"亦是同中有异，所同者，措词之简约也；所异者，褒贬之显隐也。

二　外延：一名三义

笔者认为，如果说"春秋五例"是"春秋笔法"的基本内涵，那么，经法、史法与文法则是"春秋笔法"的外延。"春秋笔法"一名而含三义，即经法、史法、文法。三者既相互融通，又各自相对独立。所谓经法，即惩恶劝善之思想原则与法度，史法是沟通古今的思想原则与法度，文法自然是属辞比事的文章笔法与修辞手法。从史的发展角度看，"春秋笔法"实经历了由经法到史法再到文法的发展过程，而文法又贯穿于经法、史法之中。从三者的内质特色上看，经法旨在惩恶而劝善，故求其善；史法旨在通古今之变，故求其真；文法旨在属辞比事，故求其美。现分而论之。

（一）经法

经法作为"春秋笔法"的最初形态，若离开惩恶劝善之"微言大义"，则无从谈起。所谓"春秋笔法"是含有"微言大义"的笔法，即"义法"。义，指大义，也就是所包含惩恶劝善，经邦济世的原则和内容；

① 杨伯峻：《春秋左传注》（修订本），中华书局1990年版，第1512—1513页。

法，指"书法"，也称"书例"，就是记事严格的体例和法度，各种"书法"，都表达某种褒贬态度。二者是统一而不可分的，"义"通过"法"来表达，"法"则是"义"的载体。二者实际上是内容与形式的关系。因此，对经法的探讨应以"义"为经，以"法"为纬。

《孟子·滕文公下》云："世衰道微，邪说暴行有作。臣弑其君者有之，子弑其父者有之。孔子惧，作《春秋》。《春秋》，天子事也。是故孔子曰：'知我者其惟《春秋》乎？罪我者其惟《春秋》乎？'"①在《离娄下》中，孟子又说："王者之迹熄而《诗》亡，《诗》亡然后《春秋》作。晋之《乘》、楚之《梼杌》、鲁之《春秋》，一也。其事则齐桓、晋文，其文则史，孔子曰：'其义则丘窃取之矣。'"② 孟子这两段话不仅道出孔子作《春秋》的动机，而且道出孔子在《春秋》中寄寓了"义"，即"天子事也"。至汉初，《春秋》被儒生视为经，今文学家着重阐释孔子《春秋》中的"微言大义"。深受今文经学影响的司马迁在《史记·十二诸侯年表序》中所记更为具体：

> 孔子明王道、干七十余君莫能用，故西观周室，论史记旧闻，兴于鲁而次《春秋》，上记隐，下至哀之获麟，约其辞文，去其烦重，以制义法，王道备，人事浃。③

在《史记·太史公有序》中司马迁引用董仲舒的话，也有类似的说法："余闻董生曰：'周道衰废，孔子为司寇，诸侯害之，大夫壅之。孔子知言之不用，道之不行也，是非二百四十二年之中，以为天下仪表，贬天子，退诸侯，讨大夫，以达王事而已矣。'子曰：'我欲载之空言，不如见之行事之深切著明也。'"④ 又引壶遂曰："孔子之时，上无明君，下不得任用，故作《春秋》，垂空文以断礼义，当一王之法。"⑤ 上述材料是说，孔子的政治主张在现实中不能实现，便把政治主张寄寓在他修订的《春秋》中，曲折地表达治理天下的法则，即"春秋大义"。所谓经法，

---

① 杨伯峻：《孟子译注》，中华书局1960年版，第155页。
② 同上书，第192页。
③ 司马迁：《史记·十二诸侯年表序》，中华书局1959年版，第509页。
④ 司马迁：《史记·太史公自序》，中华书局1959年版，第3297页。
⑤ 同上书，第3299页。

首先应该指出的就是经邦济世之法。

一曰定名分，即"正名"的思想。春秋时代，王纲解纽，礼崩乐坏，所谓"世衰道微，邪说暴行有作。臣弑其君者有之，子弑其父者有之"①。面对这样动荡混乱的社会现象，孔子认为当务之急在于恢复"周礼"，即恢复西周以来以血缘纽带为核心的政治伦理秩序，建立封建等级制度。因此，孔子主张为政必先正名，"名不正，则言不顺；言不顺，则事不成；事不成，则礼乐不兴；礼乐不兴，则刑罚不中；刑罚不中，则民无所措手足。"②胡适看到了正名思想在《春秋》中的作用，他说："一部《春秋》便是孔子实行正名的方法。"③正名思想正是孔子作《春秋》的指导思想，所谓拨乱反正也是从正名开始的。正名的要求是"君君、臣臣、父父、子子"。④即君臣父子各有其本分，各等级之人各守本分，就可以维护封建等级秩序和封建伦理关系。以下犯上，臣杀君、子杀父，则是乱臣贼子，《春秋》中一律写成"弑君""弑父"；反之，杀掉乱臣贼子，一律写作"诛"。正名思想贯穿《春秋》全书，通过正名寄寓褒贬，达到惩恶劝善的政治教化目的，正是经法的重要内容和表现。

二曰大一统。何谓大一统？大者，重视，尊重之意；一统，指天下诸侯皆统系于周天子。《春秋》隐公元年："元年春王正月。"《公羊传》解云："元年者何？君之始年也。春者何？岁之始也。王者孰谓？谓文王也。曷为先言王而后言正月？王正月也。何言乎王正月？大一统也。"⑤徐彦《疏》："王者受命，制正月以统天下，令万物无不一一皆奉之以为始，故言大一统也。"⑥孔子在诸侯纷争，不尚一尊的春秋乱世，提出"大一统"的思想，在当时有进步意义。至于后代的《公羊》学家将《春秋》大一统思想发展为中央集权的封建专制一统思想则又当别论。

三曰尊王攘夷。尊王攘夷又是《春秋》经法的重要内容。所谓正名，所谓大一统是以尊王为前提的。尊王就是尊崇周王，承认周天子是天下唯一的主宰，是各国诸侯的共主。只有尊王，才能有利于巩固统一的中央政

---

① 《孟子·滕文公下》，见杨伯峻《孟子译注》，中华书局1960年版，第155页。
② 《论语·子路》，见杨伯峻《论语译注》，中华书局1980年版，第133—134页。
③ 胡适：《中国哲学史大纲》，上海古籍出版社1997年版，第70页。
④ 《论语·颜渊》，见杨伯峻《论语译注》中华书局1980年版，第128页。
⑤ 《春秋公羊传注疏》，见阮元校刻《十三经注疏》，中华书局1980年影印本，第2196页。
⑥ 同上。

权，才能实现孔子的王道理想。吴、楚之君自称王，《春秋》则贬之为"子"；践土之会，以臣召君，不足以训，故写成"天王狩于河阳"，都是尊王观念的体现。又《春秋》有内、外之例。《春秋公羊传》成公十五年："《春秋》，内其国而外诸夏，内诸夏而外夷狄。""外夷狄"即有攘夷之意。攘夷就是驱除外来游牧民族对中原腹地的侵扰。鉴于西周被犬戎所灭的历史教训，孔子攘夷思想包含有抗击侵略，保卫家园的意义。《公羊传》云："夷狄也，而亟病中国，南夷与北狄交中国，不绝若线。桓公救中国而攘夷狄。"但同时，孔子也承认"夷狄"和"诸夏"存有共同的道德标准，"夷狄"也有长处，有的地方比"诸夏"要好。至于后来，逐渐演变为歧视外族的大国沙文主义和唯我独尊的盲目排外心理，则又当别论。

（二）史法

史法作为"春秋笔法"的第二种样态，实由汉代史学家司马迁在《史记》中的成功运用而形成。所谓史法，不仅仅指著史的体例与方法，更重要的是著史的思想原则与法度。刘知几《史通·序例》云："夫史之有例，犹国之有法，国无法，则上下靡定；史无例，则是非莫准。"[①] 刘知几这里说的"史例"，其实就是说"史法"，即史家著史的原则法度和立场。南宋思想家、史学批评家叶适在其《习学记言序目》中也多谈"史法"。尽管他批评司马迁《史记》破坏了"古之史法"，并殃及后代史家，属封建理学正统观的俗论，不足为凭，但他关于古之史法的评价仍是着眼于著史的原则与法度："古者载事之史，皆名'春秋'；载事必有书法，有书法必有是非。以功罪为赏罚者，人主也；以善恶为是非者，史官也：二者未尝不并行，其来久矣。史有书法而未至乎道，书法有是非而不尽乎义，故孔子修而正之，所以示法戒，存旧章，录世变也。"[②]

司马迁的史法源于《春秋》经法，这从司马迁以《史记》窃比《春秋》和对孔子"高山仰止"的崇拜便可看出，自不用多举例。问题是，司马迁创造的史法与《春秋》经法相比有无新的突破？答案自然是肯定的。

---

① 刘知几：《史通》，辽宁教育出版社1997年版，第25页。
② 叶适：《习学记言序目》卷九《春秋》总论，中华书局1979年版，第117页。

一曰实录。何谓实录？班固《汉书·司马迁传》云："然自刘向、扬雄博及群书，皆称迁有良史之材，服其善序事理，辨而不华，质而不俚，其文直，其事核（坚实），不虚美，不隐恶，故谓之实录（录事实）。"①文直事核，据实而录，不虚美统治者的品行，更不隐瞒统治者的劣迹，这就叫"实录"。这种"实录"精神是对先秦史官"书法不隐"传统的继承和发扬②。"书法不隐"就是以不隐为书法，以不加隐讳作为史官记事的法度。而孔子一方面十分赞赏董狐"书法不隐"的精神，另一方面却为何在自己修订的《春秋》中多有"婉而成章"的"曲笔"呢？笔者以为，孔子非鲁国史官，他以私人身份修订《春秋》并非如董狐"书法不隐"那样以求记史真实为终极目的。孔子要在《春秋》中寄寓他的王道理想，寄寓他的善恶褒贬。所以，《春秋》以求"善"为终极目的，不是以求"真"为终极目的，所以孔子才会有这样的感叹："知我者其惟《春秋》乎！罪我者其惟《春秋》乎！"③ 所以，《春秋》虽说是中国第一部编年史，但它并不标志着中国史学的独立，中国史学实肇端于司马迁。④

《史记》载笔取材，汰虚课实，与前代史书有很大不同。前代史官虽有良史之材，书法不隐，但正如钱锺书所言："盖知作史当善善恶恶矣，而尚未知信信疑疑之更为先务也。"⑤ 可以说，在中国史学史上，司马迁是第一位以严谨的态度、怀疑的眼光和扬弃的精神对待上古史料的史学家。尽管《史记》的上限"自黄帝始"，但这并非是司马迁的本意，而是迫于汉代帝王崇拜黄帝的政治因素不得已而为之，它的实际上限断自唐虞。《五帝本纪》曰："崇者多称五帝尚矣。然《尚书》独载尧以来，而百家言黄帝，其文不雅训，缙绅先生难言之。……轶事时见于他说，余择其尤雅者。"可见司马迁载笔取材之旨非前代史官"信以传信，疑以传

---

① 班固：《汉书·司马迁传》，中华书局 1962 年版，第 2738 页。
② 《左传》宣公二年："赵穿（赵盾子）杀灵公于桃园，宣子（赵盾）未出山而复。太史书曰：'赵盾弑其君'，以示于朝。宣子曰：'不然。'对曰：'子为正卿，亡不越竟（境），反不讨贼，非子而谁？'……孔子曰：'董狐，古之良史也，书法不隐。赵宣子，古之良大夫也，为法受恶。惜也，越竟乃免。'"又《左传》襄公二十五年记齐国崔抒派人杀死国君庄公后太史书事的遭遇："太史书曰：'崔杼弑其君。'崔子（崔杼）杀之。其弟嗣书，而死者二人。其弟又书，乃舍之。南史氏闻太史尽死，执简以往。闻既书矣，乃还。"
③ 《孟子·滕文公下》，见杨伯峻《孟子译注》中华书局 1960 年版。
④ 钱锺书：《管锥编》，中华书局 1986 年版，第 251 页。
⑤ 同上。

疑"。如果将《五帝本纪》与《封禅书》记载有关黄帝的内容加以对照互读更能看出司马迁汰虚课实之功。《封禅书》："或曰：'黄帝得土德，黄龙地蚓见'"，《五帝本纪》只曰："有土德之瑞，故号黄帝"；《封禅书》：申公曰："黄帝且战且学仙……百余岁然后与神通。……有龙垂胡髯，下迎黄帝，黄帝上骑"，《五帝本纪》只曰："黄帝崩，葬桥山"。可见《五帝本纪》尽削荒诞不经之事，把黄帝从神坛上拉下来，将他还原成人。而《封禅书》又把黄帝扶上了神坛的宝座上，将他包装成神。这样写，无非是作者姑妄言之，读者姑妄听之而已。

二曰通变。《史记》突破了以往史书惩恶劝善的道德层面，把史书上升到对历史现象规律性的认识层面，即历史哲学层面，这是科学史学确立的标志。《史记》之前，史家把惩恶劝善，以史为鉴作为撰写史书的目的，如《左传》成公十四年提到的《春秋》"五例"等。司马迁的著史之意，在其《报任安书》中有这样的概括："网罗天下放失旧闻，略考其行事，综其终始，稽其成败兴坏之纪，上计轩辕，下至于兹……亦欲究天人之际，通古今之变，成一家之言。"这与《春秋》的"辩是非"、明"道义"、"惩恶劝善"之义相比，其气魄之大，见闻之广，思虑之深，当知史学肇端于司马迁不为虚言。

所谓"通古今之变"就是要探讨历史的发展规律，那么历史发展的原动力是什么呢？司马迁在七十列传的第一篇《伯夷列传》首先就否定了"天道"："或曰：'天道无亲，常与善人。'若伯夷、叔齐，可谓善人者非邪？积仁洁行如此而饿死！且七十子之徒，仲尼独荐颜渊为好学。然回也屡空，糟糠不厌，而卒早夭。天之报施善人，其何如哉！"[①] 在质疑中否定了"天道"对人的决定作用。既然历史发展的原动力不在"天道"，则必在人事。那么人事的哪一方面最为根本呢？七十列传的倒数第二传，即《货殖列传》给出了答案，即历史发展的原动力之一在于人类对自身欲望的不断追求。《货殖列传》中说："天下熙熙，皆为利来，天下攘攘，皆为利往。"[②] 又说："贤人深谋于廊庙，论议朝廷，守信死节隐居岩穴之士设为名高者安归乎？归于富厚也。是以廉吏久，久更富，廉贾

---

① 司马迁：《史记·伯夷列传》，中华书局 1959 年版，第 2124—2125 页。
② 司马迁：《史记·货殖列传》，中华书局 1959 年版，第 3256 页。

归富。富者，人之性情，所不学而俱欲者也。"① 接着又列举在军壮士，任侠少年，赵女郑姬、游闲公子、渔夫、猎人、博徒、吏士、农、工、商贾，莫不求财致富，甚至为求财致富不惜做出奸恶贱辱之事，也勇为而甘受。正如《商君书·君臣》所言："民之于利也若水之于下也，四旁无择也。"② 对于人的趋利避害的心理欲求，司马迁洞若观火，并诉诸笔端，在讲求礼仪至上的汉代，这是需要勇气的。东汉时班彪、班固父子就误解了司马迁的本意，讥刺"货殖"传"轻仁义而羞贫穷"③，"崇势力而羞贱贫"④，其实不然。通观《货殖列传》，司马迁言"富厚""利益"并未忘仁义道德，而仁义道德是建立在"富""利"基础上的。他说："若至家贫亲老，妻子软弱，岁时无以祭祀进醵，饮食被服不足以自通，如此不渐耻，则无所比矣。""故曰：'仓廪实而知礼节，衣食足而知荣辱。'礼生于有而废于无。"甚至在《游侠列传》中引"鄙谚"："何知仁义？已享其利者为有德。"由此可见，离开物利之欲而空谈礼义犹如不搞经济建设而空喊精神文明口号一样，都是不足取的。此外，司马迁对那些富而不仁或以非法手段致富者抱以谴责和否定的态度。⑤

通观七十列传，司马迁以《伯夷列传》开头，意在探讨天人之际；又书《货殖列传》于后，意在通古今之变，昭示人类历史不断前行的内在源泉与动力，"原始察终，见盛观衰"的司马迁，用此种史法安能不成一家之言？

（三）文法

文法作为"春秋笔法"的第三种样态，其文学性、艺术性受到关注并被作家运用到文学创作中当在魏晋时期中国文学进入自觉时代以后。所以笔者称其为经法、史法之后又一样态，但同时更应该注意到，文法作为修辞手法从"春秋笔法"产生之日起就已存在，并蕴含于经法、史法之中。如果说经法、史法乃惩恶劝善、沟通古今、经邦济世之原则、法度，

---

① 司马迁：《史记·货殖列传》，中华书局 1959 年版，第 3271 页。
② 蒋礼鸿：《商君书锥指》，中华书局 1986 年版，第 131 页。
③ 范晔：《后汉书·班彪传》，中华书局 1965 年版，第 1325 页。
④ 班固：《汉书·司马迁传》，中华书局 1962 年版，第 2738 页。
⑤ 李洲良：《钱锺书关于史传文学若干问题的理论阐释》，中国人民大学报刊复印资料《文艺理论》2001 年第 9 期。

那么文法乃是昭示经法、史法这些原则、法度的修辞载体。也就是说，经法、史法所蕴含的深刻义理是通过文法的修辞形式来实现的。《礼记·经解》云："属辞比事，《春秋》教也。"① 原来《春秋》可以教化人们连属文辞，排比事例，这恰好说明了《春秋》一书的修辞作用。因此，如果说经法意在求其善，史法意在求其真，那么，作为"春秋笔法"的第三种样态——文法，则意在求其美。以下从属辞与比事两个方面简述文法之美。

一曰属辞之美。所谓属辞即指连属文辞，笔者认为，它应包括两方面的内容：一是讲究用字，二是讲求词序。

讲究用字是从孔子《春秋》开始的，并对后代史传文学产生深刻的影响。韩愈《进学解》所云"《春秋》谨严"，首先应表现在用字的简洁和准确上。例如记载战争时，《春秋》往往根据作战情况和作者对某一次战争的看法，分别选用伐、侵、袭、克、灭、取、歼、追等不同的词语来表达。如《春秋》隐公元年："夏五月，郑伯克段于鄢。"《左传》隐公元年："书曰'郑伯克段于鄢。'段不弟，故不言弟；如二君，故曰克；称郑伯，讥失教也；谓之郑志，不言出奔，难之也。"② 故范宁《春秋谷梁传序》云：《春秋》"一字之褒，宠逾华衮之赠；片言之贬，辱过市朝之挞。"齐梁时期刘勰《文心雕龙·史传》也有类似的话："褒见一字，贵逾轩冕；贬在片言，诛深斧钺。"这些都充分肯定了《春秋》"一字定褒贬"的特点。

讲求词序也是《春秋》属辞的特点。如《春秋》僖公十六年："十有六年，春，王正月，戊申，朔，陨石于宋五，是月，六鹢退飞过宋都。"《春秋公羊传》僖公十六年："曷为先言陨而后言石？陨石记闻，闻之磤然，视之则石，察之则五。……曷为先言六而后言鹢？六鹢退飞记见也。视之则六，察之则鹢？徐而察之则退飞。"公羊大师董仲舒亦云："《春秋》辨物之理以正其名，名物如其真，不失秋毫之末。故名陨石，则后其五，言退鹢，则先其六。圣人之谨于正名如此。君子于其言，无所苟而已，五石、六鹢之辞是也。"③ 可见"石五"、"六鹢"的词序正反映出记录者观察之先后次序，若写成"五石"、"鹢六"则谬而不真矣。再如

____

① 《礼记正义·经解第二十六》，见阮元校刻《十三经注疏》，中华书局 1980 年影印本，第 1609 页。

② 杨伯峻：《春秋左传注》（修订本），中华书局 1990 年版，第 14 页。

③ 苏舆：《春秋繁露义证》中华书局 1992 年版，第 293 页。

《春秋》定公二年："二年，春，王正月。夏，五月，壬辰，雉门及两观灾。"对此，《春秋公羊传》定公二年是这样阐释的："其言雉门及两观灾何？两观微也。然则曷为不言雉门灾及两观？主灾者两观也。时灾者两观，则曷为后言之？不以微及大也。何以书？记灾也。"何休《解诂》云："雉门两观，皆天子之制，门为其主，观为其饰，故微也。"① 这里记载的是鲁国雉门及两观发生的一次火灾，大火从两观着起，殃及雉门。按起火先后的次序，应先言两观后及雉门，但两观属于雉门的附属建筑，不能从轻微的说到重大的，因此写成"雉门及两观灾"。可见，《春秋》用词对词序极讲究，先言主言重，后言次言轻，是"春秋笔法"在词序上的一个突出特点，至今仍保留在汉语的书写习惯中。

二曰比事之美。所谓比事就是指排比事例，这里主要指行文的秩序之美。如果说属辞中的词序之美主要表现在句法层面上，那么比事的秩序之美则主要表现在词法、句法基础上的篇章结构上，即史书的叙事结构上。刘知几《史通·叙事》云："夫史之称美者，以叙事为先"，"夫国史之美者，以叙事为工"。② 方苞亦言其"义法"说的"法"为"言有序也"。这些均指排比事例之美。其实，早在西晋时期杜预《春秋左氏传序》开篇就说：" '春秋' 者，鲁史记之名也。记事者，以事系日，以日系月，以月系时，以时系年，所以纪远近、别同异也。故史之所记，必表年以首事，年有四时，故错举以为所记之名也。"③ 这便是对《春秋》编年以记事的说明。刘知几则在《史通》中对编年体和纪传体的长短优劣进行了比较。他论编年体的长处说：

> 夫《春秋》者，系日月而为次，列岁时以相续，中国外夷，同年共世，莫不备载其事，形于目前。理属一言，语无重出。此其所以为长也。④

各种史事均以时间先后为序，事不重记，语无重出。这是以时间顺序为中心的叙事结构。在论纪传体的长处时刘知几说：

---

① 《春秋公羊传注疏》，见阮元校刻《十三经注疏》，中华书局1980年影印本，第2335页。
② 刘知几：《史通》，辽宁教育出版社1997年版，第49、50页。
③ 《春秋左传正义》，见阮元校刻《十三经注疏》，中华书局1980年影印本，第1703页。
④ 刘知几：《史通》，辽宁教育出版社1997年版，第7页。

　　《史记》者，纪以包举大端，传以委曲细事，表以谱列年爵，志以总括遗漏，逮于天文、地理、国典、朝章，显隐必该，洪纤靡失。此其所以为长也。①

这是说纪传体在复杂叙事上的优长，能做到"大端""细事""显隐必该，洪纤靡失"，然而，并未搔到痒处，未能把握住纪传体以人物为中心的叙事特点。此前，齐梁时期的刘勰在《文心雕龙·史传》篇中将史传文体的叙事特点已概括得简洁而精当。他说：《春秋》"睿旨存亡幽隐，经文婉约"；《左传》"原始要终，创为传体"，"实圣文之羽翮，记籍之冠冕"；《史记》"本纪以述皇王，列传以总侯伯，八书以铺政体，十表以谱年爵，虽殊古式，而得事序焉"；《汉书》"十志该富，赞序弘丽，儒雅彬彬，信有遗味"。又云"观夫左氏缀事，附经间出，于文为约，而氏族难明。及史迁各传，人始区详而易览，述者宗焉"②，等等，充分肯定了史传各种文体的特点及功用，对司马迁以人物为核心的纪传体的评价比刘知几更客观、更到位。在《史传》篇末赞语中对《春秋》《左传》开创属辞比事之体给予很高的评价：

　　史肇轩黄，体备周孔。世历斯编，善恶偕总。腾褒载贬，万古魂动。辞宗丘明，直归南董。③

三　特征：尚简用晦

　　如果说"春秋笔法"的基本内涵是"春秋五例"，外延是经法、史法与文法，那么"春秋笔法"的本质特征就是尚简用晦。
　　"尚简""用晦"原则是刘知几在《史通》中提出的。他是说史书的叙事原则应以"尚简""用晦"为准，并未指出这是"春秋笔法"的本质特征。事实上，刘知几在《史通》中最推崇的是《左传》，不是《史

---

①　刘知几：《史通》，辽宁教育出版社1997年版，第7页。
②　范文澜：《文心雕龙注》，人民文学出版社1958年版，第284、285页。
③　同上书，第287—288页。

记》，也不是《春秋》，甚至在《惑经》中对孔子《春秋》提出"未谕者有十二""其虚美者有五焉"。然而，无可否认的事实是，刘知几仍认为史书叙事应以"尚简"、"用晦"为美：

> 夫国史之美者，以叙事为工；而叙事之工者，以简要为主。简之时义大矣哉！历观自古，作者权舆，《尚书》发踪，所载务于寡事；《春秋》变体，其言贵于省文。斯盖浇淳殊致，前后异迹。然则文约而事丰，此述作之尤美者也。①

复言曰："又叙事之省，其流有二焉：一曰省句，二曰省字。《左传》宋华耦来盟，称其先人得罪于宋，鲁人以为敏。夫以钝者称敏，则明贤达所嗤，此为省句也。《春秋经》曰：'陨石于宋五。'夫闻之陨，视之石，数之五。加以一字太详，减其一字太略，求诸折中，简要合理，此为省字也。"可见，刘知几未否定《春秋》"尚简"的特点。再看"用晦"：

> 然章句之言，有显有晦。显也者，繁词缛说，理尽于篇中；晦也者，省字约文，事溢于句外。然则晦之将显，优劣不同，较可知矣。夫能略小存大，举重明轻，一言而巨细咸该，片语而洪纤靡漏，此皆用晦之道也。②

又曰："既而丘明授经，师范尼父，夫《经》以数字包义，而《传》以一句成言，虽繁约有殊，而隐晦无异。故其纲纪而言邦俗也，则有士会为政，晋国之盗奔秦；刑（邢）迁如归，卫国忘亡。其款曲而言人事也，则有犀革裹之，比及宋，手足皆见；三军之士，皆如挟纩，斯皆言近而旨远，辞浅而义深；虽发语已殚，而含意未尽。使夫读者望表而知里，扪毛而辨骨，睹一事于句中，反三隅于字外。晦之时义，不亦大哉！"这是谈《春秋》《左传》的用晦之法。清代浦起龙《史通通释》释云："用晦之道，尤难言之。简者词约事丰，晦者神余象表。词约者犹有词在，神余者

---

① 刘知几：《史通》，辽宁教育出版社 1997 年版，第 50 页。
② 同上书，第 52 页。

唯以神行，几几无言可说矣。"①

与浦起龙谈"用晦"之道"几几无言可说"相反，钱锺书偏偏有话要说，而且说得透彻明了：

> 《史通》所谓"晦"，正《文心雕龙·隐秀》篇所谓"隐"，"余味曲包"，"情在词外"；施用不同，波澜莫二。刘氏复终之曰："夫读古史者，明其章句，皆可咏歌"，则是史是诗，迷离难别。老生常谈曰："六经皆史"，曰"诗史"，盖以诗当史，安知刘氏直视史如诗，求诗于史乎?②

经钱锺书这一点拨，"用晦"之道，涣然冰释。原来史之"晦"恰恰便是诗之"隐"，诗、史虽不同而可相通，而架起由史入诗这道美丽彩虹的正是"春秋笔法"！"尚简用晦"的"春秋笔法"就是要求作家在简约的言辞中隐含着诗性的褒贬智慧，像诗歌那样言有尽而意无穷。这种效果有时比"直书无隐"更有批判力量，所谓"曲笔诛心"。所以，笔者不同意把"春秋笔法"的根本特征仅仅概括为"影射式言说"的观点③。因为"影射式言说"是由甲而指乙，言与意的关系是一对一的对等关系，这很容易误入索隐派的歧途。而"尚简用晦"则不同，其言意关系不仅仅是一对一的关系，更是一对多的关系，能给作家和读者以更大的想象空间，从而增强"春秋笔法"的文学表达效果，越是在纯文学作品中，"尚简用晦"的表达效果越突出。

另外，我们从孟子对孔子作《春秋》的描述上也可以看出，尚简用晦的"春秋笔法"是源于"诗三百"比兴寄托之法的。《孟子·离娄下》云：

> 王者之迹熄而《诗》亡，《诗》亡然后《春秋》作。晋之《乘》、楚之《梼杌》、鲁之《春秋》，一也。其事则齐桓、晋文，其文则史，孔子曰："其义则丘窃取之矣。"④

① 浦起龙：《史通通释》，王煦华整理，上海古籍出版社2009年版，第163页。
② 钱锺书：《管锥编》，中华书局1986年版，第164页。
③ 李凯：《儒家元典与中国诗学》，中国社会科学出版社2002年版，第259页。
④ 杨伯峻：《孟子译注》，中华书局1960年版，第192页。

这里所说的"其义"是指什么？杨伯峻认为"其义"指的是《诗》三百美刺褒贬之"义"①，此解最为圆通。孔子修《春秋》是"窃取"了《诗》的褒贬之"义"的。孔子经常教导弟子说"不学诗，无以言"，又说"诗可以兴，可以观，可以群，可以怨"。由此可以推知，熟谙"诗三百"比兴之法与褒贬之义的孔子，在"窃取"《诗》之"义"的同时，也"窃取"了《诗》之"法"。从本质上讲，"春秋笔法"尚简用晦的特征是孔子在《春秋》中对"诗三百"比兴寄托手法的借用和发挥，意在追求"一字定褒贬"的美刺效果。

综上所述，"春秋笔法"涉及经学、史学、文学等众多领域，且在历代学者的不断阐释下得以丰富和完善，是中国古代最重要的理论范畴之一，对中国古代文化乃至古代文人的思维方式、话语模式都产生了重大影响。

---

① 杨伯峻：《孟子译注》，中华书局 1960 年版，第 193 页。

第三章

春秋笔法与诗史关系

> 王者之迹熄而《诗》亡，《诗》亡然后《春秋》作。
>
> ——《孟子·离娄下》
>
> 与其曰"古诗即史"，毋宁曰："古史即诗"，此《春秋》所以作于《诗》亡之后也。
>
> ——钱锺书《谈艺录》

谈及"春秋笔法"，一个不能回避的问题就是《诗经》与《春秋》或诗与史、文与史的关系问题。这是一个古老的话题，从古至今已说了千言万语，但还有万语千言要说，尤其是西方后现代史学关于历史是"一种语言的虚构物，是一种叙事散文体的论述"① 这一观念的提出，使本来似已尘埃落定的文史之争再度甚嚣尘上，且有愈演愈烈之势。

通常意义讲，诗是诗、史是史，二者的区别是显而易见的：诗是艺术，史是学问；诗以求美，史以求真；诗主情韵，史主事理。然而，逻辑上的简单归纳并不能厘清事实上的纷繁复杂。从"《诗》亡然后《春秋》作"到章学诚的《文史通义》，从亚里士多德的诗史之辨到詹京斯（Keith Jenkins）史为叙事散文体的论述，诗与史或文与史之间的相互渗

---

① ［英］K. 詹京斯（Keith Jenkins）：《评什么是历史：从卡耳、艾尔顿到罗迪、怀特》（On" What is History"：From Carr and Elton to Rorty and White）。London：Routledge，1995。见葛兆光《七世纪至十九世纪中国的知识、思想与信仰》第二卷，复旦大学出版社 2000 年版，第 50—51 页。

透相互制约相互影响，无论从写作文本还是从理论观念都是盘根错节剪不断解不开，越作深入细致的推究越如此。

笔者在本章不揣鄙陋试从"春秋笔法"的角度，借鉴西方循环阐释学的理论方法，吸收钱锺书等当代学者积极稳妥的相关成果，就《诗》三百与《春秋》互渗之关系即诗史关系及其理论意义作一番梳理和检讨。

一　诗具史笔:《诗》亡然后《春秋》作

（一）"《诗》亡然后《春秋》作"的文献解读

最早阐释诗史关系的是孟子。他说:"王者之迹熄而《诗》亡,《诗》亡然后《春秋》作。"欲知诗史之关系，当以孟子这句名言的阐释为先务。

"迹",《说文解字》亍部云:"'迒',古之遒人，以木铎记诗言。"朱骏声《说文通训定声》云:"孟子王者之迹熄而诗亡,'迹'即'迒'之误。"程树德《说文稽古篇》云:"此论甚确。考《左传》引《夏书》曰:'遒人以木铎徇于路。'杜《注》:'遒人，行人之官也。木铎，木舌金铃。徇于路，求歌谣之言。'"① 桂馥《说文义证》"迒"字条:"'遒人'即辖轩使者。《风俗通》:'周、秦以岁八月遣辖轩之使，采异代方言，还奏之，永藏秘室。'是也。……胡渭曰:'诗有采有陈。……采之于每岁之孟春，陈之于五载巡守四仲之月，是《国风》所自来也。'"汉刘歆《与扬雄书》云:"诏问三代周秦轩车使者、迪（遒）人使者以岁八月巡路，宋（求）代语、童谣、歌戏，欲得其最目。"② 班固《汉书·艺文志》:"古有采诗之官，王者所以观风俗，知得失，自考正也。"《食货志》:"孟春之月，群居者将散，行人振木铎徇于路，以采诗，献之大（太）师，比其音律，以闻于天子。故曰:王者不窥牖户而知天下。"《春秋公羊传注疏》宣公十五年，何休注云:"男女有所怨恨，相从而歌，饥者歌其食，劳者歌其事。男年六十，女年五十无子者，官衣食之，使之民间求诗，乡移于邑，邑移于国，国以闻于天子，故王者不出牖户尽知天下

---

① 杨伯峻:《孟子译注》，中华书局 1960 年版，第 193 页。
② 《全上古三代秦汉三国六朝文·全汉文》，严可均辑，商务印书馆 1999 年版，第 415 页。

所苦，不下堂而知四方。"① 焦循《孟子正义》引顾镇《虞东学诗·迹熄诗亡说》："愚窃以为所欲究者，王迹耳。王者之迹，何预于诗？《春秋》之作，何预于迹？……盖王者之政，莫大于巡守述职。巡守则天子采风，述职则诸侯贡俗，太史陈之以考其得失，而庆让行焉，所谓迹也。……泊乎东迁，而天子不省方，诸侯不入觐，庆让不行，而陈诗之典废，所谓'迹熄而诗亡'也。孔子伤之，不得已而托《春秋》以彰衮钺，所以存王迹于笔削之文，而非进《春秋》于《风》《雅》之后。"②

由上述史料可以看出：其一，两汉以后的史家、学者大多认为先秦有所谓"采诗"、"陈诗"制度或风尚。"采诗"的行人，或如《汉书》所言，似为王官，到各国去采诗，归而献给太师；或如何休所记，采诗并无王官，乃各国自行采集，以闻于天子。这与近现代不少学者怀疑"采诗"之说有很大不同③。所谓"《诗》亡"不是《诗三百》的消亡，而是"采诗"制度因礼崩乐坏而废止。其二，采诗的目的在于观风俗、知得失，使王者不出牖户而尽知天下之事。也就是说把采诗、陈诗作为统治者考察民风得失，人心向背的行之有效的途径。这是儒家诗学的重要理论，也是诗三百被经典化的重要原因。尽管诗在统治者心目当中的地位和作用未必如儒家所说的那样崇高，"采诗"说客观上也掩盖了统治者追求声色娱乐的心理欲求，但诗的意义的客观性和诗的教化功能被普遍认同则是不争的事实，在中国古代尤其如此。正如闻一多说："诗似乎没有在第二国度里像它这样发挥过那样大的社会功能。在我们这里一出世，它就是宗教、是政治、是教育、是社交，它是全面的社会生活。"④《礼记·经解》：亦载孔子曰："入其国，其教可知也。其为人也温柔敦厚，《诗》教也。"⑤《论语·阳货》亦引孔子的话说："小学何莫学乎诗？诗，可以兴，可以

---

① 《春秋公羊传注疏》，见阮元校刻《十三经注疏》，中华书局 1980 年影印本，第 2287 页。
② 焦循：《孟子正义》卷十六，中华书局 1987 年版，第 573—574 页。
③ 如夏承焘就怀疑"采诗"之说，见其《采诗和赋诗》，原载《文学研究丛编》第一辑。笔者倾向于"采诗"说。以《诗》三百的规模及其形成时间之长，分布地域之广来看，若没有一个"采集"、"整理"的过程是不可想象的。至于"采集"者是乐师还是献诗于乐师的"行人"，是王官还是非王官，"采集"是否制度化，是否代代沿续等问题，尚无文献可证，姑存而不论。
④ 闻一多：《神话与诗·文学的历史动向》，（北京）古籍出版社 1956 年版，第 202 页。
⑤ 《礼记正义》，见阮元校刻《十三经注疏》，中华书局 1980 年影印本，第 1609 页。

观，可以群，可以怨。迩之事父，远之事君，多识于鸟兽草木之名。"①
经孔子及弟子的阐发，《诗三百》遂成为后代"经夫妇，成孝敬，厚人
伦，美教化，移风俗"②的经典文本，被尊为五经之首。

由此可见《诗》的社会实用功能包括认识功能和教化功能远在《诗》
的文学抒情功能之先就已在社会上产生影响。尽管《诗》的创作是文学
性的，但是，一旦形成文本在社会上传播并产生影响，它的实用功能便凸
显出来。而《诗》的实用功能可一言以蔽之：诗者，史也。早期的诗实
际上是充当了史的角色。这就是我们解读孟子这句名言所推导出的基本结
论，即诗具史笔。

那么，什么是诗？《尚书·舜典》云："诗言志"③，这大概是最早关
于诗的解释。闻一多在他的精彩论文《歌与诗》中对"志"考论甚详：
"志字从止。卜辞止作止，从止下一，象人停止在地上，所以止本训停
止。……志从止从心，本义是停止在心上。停在心上亦可说是藏在心里，
故《荀子·解蔽》篇曰：'志也者臧（藏）也。'注曰：'在心谓志'，正
谓藏在心。《诗序疏》曰：'蕴藏在心谓之为志'，最为确诂。"④ 他说
"志有三个意义：一，记忆；二，记录；三，怀抱。"从这里出发，他证
明了"志与诗原来是一个字。"这与《说文解字》三上《言部》云"诗，
志也。从'言'，'寺'声"是一致的。闻一多又以《左传》《国语》《周
礼》《孟子》《荀子》《吕氏春秋》等大量史料为依据，说明文字产生以
前，"志"即记忆或记诵，文字产生以后，"志"即记载。进而推论道：
"原来《诗》本是记事的，也是一种史……诗即史，所以《孟子》说：
'王者之迹熄而《诗》亡，《诗》亡然后《春秋》作。晋之《乘》，楚之
《梼杌》，鲁之《春秋》，一也，其事则齐桓晋文，其文则史。'（《离娄》
下篇）《春秋》何以能代《诗》而兴？因为《诗》也是一种《春秋》。"⑤
闻一多关于"诗"的考论，为我们破解早期"诗"的文化之谜和《诗三
百》与《春秋》关系之谜提供了一把钥匙。无论"诗言志"的"诗"，

_____

① 杨伯峻：《论语译注》，中华书局 1980 年版，第 185 页。
② 《毛诗注疏》卷第一，见阮元校刻《十三经注疏》，中华书局 1980 年影印本，第 270 页。
③ "诗言志，歌永言，声依永，律和声；八音克谐，无相夺伦，神人以和。"这句话亦出自
《今文尚书·尧典》，同为记舜之语。本书从《十三经注疏》本，即出于《尚书·舜典》。
④ 闻一多：《神话与诗·歌与诗》，（北京）古籍出版社 1956 年版，第 184—188 页。
⑤ 闻一多：《神话与诗》，（北京）古籍出版社 1956 年版，第 184—188 页。

还是"《诗》亡然后《春秋》作"的"诗",都是"史"的一种表现样态。在史书尚未发展起来的上古时代,情动于衷而形于言的《诗》不是以文学的审美样态,而是以史的实用样态在社会上传播并被世人所公认。如同富于浪漫幻想的中国古代神话,经儒家解读很快历史化一样,吟咏性情的《诗三百》经儒家实用性解读也同样被历史化、政治化,也就是经学化。傅道彬先生不无感慨地说:"文学的《诗》靠着经学的地位流传至今,这似乎是《诗》的幸运,但'幸运'之中又包含着被歪曲的极大'不幸'。《诗经》的'幸运'是通过它付出的'不幸'的代价实现的。"①这也同样印证了普列汉诺夫在《没有地址的信——艺术与社会生活》一书中反复强调的实用先于审美的观点。

(二) 赋诗言志的话语模式及其功能

从史的角度看,先秦的诗可以明显地划分为作诗与用诗两个时期。从西周初年到春秋中叶,即以公元前 11 世纪到公元前 6 世纪大约五百年间可视为作诗的时代。在这样一个漫长的时期里,诗实际上是扮演了"史"的记事的角色而被搜集、整理、谱曲、传唱。诗的文学性潜藏在文字里,潜藏在音乐、舞蹈中而没有得到挖掘,视诗如史是当时普遍现象。所以梁启超在《古书真伪及其年代》中说:"《诗经》是古书中最可信的,我们可以不必考究他的真伪,单辨清他的年代就够了。……据我看,最早的不能超过周初,也许有几篇在周公时代。最迟的,若依《毛氏诗序》就是《株林》,因为《株林》记了夏南的事,是在西历纪元前五百九十八年。……若依《韩诗外传》,就是《燕燕》,因为《燕燕》是卫定姜送其儿妇大归的诗,是在西历纪元前五百五十八年。……《周颂》最早,是周初的产品。《大雅》《小雅》《桧风》《唐风》《魏风》次之,是西周末到春秋最初期的产品。《周南》《召南》《王风》《郑风》《齐风》《秦风》《曹风》《豳风》《卫风》较晚,是春秋时代的产品。论起篇数最多的是春秋时代。"②

与战国末期勃兴的《楚辞》相比,《诗经》总的说来是偏于写实的,

---

① 傅道彬:《中国文学的文化批评·先秦用诗论》,黑龙江人民出版社 2000 年版,第 78 页。

② 梁启超:《梁启超国学讲录二种》,陈引弛编校,中国社会科学出版社 1997 年版,第 221—224 页。

如反映周氏族发生发展创业建国历程的五首史诗：即《大雅》中的《生民》《公刘》《绵》《皇矣》《大明》，反映奴隶一年四季的劳动与生活的《豳风·七月》，等等。后代儒生解《诗经》大都断章取义，附会史事，固不足取，但不能据此就否定《诗经》的文献史料价值。

傅道彬先生认为："伴随着《诗》在社会上的广泛流行，在思辨领域的普遍应用就形成了一个《诗》的垄断时期。《诗》的垄断是指《诗》的应用代替诗的创作，垄断的结果是《诗》畸形繁荣，造成了春秋中叶——战国末期诗歌创作的沉默与萧条。……春秋中叶以前属于《诗》创作的繁荣时期，春秋中叶以后是《诗》应用的鼎盛时期。我们把春秋中叶——战国这一阶段称之为用诗时代，这个时代《诗》渗透到社会的各个方面。"① 用闻一多的话说，诗"是全面的社会生活"。

如果说《诗》的记事功能是诗具史笔的表现，那么《诗》的应用也是诗具史笔的表现。在春秋战国诸侯贵族的社会生活中，《诗》得到了最广泛的应用。或用于宗庙祭祀，或用于诸侯会盟，或用于政治教化，或用于日常生活。或美或刺或褒或贬，惩恶劝善，诗教为先。上至王侯下至士人，三百五篇诗大都熟稔于心，赋诗断章，易如反掌。实用的诗渗透到社会的各个角落，成为"全面的社会生活"，诗的实用又让士人深切感到"不学诗，无以言"已是约定俗成的"游戏规则"。

"赋诗言志"是当时十分盛行的用诗方式。所谓"赋诗"不是作诗，也不是单纯的诵诗，而是点"诗三百"中现成的诗作吟诵或让乐工演唱，以期达到"言志"的目的。点诗者为借用诗中成句暗示己意而不惜对原诗断章取义。朱自清说："献诗的诗都有定指，全篇意义明白。赋诗却往往断章取义，随心所欲，即景生情，没有定准。"② 这正道出了"赋诗"随意性的特点。但这种随意性也有限定，用朱自清的话说："断章取义只是借用诗句作自己的话。所取的只是句子的文义，就是字面的意思，而不管全诗用意，就是上下文的意思。"③ 应该说在许多情况下，赋诗言志之人对原诗断章取义的借用，表现出实用的诗对文学之诗的"霸权"，但是也有借用得恰到好处的。如《左传》文公十三年：

---

① 傅道彬：《中国文学的文化批评·先秦用诗论》，黑龙江人民出版社 2000 年版，第 81、82 页。

② 朱自清：《诗言志辨》，见《朱自清说诗》，上海古籍出版社 1998 年版，第 21 页。

③ 同上。

郑伯与公（鲁文公）宴于棐，子家赋《鸿雁》，季文子曰："寡君未免于此。"文子赋《四月》。子家赋《载驰》之四章。文子赋《采薇》之四章。郑伯拜。公答拜。①

这段传文的用诗情况，傅道彬先生是这样解说的：鲁文公十三年冬如晋会盟，回国时经郑国，郑穆公设宴招待。宴会上子家赋《小雅·鸿雁》，取其"鸿雁于飞，肃肃其羽，之子于征，劬劳于野，爰及矜人，哀此鳏寡"。意谓郑国"鳏寡"，欲请文公怜惜，为郑求和于晋。随从文公出使的季文子赋《小雅·四月》，取其"四月维夏，六月徂暑，先祖匪人，胡宁忍予"暗示文公在外日久，思归祭祀，不想再去晋。子家赋《鄘风·载驰》，取其"控于大邦，谁因谁极？"再次请求为郑向晋求和，季文子听后，遂赋了《小雅·采薇》，取其"戎车既驾，四牡业业。岂敢定居，一月三捷"，同意为郑奔波一次，去向晋国说情。整个交际过程，只凭借一种特殊的"语言"——《诗》来完成。如果没有《诗》，真不知这场特殊的外交活动该怎样进行！如果不理解《诗》的语言，人们对这段记载一定会莫名其妙。②这番曲尽其妙的解说文字不仅让我们看到了诸侯卿大夫以《诗》外交的智慧与才华，同时也让我们领略了诗的尚简用晦、比兴寄托、含蓄蕴藉的言说方式居然能成为国与国之间会盟、聘问等外交活动所共同默认的近乎约定俗成的"外交话语"。这种"外交话语"又是通过赋《诗》的方式传达出"暗示性语码系统"来完成的，所谓微而显，志而晦，婉而成章是也。所以，笔者认为，与其说是《诗》的实用促成了外交活动的成功，不如说是《诗》的艺术对外交活动的征服。《诗》在以其实用的一面展示给社会生活的同时，也不自觉地将其艺术的一面渗透到社会生活中。所以说，诗具史笔，是艺术化的史笔，是具有修辞机趣的史笔。

（三）诗具史笔的诗学价值

通过以上论述，我们可知早期的"诗"作为"史"的一种样态，它

---

① 杨伯峻：《春秋左传注》，中华书局1990年版，第598—599页。

② 傅道彬：《中国文学的文化批评·先秦用诗论》，黑龙江人民出版社2000年版，第89页。

的意义的客观性不仅为我们提供了"史"的基本风貌，也培养后代儒生以史求诗，以史衡文的价值观念。因为在古代，史的地位要高于诗文，尤高于后来新兴的戏剧、小说。在一般士人眼中诗词文赋不过是小道，是雕虫小技，壮夫不为，而皇皇史册则能疏通知远、鉴往知来，乃天下之公器。故而，若抬高文学之地位、价值，非攀靠史学这棵大树来壮大声势不可。因此，诗具史笔的文本特征带来了诗具史笔的批评观念，即以史学眼光分析诗的史学价值。而诗具史笔的批评观无论就其诗学价值还是理论缺失来说，对文学发展的影响都是不可忽视的。

就其诗学价值而言，诗具史笔首先要求诗歌要发挥《春秋》的"惩恶劝善"的社会教化作用，反对将诗视为吟风月、弄花草，于世无补甚至于世有害的靡靡之音。本来儒家诗论便十分重视诗的社会教化作用，如《礼记·经解》载孔子曰："入其国，其教可知也。其为人也，温柔敦厚，《诗》教也。……其为人也温柔敦厚而不愚，则深于《诗》教也。"① 《春秋》代《诗》而作之后，后儒以为《春秋》出自圣人之手，笔则笔、削则削，而惩恶劝善之微言大义存焉，故而两汉时《春秋》极受推崇。这样一来，深受主文谲谏、温柔敦厚诗教观影响的《春秋》，又以其微婉显晦的惩劝教化作用反过来影响诗学批评，从而奠定了儒家诗学重教化，重社会作用，强调用诗歌干预现实，讽谕时政，匡时济世的优良传统。《毛诗序》作为先秦儒家诗论的总结，其中心内容是阐述诗歌的政治教化作用，把诗歌当作"经夫妇，成孝敬，厚人伦，美教化，移风俗"，"正得失"的工具。《诗经》的主文谲谏，美刺褒贬，正与《春秋》的微婉显晦，惩恶劝善相通。宋代王安石便是把《诗经》当《春秋》看的。他称赞《国风》的美刺作用在于对天子、诸侯的政治褒贬同《春秋》一样"垂万世之法"，"序善恶以示万世……此所以乱臣贼子知惧，而天下劝焉！"② 又说："《诗》，上通乎道德，下止乎礼义。放其言之文，君子以兴焉。循其道之序，圣人以成焉。"③ 明代唐顺之说："诗之于史同于籍善事以镜来世"，"其为教一"，不同的只是"史主于纪大而略小，诗主于阐

---

① 《礼记正义·经解》，见阮元校刻《十三经注疏》，中华书局1980年影印本，第1609页。
② 王安石：《王文公文集》，唐武标校，上海人民出版社1974年版，第351页。
③ 同上书，第427页。

幽探微"，"为体则异"①。在他看来，诗与史只是体裁的不同，记事方法的不同，其作用和效果是一致的。清初钱谦益也说《诗》之义与《春秋》义是相同的："人知夫子作《春秋》，不知其为续《诗》，《诗》之义不能不本于《春秋》。"②孔尚任作为孔子嫡传后人深通《诗经》与《春秋》之义，他在《〈桃花扇〉小引》中说《桃花扇》的创作旨趣"实本于《三百篇》，而义则《春秋》"，也就是"借离合之情，托兴亡之感。"表面上看，《桃花扇》是写侯方域、李香君的悲欢情事，实际上是反思南明王朝何以覆灭的原因，因而，迥异于那些吟风月弄花草的才子佳人戏，成为清代戏剧的代表作。

其次，诗具史笔的又一意义在于"诗史"范畴的提出。中国是一个诗的国度。尽管叙事诗相对不够发达，真正堪称诗史的诗很少，但这并不妨碍以"诗史"的概念评诗。那么何谓"诗史"？"诗史"一词盖源自《新唐书》对唐代大诗人杜甫诗歌的评价："甫又善陈时事，律切精深，至千言不少衰，世号诗史。"③杜甫是唐代伟大的现实主义诗人，生逢李唐王朝由盛转衰的大动荡时期，他以诗人的天才和良知，儒家济世的决心和勇气，大胆地揭露时弊，讽谕现实。天宝以来几乎所有的重大政治事件，如玄宗荒政，奸相专权，两京陷落，陈陶兵败，相州溃退，两京收复，吐蕃陷长安，关中大旱，蜀中之乱，官军收河南河北等，都被杜诗一一记录下来。并且值得注意的是，杜甫在反映这些重大政治事件和社会问题的同时，能以深刻的洞察力揭示造成社会战乱、饥馑、衰败的本质原因，抒发了强烈的忧国伤时的思想感情，并提出自己对时政的看法，是非褒贬，十分鲜明。《新唐书》所云"世号诗史"是说当时人们可以把杜诗当作史书来读。由此可见，所谓"诗史"是指读者在诗歌阅读中所见到的能体现史的意义与价值的真实的历史记录，并非是诗人以诗的形式撰写史书。所以，南宋诗人刘克庄举杜甫"三吏"、"三别"等诗作说："新、旧《唐史》不载者，略见杜诗"④，见出杜诗可弥补正史之不足，正是就

① 唐顺之：《吴孺人挽诗序》，见《荆川先生文集》卷十，四部丛刊集部，上海涵芬楼藏明万历刊本。
② 钱谦益：《胡致果诗序》，《牧斋有学集》卷十八，上海古籍出版社1996年版，第800页。
③ 欧阳修、宋祁：《新唐书·文艺传》，中华书局1975年版，第5738页。
④ 刘克庄：《诗话新集》，《后村先生大全集》卷一八一，第48册，第11页，四部丛刊集部，上海涵芬楼影印旧钞本。

"诗史"而言。明代锺惺《古诗归》卷七称曹操的《蒿里行》"汉末实录,真诗史也。"① 清初的黄宗羲认为唐之杜甫,宋之文天祥、黄道周、明末之张煌言等人的诗都是真正的"诗史"②。可见,宋以后用"诗史"这一范畴评价诗歌创作的社会意义渐渐多了起来。

其三,诗具史笔的意义还表现在"以诗证史"的批评方法上。"以诗证史"是史学大师陈寅恪毕生治学精髓之所在。胡守为在《陈寅恪史学论文选集前言》中称陈寅恪的"以诗证史"说是在章学诚"六经皆史"之后,更立下"诗词皆史","诗文皆史"的典范,开创了一种新的史学方法,为历史研究开辟了一条新途径。王永兴在《怀念陈寅恪先生》一文中亦盛赞陈寅恪把历史、文学打成一片,纵横驰骋,开新局面,在史学文学两方面都作出了重要贡献③。据陈寅恪晚年指导过的学生回忆,陈寅恪说过这样的话:"我之所以要搞唐诗证唐史,是因为唐代自武宗以后的历史记录存在许多错误。唐代历史具有很大的复杂性,接触面也很广,并且很多史料遗留在国外。但唐代诗歌则保留了大量历史记录,唐史的复杂性与接触面广这些特点,都在唐诗中有反映,成为最原始的记录。文章合为时而作,所以唐诗中也反映了当时社会的现实。"④ 这段夫子自道道出了陈寅恪"以诗证史"的可然性与必然性,可视为陈寅恪对自己毕生从事文史研究在方法论上的总结。他的《元白诗笺证稿》便是"以诗证史"的代表作。且举白居易《长恨歌》诗句看"以诗证史"的佳妙处。《长恨歌》:"云鬓花颜金步摇,芙蓉帐暖度春宵。"陈寅恪按:"依《安禄山事迹》下及《新唐书》三四《五行志》所述,天宝初妇人时世妆有步摇钗。杨妃本以开元季年入宫,其时间与姚、欧所言者连接,然则乐天此句不仅为词人藻饰之韵语,亦是史家纪事之实录也。"⑤《长恨歌》:"六军不发无奈何"句中的"六军",本泛指皇帝的军队,《周礼》即有天子六军的说法。但实际上,玄宗携杨妃奔蜀到马嵬时,只有左右龙武、左右羽林四

---

① 《古诗归》,钟惺、谭元春辑,据复旦大学图书馆藏明闵振业三色套印本影印原书版,第425 页。

② 黄宗羲:《万履安先生诗序》,《南雷文定》(前集、后集、三集)卷一,《丛书集成初编》,王云五主编,商务印书馆 1936 年版,11—12 页。

③ 见《学林漫录》初集,中华书局 1980 年版,第 10 页。

④ 陆键东:《陈寅恪的最后 20 年》,生活·读书·新知三联书店 1995 年版,第 186 页。

⑤ 陈寅恪:《元白诗笺证稿》,见《陈寅恪集》,生活·读书·新知三联书店 2009 年版,第24 页。下同,不另注。

军。对此，陈寅恪认为将四军说成六军是白居易的"误"，但这个"误"是可以理解的："是李唐本朝实录，尚且如此，则诗人沿袭天子六军旧说，未考盛唐之制，又何足病哉？"《长恨歌》："夕殿萤飞思悄然，孤灯挑尽未成眠。""七月七日长生殿，夜半无人私语时。"前二句"孤灯"有误，因为当时富贵人家只烧蜡烛不点油灯；后二句说李隆基与杨贵妃断不可能在祀神沐浴的斋宫长生殿"夜半曲叙儿女私情"，"神道清严，不可阑入儿女猥琐"。这也属于白居易的"误"，但可谅解。陈寅恪的这些考释虽有近乎繁琐之嫌，但言之凿凿，对于我们解读《长恨歌》哪些为实笔哪些为虚笔确能大开眼界。以陈寅恪之学问与天分，"以诗证史"的方法确能为文史研究带来新的气象，指向上一路，新天下耳目。

（四）诗具史笔的理论缺失

以上从三个层面论述了诗具史笔的意义，但同时也必须指出，诗具史笔的实质是史学研究，而非文学研究，按照美籍学者韦勒克等人的新批评派理论来划分，属于文学的"外部研究"①。一旦涉及文学的"内部研究"，诗具史笔便显出理论上的贫乏和实证上的捉襟见肘，搔不到痒处，陷于诗、史两难的理论缺失中。

缺失之一，注重诗教，轻视诗美。以史论诗尤重诗的社会教化作用，却忽视了诗之为诗所应具有的审美愉悦作用，甚至把诗当作政治教化的工具，丧失了诗的独立的艺术价值。强调诗的教化，反对将诗视之为个人狭小天地的展现，反对吟风月、弄花草的柔靡纤弱，把诗从宫廷引向市井，从台阁移至关山塞漠，让诗反映重大的政治斗争和历史事件，并显示出诗人惩恶劝善的道德批判精神和强烈的社会责任感等，这些都是有积极意义的。但是，所有这一切如果忽视了诗的审美价值和艺术感染力，那么诗就必然沦为政治教化的工具，沦为历史教科书而不再是诗了。普列汉诺夫说："假如说艺术作品除了美的观念以外——因而，也不依赖美的观念——还表现某些道德的和实际的愿望，那末批评家就有权把自己的主要注意力正是集中于这些愿望，而把这些愿望在他所分析的作品中以何等程度获得自己的艺术表现问题弃置一旁。当批语是这样进行的时候，它就必

---

① ［美］韦勒克、沃伦：《文学理论》，刘象愚等译，生活·读书·新知三联书店1984年版。

须具有道德说教的性质。"① 普列汉诺夫这番话可视为我们评价文艺作品的社会功利价值与审美价值相互关系的标尺。诗歌，包括一切文学艺术在内，其社会功利价值必须通过美的形态表现出来，一旦失去或忽视了美的感染力，片面强调其社会功利价值，其结果便是诗不像诗，艺术不像艺术，导致文艺作品的消解。白居易将自己的诗分为讽谕、感伤、闲适、杂律四类，最看重的是讽谕诗，因为他把讽谕诗当作"有阙必规，有违必谏"的一种形式。他在《与元九书》中说："启奏之外，有可以救济人病，裨补时阙，而难于指言者，辄咏歌之，欲稍稍违进闻于上。"② 也就是说，白居易"要把那些在奏议中不便直说的事情和意见，通过诗歌向皇帝委婉地提出，引起他的警惕，并作为他执政的参考"。③ 所谓"惟歌生民病，愿得天子知"（《寄唐生》）。这些主张显然是从《诗大序》"主文而谲谏"发展而来，从中可见出白居易济世济民的高尚情怀。但是在现存的170余首讽谕诗中真正堪称思想与艺术俱佳者为数不多，大部分诗似诵似说，似狱词似讲义，似奏章似谏纸，乃不复似诗。所以说，若无《长恨歌》《琵琶行》这样优秀的长篇叙事诗，仅靠讽谕诗名天下，白居易在文学史上的地位和影响都是要打折扣的。

　　缺失之二，以诗为史，诗史混淆。以诗为史就是沿着先秦"诗言志"的观念把诗（含小说·戏曲等叙事文体）当成历史书来看待。所谓"诗史"说，"以诗证史"说正缘于此而立论。在他们看来，诗最终是要归于史的。因此，在文学史上以史家写史书的方法写历史小说的不乏其人。例如明代的冯梦龙根据余邵鱼的《列国志传》改编为《新列国志传》，将原书中于史无征的虚构的人和事全作了修正。"可观道人"在为冯梦龙改编的《新列国志传》所写的序言《〈新列国志传〉叙》中说："本诸《左》、《史》，旁及诸书，参核甚详，搜罗极富……凡国家之兴废存亡，行事之是非成毁，人品之好丑贞淫，一一胪列，如指诸掌。"再如《隋炀帝艳史·凡例》强调"稗编小说、盖欲演正史之文"："引用故实，悉遵正史，

————————

　　① ［俄］普列汉诺夫：《普列汉诺夫哲学著作选集》第四卷，生活·读书·新知三联书店1961年版，第361页。

　　② 白居易：《白氏长庆集》卷第二十八，《白氏长庆集七十一卷》，第九册，四部丛刊集部，上海涵芬楼借江南图书馆藏日本翻宋大字本。

　　③ 袁行霈：《白居易的诗歌主张与诗歌艺术》，见《中国诗歌艺术研究》，北京大学出版社1987年版，第284页。

并不巧借一事，妄设一语，以滋世人之惑，故有源有委，可征可据，不独脍炙一时，允足传言千古"。这就等于"把历史小说等同于历史，其结果是从根本上取消了小说取消了艺术"。① 笔者以为，"诗具史笔"固然道出了诗具有史的记言叙事功能，但决不能因诗具史笔便以诗为史。就反映社会历史生活而言，诗与史仍是有差别的。早在古希腊时期亚里士多德就有过明确的阐述："写诗的活动比写历史更富于哲学意味，更受到严肃的对待；因为诗所描述的事带有普遍性，历史则叙述个别的事。"② 钱锺书则直率地表示出对"诗史"说、"以诗证史"说的质疑：

> "诗史"的看法是个一偏之见。诗是有血有肉的活的东西，史诚然是它的骨干，然而假如单凭内容是否在史书上信而有征这一点来判断诗歌的价值，那就仿佛要从爱克司光透视里来鉴定图画家和雕刻家所选择的人体美了。③

钱锺书又说："文学创作可以深挖事物隐藏的本质，曲传人物未吐露的心理，否则它就没有尽它的艺术的责任，抛弃了它的创造的职权。考订只断定已然，而艺术可以想象当然和测度所以然。在这个意义上，我们不妨说诗歌、小说、戏剧比史书来的高明。"④ 可见，仅就反映历史与现实生活的深广程度而言，诗比史书更有优越性。

缺失之三，依史订诗，苟责诗艺。就是用历史真实的标准来苟求诗（文学）的艺术真实，不懂得艺术夸张是创作自由的权力和本分，总是用生活真实来"规矩"艺术。例如白居易在强调内容真实性的时候，没有把生活真实与艺术真实区别开。他要求讽谕诗的内容要写到"核实"的程度才算真实。《新乐府序》云："其事核而实，使采之者传信也。"⑤《策林》六十八"议文章·碑碣辞赋"云："今褒贬之文无核实，则惩劝

① 敏泽：《试论"春秋笔法"对于后世文学理论的影响》，《社会科学战线》1985 年第 3 期。

② ［古希腊］亚里士多德：《诗学》，陈中梅译注，商务印书馆 1996 年版，第 81 页。

③ 钱锺书：《宋诗选注·序》，人民文学出版社 1958 年版。

④ 同上。

⑤ 白居易：《白氏长庆集·新乐府并序》之卷第三，《白氏长庆集七十一卷》，第二册，四部丛刊集部，上海涵芬楼借江南图书馆藏日本翻宋大字本。

之道缺矣；美刺之诗不稽政，则补察之义废矣。"① 对诗歌内容如此坐实，自然就会排斥诗的虚构、想象、夸张。从这一观念出发，他评价李、杜的诗便自认为抓到了根本之所在。《与元九书》云："又诗之豪者，世称李、杜。李之作，才矣奇矣，人不逮矣，索其风雅比兴，十无一焉。杜诗最多，可传者千余首……然撮其《新安吏》、《石壕吏》、《潼关吏》、《塞芦子》、《留花门》之章，'朱门酒肉臭，路有冻死骨'之句，亦不过十三四首。杜尚如此，况不逮杜者乎！"② 按照他的这一标准评诗，也只有他的170余首讽谕诗方是天下之至文，可事实并非如此。李、杜之所以成为中国诗史上的双子星座，最重要的不在于写了多少"核实"的诗，而在于创造出后世难以企及的艺术范型。苛责诗艺以求"核实"正是白居易诗论的不足之处。类似的事例在文学史上比比皆是。如杜牧的《江南春》："千里莺啼绿映红，水村山郭酒旗风。南朝四百八十寺，多少楼台烟雨中。"明代杨慎《升庵诗话》批云："'十里莺啼绿映红'，今本误作'千里'，若依俗本，'千里莺啼'谁人听得？'千里绿映红'，谁人见得？若作十里，则莺啼绿红之景，村郭楼台，僧寺酒旗，皆在其中矣。"③在杨慎看来，虽然"千"与"十"只有一撇之差，但差之毫厘谬以千里。杨慎的问题在于依据人的视听能力苛求诗的意境。其实，艺术完全可以超越人的视听局限来展开想象和创造。所以，清代何文焕在《历代诗话考索》中对杨慎提出了质疑："余谓即作十里，亦未必尽听得着，看得见。"盖以《江南春》为题，取镜深广，非专注于一处。④ 还有更可笑的例子，如苏轼的《惠崇春江晚景》："竹外桃花三两枝，春江水暖鸭先知。蒌蒿满地芦芽短，正是河豚欲上时。"清人毛奇龄说，春江水暖，"定该鸭知，鹅不知耶。"又强词夺理地说："水中之物皆知冷暖，必以鸭，妄矣。"其实，按着钱锺书的解释，苏轼此诗是题画诗，是惠崇画中有桃、竹、芦、鸭等物，故诗中遂遍及之。⑤

---

① 白居易：《白氏长庆集·策林（四）》之卷第四十八，《白氏长庆集七十一卷》，第十七册，四部丛刊集部，上海涵芬楼借江南图书馆藏日本翻宋大字本。
② 白居易：《白氏长庆集》卷第二十八，《白氏长庆集七十一卷》，第九册，四部丛刊集部，上海涵芬楼借江南图书馆藏日本翻宋大字本。
③ 丁福保：《历代诗话续编》，中华书局1983年版，第800页。
④ 何文焕：《历代诗话》，中华书局1981年版，第823页。
⑤ 钱锺书：《谈艺录》（补订本），中华书局1984年版，第221页。

要而言之，诗具史笔作为诗学批评中的史学话语，彰显了诗歌具有史书的记事功能、认知功能、讽谕功能和政教功能；但同时也不可避免地弱化甚至消解了诗歌之所以称之为诗歌的审美品格和娱情作用。诗具史笔最大限度地彰显了诗的社会功能，其诗学价值在于此，其理论缺失也在于此。

二　史蕴诗心:《春秋》作而《诗》未亡

就诗、史关系而言，孟子的"《诗》亡然后《春秋》作"，既道出了早期的《诗》具有史的功能，同时也指出《春秋》是来源于《诗》，即史是来源于《诗》的。由诗推及于史，又由史回溯于诗构成了诗与史的"阐释之循环。"何谓"阐释之循环"？精通西方现代阐释学的钱锺书对此有胜解：

> 乾嘉"朴学"教人，必知字之诂，而后识句之意。识句之意，而后通全篇之义，进而窥全书之旨。虽然，是特一边耳，亦只初桄耳。复须解全篇之义乃至全书之指（"志"），庶得以定某句之意（"词"），解全句之意，庶得以定某字之诂（"文"）；或并须晓会作者立言之宗尚，当时流行之文风、以及修词异宜之著述体裁，方概知全篇或全书之指归。积小以明大，而又举大以贯小；推末以至本，而又探本以穷末；交互往复，庶几乎义解圆足而免于偏枯，所谓"阐释之循环"（der hermeneutische Zrikel）者是矣。《鬼谷子·反应》篇不云乎："以反求覆"？正如自省可以忖人，而观人亦资自知；鉴古足佐明今，而察今亦裨识古；鸟之两翼，剪之双刃，缺一孤行，未见其可。[1]

这里钱锺书所论"阐释之循环"完全适合于诗、史关系的阐释。上一节笔者着重阐释了诗具史笔的问题，属于诗、史关系中之一翼；本节着重阐释史蕴诗心的问题，属于诗、史关系中之另一翼。两翼之双向互动，循环

---

[1]　钱锺书：《管锥编》，中华书局 1986 年版，第 171 页。

阐释方能见出诗史之间的"视界融合"① 以及"春秋笔法"在这一"视界融合"中所起的纽带作用。

（一）史蕴诗心及其表现

笔者认为，"《诗》亡然后《春秋》作"固然概括了春秋中叶以来由诗向史的嬗变，但这一概括遮蔽了一个潜在的不容忽视的事实：即"《春秋》作而《诗》未亡"。也就是说，春秋中叶（公元前6世纪）以来，尽管"采诗"制度由于礼崩乐坏而废止，但诗的精神，诗的艺术生命并没有消亡；相反，它正培养着自己的感情，积蓄着新的力量来完成一次新的转型，这一转型不仅仅表现为用《诗》时代的到来，诗成为"全面的社会生活"，更表现为诗的生命的种子流播到史书的沃野上并绽放出缤纷的花朵。尚简用晦的"春秋笔法"从根本上说是诗的比兴含蓄寄托的手法在史书写作中的自然延伸。

《春秋》"五例"与《诗经》赋比兴呈现出明显的对应关系：《春秋》之微而显，志而晦、婉而成章对应于《诗经》的比兴②；《春秋》之尽而不汙对应于《诗经》的赋；《春秋》之惩恶劝善对应于《诗经》的美刺褒贬。通过对比不难发现，"春秋笔法"本是源于《诗》的，而用"春秋笔法"写成的史书《春秋》，骨子里就不能不流淌着诗的血脉，不能不具备诗的品格。钱锺书说：

> 史必征实，诗可凿空。古代史与诗混，良因先民史识犹浅，不知存疑传信，显真别幻。号曰实录，事多虚构；想当然耳，莫须有也。述古而强以就今，传人而借以寓己。史云乎哉，直诗（Poiisês）而已。故孔子曰："文胜质则史"；孟子曰："尽信书不如无书，于武成

---

① "视界融合（Horizon Verschmelzung）"，现代阐释学家加达默尔把特殊的历史背景作为视界（Horizont），认为不同的历史情景具有不同的视界，不同的解释者具有不同的视界。视界融合就是文本的视界与读者的视界的融合，或文本的视界与解释者的视界的融合，并在融合的基础上组成一个共同的新的视界（张首映《西方二十世纪文论史》，北京大学出版社1999年版，第249页），这里所说的"视界融合"主要是指诗与史两个视界的融合，解释者的视界不在讨论范围之内。

② 台湾学者张高评说："《左传》所揭示《春秋》五例中，前三例所谓'微婉显晦'之书法，实即《春秋》书法中之'微言'，最可与比兴思维相互发明。"见《〈春秋〉书法与宋代诗学》，载于《春秋书法与左传学史》，台北五南图书出版股份有限公司2002年版，第120页。

取二三策。"……由此观之，古人有诗心而缺史德。与其曰："古诗即史"，毋宁曰："古史即诗。"此《春秋》所以作于《诗》亡之后也。①

这一创见殊为深刻，直到晚年补订《谈艺录》时他又加以申说，指出"流风结习，于诗则概信为征献之实录，于史则不识有梢空之巧词，只知诗具史笔，不解史蕴诗心。"② 此外，在《管锥编》中有多处阐释诗史关系③，著名的《宋诗选注·序》也较为集中地论述了诗史关系。从这些论述中可以看出，钱锺书更倾向于史蕴诗心的一面。这与前述闻一多的观点"《诗》本是纪事的，也是一种史……诗即史"相比，看似对立，实则互补。二人都承认诗史互渗，相互融通的基本事实，但侧重点不同。如果说作为学者兼诗人的闻一多在诗史之间偏重于阐释早期的《诗》本是记事之史的话，那么学者兼作家的钱锺书则偏重于阐释古史即诗，是可以寄慨言志，虚构想象的。前者侧重说明诗具史笔，后者着意阐释史蕴诗心。在闻一多、钱锺书的阐释下，诗与史的视界相互交融，只不过闻一多的阐释是由诗向史的"视界融合"，钱锺书的阐释是由史向诗的"视界融合"，这为我们阐释诗史关系打开了方便之门。

一般说来，诗具史笔易于被读者接受，按照唯物论的反映论原理，既然文学艺术是社会生活的形象的反映，那么诗歌以其生动的形象反映社会历史生活具有史家记事的特点也就不足为怪了。所以，诗具史笔在我们的"前理解"知识界面上早已融而不隔。但史蕴诗心则不然。在一般读者的"前理解"意识中，史是记实的，来不得半点马虎，否则就失真了，而诗歌是可以虚构、想象、夸张的，诗可以丢开生活的真而追求艺术的真，史一旦丢开事实的真便是彻底的失真，丧失了史的价值，甚至是史德。这样一来，史蕴诗心岂不是误导读者认史书为文学，由真转入不真吗？

于是一个必须回答的问题出现了："原初的真"是否等同于史书记载的真？回答是否定的。原初的真一旦过去便永远地过去了，想要将其复原为全真是根本不可能的。且不说语言本身存在着言不尽意，言不尽象的诸

---

① 钱锺书：《谈艺录》，中华书局 1984 年版，第 38—39 页。

② 同上书，第 363 页。

③ 钱锺书：《管锥编》，第 88—90、95—98、164—166、1297—1298 页。

多阻障；且不说史家著史时微妙复杂的心态及在材料取舍和对材料认知把握上的差异，即使动用当今的高科技手段也不能将原初的本真彻底复原，至多只能到"逼真"的程度，就是说可以无限地去逼近，但永远也达不到"全真"，就像数学上小数点后的近似值。于是我们可以得出这样的结论：历史是全真的，但用文字写出来的史书不是全真的，至多是逼真的。对此，冯友兰有过透辟的解析：

> 　　严格地说，过去了的东西是不能还原的。看着像是还原的，只是一个影子。历史家所写的历史，是本来历史的一个摹本。向来说好的历史书是"信史"。"信史"这个"史"就是指写的历史。本来历史无所谓信不信。写的历史则有信不信之分。信不信就看其所写的是不是与本来历史相符合。写的历史与本来的历史并不是一回事。其间关系是原本和摹本的关系，是原形和影子的关系。本来历史是客观存在，写的历史是主观的认识。一切的学问都是人类主观对于客观的认识。①

如此说来，史学便在全真与逼真，主观与客观之间，留下一片"真空"，这片"真空"哪怕是一道夹缝，也会使文学得以滋生、蔓延，甚至成为史家修史必不可少的修辞手段，比如"春秋笔法"。

还是让我们回到《孟子·离娄下》再看看《诗》与《春秋》的关系："孟子曰：'王者之迹熄而《诗》亡，《诗》亡然后《春秋》作。晋之《乘》，楚之《梼杌》，鲁之《春秋》，一也：其事则齐桓、晋文，其文则史。孔子曰：'其义则丘窃取之矣。'"其中"王者之迹熄"等数句已如前述，在此不赘。这里要说明的是："孔子曰：'其义则丘窃取之矣'"一句，其中关键词为"其义"二字。《孟子注疏》载宋孙奭《疏》云："孔子自言之曰：其《春秋》之义，则丘私窃取之矣。盖《春秋》以义断之，则赏罚之意于是乎在，是天子之事也，故曰其义则丘窃取之矣。窃取之者，不敢显述也，故以赏罚之意寓之褒贬，而褒贬之意则寓于一言耳。"② 焦循《孟子正义》卷十云引万斯大《学〈春秋〉随笔》云："诸

---

①　冯友兰：《中国哲学史新编》（上），人民出版社 1998 年版，第 2 页。
②　《孟子注疏》，见阮元校刻《十三经注疏》，中华书局 1980 年影印本，第 2728 页。

史无义，而《春秋》有义也。义有变有因……"① 按：刘敞与万斯大所言
"其义"均指《春秋》之义，其实不然。《春秋》可分为孔子之《春秋》
和在孔子之前的"鲁之《春秋》"，从"晋之《乘》、楚之《梼杌》、鲁之
《春秋》，一也"的叙述语气看，"鲁之《春秋》"非指孔子之《春秋》，
那么是否有"其义"当在两可之间。即便有，孔子也大可不必去"窃"
取。那么如此说来，"其义"到底是指什么呢？章学诚《校雠通义·汉志
六艺》云："孟子曰，'《诗》亡然后《春秋》作'。《春秋》与《诗》相
表里，其旨可自得于韩氏之《外传》。"《韩诗外传》杂述古事，取《诗》
成句相印证，其意在褒贬大义。孔子《春秋》与《诗》相表里，《诗》
之美刺褒贬之义当通于《春秋》，所以，杨伯峻认为"其义"指的是《诗
三百》美刺褒贬之"义"②，此说当为最圆通的解释。也就是说，孔子将
《诗三百》主文而谲谏的美刺褒贬之义借用来写作《春秋》以成其微婉隐
晦的惩恶劝善之功用，这才是"其义则丘窃取之"的真正用意。自然这
也成为史蕴诗心的一个有力内证，成为"春秋笔法"源于《诗》法的有
力内证。

　　史蕴诗心用之于《春秋》《左传》主要表现为微婉隐晦的"春秋笔
法"。就《春秋》而言，清今文学家皮锡瑞云：

　　　　夫以二百四十二年之事，止一万六千余字。计当时列国赴告，鲁
　　史著录，必十倍于《春秋》所书，孔子笔削，不过十取其一。盖惟
　　取其事之足以明义者，笔之于书，以为后立法。其余皆削去不录。或
　　事见于前者，即不录于后，或事见于此者，即不录于彼。以故一年之
　　中，寥寥数事，或大事而不载，或细事而详书，学者多以为疑。但知
　　借事明义之旨，斯可以无疑矣。③

皮锡瑞所言，抓住了《春秋》借事明义的经学特征。孔子《春秋》据鲁
史而加笔削，记事极为简略，非一般之史笔。在书与不书之间，在详书与
略书之间以见出皮锡瑞所言"诛讨乱贼"之"大义"和"改立法制"之

---

　　① 焦循：《孟子正义》卷十六，中华书局1987年版，第574页。
　　② 杨伯峻：《孟子译注》；中华书局1960年版，第193页。
　　③ 皮锡瑞：《经学通论四·春秋》"论春秋借事明义之旨只是借当时之事做一个样子，其
事合与不合备与不备本所不计"。（中华书局1954年版，第22页）

"微言"。大义微言合论即所谓惩恶劝善之意也。抛开今文家附会《春秋》
为汉代立法的臆说不谈,《春秋》非一般意义上的史书,而是"借事明
义"的经书,该是没有什么疑义的,用孔子的话说"我欲载之空言,不
如见之于行事之深切著明也"①。"借事明义"正是史蕴诗心的佳妙处,也
正是"春秋笔法"之所在。

　　需要说明的是,"春秋笔法"作为《春秋》的修辞手法②,主要是用
以"明义"的,具有政治化、功利化的目的,属于实用性修辞。《礼记·
经解》云:"属辞比事,《春秋》教也。"就道出了"属辞"的教化作用。
又云:"属辞比事而不乱,则深于《春秋》者也。""属辞"主要指修辞,
修辞之要在于"不乱","不乱"在于"笔法"之精严。故"春秋笔法"
充当了"明义"的载体。

　　但是,实用性的帷幔并没有遮掩住"春秋笔法"的诗性的灵光,当
历代学人"上穷碧落下黄泉"苦心孤诣地搜索发扬《春秋》"微言大义"
的时候,蓦然回首,不禁为《春秋》的诗性"笔法"拍案惊奇。请看
下例:

　　　　十有六年,春,王正月,戊申,朔,陨石于宋五,是月,六鹢退
　　飞过宋都。

　　　　　　　　　　　　　　　　　　　　　　——《春秋》僖公十六年

这是一段极简约细密,生动形象的文字。《春秋公羊传》解云:"曷为先
言陨而后言石?陨石记闻,闻其磌然,视之则石,察之则五。……曷为先
言六而后言鹢?六鹢退飞,证见也。视之则六,察之则鹢,徐而察之则退
飞。"《公羊传》的解说不仅让读者有了身临其境之感,更让人感到《春
秋》用词简约精练到一字不苟,传神入化的程度。再如《公羊传》庄公
七年:"'不修春秋'曰:'雨星不及地尺而复。'君子修之曰:'星霣如

---

　　①　司马迁:《史记·太史公自序》,中华书局1959年版。
　　②　钱锺书说:"《春秋》之'书法',实即文章之修词。《公羊》、《谷梁》两传阐明《春
秋》美刺'微词',实吾国修词学最古之发凡起例;'内词'、'未毕词'、'讳词'之类,皆文家
笔法,剖析精细駸駸乎入于风格学(stylistics)。"(《管锥编》,第967—968页)又《管锥编》第
五册第21页云:"昔人所谓'春秋笔法',正即修词之朔,而今之考论者忽焉。"

雨'。"① 未经孔子修订的《春秋》说流星雨下到离地面不到一尺又回到天上去了，这种违背常理的解说是说不通的，故而孔子修订为"星霣如雨"，既简约形象又不违背常理。

如果说《春秋》记事过于简括，史蕴诗心主要表现在属辞上，那么《左传》作为以事解经之作，其诗心文心不仅表现在属辞上，也表现在比事上。对此，钱锺书在《管锥编》中有深入论析。他说："于是《春秋》书法遂成史家模楷，而言史笔几与言诗笔莫辨。杨万里《诚斋集》卷一一四《诗话》尝引'微而显'四语与《史记》称《国风》二语而申之曰：'此《诗》与《春秋》纪事之妙也！'因举唐宋人诗词为例（参观卷八三《颐菴诗稿序》），是其验矣。《史通·叙事》一篇实即五例中'微'、'晦'二例之发挥。有曰：'叙事之工者，以简要为主，简之时义大矣哉！……晦也者，省字约文，事溢于句外。然则晦之将显，优劣不同，较可知矣。……一言而巨细咸该，片语而洪纤靡漏，此皆用晦之道也。……夫《经》以数字包义，而《传》以一句成言，虽繁约有殊，而隐晦无异。……虽发语已殚，而含义未尽，使夫读者望表而知里，扪毛而辨骨，睹一事于句中，反三隅于字外，晦之时义大矣哉！'《史通》所谓'晦'，正《文心雕龙·隐秀》篇所谓'隐'，'余味曲包'，'情在词外'；施用不同，波澜莫二。刘氏复终之曰：'夫读古史者，明其章句，皆可咏歌'；则是史是诗，迷离难别。"② 继之，钱锺书论道：

> 老生常谈曰"六经皆史"，曰"诗史"，盖以诗当史，安知刘氏直视史如诗，求诗于史乎？惜其跬步即止，未能致远入深。刘氏举《左传》宋万襄犀革，楚军如挟纩二则，为叙事用晦之例。顾此仅字句含蓄之工，左氏于文学中策勋树绩，尚有大于是者，尤足为史有诗心，文心之证。则其记言是矣。③

钱锺书以《左传》为例，指出《左传》有诗心、文心之证，实为大胆新颖的创见。"上古既无录音之工具，又乏速记之方，驷不及舌，而何其口

①　《春秋公羊传注疏》，见阮元校刻《十三经注疏》，中华书局1980年影印本，第2228页。
②　钱锺书：《管锥编》，中华书局1986年版，第164页。
③　同上。

角亲切，如聆謦欬欤？或为密勿之谈，或乃心口相语，属垣烛隐，何所据依？如僖公二十四年介之推与母偕逃前之问答，宣公二年鉏麑自杀前之慨叹，皆生无旁证、死无对证者。注家虽曲意弥缝，而读者终不餍心息喙。纪昀《阅微草堂笔记》卷一一曰：'鉏麑槐下之词，浑良夫梦中之澡，谁闻之欤？'李元度《天岳山房文钞》卷一《鉏麑论》曰：'又谁闻而谁述之耶？'李伯元《文明小史》第二五回王济川亦以此问塾师，且曰：'把他写上，这分明是个漏洞！'"就《左传》中介之推与母偕逃前的对话及鉏麑触槐而死前的独白，纪昀、李元度等人都提出过质疑，但都未能释疑。钱锺书则以"史有诗心、文心之证"加以点拨，使这一疑问涣然冰释：

> （《左传》）盖非记言也，乃代言也，如后世小说、剧本中之对话独白也。左氏设身处地，依傍性格身份，假之喉舌，想当然耳。①

原来有良史之材的史家，秉承"书法不隐"之原则，据事实录的过程中也时常按捺不住后代小说家式的拟想和虚构的躁动。史家的想象力冲出了实录的边界，泛滥到史书的文本写作之中。《孔丛子·答问》篇记陈涉读《国语》骊姬夜泣一事，顾问博士曰："人之夫妇，夜处幽室之中，莫能知其私也，虽黔首犹然，况国君乎？余是以知其不信，乃好事者为之词！"博士则死心眼地对答说："人君外朝则有国史，内朝则有女史……故凡若晋侯骊姬床第之私，房中之事，不可掩焉。"愚腐的儒生振振有词地回答了陈涉之问尚在情理之中，而唐代史学大师刘知几居然拾酸儒牙慧倒令人颇感意外。《史通·史官建置》篇言古置内朝女史，"故晋献惑乱，骊姬夜泣，床第之私，不可掩焉。"如此说来，女史当为克格勃之艳谍也。《左传》成公二年晋使巩朔献捷于周，周王私贿之而使相告之曰："非礼也，勿籍！""勿籍"就是不让史官记在史册上。如此说来，左、右史尚可徇私曲笔，而"内史"彤管能保证"不掩"无讳吗？所以方中通《陪集》卷二《博论》下云："《左》、《国》所载，文过其实者强半"，当不为虚言。最后，钱锺书总结说：

---

① 钱锺书：《管锥编》，中华书局 1986 年版，第 164 页。

明、清评点派章回小说者，动以盲左、腐迁笔法相许，学士哂之。哂之诚是也，因其欲增稗史声价而攀援正史也。然其颇悟正史稗史之意匠经营，同贯共规，泯町畦而通骑驿，则亦何可厚非哉。史家追叙真人真事，每须遥体人情，悬想事势，设身局中，潜心腔内，忖之度之，以揣以摩，庶几入情合理。盖与小说、院本之臆造人物、虚构境地，不尽同而可相通；记言特其一端。……《左传》记言而实乃拟言、代言，谓是后世小说，院本中对话、宾白之椎轮草创，未遽过也。古罗马修词学大师昆体灵（Quintilian）称李威（Livy）史记中记言之妙，无不适如其人、适合其事；黑格尔称苏锡狄德士史记中记言即出作者增饰，亦复切当言者为人。①

钱锺书这番古今中西的通观周览，不仅为"史蕴诗心"说提供了大量的言之凿凿的铁证，同时也启发了人们对这一创见的理论价值和史学意义的进一步思考。

（二）史蕴诗心的意义和价值

史蕴诗心的意义和价值首先在于对千年以来所形成的"实录"和"信史"的史学观念进行了解构。中国是一个重史的国度，史书浩如烟海，史家代不乏人。有学者称"古代中国最高的文化样式是'史'"。②黑格尔慨叹中国实在是最古老的国家："中国'历史作家'的层出不穷，继续不断，实在是任何民族所比不上的。其他亚细亚人民虽然也有远古的传说，但是没有真正的'历史'。"③ 其实，黑格尔这番话只是皮相之谈。中国史学不在于史家史书数量之多，而在于业已形成的完整的史学观念体系。追求"实录"和"信史"的史学观念在中国史学体系中处于突出的地位。据事实录，"书法无隐"最早当源于春秋中期董狐直笔的史事。《左传》宣公二年（前607年）：

赵穿（赵盾子）杀灵公于桃园，宣子（赵盾）未出山而复。太

---

① 钱锺书：《管锥编》，中华书局1986年版，第166页。
② 余虹：《中国文论与西方诗学》，生活·读书·新知三联书店1999年版，第144页。
③ ［德］黑格尔：《历史哲学》，王造时译，上海书店出版社1999年版，第123页。

史书曰："赵盾弑其君"，以示于朝。宣子曰："不然。"对曰："子为正卿，亡不越竟，反不讨贼，非子而谁?"……孔子曰："董狐，古之良史也，书法无隐。赵宣子，古之良大夫也，为法受恶。惜也，越竟乃免。"

这段史料自孔子以来历代史家无不称颂董狐的秉笔直书，书法无隐的实录精神，还有为直书"崔杼弑其君"而先后毙命的齐太史兄弟二人的史事，更为可歌可泣。这种不畏强权，以死殉史的良史精神着实令人感佩。然而，我们需要反思的是，董狐、齐史所载肯定是"实录""无隐"的历史吗？且不说弑君者究竟是赵盾还是赵穿，就此事而言，只书弑君的结果，不书弑君的原因便有隐君恶的嫌疑。被弑者，晋灵公是也。"晋灵公不君，厚敛以雕墙。从台上弹人，而观其辟丸也。宰夫胹熊蹯不熟，杀之，寘诸畚，使妇人载以过朝。……"这样一位残忍横暴不行君道的昏君，不杀则民无生日，国无宁日。另一位被崔杼所弑的齐庄公也是一位不行君道的昏君。如果说晋灵公之恶在于"暴"，齐庄公之恶则在于"淫"。齐庄公之大臣崔杼新娶美人棠姜为妻，齐庄公见色起意，遂与通奸，并公然频频出入于崔府与棠姜私通。如此不行君道而被杀，亦属死有余辜。孔子曰："君使臣以礼，臣事君以忠。"① 反之，若君使臣以无礼，则臣何必事君以忠？纵然事君以忠亦愚忠也。由此可见，董狐、齐史之笔未必是实录，至多可说是局部之实录，等而下之，说是为君隐恶之曲笔也不无道理。

这里笔者无意要推翻两千多年的铁案而刻意标新立异，而是要说明这样一个问题：所谓"实录"，"直书无隐"都是带有倾向性的。中国史学固然追求"实录""信史"，但更重视对历史人物和事件的评判，这种评判常常是通过微婉隐晦的"春秋笔法"来表现，以期达到疏通知远、鉴往知来的目的。经史家心灵过滤后的历史已不是纯客观的历史，至多是"逼真"的历史。此其一。其二，史书和历史是两回事。史书是史家借助语言对已发生的历史所做出的解读。史书凭语言得以存在，但语言是最不值得信赖又最不能不依赖的媒介。刘禹锡《视刀环歌》云："常恐言语

_____

① 杨伯峻：《论语译注》，中华书局 1980 年版，第 30 页。

浅，不如人意深。"钱锺书也道出了"语文之于心志，为之役而亦为之累焉"①的事实。言不尽意、言不尽象也使得史家对史实描述的真实性在一定程度上受到了限制。其三，史家撰写史书不可避免地带着自己当下意识和背景去解读前代历史，解读的过程便是将自己当下的思想、观念不自觉地流贯其中的过程。因此，意大利哲学家克罗齐有句名言："一切历史都是当代史"，②英国哲学家柯林武德甚至提出"一切历史都是思想史"③的著名论断，意思是说，史家撰写任何一部史书都是当下知识与史家思想的结晶。更进一步强化了史家将思想贯注于史书的必然性和合理性。当书写的历史以这样一种样态出现时，作为一种阅读文本，史书便成了文学。史蕴诗心观念便对传统的"实录""信史"观念及其霸权地位进行了摧枯拉朽式的解构。

其次，史蕴诗心的理论价值和史学意义，还在于确立了史蕴诗心作为文学方法或文艺性修辞手法在历史文本中存在的合理性和必然性。史蕴诗心的客观存在突破了传统以史为中心，史主于文的价值观念体系，使文在史书文本中获得了本体的地位，这与西方后现代史学"把历史著作看作以叙事散文话语为形式的语言结构"④的观点不尽相同却可以相通。

中国古代论文史关系者代不乏人，最早当数孔子。《论语·雍也》云："质胜文则野，文胜质则史。"刘知几《史通·核才》云："昔尼父有言：'文胜质则史。'盖史者，当时之文也。"⑤刘宝楠《论语正义》引东汉包咸曰："史者，文多而质。"《仪礼·聘礼》云："辞多则史，少则不达。"⑥《韩非子·难言》云："捷敏辩给，繁于文采，则见以为史。"⑦可见"史"一开始便以辞多、文多见长，并初步形成了"文胜质则史"的文史观，从先秦至六朝一直延续着，没有根本的改变⑧。至唐，刘知几撰

---

① 钱锺书：《管锥编》，中华书局 1986 年版，第 407 页。

② ［英］柯林武德：《历史的观念》，何兆武等译，商务印书馆 1997 年版，第 286 页。

③ 同上书，第 303 页。

④ ［美］海登·怀特：《后现代历史叙事学》，陈永国、张万娟译，中国社会科学出版社 2003 年版，第 370 页。

⑤ 刘知几：《史通》，辽宁教育出版社 1997 年版，第 75 页。

⑥ 见《仪礼注疏·聘礼》，见阮元校刻《十三经注疏》，中华书局 1980 年影印本，第 1073 页。

⑦ 王先慎：《韩非子集解》，中华书局 1998 年版，第 22 页。

⑧ 李少雍：《中国古代的文史关系——史传文学概论》，《文学遗产》1996 年第 2 期。

《史通》力斥六朝及唐初修史"文非文，史非史"的现象，主张"拨浮华，采真实"(《史通·载文》)，尚简斥繁，崇质去文。但他反对的只是华而不实的史笔，对文史俱佳的《左传》则推崇备至，且《史通》亦采四六骈体写成，足见刘知几推重史法而不排斥文笔。

真正对古代文史作通盘考察的是清代章学诚的《文史通义》。他认为史与文之间存在着包容的关系，是史包容文而不是文包容史。即《文德》所说文由史出："古文辞而不由史出，是饮食不本于稼穑也。"① 但同时他又认为史赖于文，《史德》云："史之赖于文也，犹衣之需乎采，食之需乎味也。""史所贵者义也，而所具者事也，所凭者文也。"② 在章学诚看来，史与文是本与末的关系，史居首要，文居次要，史为道，文为器；"文辞有工拙，而族（众）史方且以是为竞焉，是舍本而逐末矣。以此为文，未有见其至者。以此为史，岂可与闻古人大体乎?"(《史德》)"夫言所以明理，而文辞则所以载之之器也。虚车徒饰，而主者无闻，故溺于文辞者，不足以言文也。"(《辨似》)这样说并不意味着章学诚反对文辞；相反，为了维护史的独尊地位，他也主张工文："夫史所载者事，事必藉文而传，故良史莫不工文。"(《史德》)简言之，受"六经皆史"说的影响，章氏始终未能将文与史放到平等的位置来看待。至于谈到"《春秋》与《诗》相表里"并从历史本事，褒贬大义，微婉风格三方面论证二者之间的相互融通，也仍然是从"六经皆史"角度着眼的。章氏的观点基本上总结并代表了传统文史观的基本看法。

但史蕴诗心说则不同。康德认为："在历史叙述的过程中，为了弥补文献的不足而插入各种臆测，这是完全可以允许的；因为作为远因的前奏与作为影响的后果，对我们发掘中间的环节可以提供一条相当可靠的线索，使历史的过渡得以为人理解。"③ 这段话恰好说明了历史叙述具有文学特性。既然史书只是"书写的历史"，不是所谓"客观历史"的复原，且史家著史又未能恪守史家的本分，不时地在史书中表达自己的褒贬意志，展示自己的叙事才华甚至是新奇的想象力，那么从这一维度看，"历史"和"文学"是一回事。有趣的是，史蕴诗心说与西方后现代史学或

---

① 叶瑛：《文史通义校注》，中华书局 1994 年版，第 279 页。
② 同上书，第 221、219 页。
③ 〔德〕康德：《人类历史起源臆测》，见《历史理性批判文集》，何兆武译，商务印书馆 1991 年版，第 59 页。

称为新历史主义（New historicism）文论的基本观点有相通之处。美国加州大学海登·怀特以其《元历史：十九世纪欧洲的历史想象》和《话语之诸比喻》两部书成为新历史主义批评理论的中坚。在前一部书中，海登·怀特认为历史文本作为一种话语样式它涉及三大因素：素材、理念和叙事结构。历史叙事总是以一定的理念去解释素材，并总是将这一切安排在一个语言叙述结构之中。历史叙事的深层动机是以话语叙事的"自然性"来对应性地表述历史事实，让历史事实在语言序列上看起来像是那么回事。但怀特指出在这种历史文本制造的表象之下有一个潜在的深层结构，这个结构从本质上看是"诗性的"和"语言性的"。所谓"诗性的"是说历史文本在根本上基于"想象"，所谓"语言性的"是说历史文本中的事物之秩序在根本上基于语词之秩序并依存于语词的解释。此外，怀特还指出，历史著作总是体现出一些文学性情节（喜剧的、悲剧的、传奇的、讽刺的），这些情节的秩序与其说基于一种认识论立场，不如说基于某种美学和伦理立场。在《话语之诸比喻》一书中，怀特还进一步分析了历史话语的比喻性。据此，怀特认为历史在本质上是一种话语虚构，因而与小说没有什么两样。① 怀特的这番话在一定程度上可与钱锺书关于"史有诗心、文心之证"相对照："史家追叙真人实事，每须遥体人情，悬想事势，设身局中，潜心腔内，忖之度之，以揣以摩，庶几入情合理。盖与小说、院本之臆造人物、虚构境地，不尽同而可相通"。② 通过比较可以看出，史蕴诗心说与西方后现代史学理论虽不同却相通。后现代史学视文学为历史本质的理论是基于他们对"历史叙述形式"的过度关注。假如"历史叙述形式"是一扇窗户的话，他们所关注的是这扇窗户的物质而非透过它所能够看到的景象。③ 这就片面夸大叙述形式在历史写作中的功能，并将其推向极端，而无视历史与文学应有的基本区别，这也正是后现代史学理论的偏颇之处。而史蕴诗心说既承认历史求真的本质特征，又指出历史中文学描写的客观事实，意在告诉人们："盖修词机趣，是处皆有；说者见经、子古籍，便端肃庄敬，鞠躬屏息，浑不省其亦有文

---

① 余虹：《中国文论与西方诗学》，生活·读书·新知三联书店1999年版，第153—154页。

② 钱锺书：《管锥编》，中华书局1986年版，第166页。

③ 张首映：《西方二十世纪文论史》北京大学出版社1999年版，第546页。

字游戏三昧耳。"① 因此，以"不尽同而可相通"一语道破历史与文学的不同和相通，正是史蕴诗心说打通文史阻障的辩证圆通之解。所以，史蕴诗心说不仅充分体现了中国古代史学向诗学渗透的文本写作特色，同时也确立了诗学（文学）在历史叙述文本中的本体地位，史与文由主人、仆人一变而为孪生姐妹，成为中国史传文学中并蒂盛开的奇葩。

最后，由史蕴诗心引发的思考。既然史蕴诗心说从历史叙述文本的角度解构了传统史学赖以傲视群雄的"实录"和"信史"观念，并将"史"（"六经皆史"的"史"）从独尊的地位拉下来与"文"并驾齐驱。那么，还要不要"真实"？要不要史学所赖以独立存在的"真实"？回答自然是肯定的。不仅史学需要真实，一切科学之所以称之为科学都是以真实性、客观性作为不可动摇的首要原则。尽管历史的真实存在于过去的时空中，不能百分之百地靠史书来还原，但"真实"仍然是史家孜孜以求的终极目标；尽管历史的真实也存在于人们对历史的解释之中②，但历史的解释不能像小说一样随心所欲地虚构和叙述，更不能出于一时的功利目的而妄改史实。研究者至少在主观上应根据现存的史料努力去逼近"真实"。

历史作为叙述文本回到了文学身边也许是历史学的悲哀，但又何尝不是历史学的幸运？也许正是有了诗性生命的艺术之火，尘封千年的历史长卷才成为灵动鲜活，五彩缤纷的世界！

---

① 钱锺书：《管锥编》，中华书局 1986 年版，第 461 页。
② ［法］马克·加博里约在《结构人类学和历史》中认为："人们声称以'实在的'历史为依据时，实际上是在运用某种'解释'"。（《现代西方历史哲学译文集》，张文杰等译，上海译文出版社 1984 年版，第 97 页）

第四章

春秋笔法与今文经学

> 《诗》无达诂，《易》无
> 达占，《春秋》无达辞，从变
> 从义，一以奉人（天）。
>
> ——董仲舒《春秋繁露》

"春秋笔法"的形成，一方面在于孔子于《春秋》寄寓了"微言大义"和褒贬书法，另一方面在于后来经学家对《春秋》"书法"的阐释。或者更确切地说，"春秋笔法"的经学地位是经后来经学家对孔子《春秋》一书的不断阐释得以确立的。在这方面，《公羊传》《谷梁传》及今文经学家功不可没。本章所要研讨的是《公羊》《谷梁》二传及董仲舒对"春秋笔法"的阐释。与《左传》以事解经相比，《公羊》《谷梁》的以义解经不可避免地带有以己之义释《春秋》之例的"误读"成分。这些"误读"常常被学界斥之为断章取义牵强附会甚至是荒诞不经而一概加以排斥和否定。这些批评话语虽然颇能击中今文学家的一些要害，但一概加以排斥和否定的态度显然是不合适的。依阐释学的理论方法来看，"误读"是批评家或读者接受并理解文本过程中的一种普遍现象，仍属于读者与文本之间的"视界融合"。接受者通过解读文本进而窥测作者本意的过程中所表现出的"误读"或"阅读偏差"正是接受者行使自己阅读权力的表现。这样说并不包括刻意曲解甚至是恶意歪曲文本（如文字狱）在内，而是承认接受者可以行使自己阅读权力的客观事实。比如王国维的早期著作《红楼梦评论》，在论及《红楼梦》悲剧精神时，王国维借用西方叔本华的悲剧理论来阐释《红楼梦》，指出《红楼梦》正是叔本华所言

"第三种之悲剧也",即"悲剧中之悲剧也"① 云云。王国维所言"悲剧之悲剧"是按照他所理解的叔本华的悲剧理论来解读《红楼梦》的。事实上他所说的叔本华的悲剧论仅是皮相之谈,未得叔本华哲学之精髓,是一种"误读"。对此,钱锺书在《谈艺录》中已作了明确的辨正②。但是,《红楼梦评论》作为中国 20 世纪运用西方理论解读中国文学的开山之作,称其是一种较为成功的"视界融合",当不会有什么疑义。温儒敏以"误读中的批评新视景"③ 来为《红楼梦评论》定位是恰当公允的。再如朱光潜解读王国维《人间词话》"有我之境"与"无我之境"时也有"误读"的地方。朱光潜在其《诗论》中释"无我"为"忘我",在他看来,诗中是不可能"无我"的④,这一观点得到了学术界的普遍认同。可是事实上这一胜解恰恰是朱光潜对王国维"无我之境"的"误读"。王国维谈"无我""有我"是受德国美学家康德、叔本华无功利审美思想的影响而提出来的。"有我"即"有物欲之我"之意;"无我"即"无物欲之我"之意。"有我""无我"当作如此分。然而,朱光潜释"无我"为"忘我"虽与王国维本意相乖却与诗学情境相合。故而,"忘我"之境也成为古典诗学的通用话语。可见阐释学所提出的"视界融合"即接受者之视界与文本视界相互融合的理论,肯定了接受者对文本视界再创造的权力。这为我们考察今文家对孔子《春秋》的阐释不仅提供一种可资借鉴的理论方法,同时也让我们能对今文学持有一个比较宽容的态度——一种有条件的宽容。从某种意义上讲,学会宽容比学会方法更重要。

　　阐释《春秋》"义例"是春秋学的重要内容,为历代治《春秋》者所推重,只要浏览一下自汉至清近五百种春秋学著作,除一少部分外,大部分著作都或多或少地论及到"春秋书法"。就连不以治经学见长的明代

　　① 王国维:《红楼梦评论》,见《王国维文集》第一卷,中国文史出版社 1997 年版,第 12 页。

　　② 钱锺书云:"王氏附会叔本华以阐释《红楼梦》不免作法自弊也。"见《谈艺录》(补订本),中华书局 1984 年版,第 361—352 页。

　　③ 温儒敏:《中国现代文学批评史》,北京大学出版社 1993 年版,第 2 页。

　　④ 朱光潜:《诗论》,见《朱光潜美学文集》第二卷,上海文艺出版社 1982 年版,第 59 页。

学者张溥，在其《春秋三书》中亦有《春秋书法解》一卷①。且以"书法""释例""义例"等命名的就有多种。如汉颍容的《春秋释例》、晋杜预的《春秋释例》、唐陆淳的《春秋集传纂例》、宋陈德宁的《公羊新例》、元黄泽的《三传义例考》、明王樵的《春秋凡例》、清方苞的《左传义法解要》、刘逢禄的《公羊春秋何氏释例》、徐经的《春秋书法凡例》（附胡氏释例）、何佩融的《春秋释例》、柳兴宗的《谷梁大义述》、许桂林的《谷梁释例》、康有为的《春秋笔削大义微言考》等。本章并不想对这些著作一一加以评述，而是就春秋今文学如何阐释"春秋笔法"作一简要的梳理并对董仲舒释经方法论加以阐述。

一　《公羊》《谷梁》释例举隅

（一）《公羊》之什

《春秋公羊传注疏》引东汉何休序"传《春秋》者非一"下有唐徐彦疏，徐疏引戴宏《春秋说序》："子夏传与公羊高，高传于其子平，平传于其子地，地传于其子敢，敢传于其子寿。至汉景帝时，寿乃其弟子胡毋子都著于竹帛，与董仲舒皆见于图谶。"② 这里所说《公羊传》的五代传家经过，虽不可尽信却也说明《公羊》学渊源有自。章学诚《文史通义·言公上》云："公、谷之于《春秋》，后人以谓假设问答以阐其旨尔。不知古人先有口耳之授，而后著之竹帛焉。"③ 从《公羊》《谷梁》二传问答体的形式看，章学诚所言先口授后著竹帛的观点不无道理。

三传之中《左传》传事，《公羊》《谷梁》传义的观点早已为学界所接受。这里从笔削角度，参之《左传》来考察《公羊传》是如何阐释"微言大义"与"春秋笔法"的。

1. 笔则笔

司马迁《史记·孔子世家》载："子曰：'弗乎弗乎，君子病没世而名不称焉。吾道不行矣，吾何以自见于后世哉？'乃因史记作《春秋》，

---

　　① 张溥：《春秋三书》，北京大学图书馆藏明刊本。封皮有题解云："《书法解》为目多端，仅成一则。溥学问多由涉猎，经学原非所长。此书为未成之本，亦别无奥义，采（张采）等以交游之故为掇拾补缀而刊之，实不足为溥所重也。"
　　② 《春秋公羊传注疏》，见阮元校刻《十三经注疏》，中华书局1980年影印本，第2190页。
　　③ 叶瑛：《文史通义校注》，中华书局1994年版，第172页。

上至隐公，下讫哀公十四年，十二公。据鲁、亲周，故殷，运之三代。约其文辞而指博。……至于为《春秋》，笔则笔、削则削，子夏之徒不能赞一辞。弟子受《春秋》，孔子曰：'后世知丘者以《春秋》，而罪丘者亦以《春秋》。'"① 这段记载承继先秦孟子的观点，既道出孔子作《春秋》的隐衷，也道出了《春秋》一书的写法，即"笔则笔，削则削"，"约其文辞而指博"。下面就从笔与削的角度研讨《公羊传》是如何阐释《春秋》褒贬义例的。

所谓笔就是载笔，以笔记载之意。《春秋》将二百四十二年的史事压缩为一万六千余字可谓简约至极，在中国史书撰写上亦可谓空前绝后。但这并不意味着《春秋》凡事必简，例如鲁桓公娶文姜一事便记载得很详尽。《春秋》桓公三年：

> 三年春正月，公会齐侯于嬴。……秋七月……公子翚如齐逆女。九月，齐侯送姜氏于讙。公会齐侯于讙。夫人姜氏至自齐。

《左传》桓公三年释《春秋经》云："会于嬴，成昏（订婚）于齐也。"又云："秋，公子翚如齐逆女。修先君之好，故曰公子。齐侯送姜氏，非礼也。凡公女嫁于敌（对等的）国，姊妹则上卿送之，以礼于先君；公子（国君之女）则下卿送之；于大国，虽公子亦上卿送之；于天子，则诸卿皆行，公不自送；于小国，则上大夫送之。"晋杜预注云："公不由媒介，自与齐侯会而成昏，非礼也。"② 由《左传》及杜预注可知，鲁桓公无媒而聘文姜，这在古代属于非礼的行为，此其一；其二，齐僖公在无媒情况下将女儿文姜许婚给鲁桓公在前，又急不可待地亲自越境送女儿出嫁在后，这又是非礼的行为。《春秋》据事实录，"尽而不汙"，则讥讽之意已出。所以《公羊传》云：

> 何以书？讥。何讥尔？诸侯越竟送女，非礼也。③

---

① 司马迁：《史记》，中华书局1959年版，第1943—1944页。
② 《春秋左传正义》，见阮元校刻《十三经注疏》，中华书局1980年影印本，第1746页。
③ 《春秋公羊传注疏》，见阮元校刻《十三经注疏》，中华书局1980年影印本，第2214页。

然而，这仅仅是故事的开始。《春秋》桓公十八年：

> 十有八年春，王正月，公会齐侯于泺。公与夫人姜氏遂如齐。
> 夏四月丙子，公薨于齐。

《春秋》所载鲁桓公客死于齐的史事，《左传》与《公羊传》均有记述。《左传》云："公会齐侯于泺，遂及文姜如齐。齐侯通焉。公谪之，以告。夏四月丙子，享公。使公子彭生乘公，公薨于车。"相比较而言，《公羊传》亦有相似的记载，但比《左传》写得更具体，《公羊传》在释《春秋》"夫人孙于齐"下解云：

> 孙者何？孙犹孙（逊，逃遁）也，内讳奔，谓之孙。夫人固在齐矣，其言孙于齐何？念母也。正月以存君，念母以首事。夫人何以不称姜氏？贬。曷为贬？与弑公也。其与弑公奈何？夫人谮公于齐侯："公曰：'同非吾子，齐侯之子也。'"齐侯怒，与之饮酒。于其出焉，使公子彭生送之，于其乘焉，搚（音 lā，折断）干（肋部）而杀之。念母者，所善也。则曷为于其念母焉贬？不与念母也。①

齐侯即齐襄公，齐僖公之子，文姜的异母兄。早在文姜未嫁鲁桓公时二人业已通奸②。此次桓公偕夫人文姜来齐，二人再度私通，且被桓公察觉。最终桓公被害于齐，令鲁国上下为之震惊。继位的鲁庄公遂与生母文姜断绝母子关系。文姜滞留于齐不敢归，却因得与齐襄公频频相会，直到庄公八年齐襄公被弑为止。对此，《春秋》作了"跟踪报道"。除桓公三年、十八年外，还有庄公元年、二年、四年、五年、七年都有文姜与齐襄公相会的记录。如此"追踪报道"在《春秋》一书中很少见，其用意何在？是为了迎合好事者的猎艳猎奇心理？当然不是，笔者不敢妄揣孔子之意，但《春秋》此种笔法留给读者的理解空间是很大的。笔者以为其中至少

---

① 《公羊传》庄公元年，见《春秋公羊传注疏》，见阮元校刻《十三经注疏》，中华书局1980 年影印本，第 2224 页。

② 据《史记·齐太公世家》载："齐襄公故尝私通鲁夫人，鲁夫人者，襄公之女弟也。自釐（僖）公时嫁为鲁桓公妇，及桓公来而襄公复通焉。鲁桓公知之，怒夫人，夫人以告齐襄公。"由此可知，齐侯与文姜私通由来已久。

有三可悲：从用笔简约的《春秋》反复记载此事的笔法中读者不禁会生疑问：齐僖公何以无媒而为女儿私订终身？何以急匆匆越境送女儿出嫁，甘愿做出失礼的行为？其中必有隐衷。这一隐衷难道是一般意义上的"女大不中留"吗？不是。所谓"中冓之言，不可道也。所可道也，言之丑也"。① 而即将成为新郎官的鲁桓公对此竟浑然不知，此一可悲也。桓公得知奸情后未能有效制止，反被齐侯、文姜所害，此二可悲也。鲁国得知此事不能举兵讨伐齐侯、文姜，以雪国耻，却眼睁睁看着文姜与齐侯频频相会而无可奈何。此三可悲也。好在齐侯除掉了作为替罪羊的公子彭生，总算在各路诸侯中给了鲁国一点面子，让鲁国于内于外有个交待。这就是《春秋》不动声色地讥贬齐侯、文姜丑行的同时给读者带来的深一层的思考。也许孔子无意于此，所谓三可悲纯属笔者之臆想。然而，"作者未必然，读者何必不然？"也许这就是阐释学的魅力之所在，也就是《公羊》学发挥《春秋》"微言大义"之所在。

2. 笔与削

《春秋》有"笔则笔"的一面，也有"削则削"的一面，"春秋笔法"既可见之于"笔"，亦可见之于"削"，而"常事不书"而书，则介于笔削之间。

"常事不书"一词出于《公羊传》，被认为是"春秋笔法"的重要书例，本属于"削"的范围。所谓"常事"，在《公羊传》看来是指四时常规之事，特指一年四时中的一般礼仪活动，"常事不书"也就成为一般史官的载史原则。通观《春秋》，只有三例记载常规礼仪活动的。这样，本属于"常事不书"的范围（削），却成了不书而书（笔）的特例。② 于是引来了《公羊传》的疑问和解说。

第一例，《春秋》桓公四年："四年春正月，公狩于郎。"《公羊传》释云：

> 春正月，公狩于郎。狩者何？田狩也，春曰苗，秋曰蒐，冬曰狩。常事不书，此何以书？讥。何讥尔？远也。诸侯何必田狩？一曰

① 《诗经·鄘风·墙有茨》，朱熹：《诗集传》，上海古籍出版社 1980 年版，第 28 页。
② 过常宝：《"春秋笔法"与古代史官的话语权力》，《北京师范大学学报》2003 年第 4 期。

于豆，二曰宾客，三曰充君之庖。①

诸侯田狩一是为了以肉干祭祀，二是为了招待宾客，三是为了充实国君之厨房，本为四时之"常事"，当在不书之例，然而此例何以书？盖公远狩耳。按礼仪，诸侯田狩不过郊。郎邑虽在郊内，但郎之属地则远在郊外，故狩于郎含讥讽之意。

第二例，《春秋》桓公八年："八年春正月，己卯，烝。"《公羊传》释云：

> 烝者何？冬祭也。春曰祠，夏曰礿，秋曰尝，冬曰烝。常事不书，此何以书？讥。何讥尔？讥亟也。亟则黩，黩则不敬。君子之祭也，敬而不黩。疏则怠，怠则忘。士不及兹四者，则冬不裘，夏不葛。②

烝祭本为四时之冬祭，却在正月又举行了烝祭。《春秋》载此属于"常事不书"而书者，含有讥贬之意。讥讽烝祭的次数多了。次数多则滥，滥则不敬。君子祭祀，恭敬而不滥。次数少则懈怠，懈怠则易忘却，这也是不妥的。

第三例，《春秋》桓公十四年："秋八月，壬申，御廪灾。乙亥，尝。"《公羊传》释云：

> 常事不书，此何以书？讥。何讥尔？讥尝也。曰：犹尝乎？御廪灾，不如勿尝而已矣。③

尝祭为祭祀宗庙，御廪为贮藏祭祀用来的仓库。尝祭本为常规活动而不必载录，但这里为何要记下？是讥讽。御廪业已失火，还有必要举行尝祭吗？

由此可见，所谓"常事不书"书例的特点不在于"常事不书"而在

---

① 《春秋公羊传注疏》，见阮元校刻《十三经注疏》，中华书局 1980 年影印本，第 2215 页。
② 同上书，第 2218 页。
③ 同上书，第 2221 页。

于"书非常之事"。季节性常规礼仪如此，礼仪之外的其他社会活动也如此。一旦日常活动当中出现了"异常"便成为载录的内容。《公羊传》常以"……不书，此何以书？"的句式加以提示。例如《春秋》庄公二十二年："冬，公如齐纳币。"《公羊传》释云：

> 纳币不书，此何以书？讥。何讥尔？亲纳币，非礼也。①

纳币即纳征，古代婚礼程序之一，即六礼（纳采、问名、纳吉、纳征、请期、亲迎）之纳征，纳聘礼以定婚。《仪礼·士昏礼》："纳征：玄纁、束帛、俪皮。"六礼之中除亲迎外，都由使者到女家，当事者不亲往，即使王侯也不得例外。因此，若鲁庄公派使者去齐纳币，当在"常事不书"之例，但庄公竟然亲自赴齐纳币，便是非礼的行为，不书不足以为讥刺也。

3. 削则削

如果说"常事不书"而书介于笔、削之间，那么"隐而不书"当属"削"的范围。所谓"隐"就是将事实或部分事实遮蔽起来，以"不书"或"曲笔"的形式表达善恶褒贬的态度。在《春秋》看来，价值判断永远高于历史真实本身。当价值判断与史实相左时，史实要让位于价值判断，而不是价值判断让位于史实。从这一意义上，《春秋》是经，不是史，是借史以明经。所以《春秋》的"隐而不书"实为"春秋笔法"的又一重要表现。

汉儒将《春秋》的"隐而不书"大都视之为避讳。《公羊传》则将《春秋》所谓"诸所避讳"分成两个方面：一方面，"《春秋》录内而略外，于外大恶书，小恶不书；于内大恶讳，小恶书"②，实际上是《公羊传》"内其国而外诸夏，内诸夏而外夷狄"③原则在避讳问题上的体现。另一方面则是《公羊传》提出关于《春秋》的"三讳"原则："为尊者讳，为亲者讳，为贤者讳"④。这是源于西周铭文"称美而不称恶"的笔

---

① 《春秋公羊传注疏》，见阮元校刻《十三经注疏》，中华书局 1980 年影印本，第 2237 页。
② 同上书，第 2210 页。
③ 同上书，第 2297 页。
④ 同上书，第 2244 页。

法而来①。两个方面一曰内外有别，一曰亲疏有别，而内外之别是取决于亲疏之别的。

对"隐而不书"或称之为"讳书"的解读需要读者对"不书"的内容有相当的了解和熟悉，用阐释学的理论来分析，就是读者的"前理解"（Das Vorstandnis）应具有一种对"不书"内容的认知结构。若对"不书"内容一无所知，那么"隐而不书"必将成为永远的遮蔽而无法大白于天下。读者只有了解"不书"的内容及相关的背景知识，才能进一步了解到史家是如何选择和删汰史料以及选择和删汰这些史料的褒贬用意。在这方面，"春秋三传"为我们解读《春秋》开启了方便之门，现仍以《公羊传》为例：

《春秋》庄公四年："纪侯大去其国。"《公羊传》释云：

> 大去者何？灭也。孰灭之？齐灭之。曷为不言齐灭之？为襄公讳也。《春秋》为贤者讳，何贤乎襄公？复仇也。何仇尔？远祖也。哀公亨（烹）乎周，纪侯谮之，以襄公之为于此焉者，事祖祢之心尽矣。尽者何？襄公将复仇乎纪，卜之曰："师丧分焉。""寡人死之，不为不吉也。"远祖者，几世乎？九世矣。九世犹可以复仇乎？虽百世可也。②

齐襄公灭掉纪国不说"灭"而以"大去"遮掩，是为了避襄公之讳。在《公羊传》看来，齐襄公是贤者，因为灭纪是为报先祖遭纪侯之谮而被烹杀的深仇大恨。且引出了《公羊传》著名的九世复仇说。这里还需说明的是，同是一个齐襄公，他与其异母妹文姜私通并暗杀鲁桓公一事，在《春秋》中遭到了贬斥；而在这里还是这个齐襄公为报先祖被烹之仇一举灭掉纪国而被尊为贤者，灭纪一事被遮掩。前者是奸夫暴君，后者是复仇英雄，前后反差之大令人咋舌。然仔细品之，一褒一贬，似亦合理。此正是见出《春秋》就事论事，敢于褒其所褒，贬其所贬也。

---

① 《礼记·祭统》云："夫鼎有铭，铭者，自名也，自名以称扬其先祖之美，而明著之后者也，为先祖者，莫不有美焉，莫不有恶焉。铭之义，称美而不称恶。此孝子孝孙之心也。唯贤者能之。"1976 年陕西扶风出土的微史家族的一件铭文长达 284 字的史墙盘可印证《礼记》这番话决非虚言。笔者认为，这便是"春秋笔法"之滥觞。见本书第一章。

② 《春秋公羊传注疏》，见阮元校刻《十三经注疏》，中华书局 1980 年影印本，第 2226 页。

《春秋》哀公十二年："夏五月甲辰，孟子卒。"《公羊传》释云：

> 孟子者何？昭公之夫人也。其称孟子何？讳娶同姓，盖吴女也。①

同姓不同婚乃周代的礼俗，同姓者乃同祖共宗之人，同姓同婚则意味着乱背人伦，与禽兽无异。鲁昭公娶吴孟子于吴，按春秋时代通例，宜称为"吴姬"，因为吴孟子是周文王伯父太伯、仲雍之后，与鲁国同属姬姓。因此，鲁昭公娶吴女是非礼的。《论语·述而》云：

> 陈司败问昭公知礼乎，孔子曰"知礼"。孔子退。揖巫马期而进之曰："吾闻君子不党（偏袒），君子亦党乎？君取于吴，为同姓，谓之吴孟子，君而知礼，孰不知礼！"②

可见此事在朝野上下都引起了人们的关注和议论，且对鲁昭公有微词。《礼记·坊记》亦云："《鲁春秋》犹去夫人之姓曰吴，其死曰孟子卒。"《鲁春秋》为孔子笔削《春秋》前的鲁史，在书中也去掉夫人的姓，即不称孟姬或吴姬，而改称"吴孟子"，在孟姬死后，直称"孟子卒"，将"吴"字也删掉了。孔子笔削《春秋》时沿用了《鲁春秋》的写法，意在隐昭公之丑。

"隐而不书"或称为"讳书"造成了一种"模糊"的视界。所谓"模糊"是指对事实真相遮掩。这一遮掩其实也是对事实真相的一种评价而不能仅仅被视为回避。对于熟悉历史真相的读者而言，确能见出此种笔法所产生的褒贬之意，但对于不熟悉历史真相的人来讲就很难说了，容易受到"误导"而信以为真，"受骗上当"却又浑然不知。例如《春秋》僖公二十八年的"天王狩于河阳"的记录，《左传》释云：

> 是会也，晋侯召王，以诸侯见，且使王狩。仲尼曰："以臣召君，

---

① 《春秋公羊传注疏》，见阮元校刻《十三经注疏》，中华书局1980年影印本，第2351页。
② 杨伯峻：《论语译注》，中华书局1980年版，第74页。

不可以训。故书曰'天王狩于河阳'，言非其地也，且明德也。"①

"晋侯召王"意味着晋侯称霸于诸侯已成事实，但孔子认为"以臣召君，不足以训"，出于"为尊者讳"而改为"天王狩于河阳"。若不了解上述真情，读者会以为天王真的狩于河阳。尽管笔者一再强调史书无法百分之百地复原历史，但这并不意味着史学可以放弃还原历史真实的权力，至少对"指向真实"的追求仍是史学的生命。努力去复原历史真实而做不到是一回事；不追求历史真实却有意识地对历史真相进行删汰遮掩或修改则属于另一回事。从这个意义上说，孔子据鲁史而修《春秋》，其价值判断高于历史真实或历史真实须让位于价值判断的做法，对于经学而言是可以理解的，因为经学是借史明义，义是核心是目的。对于文学而言应该是允许的，因为这样做可以由生活真实升华为艺术真实，作家可以更自由地表达自己的审美理想和价值观念。唯有对于视真实为生命的史学而言是不能允许的。这不仅在于"讳书"容易"误导"读者陷入"模糊"的历史视界而虚实难辨，更在于"讳书"容易为史家肆意妄改史实提供帮助和借口。在这方面，《春秋》"讳书"的出现，孔子是难辞其咎的。这已成为当代有些学者诟病孔子"春秋笔法"的一个重要理由②。

　　孔子在《春秋》中出现"讳书"是有其深刻的社会政治原因的。梁启超在其《新史学·论书法》一文中指出："《春秋》之作，孔子所以改制而自发表其政见也。生于言论不自由时代，政见不可以直接发表，故为之符号标识焉以代之。"明乎此，我们可知道孔子何以发出"知我者其惟《春秋》乎！罪我者其惟《春秋》乎"的感叹了。只要强权政治、专制制度存在一天，"讳书"就不可避免，孔子的时代如此，后代又何尝不如此？

（二）《谷梁》之什

　　《谷梁传》也是有师传的。唐初杨士勋《春秋谷梁序疏》载："谷梁子，名俶，字俶，字元始，鲁人，一名赤，受经于子夏，为经作传，故曰

---

①　杨伯峻：《春秋左传注》，中华书局1990年版，第473页。
②　见葛剑雄等《历史学是什么？》，北京大学出版社2002年版，第131—134页。又李颖科等《论孔子的"春秋笔法"》，《云梦学刊》1997年第3期。

《谷梁传》。传孙卿，孙卿传鲁人申公，申公传博士江翁。其后鲁人荣广大善《谷梁》，又传蔡千秋。汉宣帝好《谷梁》，擢千秋为郎，由是《谷梁》之传大行于世。"① 同《公羊》传录一样此说虽不可尽信，但也说明谷梁学也是渊源有自的。《谷梁传》或《谷梁春秋》之名最早见于《汉书·儒林传》："瑕丘江公受《谷梁春秋》及《诗》于鲁申公，传子至孙为博士。"据沈玉成的考证，《谷梁传》的写定当晚于景帝时《公羊传》的写定②，至宣帝时立于学官。《春秋》三传在经史上影响最大的是左传学，其次是盛于汉复兴于清末的《公羊》学。《谷梁传》与《公羊传》同属今文经学，同以阐释《春秋》"微言大义"为主，同以自问自答体的形式阐发经义，但其影响远不如《公羊传》。这不仅在于《谷梁传》后出，无《公羊传》首创之功；不仅在于谷梁学未能出现像董仲舒、公孙弘那样的大学者、大官僚；也不仅在于《公羊》学受到了统治者的承认和提倡并将其理论运用到政治生活之中，在笔者看来，《谷梁传》作为后来者所以未能居上的原因，更重要的在于它自身无论是在释经理念还是释经方法上都未能在继承中突破《公羊传》的理论框架，未能形成独树一帜的学术风格和体系，与《公羊传》本同而末异，甚至局部有因袭雷同之弊。③ 这是《谷梁传》很难摆脱庶出旁支地位的根本原因。

然而，这样说并不意味着《谷梁传》像影子一样跟在《公羊传》之后亦步亦趋，虽然在总体上不如《公羊传》门头大，资质深，但在局部仍有颇得《春秋》精义之处，且能胜过《公羊传》的阐释。本节首先以二例对《谷梁》胜于《公羊》之处加以说明。

例一，《春秋》僖公二十二年："冬十有一月己巳朔，宋公及楚人战于泓，宋师败绩。"作战过程是这样的：宋公与楚人期战于泓水北岸，楚

---

① 《春秋谷梁传注疏》，见阮元校刻《十三经注疏》，中华书局 1980 年影印本，第 2358 页。

② 沈玉成、刘宁：《春秋左传学史稿》，江苏古籍出版社 1992 年版，第 67 页。

③ 例如《春秋》僖公十七年："夏，灭项"。《公羊》《谷梁》二传的解经文字几乎完全相同。《公羊传》云："孰灭之？齐灭之。曷为不言齐灭之？为桓公讳也。《春秋》为贤者讳，此灭人之国，何贤尔？君子之恶恶也，疾始；善善也，乐终。桓公有继绝存亡之功，故君子为之讳也。"《谷梁传》亦云："孰灭之？桓公也。何以不言桓公也？为贤者讳也。项，国也，不可灭而灭之乎？桓公知项之可灭也，而不知己之不可以灭也。既灭人之国矣，何贤乎？君子恶恶疾其始，善善乐其终。桓公尝有存亡继绝之功，故君子为之讳也。"这两段文字在观点、行文风格与语气甚至在一些字句上都完全一致。前人统计，《公羊》《谷梁》相同者十之二三，显然是一家因袭了另一家。一般学者认为，《谷梁》后出，因袭《公羊》的可能居大。

军渡河而来，宋司马子反劝宋公趁楚军渡水未毕而击之。宋襄公则以为不可："君子不厄人。吾虽丧国之余，寡人不忍行也。"待到楚军渡过水尚未排列阵式时，司马子反又劝道："请迨其未毕陈而击之。"宋襄公亦曰："不可。吾闻之也：君子不鼓不成列。"待楚军严阵以待，宋襄公才下令击鼓进攻，则宋军被打得大败，宋襄公腿部受伤，七月后身亡。对于宋襄公一再贻误战机的迂腐做法，《公羊传》是这样评价的：

> 故君子大其不鼓不成列，临大事而不忘大礼，有君而无臣。以为虽文王之战，亦不过此也。①

宋楚决战，宋以少敌多，唯有趁敌之困突击之方能取胜，此当属一般之军事常识。宋襄公临战却念念不忘大礼，导致宋师败绩，实愚蠢至极，咎由自取。而《公羊传》对宋襄公临阵不忘大礼的做法却大为欣赏，实亦与宋襄公同调矣。相比较而言，《谷梁传》则有冷静客观的评价：

> 倍则攻，敌则战，少则守。人之所以为人者，言也。人而不能言，何以为人？言之所以为言者，信也。言而不信，何以为言？信之所以为信者，道也。信而不道，何以为道？道之贵者时，其行势也。②

在《谷梁传》看来，只有顺"时"乘"势"而为，才符合大礼符合"信"符合事物发展的"道"。宋襄公显系固守迂阔而不通时变之酸儒，安能不败？可见《谷梁》之论当在《公羊》之上。

　　例二，《春秋》宣公十五年："冬，蝝生。"蝝是蝗虫的幼虫。此句本记自然之灾，但由于紧从上文鲁国实行"初税亩"制度的经文而来，于是公羊家以为此中有"微言大义"，便引来了对经文"蝝生"的一番解释：

> 未有言蝝生者，此其言蝝生何？蝝生不书，此何以书？幸之也。

---

① 《春秋公羊传注疏》，见阮元校刻《十三经注疏》，中华书局1980年影印本，第2259页。
② 《春秋谷梁传注疏》，见阮元校刻《十三经注疏》，中华书局1980年影印本，第2400页。

幸之者何？犹曰受之云尔。受之云尔者何？上变古易常，应是而有天灾，其诸则宜于此焉变矣。①

"初税亩"是春秋时代生产关系的一次重大变革，当时鲁国走在了改革的前列，引起了各国的关注。《公羊传》对"初税亩"持贬刺之意，所谓"上变古易常"即指鲁国君废除旧制实行"初税亩"制度，因此引来天灾降临，所幸还未能形成灾难，寓有预警之意，宣公应立即改正这一错误。在《公羊传》看来，"初税亩"制度的实施与"蝝生"之间存在着某种必然的联系。这一解说实为《公羊传》灾变思想的体现。对此，《谷梁传》却不以为然：

蝝非灾也，其曰蝝，非税亩之灾也。②

《谷梁》完全否定了"初税亩"制度的实施与"蝝生"之间有什么必然联系，当为务实之论。

其次，"一字定褒贬"是"春秋笔法"在属辞方面的重要特点，《春秋》三传都予以了关注，其中尤以《公羊》《谷梁》为重。《谷梁》在这方面也做了一些很细致的辨析，对于理解"春秋笔法"颇有益处。

《左传》主要是以事解经，但对《春秋》字词的解读亦有佳妙处。如《春秋》昭公二十年："秋，盗杀卫侯之兄絷。"《左传》昭公三十一年云："齐豹为卫司寇，守嗣大夫，作而不义，其书曰盗。……是以《春秋》书齐豹曰盗……以惩不义……其善志也。"③再如《春秋》僖公二十九年："夏六月，公会王人、晋人、宋人、齐人、陈人、蔡人、秦人，盟于翟泉。"公即鲁僖公，王人即王子虎。其他以"人"相称而不书其姓名的实为各诸侯国之卿。卿不书氏和名而书人，即为《春秋》之贬。对此，《左传》僖公二十九年云："卿不书，罪之也。在礼，卿不会公侯，会伯、子、男可也。"④

《公羊传》对《春秋》用词的准确性十分重视，尤善于发掘一字之异

---

① 《春秋公羊传注疏》，见阮元校刻《十三经注疏》，中华书局 1980 年影印本，第 2287 页。
② 《春秋谷梁传注疏》，见阮元校刻《十三经注疏》，中华书局 1980 年影印本，第 2415 页。
③ 《春秋公羊传注疏》，见阮元校刻《十三经注疏》，中华书局 1980 年影印本，第 2126 页。
④ 同上书，第 1830 页。

所带来的含义上的变化。如《春秋》僖公二十八年："晋人执卫侯，归之于京师。"成公十五年："晋侯执曹伯，归于京师。"在《公羊传》看来，"晋人"与"晋侯"一字之差含义不同："执者曷为或称侯，或称人？称侯而执者，伯讨也；称人而执者，非伯讨也。"① 捉拿有罪之人，被认为是以一方之长（方伯）身份来捉拿，便称侯；不被认为是以一方之长的身份来捉拿，便称人。这就是"伯讨"与"非伯讨"的区别。"归之于"和"归于"的差别在于是否执之于天子这侧和是否已定罪："归之于者何？归于者何？归之于者，罪已定矣；归于者，罪未定也。罪未定则何以得为伯讨？归之于者，执之于天子之侧者也，罪定不定已可知也；归于者，非执之于天子之侧者也，罪定不定未可知也。"②

《谷梁传》同样对《春秋》用词的准确性给予了高度的关注。现以"及"字为例看看《谷梁传》是如何由"及"引发的褒贬大义和"春秋笔法"的。

"及"字在《春秋》中常用而且多用。《谷梁传》阐释"及"的作用主要在两个方面：其一，"及"前隐而不书，有避讳之意。如《春秋》桓公十七年："夏五月，丙午，及齐师战于郎。"《谷梁传》解云：

> 内讳败，举其可道者也。不言其人，以吾败也。不言及之者，为内讳也。③

因为要掩饰鲁军战败，经文便没有提到鲁国军队。不提对方统领军队的人，只说齐军，也是为了掩饰鲁军的战败。再如《春秋》文公二年："三月乙巳，及晋处父盟。"鲁文公继位第二年曾造访晋国，与之盟约，不料晋只派一大夫阳处父与鲁文公签盟，这等于让鲁国蒙羞。对此，《左传》《公羊传》《谷梁传》均认为"及"前略鲁文公实出于内讳。而《谷梁传》则分析得比较具体：

> 不言公，处父伉（对当）也，为公讳也。何以知其与公盟？以

---

① 《春秋公羊传注疏》，见阮元校刻《十三经注疏》，中华书局1980年影印本，第2249页。
② 同上书，第2262页。
③ 《春秋谷梁传注疏》，见阮元校刻《十三经注疏》，中华书局1980年影印本，第2378页。

其日也。何以不言公之如晋？所耻也。出不书，反不致也。①

鲁文公如晋，晋襄公何以不见，只派一大夫与文公立盟，三传均未明书。考虑到文公服丧期间急于婚娶（被《公羊》讥为"丧娶"）的事实，在外交活动中遭诸侯轻视和冷遇亦属必然。可见《春秋》讳书文公与阳处父之盟的背后亦隐藏文公"丧娶"引来诸侯不满的事实，可谓讳中之讳，隐中之隐。

但是，"及"字上述用法也有例外，且看《公羊》《谷梁》是如何解释的。如《春秋》隐公八年："九月辛卯，公及莒人盟于包来。"（《左传》作"浮来"）《公羊传》释云，"公曷为与微者盟？称人则从，不疑也。"② 意思是说隐公与地位低微的人会盟，是因为对方莒国顺从了鲁国，故而称人，不再有什么嫌疑。《谷梁传》更有强解之言："可言公及人，不可言公及大夫。"范宁《集解》辩解道："称人，众辞。可言公及人，若举国之人皆盟也。不可言公及大夫，如以大夫敌公故也。"③ 也就是说，隐公作为一国之君与小国大夫结盟，有贵贱之别。所以不书"莒大夫"是为了避免与大夫处于对等关系。书"莒人"则尊卑更为明显，莒国顺从当无疑义。此等解说反倒更加证明隐公与莒人结盟太没面子了，试想，与一小国交往尚须隐公亲自与其臣民结盟，那么与大国结盟岂不是要匍匐于大国脚下摇尾乞怜俯首称臣吗？鲁国纵非强大之国亦何至于此哉！

其二，有时"及"字在前后词语的连接上能起到前尊后卑的作用。最典型的例证是《春秋》定公二年："夏五月壬辰，雉门（宫正门）及两观灾。"《谷梁传》释云：

> 其不日雉门灾及两观，何也？灾自两观始也，不以尊者亲灾也。先言雉门，尊尊也。④

事实上火是从两观着起波及雉门，客观的表述应是"两观灾及雉门"。但雉门尊两观卑，所以雉门在前两观在后，用一"及"字连接表示前尊而

---

① 《春秋谷梁传注疏》，见阮元校刻《十三经注疏》，中华书局 1980 年影印本，第 2404 页。
② 《春秋公羊传注疏》，见阮元校刻《十三经注疏》，中华书局 1980 年影印本，第 2209 页。
③ 《春秋谷梁传注疏》，见阮元校刻《十三经注疏》，中华书局 1980 年影印本，第 2371 页。
④ 同上书，第 2443 页。

后卑，其义甚明。记事如此，记人也如此。《春秋》记人物，十分讲究前后排列的顺序，前尊后卑，君前臣后，中间常用"及"字连接。如《春秋》僖公十年："晋里克杀其君卓子及大夫荀息。"即使不用"及"字亦能看出尊卑大小的关系。所以《谷梁传》云："以尊及卑也。"①"及"字的这种用法至今仍保留在现代汉语的语序表述上，尊卑观念虽已淡化，但主次之别仍是存在的。只要我们对元旦献辞一类文体稍加留意是不难发现的。

以上我们对《公羊》《谷梁》阐释"春秋笔法"的诸多"义例"虽作了挂一漏万的描述，但通过描述不难发现：其一，《公羊》《谷梁》二传为阐释《春秋》"褒贬书法""微言大义"所做的努力是可贵的，部分结论言之成理，持之有故，颇能体现《春秋》之精义和笔法。且二传在释经方法上能围绕《春秋》文本加以推演，以形而下的归纳为主要特色，呈现出聚焦式的思维结构样态。长于治《左传》的当代著名学者杨伯峻对今文学颇有微词，认为《公羊传》"不是空话，便是怪话，极少具体的有价值的史料。"② 应该说他的这一偏见代表了学界许多人的看法。笔者以为，只要平心静气地解读《公羊》《谷梁》二传，不是"空话便是怪话"之论是不攻自破的。其二，《公羊》《谷梁》二传为阐释"春秋笔法"、"微言大义"，对《春秋》下了很大的"咬文嚼字"的功夫，与《左传》以事解经的鲜明生动相比，《公羊》《谷梁》的字词解析显得很枯燥，"学究气"很浓，但客观上有益于汉语训诂学和修辞学的建立和发展。钱锺书说：

> 《春秋》之"书法"，实即文章之修词。《公羊》、《谷梁》两传阐明《春秋》美刺"微词"，实吾国修词学最古之发凡起例；"内词"、"未毕词"、"讳词"之类，皆文家笔法，剖析精细处，骎骎入于风格学（Stylistics）③。
>
> 昔人所谓"春秋书法"，正即修词学之朔，而今之考论者忽焉。④

---

① 《春秋谷梁传注疏》，见阮元校刻《十三经注疏》，中华书局1980年影印本，第2396页。
② 杨伯峻：《春秋左传注·前言》，中华书局1990年版。
③ 钱锺书：《管锥编》，中华书局1986年版，第967—968页。
④ 钱锺书：《管锥编》第五册，中华书局1986年版，第21页。

但修词之法，在我国最先拈出者为史家而未为文家，所谓"书法"。①

精辟之论足以振聋发聩，令后学用另一眼光重新审视《公羊》《谷梁》的价值。其三，如果我们借用西方现代阐释学有关阐释者（读者）与文本之"视界融合（Horizon Verschmelzung）"的理论来审视《公羊》《谷梁》，那么《公羊》《谷梁》二传无论是对《春秋》"微言大义"的阐释，还是借阐释《春秋》"微言大义"以传达一己之义都是合理的存在。《公羊》《谷梁》之学，尤其是《公羊》学所形成的体系，诸如"三科九旨"、"三世"说、"三统"说等，已成为独立于《春秋》之外的话语系统，并对汉代的政治、思想和文化产生重要的作用，也成为清末变法图新运动的思想渊源之一。

要而言之，以上三点离不开一个共有的逻辑前提：《春秋》的可阐释性和阐释《春秋》的无限性。对《春秋》的解读如此，对其他经典文本的解读又何尝不如此？用《公羊》学大师董仲舒的话可作如下概括：

《诗》无达诂，《易》无达占，《春秋》无达辞。②

二　董仲舒经学阐释方法论述要

董仲舒的释经方法论同样是以"《春秋》无达辞"作为逻辑前提的。

一般说来，汉代《公羊》学笔下的"大义"可分为三个层次：《春秋》之义、《公羊传》之义、董（仲舒）何（休）之义。《春秋》之义是基础、前提；《公羊》之义是阐发、拓展；董何之义则成规模、体系。三层次以《春秋》之义为核心逐层向外拓展形成了《公羊》学开放式的体系和框架。本节不打算对《公羊》学"大义"作一番系统检讨，而是就董仲舒释经方法论中两个重要问题，即深察名号与推究辞指加以阐述，以期探求"春秋笔法"在董仲舒那里是如何被阐释的。

---

① 周振甫：《中国修辞学史》，商务印书馆 1991 年版，第 9 页。
② 苏舆：《春秋繁露义证》，中华书局 1992 年版，第 95 页。

（一）深察名号

名为中国古代重要的哲学范畴。《老子》有"常名""无名"之说，孔子则把"正名"作为从政的前提，指出"名不正，则言不顺；言不顺，则事不成"。至战国形成了以惠施、公孙龙为代表的名家学派，以治名著称。战国后期又有荀子《正名》篇，较系统地阐述了名论思想。提出并论证了"大共名"（类）和"大别名"（种）的概念及其从属关系。①

承继荀子"大共名""大别名"的基本分类，董仲舒主张"深察名号"。何谓"名号"？

> 名众于号，号其大全。名也者，名其别离分散也。号凡而略，名详而目。目者，编辨其事也；凡者，独举其大也。②

这里的"名"相当于荀子的"大别名"，"号"相当于荀子的"大共名"。号是概括是简略，名是详细是具体，名与号的关系即为种（具体）与类（概括）的关系。"物莫不有凡号，号莫不有散名。"董仲舒举例说："享鬼神者号，一曰祭，祭之散名，春曰祠，夏曰礿，秋曰尝，冬曰烝。"就是说，凡号为祭，散名为祠、礿、尝、烝。类与种相互对应十分明确。另如猎禽兽之凡号为田，散名为"春苗、秋蒐、冬狩、夏狝"。

为什么要察名号？董仲舒在《深察名号》开篇即云：

> 治天下之端，在审辨大；辨大之端，在深察名号。（下同，不另注）

在董仲舒看来，深察名号的目的在于治理天下，这显然与《论语》中孔子的"正名"论有渊承关系，但又有所不同。董仲舒的"名号"论是传达天的意志的："名号异声而同本，皆鸣号而达天意者也。天不言，使人发其意；弗为，使人行其中。名则圣人所发天意，不可不深观也。"其实这是董仲舒有意将名号神圣化了。一般说来，名号是人们在长期的社会生

---

① 王先谦：《荀子集解》，中华书局1988年版。
② 苏舆：《春秋繁露义证》，中华书局1992年版，第287页。

活实践中以分类和概括的方式分辨天地间万事万物名称的语言符号。名号的实践性和社会性是显而易见的。但董仲舒何以将名号视为天意的表现？这不仅在于通常所说的董仲舒哲学属于唯心论哲学，也不像有的学者说的那样，董仲舒所言之名"都是任意的，轻率的、瞎说的抽象……这种名并不能使我们对于事物的认识更清楚，而是使其更糊涂"。① 在笔者看来，董仲舒之所以将名号视为天意的表现主要为了加强以名号治政的权威性。这种权威性对君王至高无上的地位与权力也能起到限制作用。且看董仲舒如何运用声训的方法来界定王号的：

> 深察王号之大意，其中有五科：皇科、方科、匡科、黄科、往科。合此五科，以一言谓之王。王者皇也，王者方也，王者匡也，王者黄也，王者往也。是故王意不普大而皇，则道不能正直而方；道不能正直而方，则德不能匡运周遍；德不能匡运周遍，则美不能黄；美不能黄，则四方不能往；四方不能往，则不全于王。故曰：天覆无外，地载兼爱，风行令而一其威，雨布施而均其德。王术之谓也。②

就是说，王这个号具体有五科目，周桂钿解释说："王者的思想要广大（皇），实行的道要正大光明（方），高尚的品德才能成为时代的典范（匡），这样，政治局势才会稳定美好（黄），四方人民就会向往（往）。做到这些，王这个称号才是完善的、圆满的。"③ 可见，按董仲舒这样的标准称王，则王必无敌于天下。这是对王的阿谀之词还是对王之为王所提出的要求？答案自然是后者。所以说，董仲舒的"深察名号"实际上是以"天意"为依托来发挥以"名号"褒贬政治的权威性。董仲舒同样以"名号"解读《春秋》之"微言大义"，阐发褒贬书法：

> 诸侯来朝者得褒，朱娄仪父称字，滕薛称侯，荆得人，介葛卢得名。内出言如，诸侯来曰朝，大夫来曰聘，王道之意也。④

---

① 冯友兰：《中国哲学史新编》（中），人民出版社 1998 年版，第 98 页。
② 苏舆：《春秋繁露义证》，中华书局 1992 年版，第 289 页。
③ 周桂钿：《董学探微》，北京师范大学出版社 1989 年版，第 234 页。
④ 苏舆：《春秋繁露义证》，中华书局 1992 年版，第 116 页。

在董仲舒及公羊家看来，《春秋》中的名字称呼都寓有褒贬之意，且褒贬之中还分成若干等级。《公羊传》庄公十年："州不若国，国不若氏，氏不若人，人不若名，名不若字，字不若子。"① 按此，由低到高依次为州、国、氏、人、名、字、子。最低一等称为某州之人，最高等则称子。《春秋》隐公元年："三月，公及邾娄仪父盟于眜。"《公羊传》释云："仪父者何？邾娄之君也。何以名？字也。曷为称字？褒之也。曷为褒之？为其与公盟也。与公盟者众矣，曷为独褒乎此？因其可褒而褒之。此其为可褒奈何？渐进也。"② 在公羊家看来，《春秋》称小诸侯国邾娄国君的名字是对他的褒扬，因为当隐公即位时，他首先予以承认并缔结盟约。这就是董仲舒所言"邾娄仪父称字"的原因。《春秋》僖公二十九年："介葛卢来。"《公羊传》释云："介葛卢者何？夷狄之君也。何以不言朝？不能乎朝也。"③ 何休《解诂》云："介者，国也。葛卢者，名也。进称名者，能慕中国、朝贤君，明当扶勉以礼义。"④ 作为夷狄小国的介国国君葛卢，还不懂礼仪，所以只称来，不称来朝拜。但他能来就说明他向往礼仪，故而书下他的名字葛卢以示褒扬。

夷夏之名。由对夷狄小国国君葛卢的褒扬自然引来夷夏之辨、夷夏之名的问题。《公羊传》有句名言：《春秋》"内其国而外诸夏，内诸夏而外夷狄"，而内外之分表面看似地域，种族之别，实则以礼义即文明程度来划定。鲁国为周公册封之地，周公制礼作乐所流传下的礼义风俗在鲁国保持得最为完好，所谓"周礼尽在鲁矣"，这是其他诸侯国所做不到的。因而称之为"内其国外诸夏"。另一方面，与夷狄相比，诸夏雄踞中原腹地为礼仪之邦，应以礼相待；夷狄处蛮荒僻远之地，不知礼义，应不予礼遇。故称之为"内诸夏而外夷狄"。这就是告诉我们，一旦"夷狄"知礼义而讲道德，就可以受到赞许，尊称"夷狄"为"子"；一旦"诸夏"不讲礼义而违道德，也可退化为"夷狄"而遭到贬斥。也就是说在文化上区分"诸夏"与"夷狄"而不是从地域和种族上来区分，是《公羊》学的一大开明主张，也是对春秋学的一大贡献。《公羊传》宣公十二年："夏六月乙卯，晋荀林父帅师楚子战于邲，晋师败绩。大夫不敌（对等）

① 《春秋公羊传注疏》，见阮元校刻《十三经注疏》，中华书局1980年影印本，第2232页。
② 同上书，第2197—2198页。
③ 同上书，第2262页。
④ 同上。

君，此称名氏以敌楚子何？不与晋而与楚子为礼也。"① 楚本南蛮，诸夏以夷狄视之，然此次楚庄王伐郑而舍郑、迎战晋军，大胜之后又让败军之师（晋军）退走的做法，证明楚庄王讲礼义，故尊称为子，而对"诸夏"的晋国，因其无礼而加以贬刺。董仲舒则对《公羊传》这一褒贬评价极为称赞：

> 《春秋》之常辞，不与夷狄而与中国为礼。至邲之战，偏然反之，何也？曰：《春秋》无通辞，从变而移。今晋变而为夷狄，楚变而为君子，故移其辞以从其事。②

类似的例证还有《公羊传》定公四年冬关于"吴子"和"吴"的称谓，前因吴能忧中国，故尊称为"子"，后因退而为"夷狄"之行，故以"夷狄"视之。至《公羊传》哀公十二年，吴北上取得中原盟主地位，利于稳定"诸夏"乱局，又尊称为子。

《公羊传》关于民族问题的进步观点是源于孔子思想并得以发展的。白寿彝在《中国通史·导论》中指出："孔子被后世的经学家宣传为'尊周室，攘夷狄'的圣人，好像孔子对于所谓'夷狄'是严厉的。其实，孔子在这个问题上的态度是理智的。"孔子认为"夷狄"和"诸夏"存在共同的道德标准，"夷狄"也有长处，有的地方比"诸夏"好。这对于我们辩证地理解《春秋》"尊王攘夷"思想有指导意义。

夷夏名辨之外，尚有讳辨，即《公羊传》所云"《春秋》为尊者讳，为亲者讳，为贤者讳"，董仲舒对此亦多有阐发。有关讳的问题前文已有论证，下文仍将提及，限于篇幅，在此从略。

（二）推究辞指

何谓"辞指"？董仲舒并未像解释"名号"那样有一个明确的说法，需要我们进行相应的分析归纳。请看下例：

> 辞不能及，皆在于指，非精心达思者，其孰能知之？（《春秋繁

---

① 《春秋公羊传注疏》，见阮元校刻《十三经注疏》，中华书局 1980 年影印本，第 2284 页。
② 苏舆：《春秋繁露义证》中华书局 1992 年版，第 46 页。

露·竹林》)

　　是故小夷言伐而不得言战，大夷言战而不得言获，中国言获而不得言执，各有辞也。(《春秋繁露·精华》)

　　今《春秋》之为学也，道往而明来者也。然而其辞体天之微，故难知也，弗能察，寂若无；能察之，无物不在。(《春秋繁露·精华》)

这里的"辞"并非指普通意义上用于交往的语言词语，笔者以为，"辞"是指经圣人精心选取仔细斟酌而成的体现圣人之志的"微言"①，"指"即借"微言"以明"大义"，实际上这就是"春秋笔法"的表述模式。只是董仲舒已将体现圣人之志的"辞"发展为"体天之微"的"辞"，使"辞指"说有了神秘化的倾向。

　　董仲舒以辞究指的释经方法主要表现为有常辞，无通辞；有正辞，有诡辞；见其指，不任其辞等三个方面，三个方面又贯穿一个总的指导思想："《春秋》无达辞，从变从义，一以奉人（天）"②。即《春秋》没有一成不变可以随处套用的辞例，"从变从义"，以"义"定"辞"，便是《春秋》的不变之变或变之不变。充分体现了《公羊》学释经变易性的特点。

　　一曰有常辞无通辞。《春秋繁露·竹林》云："《春秋》之常辞也，不予夷狄而予中国为礼。至邲之战，偏然反之，何也？曰：《春秋》无通辞，从变而移。今晋变而为夷狄，楚变而为君子，故移其辞，以从其事。"这里的"常辞"即是常规之辞，"通辞"即是随处套用之辞。具体说来，按《春秋》经常的辞例，中原地区的国家是合礼义的，而偏远之地的"夷狄"是不合理礼义的，但随着"邲之战"的结束，情况发生了变化，观念也随之而变。中原之晋国因其无礼义而成了"夷狄"，江南"夷狄"之国楚国因其合礼义而成了君子。至于说楚何以合礼义，晋何以不合礼义，前文已述，在此从略。

---

　　① 笔者在此所使用的"微言"概念不是指与"大义"相连属的"微言"。"微言大义"的"微言"实与"大义"相类，指的是隐约的内容而不是文辞，皮锡瑞《经学通论》中阐述"微言大义"时说："《春秋》大义在诛讨乱贼，微言在改立制度。""微言"即隐言、隐义之谓也。这里笔者所用的"微言"是指能体现或暗示《春秋》大义的精微的言辞，是辞而不是义。

　　② 苏舆：《春秋繁露义证》，中华书局 1992 年版，第 95 页。

　　二曰有正辞有诡辞。所谓"正辞"即正面如实叙写之辞，即俗语所言"大实话"。此不难理解，难以理解的是《春秋》中的"诡辞"。何谓"诡辞"？由于种种原因，本应实话实说的言辞却不得不改变说法，以隐晦的方法加以记录。董仲舒云：

> 　　《春秋》之书事时，诡其实以有避也。其书人时，易其名以有讳也。①

可见，所谓"诡辞"就是避讳之辞。《春秋》一书中使用"诡辞"之处很多，在上一节已多有言及，这里再举一例证加以说明。

　　《公羊传》先后于隐公元年、桓公二年、哀公十四年三次提出"所见异辞，所闻异辞，所传闻异辞"的观点，即《公羊》学著名的"三世"说。董仲舒云："《春秋》分十二世以为三等，有见，有闻，有传闻。有见三世，有闻四世，有传闻五世。故哀、定、昭，君子之所见也。襄、成、文、宣，君子之所闻也。僖、闵、庄、桓、隐，君子之所传闻也"。② 按照公羊家的观点，"三世"所用的笔法是不同的，深受公羊家思想影响的司马迁也说："孔氏著《春秋》，隐、恒之间则章，至定、哀之际则微，为其切当世之文而罔褒，忌讳之辞也"。③ 定、哀之世当为孔子所见之世，孔子著这段历史当属于"当代史"范围，资料最详，事件最真，但孔子为何要"微其辞"呢？现举例加以说明。《春秋》昭公二十五年："秋七月上辛，大雩，季辛，又雩"。这年秋季七月上旬的辛日举行了大规模祈雨祭祀活动，七月下旬的辛日又同样举行一次。这是为什么呢？《左传》以为"秋，书再雩，旱甚也"。其实不然。《公羊传》释云："又雩者何？又雩者，非雩也，聚众以逐季氏也。"何休《解诂》："一月不当再举雩。言又雩者，起非雩也。昭公依托上雩，生事聚众，欲以逐季氏。不书逐季氏者，讳不能逐，反起下孙，及为所败，故因雩起其事也"。④ 原来鲁昭公想借雩祭发动民众驱逐"得民众久矣"的季氏，结果事败，被迫逃奔齐国。对发生在自己身边的这一重大事件，孔子自会了然于心，但孔子并

---

① 苏舆：《春秋繁露义证》，中华书局 1992 年版，第 82 页。
② 同上书，第 9—10 页。
③ 司马迁：《史记·匈奴列传》，中华书局 1959 年版，第 2919 页。
④ 《春秋公羊传注疏》，见阮元校刻《十三经注疏》，中华书局 1980 年影印本，第 2328 页。

未据事直书，而是以"又雩"加以讳饰，属于典型的"诡辞"。对此，董仲舒云："逐季氏而言'又雩'，微其辞也。"为什么要"微其辞"？董仲舒的解释更精微：

> 义不上讪，智不危身。故远者以义讳，近者以智畏。畏与义兼，则世愈近而言逾谨矣。此定、哀之所以微其辞。以故用则天下平，不用则安其身，《春秋》之道也。①

在孔子看来，讽刺当世之君是不义的，也是不明智的，不仅背上不义之恶名，且可能招致杀身之祸，故而"明哲保身"。《汉书·艺文志》云："《春秋》所贬损大人当世君臣，有威权势力，其事实皆形于传，是以隐其书而不宣，所以免时难也。"这是《春秋》"诡辞"产生的最根本的原因，从中亦可见出王权专制对士人心灵的扭曲和震慑的力量该是多么强大啊！

三曰见其指，不任其辞。与有正辞有诡辞的解释方法有所不同，见其指，不任其辞是说要重视表达意旨的"辞"，但又不能拘泥于"辞"；既要深入把握于"辞"，更要超越于"辞"而径探其"辞"外之旨。这与庄子"言者所以在意也，得意而忘言"②的主张是相通的，只是庄子是从作者的角度来说明，董仲舒是从阐释者的角度来说明。见其指而不任其辞应该说是董仲舒推究辞指方法论中的最高层次，也最不易把握。下面结合战争实例加以分析。

《左传》成公十三年云："国之大事，在祀与戎"③。孔子《春秋》对二百四十二年间发生的大小数百次战争都作了记录，但对待战争的态度则十分隐晦。从《论语》中我们可以看出孔子是反对战争的，因为战争给人民带来灾难实在太大了，是不仁之举。那么在《春秋》中孔子对战争是什么态度呢？在《春秋繁露·竹林》篇中，董仲舒认为，尽管《春秋》没有"恶战伐"之"辞"，却可以领会到《春秋》"恶战伐"之"指"。根据有二：其一，"战伐之事，后者主先"。《春秋繁露·竹林》云："会

---

① 苏舆：《春秋繁露义证》，中华书局1992年版，第13页。
② 陈鼓应：《庄子今注今译》，中华书局1983年版，第725页。
③ 杜预：《春秋经传集解》，上海古籍出版社1997年版，第722页。

同之事，大者主小；战伐之事，后者主先。苟不恶，何为使起之者居下，是其恶战伐之辞已"。记载结盟之事，大国排前，小国排后。记载战争时，挑战者排后，应战者排前，即"后者主先"。《春秋》庄公二十八年："春，王三月甲寅，齐人伐卫，卫人及齐人战，卫人败绩"。齐人为战争发动者，卫人是被迫应战者，"卫人及齐人战"便是"卫人"在先，"齐人"在后。若不厌恶战争，为何要把战争发动者放在后面？按《春秋》词序贵前贱后之例，董仲舒肯定了《春秋》厌恶战伐之意。

其二，"凶年不修旧"。即灾荒之年不维修旧有的工程，更不要大兴土木。董仲舒云："且《春秋》之法，凶年不修旧，意在无苦民尔。苦民尚恶之，况伤民乎？伤民尚痛之，况杀民乎？故曰：凶年修旧则讥。造邑则讳。是害民之小者，恶之小也；害民之大者，恶之大也。今战伐之于民，其为害几何？考意而观指，则《春秋》之所恶者，不任德而任力，驱民而残贼之。其所好者，设而勿用，仁义以服之也。"在董仲舒看来，《春秋》对凶年修旧以害民都加以讽刺，更何况让百姓去充当战争的炮灰了。所以推导出的结论是：《春秋》厌恶的是，不讲道德而一再诉诸武力，驱赶人民参加战争的做法；而喜欢的是，虽建立军队却尽可能不去打仗，靠实行仁义而使天下归附的做法。

行文至此，董仲舒似余兴未尽，又设难曰："《春秋》之书战伐也，有恶有善也。恶诈击而善偏战，耻伐丧而荣复仇。奈何以《春秋》为无义战而尽恶之也？"就是说《春秋》对诈击、伐丧是反对的，对偏战、复仇是赞成的，怎能把一切战争都视为"非义"的呢？对此，董仲舒又一一作了辩难，基本结论如下：

> 故盟不如不盟，然后有所谓善盟，战不如不战，然后有所谓善战。不义之中有义，义之中有不义。辞不能及，皆在于指，非精心达思者，其孰能知之。……由是观之，见其指，不任其辞，然后可与适道矣。[①]

只要领会了精神实质（见其指），就不必拘泥于文字表面上一时的结论（不任其辞），只有这样才能获得儒家大道之精髓。

---

① 苏舆：《春秋繁露义证》，中华书局1992年版，第50—51页。

　　董仲舒这一富有思辨特点的结论在方法论上有积极的意义。徐复观指出："最值得注意的是董仲舒所用的指字。《竹林》第三：'辞不能及，皆在于指'，由此可知他所说的指，是由文字所表达的意义，以指向文字所不能表达的意义；由文字所表达的意义，大概不出于《公羊传》的范围。文字所不能表达的'指'，则突破了《公羊传》的范围，而为仲舒所独得，这便形成了他的春秋学的特色。"[①]　笔者认为，探寻文字所不能表达的"指"作为董仲舒最有特色的释经方法论，标志着汉代春秋学至董仲舒发生了一个根本性的转变，即由形而下的归纳变为形而上的演绎，具体一点说，董仲舒是将《公羊传》形下归纳作为他形上演绎的逻辑前提，并运用连锁推理层层推演，最后得出一个言外之"指"。这就是董仲舒"见其指，不任其辞"在方法论上的特色。

　　应该说，这种将归纳作为演绎的前提层层推演的思维方法并不是董仲舒的专利，先秦时期的庄子、孟子已运用得比较圆熟[②]。《公羊传》《谷梁传》亦常常使用这种推理方法。但是董仲舒的推理与《公羊传》等有不同之处，笔者认为，如果说《公羊传》还能围绕着《春秋》文本加以推演，以形而下的归纳为主要特色，呈现出聚焦式的思维结构样态的话，那么董仲舒春秋学则以《春秋公羊传》的阐释文本为基础，以形而上的演绎为主要特色，呈现出发散式的思维结构样态。在此，笔者无意于比较《公羊传》与董仲舒春秋学的优劣异同，这样的问题也决非三言两语所能道明，但是董仲舒释经方法论有别于《公羊传》这是显而易见的。且举一些简单例证可见出。据徐复观的考察，《公羊传》除了把周王称为"天王"外，没出现一个宗教性或哲学性的天字，说明它说的是人道，而人道与天道没有必然的关联；《公羊传》中绝无五行观念，且全书未出现一个"阴阳"的名词，说明阴阳五行思想尚未曾介入；《公羊传》明言灾异达五十一次以上，仅僖公十五年，宣公十五年，将灾异说成是由人君的行为而来，有"天戒之"之意。但是，视灾异与人君失德有关，而天是以灾异警诫人君，是古老的思想。孔门并不凭灾异以言人道。因此，假如以平常心态读《公羊传》，绝无何休所言"其中多非常异义可怪之论"，仍不失为一部谨严质实的书①。同时，我们再看董仲舒的《公羊》学倒是颇多"非常异义可怪之论"。董仲舒笔下的《公羊》学，"天人感应"的观念出现了，阴阳五行思想介入了。董仲舒阐发的大义，名目繁多，以至于不得不用数学加以总括，如三统三世十指六科五始等。可以说这些"微言大义"的阐发与董仲舒着意追求"辞"外之"指"的释经方法不无联系。而"辞"外之"指"又的的确确为董仲舒借释经以"驰骋自己的胸臆"找到了方便之门。

综上所述，笔者从深察名号，推究辞指两个层面探讨了董仲舒阐释《春秋》义理与笔法的基本特点。表明董仲舒春秋学在完成了经学政治化（治世），神秘化（尊天）的转变的同时，在释经方法论上也独树一帜。如果说《公羊》《谷梁》释例以形而下的归纳为特点呈现出聚焦式的思维样态的话，那么，董仲舒的春秋学则以《公羊传》文本为基础，以形而上的演绎为特色，呈现出发散式的思维结构样态。他以训诂学深察名号，采用"形训""声训""义训"的训诂学方法加以阐释；他从言意关系推究辞指，其中尤以"见其指，不任其辞"，追求"辞"外之"指"为特色为关键，它构成了董仲舒经学阐释学的基本特点并在方法论上与后代魏晋玄学的"言意之辨"，以及中国诗学所追求的"不著一字，尽得风流"②的审美趣味不尽同而相通。

---

① 徐复观：《两汉思想史》第二卷，华中师范大学出版社2001年版，第202、203页。
② 司空图：《二十四诗品》，见何文焕辑《历代诗话》（上），中华书局1981年版，第40页。

第五章

春秋笔法与史迁笔法

司马氏世司典籍，工于制作，故能上稽仲尼之意，会《诗》、《书》、《左传》、《国语》、《世本》、《战国策》、《楚汉春秋》之言，通黄帝、尧、舜至于秦、汉之世，勒成一书，分为五体：本纪纪年，世家传代，表以正历，书以类事，传以著人。使百代而下，史官不能易其法，学者不能舍其书。六经之后，惟有此作。

——郑樵《通志·总叙》

与津津有味地阐释和推演《春秋》"微言大义"的董仲舒相比，作为后来者，身卑言微的司马迁则含垢忍辱、呕心沥血，以他的如椽巨笔写下了一部"欲究天人之际，通古今之变，成一家之言"的旷代之作——《史记》。《史记》作为"史家之绝唱，无韵之《离骚》"，不仅标志着中国史学之诞生[1]，亦成为中国史传文学之典范。"春秋笔法"作为文史通用的书法原则和修辞原则，在《史记》中得到了淋漓尽致的发扬。如果说在经部之学将"春秋笔法"运用得最好的是《春秋左氏传》，那么在史部之学运用得

---

① 钱锺书说："黑格尔言东土惟中国古代撰史最多，他邦有传统而无史。然有史书未遽即有史学，吾国之有史学，殆肇端于马迁欤？"（《管锥编》，中华书局1986年版，第251页）

最好的则非《史记》莫属。较之班固《汉书》秉承"春秋笔法"的刻板，欧阳修《新唐书》《新五代史》的亦步亦趋，《史记》笔法是那样的鲜活灵动，那样的富有创造性，堪称文史家法之典范。郑樵《通志·总叙》云："司马氏世司典籍，工于制作，故能上稽仲尼之意，会《诗》、《书》、《左传》、《国语》、《世本》、《战国策》、《楚汉春秋》之言，通黄帝、尧、舜至于秦、汉之世，勒成一书，分为五体：本纪纪年，世家传代，表以正历，书以类事，传以著人。使百代而下，史官不能易其法，学者不能舍其书。六经之后，惟有此作。"本章侧重谈司马迁对"春秋笔法"的贡献。

严格意义上说，第一次对"春秋笔法"进行深入分析和总结并自觉地纳入著书立说之中的是司马迁，不是经学家。《左传》中的"五例"之说尚嫌笼统，需西晋的杜预加以阐释。今文家由于热衷于"微言大义"的阐发，而对"春秋笔法"的归纳往往又失之牵强。唯有司马迁以史家的眼力，超越经学的局限，在理论与实践上为"春秋笔法"在史学领域的运用树立了典范，并为后代史家所效法。关于司马迁在理论上对"春秋笔法"的系统总结，见本书第一章，在此不赘。那么，在实践上，司马迁对"春秋笔法"有哪些贡献呢？

笔者认为，司马迁在整部《史记》的写作上不仅成功运用了"春秋笔法"，而且在诸多方面又超越了孔子的"春秋笔法"。如果说孔子"春秋笔法"主要表现在"一字定褒贬"的修辞层面上，那么《史记》"笔法"则将其扩大为篇章的叙事结构上，人物形象的描写上，乃至《史记》全书的整体布局上。现择其要者简述之。

一 寓论断于序事

清代顾炎武《日知录》云：

> 古人作史，有不待论断，而于序事之中即见其旨者，惟太史公能之。《平准书》末载卜式语，《王翦传》末载客语，《荆轲传》末载鲁句践语，《晁错传》末载邓公与景帝语，《武安侯田蚡传》末载武帝语，皆史家于序事中寓论断法也。①

---

① 黄汝成：《日知录集释》，岳麓书社1994年版，第891—892页。

从这段话中可以看出，凡是作者未发议论而在叙事中自有是非褒贬寓焉即
为寓论断于序事，简言之，以事代论。主要表现在以下几个方面。

（一）述而不作，借史料之取舍传心中之隐曲

何谓"述而不作"？《论语·述而》："子曰'述而不作，信而好古。'"
朱熹注云："述，传旧而已；作，则创始也。……孔子删《诗》、《书》，定
《礼》、《乐》，赞《周易》，修《春秋》，皆传先王之旧，而未尝有所作也，
故其自言如此。……盖其德愈盛而心愈下，不自知其辞之谦也。然当是时，
作者略备，夫子盖集群圣之大成而折衷之。其事虽述，而功则倍于作矣，
此又不可不知也。"① 在朱熹看来，其一，"述"与"作"是有区别的，
"述"在传旧，"作"在创始。其二，"述"优越于"作"，用董仲舒转述孔
子之言，即"我欲载之空言，不如见之行事之深切著明也"。也就是说孔子
不尚空言，更倾向于借助具体的"行事"暗寓自己的主张。因此，笔者认
为，严格意义上讲，"述而不作"是不存在的，"述而不作"的本质特征是
"述中之作"或"寓作于述"，将"作"隐蔽于"述"中。这便为读者解读
文本之"述"进而体会作者之"作"提供了一个很大的阐释空间。

司马迁显然是深谙此道的。他接过孔子"述而不作"之法，于《史
记·自序》称："余所谓述故事，整齐其世传，非所谓作也。"又以《史
记》窃比《春秋》，这些与"欲究天人之际，通古今之变，成一家之言"
的写作题旨相比，看似相反实则相成。故梁启超云：

> 《自序》云："余所谓述故事，整齐其世传，非所谓作也。"此迁
> 自谦云尔，作史安能凭空自造，舍"述"无由？史家惟一职务，即
> 在"整齐其世传"。"整"即史家之创作也，能否"整齐"，则视乎
> 其人之学识及天才。太史公知整齐之必要，又知所以整齐，又能使其
> 整齐理想实现，故太史公为史界第一创作家也。②

---

① 朱熹：《四书章句集注》，中华书局 1983 年版，第 93 页。
② 梁启超：《要籍解题与释义》，见周岚、常弘编《饮冰室书话》，时代文艺出版社 1998 年
版，第 114—115 页。

　　司马迁所言之"整齐"，就是整理史料，辨其真伪，识其精粗，笔则笔，削则削，使史料成为井然有序的富有生命力的故事系统。因此，司马迁的"述而不作"可视为由史料到史书的笔削原则。

　　笔者以为，"述而不作"作为将史料整理为史书的根本原则，其主要表现在两个层面上，第一层面是如何将纷繁驳杂的史料梳理成有义例可循自成体系的史书，姑且称之为体例层。在这方面，司马迁是天才的大手笔。应该说在司马迁之前，中国已有完备的史书，举其大要者则有《尚书》《春秋》《左传》《国语》《战国策》《竹书纪年》等。这些史书或以编年为宗或以国别为体，或记言或记事，如班固所谓"左史记言，右史记事，事为《春秋》，言为《尚书》，帝王靡不同之"①。面对前人著史成就，司马迁兼取编年体国别体之长，独创纪传一体，在前人记言记事基础上发展为以写人为中心的人物传记，从而为后代史家所宗法。钱穆曾以颜渊为《左传》所不载，却成为后人非常看重的历史人物为例，说明纪传体的意义和价值：

　　　　所以司马迁以人物来作历史中心，创为列传体，那是中国史学上一极大创见。直到今天，西方人写历史，仍都像中国《尚书》的体裁，以事为主，忽略了人。②

这一见解殊为深刻，发人深省。笔者以为，如果说"春秋五例"开创了中国史学"属辞比事"之先河，那么，"史记五体"的出现则是汇百川而成汪洋，中国史学之开端即是一大高潮。司马迁的"述而不作"安知不是述中之大作？

　　"史记五体"即本纪、表、书、世家、列传，不仅仅是一个写作体例的问题，里面有"大义"在，是述中之作。因而《史记》体制义例研究亦多受学界关注。张大可在《史记体制义例简论》着重研讨了五体结构的笔法义例，并揭示司马迁创造纪传体的意义，分五体题名义例与五例序

────────────────

　　① 《礼记·玉藻》言"春秋"本史官记事之书："动则左史书之，言则右史书之。"至汉班固《汉书·艺文志》将"左"、"右"互误为"左史记言，右史记事，事为《春秋》，言为《尚书》，帝王靡不同之"。

　　② 钱穆：《中国史学名著》，生活·读书·新知三联书店2000年版，第59页。

目义例两部分加以对比综合，爬罗剔抉，周赡详备，可资参考①。另有赵生群《〈史记〉体例平议》一文，对本纪、世家等体例进行了充分的论证。例如本纪，指出天子未必有纪，称纪未必天子，从中可见出本纪为述中之作的写作意图②。司马迁在《自序》中也谈到了本纪义例：

> 网罗天下放失旧闻，王迹所兴，原始察终，见盛观衰，论考之行事，略推三代，录秦汉，上记轩辕，下至于兹，著十二本纪。

"原始察终，见盛观衰"，正见出本纪之大义，亦可视为《史记》"史法"之精义。关于"史记五体"，清代学者赵翼也有说明："古者左史记言，右史记事，言为《尚书》，事为《春秋》。其后沿为编年、记事二种。记事者，以一篇记一事，而不能统一代之全；编年者，又不能即一人而各见其本末。司马迁参酌古今，发凡起例，创为全史。本纪以序帝王，世家以记侯国，十表以系时事，八书以详制度，列传以志人物。然后一代君臣政事贤否得失，总汇于一编之中。自此例一定，历代作史者，遂不能出其范围，信史家之极则也。"③ 这一概括大致是不错的。

从史料梳理的角度看，"述而不作"的第二层面是指如何将历史人物纷繁驳杂的历史资料剪裁为井然有序的人物传记。如果说第一层面是将历史资料纳入史书写作的大系统，可称之为体例层面的话，那么第二层面则是史书写作大系统下的子系统，属于体例层下的事例层，二者是类与种的关系。现以《项羽本纪》为例加以说明。

从体例层面看，将项羽列入本纪便是司马迁的一大见解，是述中之作的典型。何谓"本纪"？前述赵翼所言"本纪以序帝王"代表了一种较普遍的说法④，但这一说法经不住仔细推敲。项羽非为天子何以位列本纪？吕后非为天子亦何以位列本纪？还有，吕后时的惠帝、废帝、少帝何以不

---

① 张大可：《史记研究·史记体制义例简论》，华文出版社 2002 年版，第 191—215 页

② 赵生群：《史记文献学丛稿》，江苏古籍出版社 2000 年版，第 209—239 页。

③ 赵翼：《廿二史劄记》卷一"各史例目异同"，见王树民《廿二史劄记校证》，中华书局1984 年版，第 2—3 页。

④ 持"本纪以序帝王"说者还有刘知几《史通·本纪》："及司马迁著《史记》也，又列天子行事，以本纪名篇。"日本学者泷川资言《史记会注考证·五帝本纪》引中井积德之言亦云："凡帝纪称本者，对诸侯明本统也。本，干也，谓宗也。《诗》云：'本支百世'。纪是纲目之纪，谓相比次有伦理也。"

入本纪？司马贞《史记索隐》云："纪者，记也。本其事而记之，故曰本纪。又纪，理也，丝缕有纪。而帝王书称纪者，言为后代纲纪也。"① 刘知几亦云："盖纪者，纲纪庶品，网罗万物，考篇目之大者，其莫过于此乎？"② 可见，将"本纪"解释为"纲纪"是正确的。"纲纪"有两层意思，一方面可以纲纪天下，另一方面可以纲纪后人。纲纪天下者非天子莫属，因为天子对国家社稷的发展有重大作用，这是就通常意义而言，但在特殊情况下，天子可能只是块招牌，主宰天下之大权者未必是天子。因此，纲纪天下者应以实权为重，并不以天子虚名为重。故刘咸炘在《史学述林·史体论》中说："本纪者一书之纲，惟一时势之所集，无择于王、伯、帝、后。故太史创例，项羽、吕后皆作纪。"张照在《殿本史记考证》卷七中更直言不讳地说："但马迁之意……特以天下之权之所在，则其人系天下之本，即谓之本纪。"明乎此，我们可知项羽何以入本纪而义帝不入本纪的缘由了。其实司马迁在《项羽本纪》中已有申明："（羽）将五诸侯灭秦，分裂天下，而封王侯，政由羽出，号为霸王，位虽不终，近古以来未尝有也。"在秦灭汉兴之际，项羽无疑是实际的统治者，在灭秦后封立的十八王中，汉王刘邦便位列其中。因此，司马迁立《项羽本纪》而不立义帝纪是符合《史记》的写作体例的。此所谓纲纪天下。另外，所谓纲纪后人，也就是为后人提供史鉴，即司马迁所云："原始察终，见盛观衰"是也。这主要表现在体例层下的事例层。

从事例层面看，项羽作为楚汉之际骤起骤灭的英雄，其非凡而传奇的一生是足以令作者及后人"原始察终，见盛观衰"的。那么，如何在描述项羽一生行迹（述）的同时反思其盛衰兴亡之理（作），便是司马迁为项羽立纪不能不首先考虑的问题。也可以说，司马迁正是围绕这一问题来属辞比事，将项羽一生纷繁驳杂的史料裁剪成井然有序的人物传记。这主要表现在叙事与写人两个层面上。就叙事层面说，可用兴盛衰败四字概括《项羽本纪》的主要事件：吴中起事谓之兴，钜鹿之战谓之盛，鸿门之宴谓之衰，垓下之围谓之败。而由盛转衰之关纽则在鸿门宴。此前写项羽、项梁吴中举事，势如破竹，虽遭项梁兵败而元气未损。至钜鹿之战，项羽率江东子弟沉舟破釜，誓死一战。楚军无不以一当十，杀声震天，一举击

---

① 司马贞：《史记索隐·五帝本纪》，见《史记》，中华书局1959年版，第1页。
② 刘知几：《史通·本纪》，辽宁教育出版社1997年版，第9页。

溃秦军主力，名冠诸侯。当各路诸侯拜见项羽之时，无不膝行而前，莫敢仰视，其意气之盛，何其壮哉！然而，鸿门宴上优柔寡断，放走刘邦，实为顾小义而失大略，虽处盛势亦见衰象。此后，待到垓下之围，四面楚歌，慷慨而泣，临江自刎，亦何其衰也！故司马迁围绕其兴盛衰败组织和取舍材料，不仅道出其一生主要行迹，亦可见其何以兴盛，何以衰败的道理：能以武力定天下，却不能以文德绥海内，自矜功伐，欲以力征经营天下而卒亡其国。从写人层面看，司马迁通过史实叙述，将一位看似简单实则复杂的历史人物毫发毕现却又不动声色地再现在读者面前，并从其性格矛盾与性格逻辑中找出其兴衰成败的内在因素。项羽作为叱咤风云、勇冠三军的英雄是众所周知的，但这一形象本身还蕴藏着许多矛盾对立的因素：既剽悍勇狠又心存不忍，既刚愎自用又优柔寡断，既爱才用才又疑才忌才，既有匹夫之勇又不乏妇人之仁，如此等等。作者通过委婉曲折的叙述刻画出一位血肉丰满的悲剧形象。而导致他一生悲剧的致命弱点则在于他迷信武力，至死不悟。临终前还自称"天亡我，非战之罪也"。人物的性格逻辑与事件的叙述逻辑都指向项羽尚武轻德，缺乏谋略的弱点。因此说，司马迁正是在述而不作之中传达出自己的褒贬态度和惋惜之情。所谓"原始察终，见盛观衰"是也。

（二）据事直书，词不迫切而意独至

据事直书是指司马迁著史的"实录"精神，班固《汉书·司马迁传》云：

> 然自刘向、扬雄博及群书，皆称迁有良史之材，服其善序事理，辨而不华，质而不俚，其文直，其事核，不虚美，不隐恶，故谓之实录。[1]

文直事核，美恶必显便是《史记》实录精神的基本表现。究其实，这与孔子所言"书法无隐"的著史原则是一致的，相当于"春秋五例"中的"尽而不汙"。实录精神就是要求史家从客观史实出发，以客观公正的态度著史，不以个人好恶定褒贬。刘知几提出"直书"说与章学诚提出

---

① 班固：《汉书·司马迁传》，中华书局1962年版，第2738页。

"史德"说都是从这方面着眼的。刘知几撰《史通》特辟"直书"一篇，他讲"直书"的同时还用"正直"、"良直"、"直词"、"直道"等词加以强调。瞿林东认为："'正直'是从史家人品方面着眼，'良直'是从后人的评价着眼，'直词'主要是从史文说的，这些都是'直书'的表现。"① 可见，刘知几对"直书"十分重视，而对史家妄改史实而失真的"曲笔"则极力反对。至清代章学诚著《文史通义》提出"史德"的范畴，着眼于史家的"心术"探究，将实录精神推向更深的层次。他说：

> 能具史识者，必知史德；德者何？谓著书者之心术也。……盖欲为良史者，当慎辨于天人之际，尽其天而不益以人也。尽其天而不益以人，虽未能至，苟允知之，亦足以称著述者之心术矣。而文史之儒，竞言才、学、识，而不知辨心术以议史德，乌乎可哉？②

章氏此言在于从史书文本之实录推究到史家著史之心术，即肯定了"史德"在史家修养上的重要地位当在史才、史学、史识基础之上。既然史德乃著史者之心术，何谓心术？《管子·七法》云："实也，诚也，厚也，施也，度也，恕也，谓之心。"③ 章学诚言心术非指权谋心计之意，而是指《管子·七法》当中心术的古义，属于人性中真诚厚笃忠恕适度的品格。有此心术之史家怎能写不出据事实录之文章？

也许有人会反驳笔者曰：既然史蕴诗心业已解构了"实录""信史"在史书中的霸权地位，那么在本章又大谈特谈司马迁之"实录"，岂不自相矛盾？其实不然。首先，这里所说的"实录"是指史家从客观史实真相出发，以客观的态度著史，不以个人好恶定褒贬。尽管我们承认史家用文字记录的历史不可能是对历史真相百分之百的还原，史家著史有时也很难做到绝对的客观，但这并不妨害史家对"指向真实"的追求。追求史实和妄改史实是有本质区别的。其次，用文字记录下的人物、事件、制度、文献等属于史学常识，这样的记述是真实的，客观的，不存在史蕴诗心的问题。史书中这样的文字表述都可称之为实录。最后，史蕴诗心意在

---

① 瞿林东：《中国古代史学批评纵横》，中华书局 1994 年版，第 35 页。
② 叶瑛：《文史通义校注》，中华书局 1994 年版，第 219、220 页。
③ 《管子》卷第二《七法》第六，四部丛刊本。

告诫读者，史书存有文学性、夸饰性的虚构，切不可死心眼地认虚为实，这也是一种客观的存在。但后一种客观存在并不能否定前一种客观存在，否则，史书岂不都变成了瞎话？那还有什么意义？

据事直书的实录精神源自先秦史官秉笔直书的传统和孔子"书法无隐"的主张，但孔子著《春秋》并未完全做到这一点。出于"为尊者讳，为亲者讳，为贤者讳"的目的，《春秋》多用"讳书"，也就是刘知几所讥刺的"曲笔"①。在孔子看来，"真"是要让位于"礼"的，假如二者发生冲突的话。所以孔子在《论语·子路》篇中说："父为子隐，子为父隐，直在其中矣。"尽管我们承认对于了解史实真相的人来说，"讳书"也不失为一种评判方式，但远不如实录来的有力，且对于不知史实真相的人来说，"讳书"很容易误导读者，产生消极影响。

司马迁著《史记》窃以孔子著《春秋》自比，在继承"春秋笔法"的同时，又超越了"春秋笔法"的局限，据事实录，不讳君过便是其中的一个突出表现。司马迁于《太史公自序》引董仲舒的话说："周道衰废，孔子为鲁司寇，诸侯害之，大夫壅之。孔子知言之不用，道之不行也，是非二百四十二年之中，以为天下仪表，贬天子，退诸侯，讨大夫，以达王事而已矣。"②按，通观《春秋》，"尊王大一统"观念实为《春秋》之"微言大义"，并未见出孔子贬周天子之意。因此，班固在《汉书》引用司马迁上述这段话时，将"贬天子"改为"贬诸侯"③，是符合《春秋》实际的，并非仅仅出于维护皇权的需要。

司马迁著《史记》则不然。他将批判的矛头直接指向最高统治者，表现出一位史家据史实录、书法无隐的史德精神。

刘邦作为汉代的开国皇帝自有其雄才大略的一面，他的知人善任，知

---

① 刘知几：《史通·疑古》篇云："又按鲁史之有《春秋》也，外为贤者，内为本国，事靡洪纤，动皆隐讳。斯乃周公之格言。然何必《春秋》，在于《六经》，亦皆如此。故观夫子之刊《书》也，夏桀让汤，武王斩纣，其事甚著，而芟夷不存。观夫子之定礼也，隐、闵非命，恶、视不终，而奋笔昌言，云：'鲁无篡弑'。观夫子之删《诗》也，凡诸《国风》，皆有怨刺，在于鲁国，独无其章。观夫子之《论语》也，君娶于吴，是谓同姓，而有司败问，对以'知礼'。斯验圣人之饰智矜愚，爱憎由己者多矣。"《疑古》之外，刘知几尚有《惑经》一篇，对孔子《春秋》讳书失实之处提出了诸多质疑。（黄寿成校点《史通》，辽宁教育出版社1997年版，第109页）

② 司马迁：《史记·太史公自序》，中华书局1959年版，第322页。

③ 班固：《汉书·司马迁传》，中华书局1962年版，第2717页。

错就改，虚心纳谏，仁爱有信，豁达疏放，不拘小节等，都是促成其帝王
基业的重要因素。作为汉朝史官，司马迁在《史记》中并未抹杀其功德。
问题则在于刘邦除了具有雄才大略的一面外，还有卑鄙无赖的一面：他的
嗜酒好色，寡廉鲜耻，猜忌多疑，工于心计，玩弄权术，冷酷无情等恶劣
品质在《史记》中也得到了无情的揭露。这不仅需要史家实事求是的良
知，更需要冒死直书的勇气。请看下例：

> 汉王道逢得孝惠、鲁元，乃载行。楚骑追汉王，汉王急，推堕孝
> 惠、鲁元车下，滕公常下收载之。如是者三。曰："虽急不可以驱，
> 奈何弃之？"于是遂得脱。①

为了自己逃命而置子女性命于不顾，一而再，再而三地推子女下车，其自
私狠心无有出其右者。后来，班固在《汉书》中省略了"如是者三"，使
批判的力量大打折扣。再如下例：

> （羽）为高俎，置太公其上，告汉王曰："今不急下，吾烹太
> 公。"汉王曰："吾与项羽俱北面受命怀王，曰'约为兄弟'，吾翁即
> 若翁，必欲烹而翁，则幸分我一杯羹。"②

面对项羽欲烹自己生父的威胁，刘邦则镇定自若，愿以分杯羹与项羽共
享，且以押韵之语出之，更见其无赖之品性。再如下例：

> 昌尝燕时入奏事，高帝方拥戚姬，昌还走。高帝逐得，骑周昌
> 项，问曰："我何主也？"昌仰曰："陛下即桀、纣之主也。"于是上
> 笑之，然尤惮周昌。③

宫闱私情被大臣撞个满怀非但不自检点，反而骑大臣项上问"我何主
也"，其无赖无耻之品行更是昭然若揭。

---

① 司马迁：《史记·项羽本纪》，中华书局 1959 年版。
② 同上。
③ 司马迁：《史记·张丞相列传》，中华书局 1959 年版，第 2677 页。

此外，如吕太后的毒辣阴狠，窦太后的霸道专横，汉武帝的迷信鬼神等，作者都一一作了实录。后人据此或以为司马迁遭腐刑，特挟私愤以作"谤书"。如东汉末年的王允说："昔武帝不杀司马迁，使作谤书，流于后世。"① 王允称《史记》为"谤书"实为一偏之见。因为早在司马迁遭李陵之祸以前，《史记》业已动笔，并不存在挟私愤以作"谤书"的问题。至于说受腐刑出狱之后，司马迁加深了对汉统治者凶残本质的认识，对《史记》写作产生影响也在情理之中，但这种影响还不至于到借"谤书"以泄私愤的程度。仅就汉代帝王而言，司马迁也并未一律加以贬斥，对汉高祖刘邦如此，对汉武帝刘彻亦如此，对汉文帝之仁，司马迁更是赞美有加。《三国志·王肃传》云：

> （明）帝又问："司马迁以受刑之故，内怀隐切，著《史记》非贬孝武，令人切齿。"（王肃）对曰："司马迁记事，不虚美，不隐恶。刘向、扬雄服其善叙事，有良史之才，谓之实录。汉武帝闻其述《史记》，取孝景及己本纪览之，于是大怒，削而投之。于今此两纪有录无书。后遭李陵事，遂下迁蚕室。此为隐切在孝武，而不在史迁也。"②

王肃的辩诬正见出司马迁不以个人好恶定褒贬的实录精神③。

（三）侧笔旁议，托他人之口代作者之言

所谓侧笔旁议，托他人之口代作者之言，也就是顾炎武《日知录》所云"于序事中寓论断法也"。这里，笔者首先就顾炎武所言《平准书》末载卜式语，《王翦传》末载客语，《荆轲传》末载鲁句践语，《晁错传》末载邓公与景帝语，《武安侯传》末载武帝语等，一一简释如下：

《史记·平准书》末云：

---

① 范晔：《后汉书·蔡邕传》，中华书局 1965 年版，第 2006 页。
② 陈寿：《三国志·王肃传》，中华书局 1963 年版，第 418 页。
③ 司马迁不以个人好恶定褒贬不仅表现在为汉代帝王作纪上，也表现在其他人物传记上。在《李将军列传》中，司马迁并未因自己对李广的敬爱与同情而曲笔回护，比如李广杀灞陵尉，实为气量狭小，有失大将风度。司马迁据事实录正见其美恶无隐的修史态度。

> 是岁小旱，上令官求雨。卜式言曰："县官当食租衣税而已。今弘羊令吏坐市列肆，贩物求利。亨（烹）弘羊，天乃雨。"①

汉武帝任桑弘羊为治粟都尉，领大农，兼管天下盐铁。桑弘羊尽笼天下之货物，贵卖贱买，对于平抑物价，充实国库，打击豪商巨贾囤积居奇、牟取暴利，确能收到实效。然而，这种以官商垄断市场的做法导致为官者列肆经商，与民争利，最终虽国库丰饶而民益疲弊，实不足取。故而，司马迁借卜式之言对桑弘羊的做法表示谴责。

《史记·白起王翦列传》末载客语曰：

> "夫为将三世者必败。必败者何也？必其所杀伐多矣，其后受其不祥。今王离已三世将矣。"②

这是借客语对王翦、王贲、王离祖孙三代世为秦将，以征伐杀人为事加以贬责。恰如太史公曰："王翦为秦将，夷六国，当是时，翦为宿将，始皇师之，然不能辅秦建德，固其根本，偷合取容，以至圽身。及孙王离为项羽所虏，不亦宜乎！"

《史记·刺客列传》曰：

> 鲁句践已闻荆轲之刺秦王，私曰："嗟乎，惜哉其不讲于刺剑之术也！甚矣吾不知人也！曩者吾叱之，彼乃以我为非人也！"③

这是借鲁句践之口表达作者对行刺不成的惋惜，剑术不精，准备不足，对意外情况又无应变措施，怎能不败？

《史记·袁盎晁错列传》末载：

> 邓公曰："夫晁错患诸侯彊（强）大不可制，故请削地以尊京师，万世之利也。计划始行，卒受大戮，内杜忠臣之口，外为诸侯报

---

① 司马迁：《史记·平准书》，中华书局 1959 年版，第 1442 页。
② 司马迁：《史记·白起王翦列传》，中华书局 1959 年版，第 2341—2342 页。
③ 司马迁：《史记·刺客列传》，中华书局 1959 年版，第 2538 页。

仇，臣窃为陛下不取也。"①

这是借邓公之语替忠而受戮的晁错鸣冤，而汉景帝对此事负有不可推卸的责任，在替晁错鸣不平的同时亦彰显景帝的刻薄寡恩。

《史记·魏其武安侯列传》末载：

> 上曰："使武安侯在者，族矣！"②

奸相武安侯为排除异己，巩固自己在朝中的政治地位，玩弄权术，构陷魏其侯，致使魏其侯等人被处死，自己却逍遥法外。这里，作者是借汉武帝之口表达对武安侯罪行的宣判。

通过上述诸例可以看出，侧笔旁议，托他人之口代作者之言是司马迁常用的笔法，顾炎武所举上述诸例恰巧均位于传记结尾处，其实无论位于篇中、篇末，借他人之口代作者立言都是客观的存在。《吴起列传》载李克对魏文侯语，《李将军列传》载文帝语，《商君列传》载赵良语，《汲郑列传》载汲黯谏武帝语，等等，另如《越王句践世家》载范蠡遗文种书，《乐毅列传》载乐毅遗燕惠王书，《樗里子传》载秦谚，《季布传》载楚谚，《伯夷列传》载采薇歌，《魏其武安侯列传》载颖川儿歌，等等，这些旁议侧笔都曲折地表达了作者的褒贬态度，具有史论特点。而在这方面写得最好的莫过于《叔孙通列传》。侯外庐主编的《中国思想通史》对该传使用的侧笔旁议笔法十分称道③。现作简要分析。

笔者认为，《史记·刘敬叔孙通列传》所传叔孙通其人，可以用一"通"字加以概括，其一，能揣通皇帝之心意，能道出皇帝想说而未说之言，以面谀得势，成为皇帝的宠臣；其二，圆通事故，与时进退，不论是非曲直，度大势而后动，故常立于不败之地。文中记叔孙通一上场正值陈胜举兵反秦，势如破竹，秦二世问询博士诸生，有三十余人认为要发兵平叛。二世不由得勃然作色。叔孙通则伺机进言曰：

---

① 司马迁：《史记·袁盎晁错列传》，中华书局 1959 年版，第 2747—2748 页。
② 司马迁：《史记·魏其武安侯列传》，中华书局 1959 年版，第 2855 页。
③ 侯外庐：《中国思想通史》第二卷，人民出版社 1957 年版，第 152—153 页。

"诸生言皆非也。夫天下合为一家，毁郡县城，铄其兵，示天下不复用。且明王在其上，法令具于下，使人人奉职，四方辐辏，安敢有反者！此特群盗鼠窃狗盗耳，何足置之齿牙间。郡守尉今捕论，何足忧。"①

此言果然讨得二世欢喜，受赏赐，得帛二十匹、衣一袭，拜为博士。对此，司马迁并未直斥叔孙通，却以诸生之言道之：

叔孙通已出宫，反舍，诸生曰："先生何言之谀也？"②

可见叔孙通是一个曲意奉迎的阿谀之徒。这仅仅是故事的开始。此后，他先后投靠项梁、义帝、项羽，最后投降了汉王刘邦。刘邦统一天下后，叔孙通即着手为皇帝定朝仪。鲁有两生讥之曰：

"公所事者且十主，皆面谀以得亲贵。今天下初定，死者未葬，伤者未起，又欲起礼乐。礼乐所由起，积德百年而后可兴也。吾不忍为公所为。公所为不合古，吾不行。公往矣，无污我！"③

"皆面谀以得亲贵"正是司马迁借鲁生之口对叔孙通的贬斥。待到文武百官依朝仪行进见之礼时，高祖刘邦则情不自禁地说："吾乃今日知为皇帝之贵也！"高祖得意忘形之日正是叔孙通面谀得宠之时。

司马迁还通过追随叔孙通的弟子们前后不一的评价来讽刺叔孙通其人。叔孙通降汉之初，弟子从者百余人，但他从不言进。弟子们窃骂曰："事先生数岁，幸得从降汉，今不能进臣等，专言大猾，何也？"待到叔孙通定朝仪有功，高祖赐金加爵时，叔孙通进言诸弟子，则高祖悉以为郎。叔孙通更将所赐五百金赐诸生，诸生皆喜曰："叔孙诚圣人也，知当世之务。"诸弟子前鄙而后恭的评价也活画出师徒以利相从的关系，而"识当世之务"则抓住叔孙通"面谀以得势"之外另一重要性格特征。

---

① 司马迁：《史记·刘敬叔孙通列传》，中华书局 1959 年版，第 2720 页。
② 同上。
③ 同上书，第 2722 页。

汉十二年，高祖欲废太子而立宠姬戚夫人之子赵王如意为太子，令朝中哗然。对此，叔孙通一改往日面谀奉迎之态：

> 叔孙通谏上曰："昔者晋献公以骊姬之故废太子，立奚齐，晋国乱者数十年，为天下笑。秦以不早定扶苏，令赵高得以诈立胡亥，自使灭祀，此陛下所亲见。今太子仁孝，天下皆闻之，吕后与陛下攻苦食啖，其可背哉！陛下必欲废適而立少，臣愿先伏诛，以颈血汗地。"高帝曰："吾罢矣，吾直戏耳。"叔孙曰："太子天下本，本一摇天下振动，奈何以天下为戏！"①

这番引经据典，慷慨陈词的直谏与以往之面谀殊不相同。这是否说明叔孙通亦不失为直言敢谏的诤臣呢？回答是否定的。笔者认为，在废太子而立赵王如意这一问题上，叔孙通所以由以往的面谀改为直谏则在于他的"识当世之务"。高祖废太子的想法于内于外均不得人心，精于世故的叔孙通对此洞若观火。因此，他的直谏是识时务者的必然选择，与直言无畏的大臣周昌等人相比，虽观点一致但性情殊分。只要看看本传结尾他对惠帝的奉迎便可以推知。

司马迁借他人之言代自己立断的笔法是对孔子"春秋笔法"的又一贡献，著名史学家白寿彝精辟地指出："司马迁结合具体的史事，吸收了当时人的评论或反映，不用作者出头露面，就给了一个历史人物作了论断。更妙在，他吸收的这些评论或反映都是记述历史事实发展过程中不可分割的部分，它们本身也反映了历史事实。这样写来，落墨不多，而生动、深刻。作者并没有勉强人家接受他的论点，但他的论点却通过这样的表达形式给人以有力的感染。"② 这一评价充分肯定了司马迁的叙事智慧。

二　藏美刺于互见

如果说寓论断于序事是司马迁承继《春秋》《左传》笔法加以发展并得以圆熟运用的话，那么藏美刺于互见则基本上属于司马迁的独创。互见

---

① 司马迁：《史记·刘敬叔孙通列传》，中华书局1959年版，第2725页。
② 白寿彝：《中国史学论集》，中华书局1999年版，第83页。

法是司马迁对"春秋笔法"的又一贡献。当代学者也多有论述。① 著名史学家张舜徽对《史记》这一独创有精彩的解说：

> 古代历史书籍，特别是由一手写成的作品，在组织材料时，有着预定的义例，对于材料如何安排得更合理、更重要，是费了多番考虑的。尽管是一部规格庞大的书，也必然体现出篇与篇之间，错综离合、彼此关联的精神。这一精神运用在写作上最早而最成功的，自然要推司马迁的《史记》。司马迁已将某段材料摆在甲篇，遇着乙篇有关联时，便清楚地作出交代说："事见某篇"，"语在某篇"。例如《周本纪》说："其事在周公之篇"；《秦本纪》说："其事在商君语中"；又说："其语在《始皇本纪》中"；《秦始皇本纪》说："其赐死语，具在《李斯传》中"；《吕后本纪》说："语在齐王语中"；《孝文本纪》说："事在吕后语中"；《礼书》说："事在袁盎语中"；《赵世家》说："语在晋事中"；《萧相国世家》说："语在淮阴侯事中"；《留侯世家》说："语在项羽事中"，"语在淮阴事中"；《绛侯周勃世家》说："其语在吕后孝文事中"。这一类的交代，在全书中不能尽举。都是唤起读者们不要把每篇记载孤立起来看，应该联系他篇来参考问题。所以我们今天应该运用联系的观点来阅读古代历史书籍。②

从张舜徽这段解说可以看出，司马迁使用互见法是出于《史记》五体叙事结构的内在要求，是自觉地运用。

那么，什么是互见法？最早论及《史记》互见法的是宋代苏洵：

> 迁之传廉颇也，议救阏与之失不载焉，见之赵奢传；传郦食其也，谋挠楚权之缪不载焉，见之留侯传；传周勃也，汗出洽背之耻不载焉，见之王陵传；传董仲舒也，议和亲之疏不载焉，见之匈奴传。夫颇、食其、勃、仲舒皆功十而过一者也，苟列一以疵一，后之庸人

---

① 如赵生群《史记书法论》，见《史记文献学丛稿》，江苏古籍出版社 2000 年版，第 266 页。又见张高评《史记笔法与春秋书法》，见《春秋书法与左传学史》，台北五南图书出版有限公司 2002 年版，第 83 页。
② 张舜徽：《中国古代史籍校读法》，见《张舜徽集》，华中师范大学出版社 2004 年版，第 389—390 页。

必曰："智如廉颇，辩如郦食其，忠如周勃，贤如董仲舒，而十功不能赎一过。"则将苦其难而怠矣。是故本传晦之，而他传发之，则其与善，不亦隐而彰乎！①

本传晦之，他传发之就叫互见法，至于本传何以晦，他传何以发并非只局限于功过互见，故清人李笠《史记订补·凡例》云："史臣叙事，有阙于本传而详于他传者，是曰互见。"此不失为简明扼要的定义。靳德俊在其《史记释例·互文相足例》中也说：

　　一事所系数人，一人有关数事，若为详载，则繁复不堪，详此略彼，详彼略此，则互文相足尚焉。②

从以上材料可以看出，互见法首先表现在作者对史料的取舍和安排上，从这个意义上说，互见法应位列于上一节寓论断于序事中。但由于互见法为司马迁首创这一特殊性的原因，故单列此节加以阐述。其次，互见法就其自身特点看，实为一种综合比较法。所谓综合是指不在一篇之内而在篇与篇之间、五体结构之间，读者可以通过一人之诸多事件或一事件之诸多人物的分散记述加以排比综合，进而揣度作者之用心。也就是说，互见法是在史料取舍与安排的基础上，通过对勘互比领会作者属辞比事之微婉显晦和对人物形象之褒贬抑扬。这才是互见法最突出的特点。

互见法有显隐之别，所谓显即指前文所引张舜徽所论，即《史记》中"事见某篇"或"语在某篇"；所谓隐是指不标明互见之语而实为互见之法。本节着重研讨的是后者，主要从属辞比事与人物摹写两个层面探讨互见法的功用。

（一）属辞比事

1. 五体互见互补

互见法的功用表现在叙事即属辞比事上要尽量避免重复，做到详略有

---

① 曾枣庄：《嘉祐集笺注》卷九"史论中"，上海古籍出版社1993年版，第232页。

② 靳德俊：《史记释例》之五，"互文相足例"，见《新校本史记三家注并附编二种》卷首，台北鼎文书局1997年版，第12—15页。

度，条理分明，首尾完整，彼此照应。这是《史记》五体结构的客观要求。刘知几《史通》云："《史记》者，纪以包举大端，传以委曲细事，表以谱列年爵，志以总括遗漏，逮于天文、地理、国典、朝章，显隐必该，洪纤靡失。此其所以长也。若乃同为一事，分在数篇，断续相离，前后屡出，于《高纪》则云语在《项传》，于《项传》则云事具《高纪》。又编次同类，不求年月，后生而擢居首秩，先辈而抑归末章；遂使汉之贾谊将楚屈原同列，鲁之曹沫与燕荆轲同编。此其所以为短也。"① 刘氏申《左传》而抑《史记》固然是他个人倾向所致，但指出记一事而前后屡出，传一人而分散记述则又是纪传五体所带来的无法回避的矛盾，司马迁也分明意识到了这一不足，故以互见法加以弥补，使《史记》五体得以扬长避短。因此，互见法在叙事上的应用，首先就表现在五体互见互补上。例如，楚灭秦及楚汉战争乃中国历史上的大事变，司马迁对此作了详细的载录，事见《秦始皇本纪》、《项羽本纪》和《高祖本纪》，也散见于《陈涉世家》《曹相国世家》《留侯世家》《淮阴侯列传》等。然而作者如此不厌其烦地记录并未让读者产生拖沓重复之感。究其原因，则在于作者能以楚灭秦及楚汉战争作为大背景，依据每个人的一生行迹特点加以记录，该详则详，该略则略，互见互补，首尾圆足。具体说来，比如鸿门宴详载于《项羽本纪》，而在《高祖本纪》中则一带而过，在《留侯世家》中则以"语在项羽事中"加以省略。读者不禁问：鸿门宴何以单单详载于《项羽本纪》？仅仅是因为《项羽本纪》在前吗？笔者认为不然。鸿门宴对于项羽、刘邦而言都是重大事件，而对项羽尤为重要。当是时，项羽为刀俎，刘邦为鱼肉，但项羽终怀不忍之心而坐失良机，放走刘邦，实为项羽盛衰转关之关纽。这对于他一生成败之总结是至为重要的。因为机遇对于个人来说，一生也只有几次，一旦错过，便永远错过了，不会再来了。可惜，直到乌江自刎前，项羽仍未悟出这一道理。而身为鱼肉，随时可能被烹煮的刘邦，在鸿门宴上面对项庄飞舞的寒气逼人的道道剑光，其惊惧之态可想而知。即使侥幸脱身，亦非光彩之举，故不宜于《高祖本纪》详写。可见，鸿门宴能写入《项羽本纪》是司马迁经过审慎考虑的结果。

　　"表"是五体中相对独立的一体，同样能在互见法中发挥作用。"事

---

① 刘知几：《史通》，辽宁教育出版社1997年版，第7—8页。

微而不著，须表明也，故言表也。"① 司马贞的这一解说告诉我们所谓
"表"就是表隐微之事，可与纪、传互补互见。对此，清人梁章钜《退庵
随笔》分析道：

> 史之有表，经纬相牵，或连或断，可以考证而不可以诵读，学者
> 往往不观。故刘知几《史通》有废表之论。其实表之为用，与纪传
> 相表里。凡王侯将相公卿，其功名表著者，既为立传，此外无积劳，
> 又无显过，传之不可胜之，而姓名爵里存没盛衰之迹，要不容遽泯，
> 则于表乎载之。又其功罪事实，传中有未能悉备者，亦表乎载之。年
> 经月纬，一览了然。作史体裁，莫大于是。②

梁章钜所言充分肯定了表在《史记》其余四体间互文相补的作用。且十
表之命名如《秦楚之际月表》本身即寓有微言大义。张大可认为，将秦
汉之际大事表题名为《秦楚之际大事月表》而不名以"秦汉之际月表"，
意在说明陈涉首事，项氏继业，他们推翻了暴秦，才为刘邦统一天下开辟
了道路。这表现了司马迁实录历史的卓越史识③。

　　2. 篇篇互见互补

　　互见法在叙事上的应用除表现在《史记》五体结构互见互补之外，
还表现在篇与篇之间的叙事互补上。或于一篇之中突出事件完整过程，其
他各篇可以从略，或将一事分散于诸篇之中让读者综合比较。现以吴、楚
七王之乱和淮阴侯谋反案等为例分别加以说明。

　　吴、楚七王之乱，首乱者为吴王刘濞，从乱者为楚、赵、胶东、胶
西、济南、淄川六王。近因是晁错建议景帝实行削藩之策，危害了七王的
利益，远因则是景帝为太子时与吴太子弈棋，吴太子争道、不恭而被杀，
故吴王怨汉谋反之心由来已久。此次借削藩之由吴王联合六王谋叛。七王
之乱为汉初大事，《史记》中有多卷涉及此事，但都作简略记载，而腾出
大量笔墨详载于《吴王濞列传》中。这样写，就写法而言，一是为了避
免重复，二是为了集中史事，使历史叙述完整有序，线索分明，情节生

---

①　司马贞：《史记索隐》，见《史记·三代世表》，中华书局1959年版，第487页。
②　梁章钜：《退庵随笔·读史》卷十六，二思堂丛书，浙江书局，光绪元年校刊本。
③　张大可：《史记研究·论史记互见法》，华文出版社2002年版，第277页。

动，选宕有致。就内容而言，吴王刘濞乃谋叛主犯，将七王之乱详载于本传亦合情合理。故通观《吴王濞列传》，以吴王为叙述主线，将其蓄谋、串联、反叛、被歼的全过程一一加以实录，并穿插以袁盎构陷晁错，致使晁错被斩东市等情节，使吴王反叛带有浓厚的政治色彩，突出了在这场政治斗争中晁错充当的政治悲剧角色，给读者带来了更多的反思与回味。

淮阴侯谋反案当是司马迁大书特书的重大事件。如果说吴王刘濞反叛汉廷属于坐法自弊，死有余辜，那么，为汉朝打下半壁江山的大将军韩信却最终陷于"叛逆"之罪而被夷三族，实属千古奇冤。司马迁饱含悲情与愤慨写下了《淮阴侯列传》，奇其才，赞其功，悲其冤，叹其人。司马光作《资治通鉴》与司马迁亦有同感：

> 世咸以韩信首建大策，与高祖起汉中，定三秦，遂分兵以北，擒魏，取代，破赵，胁燕，东击齐而有之，南灭楚垓下，汉之所以得天下者，大抵皆信之功也。①

《淮阴侯列传》载韩信曾两度谋反。第一次于汉六年韩信为楚王时，有人上书告韩信反，刘邦用陈平计伪游云梦捉拿韩信，降楚王为淮阴侯。此次实为韩信遭诬陷而蒙冤。本传中有大量篇幅为韩信辨诬，先有武涉劝韩信弃刘邦而归项王，遭韩信婉拒；继之，有辩士蒯通言信与项羽、刘邦可三分天下，韩信亦以"汉王遇我甚厚"，"吾岂可以乡利倍义"为由再次婉拒，耿耿之心，天地可表。不仅如此，司马迁还以互见法在《陈丞相世家》中借高帝与陈平对话为韩信辨诬：

> 陈平曰："人之上书言信反，有知之者乎？"（高帝）曰："未有。"曰："信知之乎？"曰："不知。"陈平曰："陛下精兵孰与楚？"上曰："不能过。"平曰："陛下将用兵有能过韩信者乎？"上曰："莫及也。"平曰："今兵不如楚精，而将不能及，而举兵攻之，是趣之战也，窃为陛下危之。"②

① 司马光：《资治通鉴·汉纪》四，高帝十一年，中华书局1956年版。
② 司马迁：《史记·陈丞相世家》，中华书局1959年版，第2056页。

握有重兵独占一方的楚王韩信自是疑忌成性的刘邦的心腹之患，在既无人证又无物证的情况下，说韩信谋反当属诬陷。司马迁在高帝与陈平的对话中寓论断于序事，替韩信鸣冤。韩信第二次谋反于汉十一年与陈豨通谋之后，《高祖本纪》《萧相国世家》亦有相同的记载。今以互见法观之，谋反当不为虚。究其实，在于韩信"精于用兵而疏于自全"①，利令智昏，陷于愚蠢。自以为有功于汉却不理会功高震主的危机，假齐王以请立，遭汉王怒骂却浑然不知，以为汉王言听计从，待到进谒就擒，削王为侯，方"知汉王畏其能"。而应对的办法只是"常称病不朝从"，"由此日夜怨望，居常鞅鞅"，甚至对高帝曰"陛下不过能将十万"，而"臣多多益善耳"，全然不顾忌高帝的忌恨，大祸临头而不自知，诚为将帅之才而无权术机变，韬光养晦之心矣。故终不免被夷三族，良可叹也。司马迁在叹惋其不幸结局的同时，亦笔隐针锋，丝丝入扣地揭示出韩信迫于猜忌、监视、构陷，渐次萌生谋反之心的轨迹，实为史家实录之慧眼，故司马光亦有同感："观其拒蒯彻之说，迎高祖于陈，岂有反心哉！良由失职鞅鞅，遂陷悖逆。"②

此外，秦始皇出生及生父之谜也是通过互见法揭示的。《秦始皇本纪》：

> 秦始皇帝者，秦襄王子也。庄襄王为秦质子于赵，见吕不韦姬，悦而取之，生始皇。

又《吕不韦列传》云：

> 吕不韦取邯郸诸姬，绝好善舞者，与居，知有身；子楚从不韦饮，见而悦之，因起为寿，请之。吕不韦怒，念业已破家为子楚，欲以钓奇，乃遂献其姬。姬自匿有身，至大期时生子政。

两相对照，互示见义，乃知秦始皇实为吕不韦之子，《秦始皇本纪》为始

---

①　白寿彝：《司马迁寓论断于序事》，见《中国史学史论集》，中华书局1999年版，第89页。

②　司马光：《资治通鉴·汉纪》四，高帝十一年，中华书局1956年版，第390页。

皇曲笔回护，记其名义；《列传》则据事实书，见其真情。另如张良刺杀秦始皇见之于《秦始皇本纪》《留侯世家》；楚将项燕之死见之于《秦始皇本纪》《王翦传》；都是通过对比互见乃明真相。

（二）人物摹写

历史人物区别于文学形象的根本之处在于真。当然文学形象也是求真的，文学形象可以是历史的真实，也可以是艺术的真实，可以以真实人物为原型，也可以"杂取种种，合成一个"，可以想象、夸张，但历史人物则决不可以张冠李戴。史家要恪守历史真实的本分，即使有想象的成分，也是根据事件、情节、人物心态的逻辑发展作合理的推测，而不能随意地主观臆断。"史蕴诗心"正是从这个意义上加以界定，与艺术想象相区别，所谓"不尽同而可相通"。

从互见法角度研讨《史记》人物形象描写，可以使读者获得历史人物的审美感和真实感双重美学效应，这正见出司马迁写历史人物的超人智慧。如前所述，互见法的本质特征是通过史料详略取舍使人物两相对照，两相比较，对比互见，通观周览，相得益彰，在完成对历史人物逼真再现的同时，也表达了作者的褒贬态度。笔者兹分一人异事之互见和一事异人之互见两个层面加以阐述。

1. 一人异事之互见

将某一历史人物传记不尽写于本传之中，而是放入其他传记中记写，本传与别传可以相互映发，使历史人物得以全面真实地再现，这就是笔者所说的一人异事之互见。其特点就是苏洵所言"本传晦之，他传发之"。这样写的原因有两个：其一，为了突出本传当中的主要事件，塑造人物的主要性格特征，而人物的其他性格，次要事件放到别传中去写。正如张高评所云："'本传晦之，他传发之'的互见法运用，首重宾主、详略、轻重之搭配安排。本传为主，故叙事多样、多重；他传为宾，故同叙一事，多略写、多轻描；此乃史书笔法，也是文章义法。"① 其二，出于曲笔回护。或为了避免人物性格两相抵牾，或为了作者避祸自全，故皆以他传记之。

---

① 张高评：《史记笔法与春秋书法》，见《春秋书法与左传学史》，台北五南图书出版公司2002年版，第88页。

　　有关项羽形象的描写，互见于《项羽本纪》《高祖本纪》《陈丞相世家》《淮阴侯列传》《黥布列传》中。《项羽本纪》为主为详，他传次之。故《项羽本纪》精选吴中举事、钜鹿之战、鸿门之宴、垓下之围四件大事详载之，突出了项羽叱咤风云、勇冠三军的英雄形象。而项羽的其他性格弱点则彰显于他传之中：

　　　　高祖置酒洛阳南宫。高祖曰："列侯诸将无敢隐朕，皆言其情。吾所以有天下者何？项氏之所以失天下者何？"高起、王陵对曰："陛下慢而侮人，项羽仁而爱人。然陛下使人攻城略地，所降下者因以予之，与天下同利也。项羽嫉贤妒能，有功者害之，贤者疑之，战胜而不予人功，得地而不予人利，此所以失天下也。"高祖曰："公知其一，未知其二。夫运筹策帷帐之中，决胜于千里之外，吾不如子房。镇国家，抚百姓，给馈饷，不绝粮道，吾不如萧何。连百万之军，战必胜，攻必取，吾不如韩信。此三者，皆人杰也，吾能用之，此吾所以取天下也。项羽者有一范增而不能用，此其所以为我擒也。"（《高祖本纪》）

此言高祖知人善用，故天下之英才皆归附之，反衬项羽不能知人善用，故天之英才皆弃之。高祖还历数项羽十大罪状，罪十曰："夫为人臣而弑其主，杀已降，为政不平，主约不信，天下所不容，大逆不道"，真可谓十恶不赦，罪不容诛了。当然，这只是刘邦的看法。

　　　　信再拜贺曰："惟信亦为大王不如也。然臣尝事之，请言项王之为人也。项王暗噁叱咤，千人皆废，然不能任属贤将，此特匹夫之勇耳。项王见人恭敬慈爱，言语呕呕，人有疾病，涕泣分食饮。至使人有功当封爵者，印刓敝，忍不能予，此所谓妇人之仁也。项王虽霸天下而臣诸侯，不居关中而都彭城，有背义帝之约，而以亲爱王，诸侯不平。诸侯之见项王迁逐义帝置江南，亦皆归逐其主而自王善地。项王所过无不残灭者，天下多怨，百姓不亲附，特劫于威强耳。名虽为霸，实失天下心。……"（《淮阴侯列传》）

此言项羽匹夫之勇妇人之仁，任人唯亲残暴不仁，终失天下之心。上述这些描写，较之本纪，对于项羽性格的诸多缺欠的揭露更加具体、明确，让读者能真切感受到作为叱咤风云、勇冠三军的项羽其性格的另一面。

至于刘邦性格中恶劣的一面，作者出于避祸以自全，于本纪多淡化，而互见于《项羽本纪》《萧相国世家》《淮阴侯列传》《张耳陈余列传》《张丞相列传》中，前文已述，在此不另述。

关于魏公子信陵君的形象描写，互见于《魏公子列传》《范雎蔡泽列传》《魏世家》中。写得最精彩的是《魏公子列传》。《史记·太史公自序》云："能以富贵下贫贱，贤能屈于不肖，唯信陵君为能行之。作《魏公子列传》。"传中为了突出信陵君仁而下士的高贵品格，不厌其烦地描写他与出身卑微的士人侯嬴、朱亥、毛公、薛公等人的交往。迎侯嬴一节至为感人：公子于是乃置酒大会宾客。坐定，公子从车骑，虚左，自迎夷门侯生。侯生摄弊衣冠，直上载公子上坐，不让，欲以观公子。公子执辔愈恭。侯生又谓公子曰："臣有客在市屠中，愿枉车骑过之。公子引车入市，侯生下见其客朱亥，俾倪，故久立与其客语，微察公子。公子颜色愈和。当是时，魏将相宗室宾客满堂，待公子举酒。市人皆观公子执辔，从骑皆窃骂侯生。侯生视公子色终不变，乃谢客就车。至家，公子引侯生坐上坐，宾客皆惊。"魏公子就是这样折节下士，不禁令读者油然而生敬意。但是魏公子毕竟不是完人。魏齐与范雎有仇，范雎后来做了秦相，欲报仇，魏齐欲避难于信陵君所。信陵君畏秦，"犹豫未肯见"，经侯嬴劝导而驾车郊迎之，但魏齐得知信陵君初不见，遂怒而自刭。此事若写入《魏公子列传》，则与列传主题颇不合，所谓纵有十功不能赎一过。故作者出于为尊者、贤者讳而将此事写入《范雎蔡泽列传》中。另外，信陵君劝魏王切勿亲秦伐韩的一大段有关魏国命运前途的宏论，显示了他作为政治家的远见卓识和审时度势的洞察力，也与《魏公子列传》主旨无甚关涉，故收载于《魏世家》中，本传不载。

2. 一事异人之互见

互见法还有另外一种更隐蔽的表现形式，即对待同一件事，尤其是重大事件，参与其中的不同人物在各自的本传当中各有不同的表现和态度，他们彼此形成了互见对照，这在更深层意义上暗寓了作者美刺褒贬的态度。与前一种一人异事之互见相比，笔者将此种互见称之为一事异人之互见，这一深层的互见更能表达司马迁"曲笔诛心"的批判力量。

刘邦一统天下之后，如何使刘氏天下皇图永固是他必须优先考虑的问题，而面前众多的文武功臣，又确实给他带来很大的压力。尽管他可以高唱"安得猛士兮守四方"的《大风歌》，可以当众称许张良、萧何、韩信为人中之杰，但内心对开国功臣的疑忌一直是他难以释怀的心病。因此，诛杀开国重臣成了他保刘氏天下一项狠毒而奏效的举措。从这个意义上说，张、萧、韩三人均可列入被杀之列。然而现存的事实是，被夷三族的只有韩信一人，张良、萧何二人却毫发无损。同在疑忌之列，韩信何以被诛，萧、张二人何以无事？这便是一事异人之互见。南宋陈亮云：

> 汉高帝所藉以取天下者，固非一人之力，而萧何、韩信、张良盖杰然于其间。天下既定，而不免于疑。于是张良以神仙自脱，萧何以谨畏自保，韩信以盖世之功，进退无以自明。萧何能知之于未用之先，而卒不能保其非叛，方且借信以为自保之术。①

此论殊为深刻！在高帝疑忌功臣的高压政策下，张良以神仙自脱，萧何以谨畏自保，而韩信进退无以自明，这便是韩信所以被诛，萧、张何以自全的根本原因。韩信之死已如前述，且看萧、张是如何自全的。

"成也萧何，败也萧何"已成为韩信所以兴所以亡的定评。究其实，则不在于萧何首鼠两端，而在于他的审时度势，谨小慎微，揣迎君意以自保。萧何乃刀笔小吏出身，长期的官吏生涯培养了他逆来顺受，谨慎精细，揣迎君意的性格。高祖为布衣时，曾以吏徭咸阳，其下属多奉钱三，独萧何奉钱五；高祖破咸阳，诸将皆争金帛财物，唯独萧何网罗秦廷图书以藏之。汉王与项羽争天下，凡天下要塞，人口户籍，强弱之处，悉以知之，盖仰仗萧何所藏秦图书之故；因此，萧何颇得刘邦信任。然而信与疑又是相依相存的。生性多疑的刘邦对重臣信之愈深则疑之愈重。长期追随刘邦的萧何在其谋臣的提示下深知刘邦这一心态，每当刘邦生疑之时，萧何都能化疑为信，使刘邦大悦。甚至为了求全以自保，不惜与吕后设计诛杀韩信；为了冰释高帝狐疑，不惜强行贱买民田以自污。这便是韩信、黥布皆被诛灭，而萧何之功冠于群臣的真谛。通过对比互见，司马迁对萧何的微词亦暗寓其中。

留侯张良是司马迁着力塑造的人物之一。观其一生可谓以奇计助刘邦

---

① 陈亮：《陈亮集》卷之九《论》，中华书局 1974 年版，第 93 页。

定天下之奇人，故高祖以"运筹策帷帐之中，决胜千里之外"誉之而位列三大功臣之首。按刘邦猜忌重臣之心理逻辑推之，张良应是刘邦最疑忌的人。然而，通览《史记》不难发现，如果说在开国重臣中有一位不为刘邦所疑忌者，唯留侯张良而已。如果说韩信功高震主终遭疑忌而被夷三族，萧何功高震主却能揣迎君意化险为夷得以善终，那么，张良则是功高而不震主，迥异于二人境遇之困窘，在刘邦身边活得洒脱从容。刘邦可以对诸臣猜忌诲狎，但对张良从来都是言听计从，恭敬如宾，毫无疑心。这更为张良传奇的一生笼罩了一道神奇的光环。

但是，穿过这道神奇的光环，我们分明能透视到司马迁对这位旷世奇才也不免心存微词。当吕后用萧何之计诱杀韩信时，当刘邦死后吕后擅权时，张良却以身体多病不事世务为借口，致力于导引、辟谷、轻身之术，企慕神仙。宣称"愿弃人间事，欲从赤松子游"。可见，对张良的置身世外、不谏不止的明哲保身态度，司马迁颇有微词。且高祖十一年有黥布反、陈豨反、韩信欲反被诛等一连串大事发生，但张良在这一年中做了什么呢？清郭嵩焘《史记札记》解云："此特据留侯辟谷一年中事言之。其并及立萧何相国，则似吕后诛淮阴侯之谋，留侯亦与闻之。史公于留侯盖多微辞，故其言隐约如此。"[①]

通过上述人物的对勘互见可以看出，在刘邦诛杀功臣问题上，武将如韩信、黥布、彭越等纷纷被诛，而文臣如萧何、张良、陈平等皆能幸免，此正可见出，一事异人之互见乃司马迁深寓微言之法也。

尚须说明的是，《史记》之互见法虽为司马迁所独创，但并非一点渊源也没有。笔者以为，其渊源仍来自"春秋笔法"之"婉而成章"、曲笔讳饰。所不同者，孔子的笔法在于曲笔隐真，而司马迁的笔法在于曲笔传真。从这个意义上说，《史记》之"互见法"是对"春秋笔法"的一大发展。

三　定褒贬于论赞

杨燕起说："历来的学者多认为《史记》是难读的。这主要的不是指它的文字深奥，而是认为很难恰当理解司马迁的著述主旨，及其体现在各

---

① 郭嵩焘：《史记札记》卷四，台北释文堂 1975 年版，第 218 页。

篇中的深意。"此可谓治《史记》者的肺腑之言。他又引明代程余庆《史记集说序》的话："良由《史记》一书,有言所及而意亦及者,有言所不及而意已及者;有正言之而意实反者,有反言之而意实正者;又有言在此而意则起于彼,言已尽而意仍缠绵无穷者。错踪迷离之中而神理寓焉,是非求诸言语文字之外,而欲寻章摘句以得之,难矣!"① 这是从言意关系的角度指出《史记》言浅意深的特点,读《史记》论赞亦可作如是观。

(一)史书论赞与"君子曰"

论史书之论赞首推刘知几的《史通》。刘知几认为史书论赞源于《左传》的"君子曰":"《春秋左氏传》每有发论,假君子以称之。二传云公羊子、谷梁子,《史记》云太史公。既而班固曰赞,荀悦曰论,《东观》曰序,谢承曰诠,陈寿曰议,何法盛曰述,扬雄曰撰,刘昺曰奏,袁宏、裴子野自显姓名,皇甫谧、葛洪列其所号。史官所撰,通称史臣。其名万殊,其义一揆。必取便于时者,则总归论赞焉。"② 刘知几将史家在史书中的议论统归之于论赞。从传世文献和出土文献看,史书之论赞源于《左传》,没有什么疑义,但这并不意味着先秦典籍只有《左传》有论赞。《国语》中的论赞暂且不说,1973 年马王堆三号西汉墓出土的秦末至汉初在缯帛上书写的二十余种古书,其中有一种记载春秋史事的古佚书,原书无名且残缺严重,马王堆汉墓整理小组据内容定名为《春秋事语》。该书在写作体例上与《左传》《国语》相类,成书略晚于《左传》,以记言为主,兼叙史事。书中多借圣贤君子对当时史事及**人物言行**加以评价,这也是史书论赞的表现形态。当然,"君子曰"式的**话语形式**是《左传》论赞的主要形式。

据台湾学者张高评统计:"《左传》评论史事,进退人物,载道资鉴,往往假君子以发论,全书多达九十则。'君子曰'、'君子谓'、'君子是以知'、'君子以⋯为'、'君子以为'、'君子是以'乃其形式;出现之次数依序为:四十八见、二十二见、十一见、四见、三见、二见⋯⋯'君子曰'既以数量之多取胜,遂成《左传》论赞之代称。"③

---

① 杨燕起:《史记的学术成就》,北京师范大学出版社 1996 年版,第 1 页。
② 刘知几:《史通》,黄寿成点校,辽宁教育出版社 1997 年版,第 23 页。
③ 张高评:《左传之文韬》,台湾丽文文化事业股份有限公司 1994 年版,第 101 页。

　　《左传》之论赞的确取得了很高的成就。张高评说:"今考察《左传》史论之方式,得其表现之作用有十:一曰褒美,二曰贬刺,三曰预言,四曰推因,五曰发明,六曰辨惑,七曰示例,八曰补遗,九曰寄慨,十曰载道。"① 如果再进一步分析,《左传》"君子曰"的十大作用不是不分轻重,彼此并列的,而是以前四种为主,尤重褒美、贬刺二端。这是由《左传》以史解经的性质决定的。作为以史事解释《春秋》经义之作,亦史亦经、以史传经是《左传》的文本特色。从史的角度看,在真实的基础上,疏通知远、鉴往察来是对史书功能的基本要求,《左传》虽未明确这一写作宗旨,但由于其历史叙事的行文惯性也促使作者下意识地总结历史事件成败经验和教训,为执政者鉴。所谓预言,就是由眼下之情境测度将来之结果;所谓推因,就是由眼前之结果推究其形成之原因。晋献公欲立骊姬,占卜不吉,不听卜人之劝而立之,遂有骊姬后宫之乱(僖公四年);秦晋崤之战,蹇叔哭师,王孙满观师,已预判了秦军的失败(僖公三十三年);晋人违礼铸刑鼎,孔子、蔡史墨预言晋失法度将灭亡(昭公二十九年):这些是预言。长勺之战,鲁军胜而齐军溃,在于曹刿"一鼓作气,再而衰,三而竭"的用兵之道(庄公十年);秦穆公最终没能成为诸侯的盟主,在于以"三良"为殉,"死而弃民"(文公六年);吴国趁楚共王死,举国吊丧之机攻打楚国,遭遇伏击而战败,这是吴国之不善而导致的祸乱:这些是推因。但《左传》"君子曰"最大的作用还是在历史事件和人物品格的褒贬功能方面。其他功能大都围绕着褒贬功能展开。郑伯克段于鄢,君子赞美颍考叔"纯孝"的同时,也是贬斥郑庄公囚母之不孝,并用《诗经》成句"孝子不匮,永锡尔类"加以反讽(隐公元年);晋楚城濮之战,楚令尹子玉刚愎自用,狂妄无礼,遂致兵败。楚大夫荣黄总结说:"非神败令尹,令尹其不勤(重视)民,实自败也。"(僖公二十八年);秦之同盟江国被楚所灭,秦穆公降服、别居、减膳、撤乐以自惧,受到了君子的称许(文公四年);晋灵公不君,为赵穿所杀,董狐直书"赵盾弑其君",被孔子称为"古之良史","书法不隐"(宣公二年);郑国子然杀了邓析,却使用了他写的《竹刑》,在君子看来,子然此事做得不忠厚,因为如果一个人对国家有益,可以不严惩其邪恶(定公九年);楚昭王未听周大史之劝,没有把可能发生在自己身上的灾祸转

————————

① 张高评:《左传之文韬》,台湾丽文文化事业股份有限公司1994年版,第135页。

移到楚国大臣身上，染病也不听卜人之言去祭祀黄河之神，被孔子称为"知大道"、"不失国"的明君（哀公六年）。凡此种种，举不胜举。从总体上看，《左传》从维护周礼的目的出发，用道德修养来评价人物和褒贬是非，成为《左传》最重要的评判标准。襄公十三年的"君子曰"很能说明这一问题：

> 君子曰："让，礼之主也。范宣子让，其下皆让。栾黡为汰，弗敢违也。晋国以平，数世赖之，刑善也夫！一人刑善，百姓沐和，可不务乎！《书》曰：'一人有庆，兆民赖之，其宁惟永。'其是之谓乎！周之兴也，其《诗》曰：'仪刑文王，万邦作孚。'言刑善也。及其衰也，《诗》曰：'大夫不均，我从事独贤。'言不让也。世之治也，君子尚能而让其下，小人农力以事其上，是以上下有礼，而谗慝黜远，由不争也，谓之懿德。及其乱也，君子称其功以加小人，小人伐其技以冯（凭）君子，是以上下无礼，乱虐并生，由争善也，谓之昏德。国家之敝，恒必由之。"①

把礼让与行善作为衡量国家兴衰的标准，且得出治世有懿德、乱世有昏德的结论。换句话说，德兴则国兴，德昏则国乱。在《左传》"君子"看来，道德风尚对于一个国家的兴亡太重要了！

（二）史迁论赞与"太史公曰"

刘知几也把《史记》中的"太史公曰"列在论赞中，但同时又对"太史公曰"颇有微词："夫论者所以辩疑惑，释凝滞。若愚智共了，固无俟商榷。丘明'君子曰'者，其义实在于斯。司马迁始限以篇终，各书一论。必理有非要，则强生其文，史论之烦，实萌于此。夫拟《春秋》以成史，持论尤宜阔略。其有本无疑事，辄设论以裁之，此皆私徇笔端，苟炫文采，嘉辞美句，寄诸简册。岂知史书之大体，裁削之指归哉？"② 如果孤立地看这段话，刘知几的论述有一定的道理：史书论赞的作用在于"辩疑惑，释凝滞"。如果史无疑惑、凝滞之处，就没必要写论赞。在刘

---

① 杨伯峻：《春秋左传注》，中华书局 1990 年版，第 999—1000 页。
② 刘知几：《史通》，黄寿成点校，辽宁教育出版社 1997 年版，第 23 页。

知几看来，司马迁著史，每每于篇终无论有无疑惑、凝滞之处，都各书一论，似有炫耀文采，画蛇添足之嫌。其实，如果通观《史通》，则不难发现，这是刘氏一贯申《左传》而抑《史记》的一偏之见。《左传》之论赞代表了先秦史论的最高成就，这是毋庸置疑的。但客观地看，尽管道德评价在历史评价中占有重要地位，但道德评价代替不了历史评价，道德的好坏更决定不了历史的发展和走向。从这个意义上说，《左传》"君子曰"还是停留在道德层面即"经"的层面上。而真正完成由"经"向"史"的层面跨越的，是《史记》"太史公曰"。笔者认为，"太史公曰"的史论价值在"君子曰"之上，如果说"君子曰"的史论主题主要表现在惩恶劝善的道德层面上，那么"太史公曰"的史论主题则没有停留在道德层面上，而是向前发展到历史评价乃至历史哲学层面，即对历史发展规律性的探讨层面上。司马迁坦言，著《史记》是为了"稽其成败兴坏之纪"，"原始察终，见盛观衰"，"欲究天人之际，通古今之变，成一家之言"。可见，司马迁在自觉地探寻历史发展的规律。钱锺书认为，有史书未必就有史学，"吾国之有史学殆肇端于司马迁欤。"① 此当为不易之论。

一般习惯称篇前之"太史公曰"为"序"，称篇末之"太史公曰"为赞。据统计，《史记》全书，序二十三篇，赞一百零六篇。二十三序包括十表九序、八书五序、世家一序、列传八序；一百零六赞包括本纪十一赞、八书三赞、世家二十九赞、列传六十三赞。此外有五论传：《天官书》之赞，夹叙夹议，可称为《天官书论》；《伯夷》与《日者》、《龟策》三传前后呼应，提示义例，亦为论传；《太史公自序》为全书总论。所以总计一百三十四篇、三万零九百三十六字，约占全书五十二万六千五百字的百分之六。②

"太史公曰"的内容相当丰富，集中体现了司马迁的才、胆、学、识，尤其是在史识方面。在写法上也有其独到之处。如果说史迁笔法寓论断于序事，藏美刺于互见更多地体现为"春秋笔法""隐"的一面，那么定褒贬于论赞则更多地表现为"显"的一面，即"尽而不汙"；如果说前者意在画龙，那么后者则意在点睛。当然，这都是相比较而言，就《史记》论赞本身来看，亦有微婉显晦之分。就论赞的"显性"特征而言，

---

① 钱锺书：《管锥编》，中华书局 1986 年版，第 251 页．
② 张大可：《史记研究》，华文出版社 2002 年版，第 252 页。

或借仁人君子之义行壮举抒发敬仰之情；或书昏君权臣之暴行劣迹发泄怨愤之意；或述王朝更迭、世族盛衰以寄托兴亡之感；或对重大事件提要勾玄以探其成败之因；或深察民情民意以昭示民心之不可诬；或阐明写作本旨、书法义例以成其一家之言。就论赞的"隐性"特征而言，或反话正说，似褒实贬；或侧笔反衬，寓有深意；或暗含影射，曲笔诛心；或言此意彼，绵里藏针。

（三）论赞之"显"：妍媸毕露

《史记》中的论赞，或开篇于前曰序，起介绍题旨的作用；或收尾于后曰赞，起总结全篇的作用。其所表现的内容是十分广博的，现择其要者而言之。

司马迁对历史上的仁人君子、壮夫义士的正义行为和高尚品质总是给予高度的礼赞，对他们坎壈多舛的不幸遭遇和悲剧结局则给予了深切同情。《孔子世家赞》云："《诗》有之：'高山仰止，景行行止。'虽不能至，然心乡往之。余读孔氏书，想见其为人。适鲁，观仲尼庙堂车服礼器，诸生以时习礼其家，余祗回留之不能去云。天下君王至于贤人众矣，当时则荣，没则已焉。孔子布衣，传十世，学者宗之。自天子王侯，中国言'六艺'者折中于夫子，可谓至圣矣！"① 对此，金圣叹评曰："赞孔子，又别作异样淋漓之笔。一若想之不尽，说之不尽也，所谓观沧海难言也。"② "淋漓之笔"正道出司马迁对孔子的无限敬仰之情。《越王句践世家赞》："禹之功大矣，渐九川，定九州，至于今诸夏艾安。及苗裔句践，苦身焦思，终灭强吴，北观兵中国，以尊周室，号称霸王。句践可不谓贤哉！"③ 金圣叹评曰："何与乎勾践？与其能隐忍以就功名，为史公一生之心。"④ 司马迁遭腐刑之辱，隐忍苟活是为了发愤著书，故可与勾践卧薪尝胆戚戚相感。此外如《屈原贾生列传赞》《伍子胥列传赞》《管晏列传赞》《范雎蔡泽列传赞》《季布栾布列传赞》等，无不表现出司马迁由衷的赞叹之情。

出于史家的良知与道义，司马迁对历史上可歌可泣的历史人物予以高

---

① 司马迁：《史记》，中华书局1959年版，第1947页。
② 金圣叹：《天下才子必读书》，安徽文艺出版社2003年版，第333页。
③ 司马迁：《史记》，中华书局1959年版，第1756页。
④ 金圣叹：《天下才子必读书》，安徽文艺出版社2003年版，第327页。

度礼赞的同时，对那些昏君权臣酷吏的暴行劣迹予以无情的挞伐，充分发挥了史笔诛心的批判力量。他讽刺秦始皇"自以为功过五帝，地广三王，而羞与之侔"①。金圣叹评曰："此便借《过秦》三篇为断，而自己出手，只囊括得'而羞与之侔'五字，寄与千载一笑。"②另如商鞅的"天资刻薄"、王翦的"偷合取容"、李斯的"严威酷刑"、田蚡的"负贵而好权"，司马迁都一一加以挞伐，不以成败论英雄，不随世俗相俯仰，表现出司马迁独具只眼的史学胆识，尤显得难能可贵。

值得注意的是，司马迁对历史人物和事件的评价常常能站在历史哲学的高度加以反思，在善善、恶恶、贤贤、贱不孝的道德评价基础上能升华为对历史现象的规律性的认识和把握，较之《左传》的"君子曰"，更自觉地表现出历史哲学的意识。《太史公自序》中说："网罗天下放失旧闻，王迹所兴，原始察终，见盛观衰。"《报任少卿书》亦云："究天人之际，通古今之变，成一家之言"，"稽其成败兴坏之纪"③都意在表明司马迁探寻历史规律的动意。正是带着这样的动因和视点，司马迁对历史人物和重大事件的评价才具有了哲学反思的意味。强秦暴政，二世而亡；继起者项羽则以暴易暴，亦在位不终。所以《项羽本纪赞》云："自矜攻伐，奋其私智而不师古。谓霸王之业，欲以力征经营天下。五年卒亡其国，身死东城，尚不觉寤而不自责，过矣。"项羽的失败告诫统治者，迷信武力而不行仁德，终将祸乱自身，这是封建社会带有规律性的警示，故刘邦反其道而行之，终于一统天下，建立西汉王朝。《高祖本纪赞》则对夏商周秦汉五代之兴替进行简明扼要的总结：

> 夏之政忠。忠之敝，小人以野，故殷人承之以敬。敬之敝，小人以鬼，故周人承之以文。文之敝，小人以僿，故救僿莫若以忠。三王之道若循环，终而复始。周、秦之间，可谓文敝矣。秦政不改，反酷刑法，岂不谬乎？故汉兴，承敝易变，使人不倦，得天统矣。④

对各朝代施政利弊之概括及后代革前代之弊另有新立的变易思想的提出，

---

① 司马迁：《史记》，中华书局 1959 年版，第 276 页。
② 金圣叹：《天下才子必读书》，安徽文艺出版社 2003 年版，第 308 页
③ 《全上古三代秦汉三国六朝文》，严可均辑，商务印书馆 1999 年版，第 269 页。
④ 司马迁：《史记·高祖本纪》，中华书局 1959 年版，第 393—394 页。

犁然有当，殊为深刻。这里虽说是带有历史循环论的色彩，但本质上仍是革弊通变历史哲学精神的体现。对此，杨燕起说："司马迁强调，重要的是必须顺应形势，承敝通变，将国家政治引导到正确的轨道上来，司马迁借用了循环论述语，表述的实质内容是需要改革、前进，而不是重复的循环观念。"① 这便是司马迁超越董仲舒"三统"循环说的过人之处。

民在历史发展中的作用同样为司马迁所关注。承继先秦民本思想，司马迁十分重视民意、民心，认为民心不可诬，人心向背关系到国家社稷的兴亡。秦以武力并吞八荒、四海归一，又以苛法峻刑残贼百姓，蒙恬将众三十万，筑长城万余里，司马迁以"固轻百姓力矣"加以谴责。而"天下苦秦久矣"，故有农民陈胜、吴广者揭竿而起，推翻暴秦，昭示民心之不可诬。汉代名将李广骑射超群，威震匈奴，却最终不得封侯、被逼自杀。《李将军列传》写李广自刎后，"广军士大夫一军皆哭。百姓闻之，知与不知，无老壮，皆为垂涕。"《传赞》亦云："及死之日，天下知与不知，皆为尽哀。"此正可借百姓之疾痛惨怛书朝廷之刻薄寡恩，言在于此而意在于彼，"春秋笔法"是也。

最后，《史记》论赞的一项重要内容是昭示《史记》笔法、义例。章学诚云："太史《自叙》之作，其自注之权舆乎？明述作之本旨，见去取之从来，已似恐后人不知其所云，而特笔以标之。所谓不离古文，乃考信六艺云云者，皆百三十篇之宗旨，或殿卷末，或冠篇端，未尝不反复自明也。"② 这里章学诚所言虽仅指《太史公自序》一篇阐述写作之本旨，但客观上已表明《史记》论赞有笔法、义例在。对此，张大可概括为五项：（1）阐明五体结构义例；（2）提示立篇旨意；（3）阐明附记之法；（4）阐明互见、对比义例；（5）提示微词讽喻义例。③ 其中（1）、（4）前文已述，此处不另述，（2）、（3）笔法一看便知，不用多言。唯有微词讽喻义例，也就是本节所言论赞显隐之"隐"尚需加以说明。

（四）论赞之"隐"：微婉以讽

《史记》论赞所表现出的美刺褒贬大都以"显"的样态出现，所谓

---

① 杨燕起：《史记的学术成就》，北京师范大学出版社1996年版，第209页。
② 叶瑛：《文史通义校注》，中华书局1994年版，第238页。
③ 张大可：《史记研究·简评史记论赞》，华文出版社2002年版，第256—260页。

"定褒贬于论赞"，但并不排除在某些情况下，司马迁故意隐晦其词，或反话正说，似褒实贬；或侧笔反衬，寓有深意；或暗含影射，曲笔诛心。这些隐晦之词同样能产生惩恶劝善的社会批判力量。前文所言李广自刭后，从百姓知与不知莫不垂泪尽哀来反衬统治者冷酷无情，刻薄寡恩即是显例。再请看以下诸例：

> 太史公曰：萧相国何于秦时为刀笔吏，碌碌未有奇节，及汉兴，依日月之末光，何谨守管籥，因民之疾秦法，顺流与之更始。淮阴、黥布等皆以诛灭，而何之勋烂焉。位冠群臣，声施后世，与闳夭、散宜生等争烈矣。①

原来，擅长揣迎君意、碌碌未有奇节的萧何，之所以能位冠群臣而勋烂，则在于淮阴侯、黥布等大功臣均遭杀戮，正所谓"时无英雄，使竖子成名"。对萧何正言若反，似褒实贬之意已出。

> 太史公曰：曹相国参攻城野战之功所以能多若此者，以与淮阴侯俱。及信已灭，而列侯成功，唯独参擅其名。参为汉相国，清静极言合道。然百姓离秦之酷后，参与休息无为，故天下俱称其美矣。②

本赞可分两部分，一部分写曹参攻城野战之功，忽引入淮阴侯，意在说明曹参之功亦与追随韩信有关，今韩信伏诛，而曹参独擅其名，**列侯成功**，是为淮阴洒泪，寄慨无穷也。后部分记曹参为相，以清静无为**治国，亦有**推崇之意。然而联系诸吕擅权之时，曹参"日夜饮醇酒"，朝中**之事不闻**不问，亦清静无为至极也。故论赞结句言"天下俱称其美矣"，则寓有讽刺之意。所以金圣叹十分敏锐地指出："此赞，一半写战功，一半写相业，俱不甚许曹参。"③可谓参透司马迁之用心。

> 太史公曰：（陈平）常出奇计，救纷纠之难，振国家之患。及吕

---

①　司马迁：《史记·萧相国世家》，中华书局 1959 年版，第 2020 页。
②　司马迁：《史记·曹相国世家》，中华书局 1959 年版，第 2031 页。
③　金圣叹：《天下才子必读书》，安徽文艺出版社 2003 年版，第 338 页。

后时，事多故也，然乎竟自脱，定宗庙，以荣名终，称贤相，岂不善始善终哉！非知谋孰能当此者乎？①

楚汉之争，陈平六出奇计，佐刘邦成大业；刘吕之争，陈平平诸吕之乱，回刘氏皇权于既倒。陈平为刘汉王朝之功臣当之无愧，司马迁对此亦持是说。然而，"吕后时，事多故矣，然平竟自脱"一语，实微言侧笔，概指陈平为相"日饮醇酒，戏妇女"之事，恐亦有自全之意在。

《史记》论赞还常常用影射之笔。《平准书赞》云："于是外攘夷狄，内兴功业，海内之士力耕不足粮饷，女子纺绩不足衣服。古者尝竭天下资财以奉其上，犹自以为不足也。"明斥秦始皇，暗讽汉武帝，影射之意已出。《匈奴列传赞》亦云："尧虽贤，兴事业不成，得禹而九州宁。且欲兴圣统，唯在择任将相哉！唯在择任将相哉！"如果孤立看此篇，似乎说明不了什么，但下一篇就是卫青、霍去病列传，继之者为公孙弘、主父偃列传。故何焯《义门读书记》云："下即继以卫、霍、公孙弘，而全录主父偃谏伐匈奴书，太史公之意深矣。"吴汝纶《点勘史记》亦云："此篇后，继以卫霍、公孙二篇，著汉所择任之将相也。"由此观之，《匈奴列传赞》结尾为司马迁影射讽谕之笔，影射汉武帝好大喜功而不能择任良将贤相，致使攻伐匈奴，建功不深。

《史记》论赞还采用言此意彼，绵里藏针的笔法，以达到讽刺的效果。《大宛列传》讲述西域的故事，主要写了两个人：张骞、李广利。写张骞出使西域，坚守汉使气节，打通并建立了汉朝与西域各国之间的关系；写李广利，则率军远征大宛国并最终迫使其投降，获取汗血宝马的故事。按着一般性逻辑，司马迁既然在论赞中称许了张骞，说他"今自张骞使大夏之后也，穷河源，恶睹本纪所谓昆仑乎？"②也应该称许李广利伐宛有功，但却只字未提。结合本传，究其原因有三：其一，裙带关系。李广利系汉武帝宠妃李夫人之兄。汉武帝有意把带兵打仗的机会给了李广利，便于他立功封侯。其二，非将帅之才。李广利出身外戚，却无卫青、霍去病那样的军事才能。远征大宛，一战而败，损兵折将，溃不成军，若不是被汉武帝下死令挡在玉门关外，还不知溃退到何处为止。其三，侥幸

---

① 司马迁：《史记·陈丞相世家》，中华书局1959年版，第2062—2063页。
② 司马迁：《史记·大宛列传》，中华书局1959年版，第3179页。

封侯。李广利再度兴师获胜，非军事才华的展现，而是大宛国出现内讧，国君被杀，集体投降所致。这就是司马迁在论赞中称许张骞，却对李广利只字不提的原因。这种言此意彼、绵里藏针的笔法，同样能达到讽刺的目的。

总之，《史记》"太史公曰"集中体现了司马迁的才、胆、学、识，尤其在史识方面的深刻见解。尽管司马迁有时以完美人格评判历史人物显得有些苛刻，但惟其如此，才能在尘封的历史中透视到人性的理想之光，如同在黑夜中看到微茫的晨曦一样。金圣叹在《天下才子必读书》中节选《史记》只选了"太史公曰"，是颇有眼力的！

第六章

春秋笔法与诗文笔法

《骚》与《史》，皆深于
《诗》者也。言婉多风，皆不
背于名教，……故曰必通六义
比兴之旨，而后可以讲春王正
月之书。
——章学诚《文史通义·史德》
仲尼著《春秋》，贬骨常
苦笞。后世各有史，善恶亦不
遗。君能切体类，镜照媸与施。
直辞鬼胆惧，微文奸魄悲。不
书儿女书，不作风月诗。唯存
先王法，好丑无使疑。安求一
时誉，当期千载知。
——梅尧臣《寄滁州欧阳永叔》

　　"春秋笔法"源于《诗》三百的美刺手法而应用于史书写作之中。"春秋笔法"之于赋比兴有明显的对应关联，无论在功能上还是手法上可谓异曲而同工。关于这一点，前文已述，在此不赘。这里需要说明的是，尽管"春秋笔法"多用于史传文的写作与批评，但是，正如张高评所云："史重资鉴，主褒贬；诗尚言志，主美刺；虽枝派流别判分，其实无异。"① 也就

---

　　① 张高评：《春秋书法与左传学史》，台北五南图书出版股份有限公司2002年版，第112页。

是说，文与诗虽体裁不同，但所承载的教化作用是一致的。所以诗人在诗歌创作和批评中也常用、多用"春秋笔法"，尤其在叙事诗、讽谕诗、咏史诗、边塞诗等诗歌创作与批评中。本章试以杜甫、白居易的诗歌和韩愈、柳宗元的古文为例，探讨"春秋笔法"在古诗文中的运用。兹分而述之。

一　诗史：杜诗的记事特征和风格

　　杜甫用诗笔记录下了安史之乱前后李唐王朝由盛转衰的历史。他的诗被誉为"诗史"。杜诗的"诗史"特点是，善陈时事，推见至隐，沉郁顿挫，褒贬自现。前者是从叙事手法上说，后者是就风格境界而言。杜诗善于通过具体的生活细节或片段反映重大政治事件，揭露社会矛盾，管窥锥指，于记事中表达政见，寄寓褒贬，记事逾真而推见逾隐，呈现出记事与政论相结合的特点；在诗美追求上，杜诗的沉郁顿挫风格与儒家倡导的风雅比兴、尚简用晦的话语表达方式有密切的联系，意蕴厚重沉实，节奏跌宕回旋，用语凝练曲折，从而与《春秋》以来内敛式的记事风格一脉相承。

（一）善陈时事，推见至隐

　　与李白诗歌的浪漫精神相比较，素有"诗史"之称的杜诗具有很强的现实精神。孟棨《本事诗》云："杜逢禄山之难，流离陇蜀，毕陈于诗，推见至隐，殆无遗事，故当时号为'诗史'。"① 《新唐书》本传云："甫又善陈时事，律切精深，至千言不少衰，世号诗史。"② "诗史"之称，由此而生。综合起来看"诗史"是对杜诗记事的最高评价，而善陈时事，推见至隐是杜甫"诗史"的突出表现。

　　杜甫所在的时代正值唐帝国由盛而衰的转折时期，社会弊端百出，阶级矛盾尖锐。杜甫不论自身穷达荣辱，自始至终密切关注着社会现实，以作家的天才和良知，儒家济世的决心和勇气，大胆地揭露时弊，直面现实。用自己的诗歌记录下这一历史的巨变。天宝以来几乎所有的重大政治

---

①　孟棨：《本事诗》，见丁福保辑《历代诗话续编》，中华书局1983年版，第15页。
②　欧阳修、宋祁：《新唐书》，中华书局1975年版，第5738页。

事件，如玄宗荒政，奸相专权，两京陷落，陈陶兵败，相州溃退，两京收复，吐蕃陷长安，关中大旱，蜀中之乱，官军收河南河北等，都被杜甫用诗记录下来。兼有"良史之材"的杜甫，怀抱"致君尧舜上，再使风俗淳。"（《奉赠韦左丞丈二十二韵》）的政治理想。尽管他历尽艰辛，壮志未酬，但这一政治理想始终是他立身行事的精神支柱。儒家的兼济天下思想，在唐帝国由盛转衰的历史转折时期，在杜甫身上得到了前所未有的高扬和光大。这是形成杜诗"诗史"特征的精神动因。

首先，杜甫深刻地揭露了统治阶级穷奢极侈的腐朽生活，活画出统治者不可一世的丑恶嘴脸。他把矛头直指帝王将相，对他们毫不留情地加以讽刺和批判。尽管杜甫未能彻底摆脱儒家纲常伦理的束缚，对君王尚有美化、愚忠之处，但这并未影响诗人对君王腐朽生活的批判。如《自京赴奉先县咏怀五百字》：

> 君臣留欢娱，乐动殷胶葛。赐浴皆长缨，与宴非短褐。……中堂舞神仙，烟雾蒙玉质。暖客貂鼠裘，悲管逐清瑟。劝客驼蹄羹，霜橙压香桔。

大乱将至，民不聊生，而统治阶级竟过着如此荒淫腐朽的生活。诗人晚年漂泊西南时，因目睹一株病桔，引发出唐玄宗和杨贵妃吃荔枝的罪恶："忆昔南海使，奔腾献荔枝。百马死山谷，到今耆旧悲。"（《病桔》）在《丽人行》中写杨氏兄妹雍容华贵，不可一世，恃宠而骄。结句云："炙手可热势绝伦，慎莫近前丞相嗔！"浦起龙《读杜心解》云，诗中"无一讽刺语，描摹处语语讽刺"，① 这正看出"春秋笔法"的讽刺力量。在《忆昔》中，诗人指责肃宗、代宗父子任用鱼胡恩、李国辅、程元振等宦官掌管兵权，痛斥宦官是"关中小儿"败坏朝纲。这些诗句显示了杜甫揶揄万乘，蔑视权贵的批判精神。

其次，强烈谴责了统治阶级发动的不义战争。杜甫对于不同性质的战争抱有不同的态度。对于反侵略、反叛乱的正义战争，他是支持的，如平定安史之乱，反对藩镇割据等。对于统治者穷兵黩武，发动掠夺性战争，杜甫是予以强烈谴责的。天宝年间，玄宗对外发动侵略战争，连遭失败。

---

① 　浦起龙：《读杜心解》，中华书局 1961 年版，第 229 页。

杜甫在《兵车行》中说："边庭流血成海水，武皇开边意未已。"借汉武帝之名谴责唐玄宗的穷兵黩武。《前出塞》其一云："君已富土境，开边一何多。"其六云："杀人亦有限，列国自有疆。苟能制侵陵，岂在多杀伤？"可见杜甫不仅坚决反对开边战争，而且指出领土争端，民族矛盾不应诉诸武力，而应通过和平的方式加以解决。天宝八年哥舒翰西屠石堡城，使本来友好和睦的吐蕃族在安史乱后一再入侵，埋下了民族仇恨的种子。杜甫对这一后果看得很清楚："赞普多教使入秦，数通和好止烟尘。朝廷忽用哥舒将，杀伐虚悲公主亲。"（《喜闻盗贼总退口号》）又如《三绝句》之一：

　　　　殿前兵马虽骁雄，纵暴略与羌浑同。闻道杀人汉水上，妇女多在官军中。

对"官军"屠杀淫掠的暴行进行大胆的记录和控诉，这在古代诗人中也是罕见的。

　　杜诗在反映民生疾苦方面同样运用"春秋笔法"来记事，记事逾真，推见逾隐。杜诗反映人民生活疾苦的广阔性和深刻性达到了前所未有的高度。一方面由于长年的漂泊生活，使诗人更多地接近劳动人民，了解他们的思想感情和困苦生活，甚至与劳动人民同呼吸、共命运；另一方面儒家"推己及人"的仁爱思想使得杜甫从自身的不幸推及到人民的不幸，能站在更高的层次上探求造成人民贫困的原因。

　　首先，杜甫描写了一大批处于社会底层的劳动人民，描写了他们的艰难生活，所遭受的灾难、兵祸，不幸和痛苦的内心世界，并给予了深切的同情。他写过农民、士兵、船夫、渔父等不同职业的人，也写过妇女、儿童、壮夫、老翁等不同年龄和性别的人。同样写妇女，则有"妾身未分明"的新娘，"出入无完裙"的母亲，终老不嫁的负薪女子，无食无儿的寡妇，"急应河阳役"的老妪；同样写士兵，则有"儿童尽东征"的弱男，"头白还戍边"的老兵，"暮婚晨告别"的新郎，无家可别的单身汉，同日战死的四万义军，等等。这些众多的百姓饱受战乱、赋税、徭役、兵役之苦，穷愁潦倒，痛不欲生。《兵车行》、"三吏三别"、《负薪行》、《遭遇》、《又呈吴郎》是这方面代表作。现以《石壕吏》为例，看作者如何运用婉转的笔法讲述了一个抽丁充军的悲惨故事：

> 暮投石壕村，有吏夜捉人。老翁逾墙走，老妇出门看。吏呼一何怒，妇啼一何苦！听妇前致词："三男邺城戍。一男附书至，二男新战死。""存者且偷生，死者长已矣！""室中更无人，惟有乳下孙。""有孙母未去，出入无完裙。""老妪力虽衰，请从吏夜归。急应河阳役，犹得备晨炊。"夜久语声绝，如闻泣幽咽。天明登前途，独与老翁别。

首叙官吏夜晚抓夫抽丁，老翁逾墙，老妇出门应付的情景。次叙老妇陈述家境之悲惨，无丁可派。这是全诗的主体。仔细分析不难看出，老妇的陈述是在官吏的层层逼问下作答的，明写老妇再三再四的哭诉，暗写官吏再三再四的逼问与呵斥。这种藏问于答的写法，无异于史官寓论断于叙事的笔法。结尾叙写老妇被抓充丁，诗人只能与逃走归来的老翁作别，更见出叙事婉转而褒贬自现的特点。

其次，杜甫不仅揭示了封建社会贫富阶级对立的基本事实，而且揭示出统治阶级的吃人本质是造成百姓贫寒的社会根源，从而显示出杜诗在记事、记史的基础上呈现出鲜明的政论特点。杜甫在反映民瘼的同时，不断探求造成百姓困苦的原因。他认为一方面是由于连年的战争和军阀混战破坏了生产，导致生灵涂炭；另一方面更主要的是由于统治者的横征暴敛，残酷的剥削和压迫。《自京赴奉先县咏怀五百字》说得再清楚不过了：

> 彤庭所分帛，本自寒女出。鞭挞其夫家，聚敛贡城阙。

原来统治阶级的奢侈享乐就是建立在对广大劳动人民的剥削和压榨基础上的。诗人禁不住愤怒地喊出了"朱门酒肉臭，路有冻死骨！"（《自京赴奉先县咏怀五百字》）这一震惊千古的诗句，可谓一句定褒贬。不仅揭示出封建社会阶级压迫，阶级对立的血淋淋的事实，更通过这一形象化的诗句揭示出封建统治者的吃人本质是造成民不聊生的社会根源。类似的诗句还有"富家厨肉臭，战地骸骨白"（《驱竖子摘苍耳》）。"高马达官厌酒肉，此辈杼柚茅茨空"（《岁晏行》）。基于这种深刻的认识，杜甫对那些鱼肉百姓的达官贵人、贪官污吏恨之入骨，痛骂他们凶残的本性甚于虎狼："群盗相随剧虎狼，食人更肯留妻子！"（《三绝句》）"万姓疮痍合，群凶

嗜欲肥！"（《送卢十四侍御》）

其三，关乎国计民生的重大政治事件和社会问题，杜甫用史笔加以载录；有关个人行止、生活细节、典型场面，也时常用史笔记写，收到了"小中见大"的艺术效果。如"去年潼关破，妻子隔绝久；今夏草木长，脱身得西走。麻鞋见天子，双袖露两肘。"（《述怀一首》）"皇帝二载秋，闰八月初吉，杜子将北征，苍茫问家室。"（《北征》）"夔州处女发半华，四十五十无夫家。更遭丧乱嫁不售，一生抱恨长咨嗟。"（《负薪行》）"三月三日天气新，长安水边多丽人。态浓意远淑且真，肌理细腻骨肉匀。"（《丽人行》）"老妻寄异县，十口隔风雪。谁能久不顾，庶往共饥渴。入门闻号咷，幼子饿已卒！"（《自京赴奉先县咏怀五百字》）这些记事文字把时间、地点、人物，乃至事件都交代得清晰、准确，无差漏的同时，或采用白描手法，如实道来；或平铺直叙，冷嘲热讽；或触目感怀，肝肠寸断。比史官记史更加生动和深刻。

有时，古代学者不满足于从史学角度评价杜诗，有意把《春秋》义例同杜诗记事手法联系起来，探讨杜诗的经学价值。其实，从"六经皆史"的角度看，仍可以视之为记事手法。宋代黄彻《䂬溪诗话》卷一云："诸史列传，首尾一律。惟左氏传《春秋》则不然，千变万状，有一人而称目数次异者，族氏、名字、爵邑、号谥，皆密布其中而寓诸褒贬，此史家祖也。观少陵诗，疑隐寓此旨。若云'杜陵有布衣'，'杜曲幸有桑麻田'，'杜子将北征'，'臣甫愤所切'，'甫也南北人'，'有客有客杜子美'，盖自见其里居名字也。'不作河西尉'，'白头拾遗徒步归'，'备员窃补衮'，'凡才污省郎'，补官迁陟，历历可考。至叙他人亦然，如云'粲粲元道州'，又云：'结也实国干'，凡例森然，诚《春秋》之法也。"[1] 以杜甫在不同诗歌语境下对自己的不同称谓与《春秋》同一人而称谓不同相比照，用来发掘杜诗之褒贬大义，虽然显得有些牵强，但还是基于杜诗在写实寄托感慨的特点来考量的。再如宋代张表臣《珊瑚钩诗话》卷一引杜甫"未闻夏商衰，中自诛褒姐"，"堂堂太宗业，树立甚宏达"诗句，认为其中就包含了"隐恶扬善"的"《春秋》之义"[2]，这也同样说明杜诗记事与寄托相结合的特点。

---

① 丁福保：《历代诗话续编》，中华书局1983年版，第346—347页。

② 何文焕：《历代诗话》，中华书局1983年版，第453页。

　　总之，杜甫无论是记录重大政治事件、社会问题，还是描述个人的经历、遭遇，都能以其深刻的洞察力揭示出造成社会战乱、饥馑、衰败的本质原因，抒发了强烈的忧国伤时的思想感情，并提出自己对时政的看法。他无论穷达荣辱，始终关注并记录当时社会发生的重大事件；始终思考着有关国家兴亡、百姓生活的重大问题。他以目击者和亲历者的身份记事，又以士大夫的良知和学识论事，将论事寓于记事之中。因此，杜诗的"诗史"特征呈现出善陈时事而又推见至隐，记事与议政相结合的特点。

（二）沉郁顿挫，褒贬自现

　　杜甫不仅在记录重大政治事件和社会问题时彰显出"良史之材"，在诗歌艺术和美学追求上，也积极吸收《诗经》《春秋》等儒家经典的艺术精华并熔铸在自己的创作中呈现出独特的艺术风格。他在《进〈雕赋〉表》中说："臣之述作，虽不能鼓吹六经，先鸣数子，至于沉郁顿挫，随时敏捷，扬雄枚皋之徒，庶可企及也。"自谦中流露出对儒家"六经"的尊崇。而"沉郁顿挫"作为杜甫对自己作品的评价，也与儒家倡导的风雅比兴、尚简用晦的话语表达方式有密切的联系。如果说李白诗歌是爆发式的，追求一泻千里的气势和力量，那么杜甫诗歌是内敛式的，用语凝练曲折，寓意深广含蓄。实际上，这是"春秋笔法"在杜诗风格层面的体现：

　　第一，厚重沉实的意蕴。所谓厚重沉实是指杜诗的审美意蕴给人以地负海涵、博大精深的审美感受和力量。它的形成一方面是由崇高的理想、广阔的胸怀、深刻的思想、渊博的学识充实于其间，另一方面也与杜甫自觉地追求尚简用晦而意含褒贬的审美意趣有关。

　　杜诗总是给人以深沉厚重，涵咏不尽的艺术享受。首先，杜甫善于选取生活中的典型素材，加以浓缩提炼，做到以少总多，以小见大，因而显得厚重沉实。《兵车行》借一个士兵道出兵役之苦；《丽人行》借水边丽人讽刺权贵的骄横，最有代表性的是杜甫的著名组诗《三吏》《三别》。该组诗每一首都选取一个典型的事件，加以客观的叙写，既揭露了官吏摧丁拉夫的横暴，同情百姓饱受战乱，兵役的痛苦，又劝慰人民以国事为重，英勇杀敌，直到胜利。读来字字是血，声声是泪，深沉凝重，力透纸背。

　　其次，杜甫善于捕捉最能切合自己心态的自然景象，将忧国伤时、慨叹身世的无限悲愁深深地蕴含其中，而又不留痕迹。这是杜诗厚重沉实之美的又一表现。陈廷焯《白雨斋词话》卷一云："所谓沉郁者，意在笔先，神余象外……发之又必若隐若现，欲露不露，反覆缠绵，终不许一语道破。非独体格之高，亦见性情之厚。"① 陈氏所论正是这种尚简用晦而意含褒贬的美。如写于安史之乱前夕的长诗《自京赴奉先县咏怀五百字》有这样的诗句：

> 北辕就泾渭，官渡又改辙。群冰从西下，极目高崒兀。疑是崆峒来，恐触天柱折。河梁幸未坼，枝撑声窸窣，行李相攀援，川广不可越。

这看似写景的诗句，实际上已预示出社会动乱的端倪，具有深隐的象征意味。再如《登高》，"无边落木萧萧下，不尽长江滚滚来"也不是单纯写景之句。那落木之声，隐含着诗人晚年漂泊他乡，落其叶而不能归其根的孤凄；那长江之状也隐含着诗人盛年如水逝去，壮志落空的悲哀。这孤凄与悲哀因寓于雄浑阔大的景物之中而愈加显得沉郁顿挫。类似的写法，在杜甫的山水诗和咏物诗中比比皆是。陆时雍《诗境总论》云："少陵七言律，蕴藉最深。有余地，有余情。情中有景，景外含情。一咏三讽，味之不尽。"② 这一评价是中肯的。

再次，杜诗意象组合比较紧密，常用一字一词表现一个意象，一句诗中常常压缩几个意象，密度大，容量也大，显得厚重沉实。仍以《登高》为例，首联"风急天高猿啸哀，渚清沙白鸟飞回"二句，压缩进六个意象；颈联"万里悲秋常作客，百年多病独登台"二句，仇兆鳌引罗大经语曰："万里，地辽远也。悲秋，时惨凄也。作客，羁旅也。常作客，久旅也。百年，暮齿也。多病，衰疾也。台，高迥处也。独登台，无亲朋也。十四字间含有八意，而对偶又极精确。"③ 诗中意象结合得如此紧密，自然会留给人更多的回味。

第二，跌宕回旋的笔法。如果说厚重沉实更多地体现了杜诗沉郁的特

---

① 陈廷焯：《白雨斋词话》，人民文学出版社 1959 年版，第 5—6 页。
② 陆时雍：《诗境总论》，丁福保辑《历代诗话续编》，中华书局 1983 年版，第 1416 页。
③ 仇兆鳌：《杜诗详注》第四册，中华书局 1979 年版，第 1766 页。

点，那么跌宕回旋更多地体现了杜诗顿挫的特点。

杜诗以纵横穿插，起伏多变的笔法把叙事和抒情结合起来，使诗歌在整体节奏上呈现出回旋激荡的特点。长诗《自京赴奉先县咏怀五百字》以纪行为经，以咏怀为纬，纪行中贯穿咏怀，咏怀中伴有纪行，犹如交响乐中A、B双重主题，回旋往复，抑扬顿挫。而三大部又分别以"穷年忧黎元，叹息肠内热"，"朱门酒肉臭，路有冻死骨"，"默思失业徒，因念远戍卒"这三联诗穿插照应，峰断云连，意断词属，一唱三叹，跌宕回旋。另一首长诗《北征》表现出对时政的深重忧虑，具有很强的政论性。却穿插一大段到家后与妻小团聚的描述，看似闲笔，实则以家国对照，以乐写悲，借团聚时的片刻欣慰来冲淡对时事的一腔酸辛，即"新归且慰意，生理焉得说！"因而读来抑扬顿挫，荡气回肠。李东阳《麓堂诗话》说："长篇中须有节奏，有操，有纵，有正，有变。若平铺稳布，虽多无益。唐诗类有委曲可喜之处，惟杜子美顿挫起伏，变化不测，可骇可谔。"[1]

长篇如此，短诗也同样注重笔法的抑扬顿挫。《三吏》《三别》均采用主客问答的方法，但各有变化。或藏问于答，或藏答于问，或直抒胸臆，或客观叙写，而美刺褒贬，尽在其中。例如《新婚别》先写怨："嫁女与征夫，不如弃路旁"；续写别："暮婚晨告别，无乃太匆忙……妾身未分明，何以拜姑嫜？"谴责战争剥夺了百姓的新婚生活；再写痛："君今往死地，沉痛迫中肠。誓与随军去，形势反苍黄"，道出此一去凶多吉少，无异于生离死别；转写勉："勿为新婚念，努力事戎行。妇人在军中，兵气恐不扬"，勉励夫君勿以新婚为念，努力杀敌，报效国家，妇人之心怀有丈夫之气，令人感动；末写望："仰视百鸟飞，大小必双翔，人事多错迕，与君永相望"，全诗选取新婚即死别这一特殊场面，把新郎的话语、情态统统略去，只由新娘一人为视角完成叙事过程，可谓一气贯注而又一唱三叹，用笔简约却又淋漓酣畅。再如《羌村三首》其一，先写喜："柴门鸟雀噪"，是说在战乱年代久客还乡的杜甫；次写惊："妻孥怪我在"，是说妻儿对杜甫突然回家的惊愕之情；再写悲："惊定还拭泪"，是说妻儿"惊定"后控制不住的满腔泪水夺眶而出，是长期遭受困顿生活和担惊受怕之苦的瞬间宣泄；继写感："生还偶然遂"，是说杜甫发出战乱年代偶然生还的感慨；再写叹："邻人满墙头"，是说邻居们见此情

---

① 李东阳：《麓堂诗话》，丁福保辑《历代诗话续编》，中华书局1983年版，第1373页。

景也不禁慨叹欷歔；末写疑："相对如梦寐"，还是写妻子不相信眼前的重逢的真实性，仿佛还在睡梦之中。诗人把战乱年代全家团圆的刹那间妻儿和邻居内心的每一个变化描述得波澜有致而又细腻传神。

第三，老成凝练的语言。杜诗的语言千锤百炼，炉火纯青，他沉郁顿挫的诗风在很大程度上得力于他的诗歌语言。杜诗的语言特色概括地说，就是老成凝练。他自称"读书破万卷，下笔如有神。"（《奉赠韦左丞二十二韵》）"新诗改罢自长吟。"（《解闷》）"语不惊人死不休。"（《江上值水如海势聊短述》）他称赞郑谏议的诗"毫发无遗憾，波澜独老成"（《郑谏议十韵》），又说薛华"歌辞自作风格老"（《苏端薛复筵简薛华醉歌》）。凝练，是说杜甫惜墨如金，能以最少的字句表达最丰富的内容，达到一字千钧的境地，是老劲浑成的具体表现。

表现在文学修辞上，杜甫善于锤炼字句，在他笔下无论实词还是虚词，他都不肯轻易放过，仔细地在内心揣摸着，反复地在嘴边沉吟着，不涵咏到圆熟的时候是不肯放它出来。这正是老成凝练的好处。如"星垂平野阔，月涌大江流"（《旅夜书怀》），用一"垂"字显出夜晚的平野像星空一样广阔；用一"涌"字显出月光如水，大江东流的气派。再如"细雨鱼儿出，微风燕子斜"（《水槛遣心》），"出""斜"两个动词也十分精当、传神。在形容词的锤炼方面，如"露从今夜白，月是故乡明"（《月夜忆舍弟》），用一"白"字写出客居他乡，白露为霜的凄凉，用一"明"字写出家乡花香月满的温馨，一种色彩，两种情调。再如"绿垂风折笋，红绽雨肥梅"（《陪郑广文游何将军山林》其五）中，以"肥"字修饰"梅"，写出了雨后"梅"的丰韵和饱满。在副词和叠声词的锤炼方面，如"即从巴峡穿巫峡，便下襄阳向洛阳"（《闻官军收河南河北》），"留连戏蝶时时舞，自在娇莺恰恰啼"（《江畔独步寻花》其六）等，都极好地体现了物性和情思。

表现在政治修辞上，杜诗语言讲求老成凝练，与《春秋》以来尚简用晦、"一字定褒贬"的"春秋笔法"一脉相承。孔子晚年作（修）《春秋》，自鲁隐公元年（前722）至鲁哀公十四年（前481）共242年历史，仅用一万六七千字，不可谓不精练，不可谓不老成。所谓"约其辞文，去其烦重，以制义法"①，正是《春秋》的话语表达方式。诚如刘勰所说

---

① 司马迁：《史记》，中华书局1982年版，第509页。

"褒见一字，贵若华衮；贬在片言，诛深斧钺"。① 出身于"奉儒守官"家庭的杜甫自幼深受儒家经典浸染，《春秋》这种尚简用晦的话语方式也影响了他的诗歌创作和语言表达。且看以下诸例：

> 忆昔霓旗下南苑，苑中万物生颜色。昭阳殿里第一人，同辇随君侍君侧。
>
> ——《哀江头》

《汉书·外戚传》载，汉成帝游后宫，欲与班婕妤同辇，班婕妤婉拒道："观古今图画，圣贤之君，皆有名臣在侧，三代末主，乃有嬖女。今欲同辇，得无近似之乎？"② 班婕妤拒绝同辇使汉成帝免受"末主"之讥；而杨贵妃与唐玄宗同辇游乐则难免被"清君侧"，唐玄宗也不再是圣贤之君。"侍君侧"看似平淡，实际上蕴含着政治讽谕的内容。

> 左相日兴费万钱，饮如长鲸吸百川，衔杯乐圣称避贤。
>
> ——《饮中八仙歌》

《旧唐书》本传载，天宝五年，左丞相李适之受奸相李林甫排挤而罢相。李作诗自嘲道："避贤初罢相，乐圣且衔杯。为问门前客，今朝几个来？"③杜诗称赞李适之"衔杯乐圣称避贤"，就是从李诗中化用而来。其中"避贤"是指不喝浊酒，却语意双关，讥讽李林甫，意在说李适之罢相是"让贤"，让李林甫这个贤才来掌权。诗人在刻画李适之的豪饮性格的同时也旁敲侧击地讽刺了权奸李林甫，可谓语意双关。

类似的诗句还有"况闻内金盘，尽在卫霍室"（《自京赴奉先县咏怀五百字》），以汉代权倾一时的卫、霍两大外戚家族，代指当时朝中炙手可热的杨国忠兄弟姐妹。再如"锦城丝管日纷纷，半入江风半入云。此曲只应天上有，人间哪得几回闻"（《赠花卿》），"岐王宅里寻常见，崔九堂前几度闻。正是江南好风景，落花时节又逢君"（《江南逢李龟年》），

① 范文澜：《文心雕龙注》，中华书局1958年版，第284页。
② 班固：《汉书》，中华书局1962年版，第3983—3984页。
③ 刘昫：《旧唐书·李适之传》，中华书局1975年版，第3102页。

这些诗句言在于此而意在于彼，含蓄深沉，感慨无穷，寄托了诗人复杂的思想情感。

总之，杜诗善陈时事，寓政论于记事之中，推见至隐，沉郁顿挫，呈现出记事与政论融合统一的特点。

二　诗教：白诗的讽谕特色和诗论

白居易在《与元九书》中把自己的诗分成四类。讽谕诗、闲适诗、感伤诗和杂律诗。这种分类并没有严格的标准，但从中却可以看出白居易的创作思想，在这四类中他最重视的是第一类讽谕诗。这些讽谕诗是和他"兼济天下"的政治抱负一致的，也是他诗歌理论的实践，最能代表其思想和艺术成就。白诗讽谕的突出特征就是运用"春秋笔法"进行美刺褒贬，以期达到惩恶劝善的政治讽谕目的。具体表现在以下几个方面。

（一）即事作断

白居易讽谕诗共 170 余首，其中《秦中吟》10 首和《新乐府》50 首是讽谕诗的代表作。白居易的讽谕诗在叙事和选材方面的鲜明特色是：主题专一，事件集中。为了使"见之者易谕"（《新乐府序》），他的乐府诗采取每首集中写一个事件，突出一个主题的办法，即"遂作《秦中吟》，一吟悲一事"（《伤唐衢》）。在以往的研究中普遍认为，这是对《诗经》、汉乐府和杜甫《三吏》《三别》等乐府诗叙事艺术的继承和发展。这是正确的，但是忽略了古代史官的"春秋笔法"对白居易诗歌叙事的影响。中国古代史官记录历史，绝不仅仅满足于对事件的真实记录，而是要在实录的基础上进行是非、善恶、美丑的评价。这一职责显示了史官具有记录者和裁判者的双重功能。白居易继承了史官记史这一优良传统，并在讽谕诗创作上进行了创造性的发挥，彰显了史官的话语权力，犹如当代的新闻记者进行实地采访和现场评论一样，属于"焦点访谈"模式。

《观刈麦》从现场采访的角度，描写了一个"贫妇人"的悲惨遭遇，"复有贫妇人，抱子在其傍：右手秉遗穗，左臂悬敝筐。听其相顾言，闻者为悲伤。家田输税尽，拾此充饥肠"。深刻反映了当时封建课税的严酷程度。《采地黄者》写农民因春旱无粮，只得到田野里"采地黄"换取富人家肥马吃剩的粟米，是一幅悲惨的人瘦马肥图："麦死春不语，禾损秋早霜，岁晏无口食，田中采地黄。采之将何用，持以易糇粮。凌晨荷插去，薄暮不盈筐。携来朱门家，卖与白面郎。与君啖肥马，可使照地光。愿易马残粟，救此苦饥肠。"《红线毯》中反映了养蚕织锦的手工业者所受的剥削，诗人按捺不住自己的愤怒："宣州太守知不知？一丈毯，千两丝。地不知寒人要暖，少夺人衣作地衣！"

白居易还写了许多关心妇女命运的诗，多方面反映了在封建制度压迫下，妇女的不幸遭遇，并给予了深切的同情。《井底引银瓶》写一位纯情少女，为追求自由婚姻，勇敢离家，委身于自己心爱的人，却遭到可怕的非议和迫害，最终竟使她走投无路。诗人为她的遭遇而鸣不平。《母别子》写一男子得高官后，抛弃前妻，迫使她与子女骨肉分离，控诉了夫权制的罪恶。《上阳白发人》写上阳宫女被幽禁一生的辛酸生活，婉转地批评了最高统治者为了自己的享乐，白白断送了她们的青春和幸福。白居易常常为妇女大声疾呼："为人莫作妇人身，百年苦乐由他人！"（《太行路》）

如果说白诗揭露时弊，反映民生疾苦常常能直入主题，一语中的，那么讽刺君王求仙佞佛、穷兵黩武、贪恋声色的丑行，则出于避讳，多以前代帝王为标靶，借古喻今，不失温柔敦厚之旨。《海漫漫》："海漫漫，直下无底旁无边。云涛烟浪最深处，人传中有三神山。山上多生不死药，服之羽化为天仙。秦皇汉武信此语，方士年年采药去。蓬莱今古但闻名，烟水茫茫无觅处。"类似的诗句如"汉皇重色思倾国，御宇多年求不得"，借"汉皇"代指唐明皇，以"重色"反指"轻才"，都寓有讽谕之意。

（二）卒章显志

白居易讽谕诗中，多是采用叙述与议论相结合的手法表达美刺褒贬。如果说叙述是在画龙，那么议论（包括抒情）则是点睛。且点睛之笔多用于全诗的结尾，也就是"卒章显其志"。如《杜陵叟》，先叙天灾迭降："杜陵叟，杜陵叟，岁种薄田一顷余。三月无雨旱风起，麦苗不秀多黄死。九月降霜秋早寒，禾穗未熟皆青干。"再叙酷吏急敛暴征："长吏明知不申破，急敛暴征求考课。典桑卖地纳官租，明年衣食将何如？"进而发出民不堪命的呼告："剥我身上帛，夺我口中粟。虐人害物即豺狼，何必钩爪锯牙食人肉！"接着再叙君王尽放今年税："不知何人奏皇帝，帝心恻隐知人弊。白麻纸上书德音，京畿尽放今年税。昨日里胥方到门，手持救牒榜乡村。"结尾以点睛之笔加以议论："十家租税九家毕，虚受吾君蠲免恩。"指出君王的免税文告不过是雨后送伞，雪后送炭，讽刺意味很浓。

有时为了强化"卒章显其志"的艺术效果，白居易常常采用对比的手法。如《轻肥》：

> 意气骄满路，鞍马光照尘。借问何为者？人称是内臣。朱绂皆大夫，紫绶悉将军。夸赴中军宴，走马去如云。樽罍溢九酝，水陆罗八珍。果擘洞庭桔，脍切天池鳞。食饱心自若，酒酣气益振。是岁江南旱，衢州人食人！

诗人极力铺排权贵们整日美味佳肴、花天酒地的奢侈生活，描画出他们骄横跋扈，不可一世的嘴脸后，突然以"是岁江南旱，衢州人食人"作结，形成强烈对比，曲终奏雅，深化了主题。《伤宅》也运用了对比的手法批判豪门贵族为了自己的享受，大兴土木，营造园林华屋，毫不可怜饥寒交迫的穷人："谁家起甲第，朱门大道边，丰屋中栉比，高墙外回环；累累六七堂，栋宇相连延。一堂费百万，郁郁起青烟……主人此中坐，十载为大官。厨有臭败肉，库有贯朽钱……岂无穷贱者，忍不救饥寒？"另如《歌舞》《买花》《观刈麦》《红线毯》《上阳白发人》等，都运用了"卒章显其志"的写法。

即事作断与卒章显志强化了美刺褒贬的批判力量，但同时也弱化了诗歌委婉含蓄的韵味，属于"春秋五例"中"尽而不汙"的笔法，显得"直而切"。

（三）人物叙事

白居易讽谕诗又一特点就是让诗中人物来叙事。诗人讲述民生疾苦的同时，也成功地塑造了一些下层劳动人民的形象。他们既有下层人民受奴役的共同命运，又有各自独特的遭遇和个性。如果说杜诗笔下的劳动人民只是事件的讲述者，还缺乏个性特征的话，那么白诗笔下的形象又向前发展了一步，人物的个性更加突出，可以称之为人物叙事。

《卖炭翁》通过一个卖炭老人的故事，揭露了唐代宫市制度的罪恶："卖炭翁，卖炭翁，伐薪烧炭南山中。满面尘灰烟火色，两鬓苍苍十指黑。"简短地介绍，让读者知道卖炭翁是靠烧炭、卖炭糊口的普通百姓，常年伐薪烧炭的艰苦劳作使他满面尘灰，两鬓苍苍，十指漆黑。"可怜身上衣正单，必忧炭贱愿天寒。"二句则由肖像描写转为心理描写。通常心理是"衣着单衫愿天暖"，卖炭翁却"衣着单衫愿天寒"，担心天暖卖炭卖不出价钱。从肖像到心理，诗人对卖炭翁作了深入刻画。在此基础上，描写老人赶车进城卖炭遭遇宦官近乎掠夺式的强买，达到了控诉宫市罪恶的目的。全诗只叙不议而褒贬自在其中，属于寓论断于叙事的写法。诗人常通过外貌服饰、内心世界等细节描写刻划人物形象。《上阳人白发人》："小头鞋履窄衣裳，青黛点眉眉细长。外人不见见应笑，天宝末年时世妆。"据陈寅恪考证，天宝初以来流行胡服，他引姚汝能《安禄山事迹下》云："天宝初，贵游士庶，好衣胡服，为豹皮帽。妇人则簪步摇，衩衣之制度，衿袖窄小。"又引《新唐书·五行志》："天宝初，贵族及士民好为胡服胡帽。妇人则簪步摇钗，衿袖窄小。"而贞元末年妇人则流行宽大的时装。白居易《白氏长庆集·和梦游春诗》云："风流薄梳洗，时世宽装束。"① 可见，这位"十六入宫今六十"的老宫女终生禁锢在上阳宫，与外面的世界完全隔绝，错把过时了的衣装当时尚来穿。诗人通过错把过时当时尚的服饰描写衬托出宫女在自嘲中自慰的独特心态：以旧时的欢颜排遣眼前的漫漫长夜和迟迟春日："夜长不寐天不明"，"日迟独坐天难暮"。

《新丰折臂翁》借一位折臂老翁的自叙反映了这场战争给人民带来的深重苦难：

> 村南村北哭声哀，儿别爷娘夫别妻。皆云前后征蛮者，千万人行无一回。是时翁年二十四，兵部牒中有名字。夜深不敢使人知，偷将大石捶折臂。张弓簸旗惧不堪，从兹始免征云南……此臂折来六十年，一肢虽废一身全……不然当时泸水头，身死魂飞骨不收。应作云南望乡鬼，万人冢上哭呦呦。

这首诗写的是天宝年间奸相杨国忠"为求恩幸立边功"而发动的征讨南

---

① 陈寅恪：《元白诗笺证稿》，见《陈寅恪集》，生活·读书·新知三联书店2009年版，第170—172页。

诏的不义战争。诗中的役夫为了逃此一劫,不惜用大石砸折了自己的右臂才免于从军。他有自己独有的痛苦,"骨碎筋伤非不苦";也有自己独有的安慰,"一肢虽废一身全"。通过自残的方式保命并不是人人都能做到的,因而折臂翁这一个性化行为就更具有典型意义。与《新丰折臂翁》相比,杜甫的《兵车行》也是反对杨国忠发动扩边战争的,杜诗采用概括介绍的写法,诗中的役夫只是一个倾诉者,而不是一个有个性特征的人。类似的例子还有《缚戎人》,该诗描写一个谅原失地的男子,怀念故国,经过千辛万苦,冒死逃归,结果却被将军误认为戎人"配向江南卑湿地"。爱国者的特殊遭遇告诉我们这样一个事实:昏庸的统治者不但不思振作来保卫国家,反而压抑了人民的爱国热情。

总之,人物叙事,就是通过诗中主人公言行推动故事的展开,诗人的美刺褒贬借主人公言行来表达,比诗人在诗中"直而切"的呼告更能显示"春秋笔法"尚简用晦的特色。当然,借诗中主人公的经历遭遇寄托个人怀抱,在白居易感伤诗《琵琶行》《长恨歌》中表现得更加充分,限于篇幅,在此不赘。

(四) 诗教理论

白居易创作的讽谕诗是白居易诗歌理论主张的具体实践。探讨白居易讽谕诗的美刺特征就不能不涉及白居易诗论。

白居易诗论是以讽谕为核心的诗教理论,理论上并未突破《诗大序》以来传统儒家诗教体系,但在诗的教化作用,诗与现实的关系,诗的内容与形式关系等方面对儒家诗教理论进行了有益的补充。

白居易十分重视诗的政治教化作用,重视诗的美刺褒贬的功能。具体说来,就是把诗歌作为沟通君民、调和阶级矛盾的有力工具,起到"补察时政""泄导人情"(《与元九书》)的作用。白居易在《与元九书》中说:"圣上感人心而天下和平。感人心者,莫先乎情,莫始乎言,莫切乎声,莫深乎义。"他从儒家"感上化下"的诗教理论出发,认为诗歌最能帮助帝王感化人心,治理天下。帝王如果能重视诗歌这种政治教化作用,就能"上下通而一气泰,忧乐合而百志熙"。这样君王与人民之间就可以沟通,一切社会矛盾就可以解决。因此,白居易在《新乐府序》中提出:"为君、为臣、为民、为物、为事而作"的主张。他并没有把君民间的矛盾看得不可调和,而是把矛盾的解决寄托到君王身上,把写诗看作是向君王进谏的一种形式，所谓"篇篇无空文，句句必尽规。"（《寄唐生》）"惟歌生民病，愿得天子知"（《寄唐生》），这就把文学的社会作用片面地解释为狭隘的政治功利作用，诗歌成了政治宣传的工具，这是他诗歌理论的局限性。但另一方面，白居易强调"补察时政""泄导人情"，又有助于以诗歌反映民生疾苦，揭露社会弊端，又有其积极意义。但总体上没有突破《诗大序》"风上化下"的诗教理论。

在诗歌与现实的关系上白居易认为诗歌是社会现实的反映。他提出"文章合为时而著，歌诗合为事而作"（《与元九书》），即文学要反映时事，反映生活，这是白居易诗论的重要内容。他在《策林》第六十九篇《采诗》中说："大凡人之感于事，则必动于情，然后兴于嗟叹，发于吟咏，而形于歌诗矣。"也就是说诗歌创作应以现实为基础，并对现实加以反映。如果考察一下白居易以前的诗歌创作，不难看出，从《诗经》的"饥者歌其食，劳者歌其事"，汉乐府民歌的"感于哀乐，缘事而发"，到建安文学反映"世积乱离，风衰俗怨"，再到杜甫讽谕时事，忧国忧民，已形成了源远流长的写实传统。白居易的诗歌反映论是对这一文学传统的总结，也是对儒家诗教的有益补充。

在诗歌的内容和形式的关系上，白居易强调内容决定形式，形式要服务于内容。他说："诗者，根情、苗言、华声、实义。"（《与元九书》）可见他以内容为根本，并且反对脱离内容片面追求"宫律高""文字奇"。为适应讽谕劝谏的需要，更好地发挥诗的社会作用，他强调形式通俗，语言浅显。《新乐府序》云："其辞质而径，欲见之者易谕也；其言直而切，欲闻之者深诫也；其事核而实，使采之者传信也；其体顺而肆，可以播于乐章歌曲也。"

但是，他在强调内容的真实性时，没有把艺术真实和生活真实区别开来，把诗歌内容的真实性仅局限于"核实"，排斥艺术虚构、夸张、想象等手法，使诗歌成为真人真事的报导。此外，他对艺术形式没有足够的重视，他所提出的质径、直切的艺术追求，也有悖于诗歌创作的美学规律，从而也影响了他的诗歌艺术成就。

三　文法:韩柳古文的褒贬和讽谕

柳宗元《杨平事文集后序》云：

　　　　文之用，辞令褒贬，导扬讽谕而已……辞令褒贬，本乎著述者
　　也；导扬讽谕，本乎比兴者也。著述者流，盖出于《书》之谟训、
　　《易》之象系、《春秋》之笔削。其要在于高广深厚，词正而理备，
　　谓宜藏于简册也。比兴者流，盖出于虞、夏之咏歌，殷、周之风雅，
　　其要在于丽则清越，言畅而意美，谓宜流于谣诵也。①

柳宗元认为"文有二道"：源于《书》《易》《春秋》等政论史册，在于
以辞令定褒贬，以笔削辨是非，达到"高广深厚，词正而理备"；源于
《诗经》风雅的诗文，在于用比兴手法导扬讽谕，达到"丽则清越，言畅
而意美"。实际上，前者谈的是"春秋笔法"，后者谈的是比兴寄托。也
就是说，文的两种功用辞令褒贬和导扬讽谕是通过"春秋笔法"与比兴
寄托来实现的。

（一）辞令褒贬

　　韩愈柳宗元的政论文、传记文都取得了很高的成就。就政论文而言，
韩柳均以思想深刻，说理透辟，逻辑严密，结构紧凑，行文曲折变化，既
明快流畅，又感慨深沉，显示出娴熟的辞令和鲜明的褒贬态度。现分而
论之。

　　韩愈最擅长论说文。他的论说文以《原道》《原毁》《师说》《马说》
为代表。如《原道》：

　　　　夫所谓先王之教何也？博爱之谓仁，行而宜之之谓义，由是而之
　　焉之谓道，足乎己无待于外之谓德。其文诗书易春秋；其法礼乐刑
　　政；其民士农工贾；其位君臣、父子、师友、宾主、昆弟、夫妇；其
　　服麻丝；其居宫室；其食粟米果蔬鱼肉。其为道易明，而其为教易
　　行也。

推行仁义道德，学习《诗》《书》《易》《春秋》，以礼乐刑政为法，上至
君臣下至百姓各得其位，服有丝，居有室，食有鱼，然后还不能达到道德

教化，未之有也。这里韩愈为我们描绘了一幅道德教化图，表明了他的政治理想。写得理足气盛，正可谓"词正而理备"。再如《师说》，在论证从师学习的必要性时从正反两面进行了三组对比，即"古之圣人"与"今之众人"的对比，"士大夫之族"与"巫医乐师百工之人"的对比，家庭中父与子的对比。三组对此分别指出了两种不同的从师态度和不同的结果。从师之道，昭然若揭。全文虽是几百字的短文，却写得波澜起伏，有咫尺万里之势。再如《送李愿归盘谷序》《答李翊书》等都表现了他的论说文严谨而富于变化的特色。不仅如此，韩愈还在政论文中寄托了自己的感慨。《马说》云：

> 世有伯乐，然后有千里马。千里马常有，而伯乐不常有。故虽有名马，只辱于奴隶人之手，骈死于槽枥之间，不以千里称也。马之千里者，一食或尽粟一石，食马者不知其能千里而食也。是马也，虽有千里之能，食不饱，力不足，才美不外现，且欲与常马等不可得，安求其能千里也？策之不以其道，食之不能尽其材，鸣之而不能通其意，执策而临之曰："天下无马！"其真知马邪？其真不知马也！

全文紧扣"千里马常有，而伯乐不常有"这一中心论点从三个方面展开论证，逻辑严密而又一波三折。这是表层意义。深层意义则是以"千里马常有，而伯乐不常有"暗喻朝廷缺乏举贤授能之人，寄托遥深，感慨良多，含不遇之情见于言外。类似的篇章还有《获麟解》等，看似议论，实际上是寄托感慨，是逻辑力量和情感力量相结合的产物。

柳宗元的政论文以《封建论》《敌戒》《辩侵伐论》为代表。《封建论》以周、秦、汉、唐四代史实为依据，深入分析分封之弊。如分析周代分封制说：

> 周有天下，裂土田而瓜分之，设五等，邦群后，布履星罗，四周于天下，轮运而辐集；合为朝觐会同，离为守臣捍城。然而降于夷王，害礼伤尊，下堂而迎觐者。历于宣王，挟中兴复古之德，雄南征北伐之威。卒不能定鲁侯之嗣。陵夷迄于幽、厉，王室东徙，而自列诸侯。厥后问鼎之轻重者有之，射王中肩者有之，伐凡伯、诛苌弘者有之，天下乖戾，无君君之心。余以为周之丧久矣，徒建空名于诸侯

之上耳！得非诸侯之盛强，末大不掉之咎与？遂判为十二，合为七国，威分于陪臣之邦，国珍于后封之秦，则周之败端，其在乎此矣。

柳宗元认为，周的衰亡是分封制度（封建制）造成的，而秦的灭亡在于秦的暴政，而不是郡县制的产物：

> 秦有天下，裂都会而为之郡邑，废侯卫而为之郡宰，据天下之雄图，都六合之上游，摄制四海，运于掌握之内，此其所以为得也。不数载而天下大坏，其有由矣。亟役万人，暴其威刑，竭其货贿。负锄梃谪戍之徒，圜视而合从，大呼而成群。时则有叛人而无叛吏，人怨于下而吏畏于上，天下相合，杀守劫令而并起。咎在人怨，非郡邑之制失也。

两相比较，得出"封建，非圣人意也，势也"，即是特定历史发展产物的结论，而郡县制取代封建制才是历史发展的必然。从而驳斥了当时各种鼓吹分封制的谬论。苏轼说："昔之论封建者，曹元首、陆机、刘颂，及唐太宗时魏徵、李百药、颜师古，其后有刘秩、杜佑、柳宗元。宗元之论出，而诸子之论废也。虽圣人复起，不能易也……柳宗元之论，当为万世法也。"[①]《敌戒》又是一篇褒贬时政的论文："皆知敌之仇，而不知为益之尤；皆知敌之害，而不知为利之大。秦有六国，兢兢以强；六国既除，訑訑乃亡。晋败楚鄢，范文为患，厉之不图，举国造怨。孟孙恶臧，孟死臧恤：'药石去矣，吾亡无日。'智能知今，犹卒以危；矧今之人，曾不是思！敌存而惧，敌去而舞，废备自盈，祗益为癒。敌存灭祸，敌去召过。有能如此，道名大播。惩病克寿，矜壮死累。纵欲不戒，匪愚伊耄。我作戒诗，思者无咎。"该文作于元和十四年，当时唐宪宗平叛削藩，志得意满，以为"中兴"可期，朝野渐生骄奢淫逸之风。柳宗元作此文以"敌存灭祸，敌去召过"加以劝诫，立意新颖，精警深刻，足以警示当世。

从"辞令褒贬"的角度看，韩柳的传记文在曲折生动的故事情节和细致入微的细节描写中，表达了对人物和事件的褒贬态度。

---

① 苏轼：《东坡志林》卷五《秦废封建》，中华书局1981年版，第104页。

韩愈的《张中丞传后叙》写张巡、许远等人死守睢阳城，英勇抗击安史叛军，直至壮烈殉国的英雄事迹，有力驳斥了小人对许远的造谣污蔑。其中南霁云乞救贺兰一节极为精彩：

> 南霁云之乞救于贺兰也，贺兰嫉巡、远声威功绩出己上，不肯出师救，爱霁云之勇且壮，不听其语。强留之，具食与乐，延霁云坐。霁云慷慨语曰："云来时，睢阳之人不食月余日矣！云虽欲独食，义不忍！虽食，且不下咽！"因拔所佩刀断一指，血淋漓，以示贺兰。一座大惊，皆感激为云泣下。云知贺兰终无为云出师意，即驰去。将出城，抽矢射佛寺浮图，矢著其上砖半箭，曰："吾归破贼，必灭贺兰，此矢所以志也！"愈贞元过泗州，船上人犹指以相语。

在这段描写，韩愈只抓住了拔刀断指和抽矢射塔两个细节，生动地刻画了南霁云勇武刚烈，疾恶如仇的性格特征，写得慷慨激昂，义正词严。再如《蓝田县丞厅壁记》描写一县吏如何摆布县丞：

> 文书行，吏抱成案诣丞，卷其前，钳以左手，右手摘纸尾，雁鹜行以进，平立睨丞曰："当署！"丞涉笔占位署，惟谨，目吏，问："可不可？"吏曰："得。"则退。不敢略省，漫不知何事。

县吏听命于县丞，也就是下级服从上级，是官场的规矩，然而文中的县吏仰仗县令而欺侮县丞。拿"成案"即办好的案子让县丞签署意见，不过是走走过场而已，且怕县丞看到案宗内容，用左手死死钳住卷起的案宗，笔直站立却斜视（睨）着县丞，显示出貌恭而心鄙的得意和张狂。相反，县丞面对县吏的欺侮表现得唯唯诺诺，毕恭毕敬，俨然似县吏的下属一般。文中无一句议论，而褒贬之意深含其中。

柳宗元的传记文多取材社会下层人物，揭露社会矛盾的同时，也直接或间接地表达了自己对时政的批评和建议。《捕蛇者说》借蒋氏一家三代遭受毒蛇之害，揭露了中唐社会赋税制度的吃人本质，得出"赋敛之毒有甚是蛇"的深刻结论，可谓一句定褒贬。《种树郭橐驼传》借郭橐驼之口，讽刺了统治者繁琐的苛条政令给百姓带来无休无止的侵扰。结尾一句"吾问种树，得养人术"乃点题之笔。在艺术上，柳宗元的传记文善于通过典型生动的故事情节和客观细腻的细节描写来塑造人物形象，叙事冷静客观，寓论断于叙事，通过人物自身言行来表达作者的褒贬态度。如《段太尉逸事状》精心选取了最能表现段秀实性格特征的三件逸事：除暴安边，代民偿租和拒收贿赂，分别刻画了段秀实刚勇无畏，仁厚爱民，廉洁奉公，远见卓识的性格特征。而每一件逸事又分成若干个细节加以生动传神的描写，使人物形象惟妙惟肖，呼之欲出，而作者的爱憎褒贬蕴含其中。有时作者被人物和事件所感染，忍不住站出来议论，并寄托自己的感慨。《宋清传》赞美药商宋清救死扶伤的慷慨义行，作者议论道：

> 吾观今之交乎人者，炎而附，寒而弃，鲜有能类清之为者。世之言，徒曰市道交。呜呼！清，市人也。今之交有能望报如清之远者乎？……清居市不为市之道，然而居朝廷居官府居庠塾乡党以士大夫自名者，反争为之不已，悲夫！

市民之磊落慷慨，重义承诺，交友不弃，反衬出士大夫趋炎附势，朝秦暮楚，蝇营狗苟之态。柳宗元在政治上屡遭打击，对世态炎凉之体会尤深。此番议论，实为感同身受，绝非虚言。

（二）导扬讽谕

如果说韩柳古文在"辞令褒贬"上有相通之处，那么在"导扬讽谕"上也同样能发挥"春秋笔法"尚简用晦而意含褒贬的作用。韩愈的《进学解》以自嘲自夸的方式宣泄了自己官职被降后的满腹牢骚，却哀而不伤，怨而不怒，既展示了自己的才华又表达了对朝廷如何选贤任能的讽谕。学生申述一段尤为精彩：

> 先生口不绝吟于六艺之文，手不停于百家之编。记事必提其要，纂言必钩其玄……先生之业，可谓勤矣。牴排异端，攘斥佛老。补苴罅漏，张皇幽眇……先生之于儒，可谓有劳矣。沉浸醲郁，含英咀华，作为文章，其书满家。上规姚姒，浑浑无涯……先生之于文，可谓闳其中而肆其外矣。少始知学，勇于敢为。长通于方，左右俱宜。先生之为人，可谓成矣。然而公不见信于人，私不见助于友。跋前疐后，动辄得咎。暂为御史，遂窜南夷。三年博士，冗不见治。命与

仇谋，取败几时。冬暖而儿号寒，年丰而妻啼饥。童头齿豁，竟死何裨？不知虑此，而反教人为！

韩愈借学生之口赞美自己无与伦比的道德文章，却不被朝廷重用，反而跋前踬后，动辄得咎。牢骚全由学生发泄，自己只做好好先生。言在于此而意在于彼，此种笔法确能收到骋才则铺张蹈厉，讽谕又不失温柔敦厚的效果。《毛颖传》是一篇出色的寓言文。

> 颖为人强记而便敏，自结绳之代以及秦事，无不纂录……又通于当代之务，官府簿书，市井货钱注记，惟上所使。……又善随人意，正直邪曲巧拙，一随其人。虽见废弃，终默不泄。惟不喜武士，然见请亦时往。累拜中书令，与上益狎，上尝呼为中书君。上亲决事，以衡石自程，虽宫人不得立左右，独颖与执烛者常侍，上休方罢。……后因进见，上将有任使，拂试之，因免冠谢。上见其发秃，又所摹画不能称上意。上嬉笑曰："中书君老而秃，不任吾用。吾尝谓中书君，君今不中书耶？"对曰："臣所谓尽心者。"因不复召，归封邑，终于管城。……太史公曰：……颖始以浮见，卒见任使，秦之灭诸侯，颖与有功。赏不酬劳，以老见疏，秦其少恩哉！

全文纯属虚构，是文字游戏，以史家之笔写虚构之故事是韩愈的创造。毛颖是指毛笔，为毛笔作传，看似荒诞，却在荒诞的描写中寄托了宦海浮沉的人生感慨。毛笔以其功能侍奉皇帝左右，成为亲随。然而用之既久，其发渐秃，以老见疏，弃而不用，便成为必然。作者最后以史官之笔慨叹道："秦之灭诸侯，颖与有功。赏不酬劳，以老见疏，秦其少恩哉！"看似游戏之笔，实际上是寄托讽谕之言！唐李肇《国史补》云："沈既济《枕中记》，庄生寓言之类；韩愈撰《毛颖传》，其文尤高，不下史迁，二篇真良史才也。"① 以史官之笔评价《毛颖传》确实没有说到位，但从中也可以看出《毛颖传》绝非戏言，具有导扬讽谕之作用。《蓝田县丞厅壁记》写县丞办公场所："庭有老槐四行，南墙巨竹千梃，俨立若相持，水㶁㶁循除鸣。"看似闲笔，然而，老槐四行，巨竹千梃，水循除鸣，三组

---

① 李肇：《唐国史补》卷下，古典文学出版社1957年版，第55页。

荒凉意象描写公廨场所的环境，不禁让人感到县丞府衙冷清到了门可罗雀的境地。文中主人公即县丞崔斯立才高志远，却被投闲置散，每日看似洒脱却心怀汤火，英雄无用武之地。此等悲愤，以闲笔流露，更加耐人寻味。

柳宗元古文除政论文、传记文外，还有寓言文、山水游记等，后者文学性更强，更能发挥导扬讽谕的作用。

柳宗元的寓言文往往是针对社会上种种黑暗、腐败、丑恶的现象加以讥刺和嘲讽，短小警策，寓意深刻。《三戒》是著名的讽刺小品。其中《临江之麋》借麋得主人宠爱，有恃无恐，终遭外犬杀食的故事，尖锐地讽刺了那些狐假虎威，得意忘形的小人。《黔之驴》是外强中干的小人的写照。《永某氏之鼠》则把那些"饱食而无祸"的达官贵人比作老鼠，最终一定会被全部消灭。再如《蝜蝂传》：

> 得遇物，辄持取，仰其首负之，背愈重，虽困剧不止也。其背甚涩，物积因不散。卒踬仆不能起。人或怜之，为去其负。苟能行，又持取如故。又好上高，极其力不已，至坠地死。

柳宗元以蝜蝂作喻，形象地勾画了那些贪得无厌，一心向上爬，直至落地摔死方肯罢休的势利小人。柳宗元的寓言文取喻平凡，立意深刻。他常采用拟人、夸张等手法，将动物的习性和人的劣根性巧妙地结合起来，笔锋犀利，行文简洁，收到了很好的讽刺效果。

柳宗元古文成就最高、影响最大的是他的山水游记。他在永州所写的八篇游记，后人称为《永州八记》，是这方面的代表作。这些游记不仅用清丽秀美的笔触描绘了自然山水的种种形态和神韵，而且从中寄寓了作者自己在政治上遭受打击的怨愤、孤傲的心情。《钴鉧潭西小丘记》把一个普通的小丘，写得神态活现："其石之突怒偃蹇负土而出争为奇状者，殆不可数，其嵚然相累而下者，若牛马之饮于溪；其冲然角列而上者，若熊罴之登山。"然而这样一个奇特优美的小丘，"农夫渔父过而陋之"。这里借小丘的被弃，感叹自己的不幸被贬，导扬讽谕之意已出。再如《至小丘西小石潭记》。

> 从小丘西行百二十步，隔篁竹，闻水声，如鸣佩环。心乐之，伐

竹取道，下见小潭，水尤清冽。全石以为底，近岸，卷石底以出，为坻、为屿、为嵁、为岩。青树翠蔓，蒙络摇缀，参差披拂。潭中鱼可百许头，皆若空游无所依；日光下澈，影布石上，怡然不动；俶尔远逝，往来翕忽，似与游者相乐。潭西南而望，斗折蛇行，明灭可见，其岸势犬牙差互，不可知其源。坐潭上，西面竹树环合，寂寥无人，凄神寒骨，悄怆幽邃。以其境过清，不可久居，乃记之而去。

全文写潭水写岩石写树木写游鱼写日光，写小石潭四周寂寥的环境和给作者凄清的感受。刻画细腻入微，精美传神。尤其写游鱼一段，采用以实写虚、动静相对的手法，写出了水之清和鱼之乐。然而仔细品味，仍然可以看到写景的背后有一位孤傲的身躯——柳宗元。

柳宗元的《愚溪对》写作者与溪神的对话：

柳子曰："汝欲穷我之愚说耶？虽极汝之所往，不足以申吾喙；涸汝之所流，不足以濡吾翰。姑示子其略。吾茫洋乎无知，冰雪之交，众裘我絺；溽暑之铄，众从之风，而我从之火。吾荡而趋，不知太行之异乎九衢，以败吾车；吾放而游，不知吕梁之异乎安流，以没吾舟。吾足蹈坎井，头抵木石，冲冒榛棘，僵仆虺蝎，而不知怵惕。何丧何得，进不为盈，退不为仰，荒凉昏默，卒不自克。此其大凡者也。愿以是污汝可乎？"于是溪神深思而叹曰："嘻！有余矣，是及我也。"因俯而羞，仰而吁，涕泣交流，举手而辞。一晦一明，觉而莫知所之。遂书其对。

《愚溪对》与韩愈的《进学解》有相似之处。在构思上都吸收了赋的手法，采用对话体结构全篇；在内容上都意在抒发长期被压抑的郁愤之情。所不同的是，韩愈《进学解》借学生之口发泄自己胸中之怨诽，又由韩愈自己反过来借开导学生来宽慰自己，一反一正，一放一收，不失温柔敦厚之态；柳宗元《愚溪对》则通过自己直陈的方式向溪神倾诉，颇像《离骚》后半段屈原"就重华而陈词"。溪神听了柳宗元的诉说大为同情和感动，真可谓哀怨起骚人。

要而言之，韩柳古文创作也得益于"春秋笔法"的运用，主要表现在"辞令褒贬"和"导扬讽谕"两方面。从"辞令褒贬"的角度看，韩柳的政论文均以见解独到，论证严密著称，显示出娴熟的辞令和鲜明的褒贬态度；韩柳的传记文则在曲折生动的叙事中传达出作者对人物和事件的爱憎和褒贬，实为史家之笔。从"导扬讽谕"的角度看，韩柳的寓言文以虚构的故事场景讽刺世态人心，寄托感慨，看似戏笔，实为箴言；柳宗元的山水游记既描摹了山水物态，又从中寄托个人兀傲不群的个性。如果说韩柳古文在"辞令褒贬"上多采用"尽而不汗"的笔法，那么在"导扬讽谕"上多采用"委婉隐晦"的笔法。

（三）风格特色

作为"唐宋古文八大家"之一，韩愈、柳宗元取得了足以垂范后世的艺术成就。仅就古文艺术而论，他们有许多共同之处：如古文的思想性和艺术性的完美统一，古文的文学色彩和审美特性更加突出，结构既严谨有序又灵活多变，语言精练生动，明快流畅，有整齐错落之美。然而，他们都是有独特个性的古文家，在很多方面都呈现出各自的特点。就古文的艺术风格来看，如果说韩文的风格如长江大河，阆中肆外，一泻千里，那么柳文的风格如云中奇峰，孤秀峻峭，清拔冷凝。

第一，从抒情方式上看，韩文表达感情的方式往往是冲率切直的，有一种倾泄无余的力量，充满了旺盛的气势。他善于运用对仗工稳的排比句式，一气舒卷，挥洒自如；他也常用许多感叹句、反诘句、疑问句，用来增强文中的感情色彩，这些都有助于构成文中的力量和气势。如《进学解》《送李愿归盘谷序》等。柳文表达感情的方式常常是含蓄深婉的，不以力量和气势取胜，而是以情味隽永见长。也就是说韩文长于气势，柳文长于韵味。如《永州八记》可作情味隽永的山水诗来读。

第二，从章法结构上看，韩文章法灵活，结构紧凑而富于变化，因而，有助于内在激情的表达。刘大櫆《论文偶记》曰："一集之中，篇篇变；一篇之中，段段变；一段之中，句句变。神变、气变、境变、音节变、字句变，唯昌黎能之。"① 此论虽有些夸大其辞，却道出了韩文富于变化的艺术特色，如《师说》《答李翊书》等。柳文也有富于变化的特色，但总的说来，以章法细密，结构精严见长。柳文无论写景、叙事、抒

---

① 刘大櫆：《论文偶记》，见王水照编《历代文话》第四册，复旦大学出版社 2007 年版，第 4113 页。

情、说理都能达到脉理清晰，纡徐得体。这得力于柳宗元在章法结构上的精心安排和巧妙布局。如《段太尉逸事状》中殴秀实的三件逸事，按时间先后应依次为，代民偿租，除暴安边，拒收贿赂。但是为了在故事情节和人物描写上达到先声夺人的艺术效果，柳宗元就把除暴安边这件逸事提到文章的开头。仅用"先是"二字交待了两件逸事发生时间的先后顺序和在文中结构上的相互关系。用笔简洁，结构谨严，脉理分明。

　　第三，从语言特色上看，韩文语言有较浓的主观抒情性。他自称务去陈言，事实上就是追求一种真正能表情达意的语言文字。因此，韩文语言有意到笔随，文从字顺之妙。不足是过于求奇，个别篇章的语言流于古奥晦涩。柳文语言具有较强的客观描写性。他很少运用主观抒情的文字来表达他的思想感情，尤其是在写景，写景叙事，记人方面，总是把主观感情融入客观描写之中，让是非褒贬自然流露出来，用笔精微，惜墨如金，巧妙传神，富有韵味。不足之处与韩愈相同，也是过于求奇而流于古奥晦涩。

第七章

春秋笔法与小说叙事(上)

> 某尝道《水浒》胜似《史记》,人都不信。殊不知某却不是乱说,其实《史记》是以文运事,《水浒》是因文生事。以文运事,是先有事生成如此如此,却要算计出一篇文字来,虽是史公高才,也毕竟是吃苦事。因文生事即不然,只是顺着笔性去,削高补低都由我。
>
> ——金圣叹《读第五才子书法》

　　"春秋笔法"在《史记》中的成功运用,不仅为后代史家修史提供了可资借鉴的思想法度和修辞原则,更为后来的小说叙事作了经典的示范。金圣叹《读第五才子书法》云:"某尝道《水浒传》胜似《史记》,人都不信。殊不知某却不是乱说,其实《史记》是以文运事,《水浒传》是因文生事。以文运事,是先有事生成如此如此,却要算计出一篇文字来,虽是史公高才,也毕竟是吃苦事。因文生事即不然,只是顺着笔性去,削高补低都由我。"① 金圣叹"以文运事"与"因文生事"区分了史传叙事与小说叙事的差异,这是他的高明处。但反过来说,如果没有史传的"以

---

① 金圣叹:《读第五才子书法》,见朱一玄、刘毓忱编《水浒传资料汇编》,南开大学出版社2002年版,第219页。

文运事"，哪里会有小说的"因文生事"？虽然小说叙事始于远古神话，但归根结底，还是在史传的怀抱中像婴儿吸吮母亲的乳汁一样渐渐成长、壮大，即使长大成人，远走他乡，身体里仍流淌着母亲的血脉。要建立中国叙事学的理论体系，"春秋笔法"是重要的一环。

"叙事"一词最早见之于《周礼·春官·宗伯》下：

> 冯相氏掌十有二岁、十有二月、十有二辰、十日、二十有八星之倍，辨其叙事，以会天位。①

根据汉郑玄注和唐贾公彦疏，可将"叙事"的"叙"分别理解为"秩"和"序"，那么"叙事"当指"依秩序以行事"的意思。至于按什么标准来排序，依郑玄注可按一年四季春夏秋冬，配之以东南西北的顺序来行事，这应是较早的较素朴的排序方法：以时间为经，以方位为纬。另外，用之于人事方面，则又以尊卑为序，也就是按"礼"的要求来行事，所谓内史"掌叙事之法，受纳访以诏王听治"。②所谓"以官府之六叙正群吏：一曰以叙正其位，二曰以叙进其治，三曰以叙作其事，四曰以叙制其食，五曰以叙受其会，六曰以叙听其情。"③这里的"叙"仍是"秩序""程序""顺序"的意思。但排序的标准已不再是以时间为经，方位为纬，而是以讲求长幼尊卑高低贵贱的"礼"为序。由此可见，中国古代早期的"叙事"，虽与今天所说的文学上的叙事了无关涉，但叙事中特别强调秩序，尤其强调以"礼"为序，这就把本属于形式、技巧上的叙事嵌入了政治伦理的内容，并以此来主宰叙事，这不能不说是中国早期叙事的一个特色。《礼记·经解》云："属辞比事，《春秋》教也"，又云"属辞比事而不乱"④，都意在强调"礼"在属辞比事上的教化作用。这事实上已涉及"春秋笔法"问题了。

提到叙事，就不能回避当前西方文艺理论批评中风头正盛的叙事学问

---

① 《周礼注疏》，见阮元校刻《十三经注疏》，中华书局1980年影印本，第818页。
② 同上书，第820页。
③ 《周礼·天官·小宰》，贾疏：凡言"叙"者，皆是次叙。先尊后卑，各依秩次，则群吏得正，故云正群吏也。见《周礼注疏》，阮元校刻《十三经注疏》，中华书局1980年影印本，第653页。
④ 《礼记正义》，见阮元校刻《十三经注疏》，中华书局1980年影印本，第1609页。

题。西方叙事学形成于 20 世纪 60 年代末，经过 30 多年的发展，已经达到比较成熟的阶段。它是建立在结构主义语言学基础上的一种文学理论，其研究对象是"叙事的本质、形式、功能"，"着重研究的是叙事的普遍特征，尤其是故事的语法，即故事的普遍结构"，此外，还研究"叙事文和故事之间的关系，叙事文和叙述行为之间的关系，以及故事和叙事行为之间的关系"①，等等。叙事学侧重于形式分析：比如对叙事结构、叙事模式的探究等，且随着叙事学理论的发展越来越趋于抽象化和精细化。②西方叙事学理论对于中国叙事学的建立无疑具有重要参考价值和借鉴意义，但同时还应看到，它是建立在西方文学基础上的，并不完全适用于中国文学。比如"春秋笔法"，在西方叙事学中设有相对应的批评范畴，却成为致力于建立中国叙事学所不能回避的重要理论问题。关于"春秋笔法"与叙事学之关系，就笔者所掌握的材料看，在为数不多的中国叙事学著作中唯有傅修延的《先秦叙事研究》谈到了"春秋笔法"问题③，杨义的《中国叙事学》仅在"导言"中略提数语④。而美国学者浦安迪的《中国叙事学》、罗钢的《叙事学导论》、申丹的《叙述学与小说文体研究》、王平的《中国古代小说叙事研究》等均未提及。至于说"春秋笔法"在小说叙事中是如何运用的，20 世纪 50 年代，吴组缃撰《儒林外史的思想与艺术》一文，就《儒林外史》中的"春秋笔法"作了精辟的分析，极富有启发意义⑤。近年来，有学者开始有意识地运用"春秋笔法"理论解读中国小说叙事艺术。其中，代表性成果是石昌渝的《中国小说源流论》一书⑥和他的《春秋笔法与〈红楼梦〉的叙事方略》一文⑦。这里，笔者结合中国古典小说叙事理论及小说创作实际，借鉴西方的叙事学理论与方法，从作者与视角、结构与寓意、叙事与修辞三个层面，就"春秋笔法"如何在中国古典小说叙事中运用问题，如何体现作家褒贬态度加以论析。

---

① 罗钢：《叙事学导论》，云南人民出版社 1994 年版，第 2 页。
② 参见本书导论相关部分。
③ 傅修延：《先秦叙事研究》，东方出版社 1999 年版，第 176—190 页。
④ 杨义：《中国叙事学》，人民出版社 1997 年版，第 23 页。
⑤ 《儒林外史研究论集》，作家出版社 1955 年版，第 24—38 页。
⑥ 石昌渝：《中国小说源流论》第二章第二节，生活·读书·新知三联书店 1994 年版。
⑦ 见《红楼梦学刊》2004 年第一辑。

一　春秋笔法与作者

（一）作者与叙述者

如果将小说叙事喻为一棵枝繁叶茂的大树，那么，作家无疑就是这棵大树的根。靠根来不断吸收养分才能换来满树缤纷的花朵、累累的果实。"春秋笔法"实际上包含了写什么、不写什么、怎么写、写的目的是什么这四方面的问题，包含了作家在作品构思和题材选择（笔削）以及写作目的（惩恶劝善）和写作技巧（"微而显""志而晦""婉而成章""尽而不汙"）上的一系列问题。因此，要探讨"春秋笔法"在小说叙事中的地位作用，应首先探讨作家在小说叙事中的角色和作用。

受新批评派宣称作品一旦完成作者就死掉了的主张和影响，西方一些叙事学家也对作者和作品的密切关系持排斥态度。具体说来，就是以"隐含作者"排拒作者。隐含作者是美国修辞学派理论家韦恩·布斯在其《小说修辞学》一书中首次提出：

> 在他写作时，他不是创造一个理想的，非个性的"一般人"，而是一个"他自己"的隐含的替身，不同于我们在其它人的作品中遇到的那些隐含的作者。对于某些小说家来说，的确，他们写作时似乎是发现或创造他们自己。正如杰西明·韦斯特所说，有时候"通过写作故事，小说家可以发现——不是他的故事——而是它的作者，也可以说，是适合这一叙述的正式的书记员"，不管我们把这个隐含的作者称为"正式书记员"，还是采用最近由凯瑟琳·蒂洛森所复述的术语——作者的第二自我——但很清楚，读者在这个人物身上取得的画像是作者最重要的效果之一。①

从这段话及其相关论述中可概括并推导出以下几层意思：其一，隐含作者是文本中的作者，不同于现实中的作者；其二，不同作者在不同的文本中会有不同的隐含作者，而同一作者在不同的文本中也会有不同的隐含作者；其三，如果说文本中的隐含作者是作者的"第二自我"，那么现实中

---

① ［美］韦恩·布斯：《小说修辞学》，华明等译，北京大学出版社1987年版，第80页。

的作者就是"第一自我";其四,隐含作者是读者在文本阅读中建构推导出来的作者的形象,因而在一定程度上要受制于读者的阐释,不同的读者会对隐含作者产生某种程度的阅读偏离。从以上分析可以看出,包括布斯在内的一些结构主义叙事学家宁肯让读者在文本阅读中阐释隐含作者,也不让作者迈进文本一步。究其实,是他们受了新批评派的影响,反对将现实中作者的经历、经验、意念简单地图解到文本中,试图用作品读者论取代作者作品论。这种探索精神是可贵的,但不免矫枉过正。在笔者看来,以隐含作者排拒作者的主张几乎没有什么实际意义,在理论上也难以成立。且不说"文如其人"是古今中外公认的文艺理论命题,即便是隐含作者在文本中客观存在,它与作者也有着千丝万缕的联系,并无冰炭相憎的差别。实际上,隐含作者就是现实作者的价值取向、思想观念、情感态度在文本中的投射。隐含作者即使与现实作者迥然不同,也不过是现实作者的一个变体,末异而本同。现实中的作者,在创作时是作者,不创作时,就是一个普通公民。与其说将作者分为隐含作者和现实作者,不如将作者分为普通公民和作者更简洁明了。事实上,一些当代西方叙事学家也对"隐含作者"这一概念开始质疑,并产生了激烈的对话①。因此,以隐含作者排拒作者的结果恰恰从反面肯定了作者与作品的血脉联系。尽管有时文本的客观意义可能大于或不等于作者本意,但是在通常情况下文本还是较好地贯彻了作者的本意,比如"春秋笔法"所蕴含的"微言大义"。美国学者 M. H. 艾布拉姆斯提出的艺术批评方法,即以作品为中心,向外联通艺术家(作者)、世界、欣赏者(读者)的坐标图②,就比较全面、稳妥,更适合中国"知人论世"的批评传统。所以说,中国叙事学断断不可将作者与文本断开,也不能脱离题旨片面地追求形式。这是建立有别于西方的中国叙事学所应遵循的原则。

既然作者与文本不可断开,那么作者是以何种身份进入到小说叙事之中呢?通常是叙述者,就是文本中讲故事的人。叙述者被布斯称为"可靠的"叙述者和"不可靠的"叙述者两类。通常情况下,文本中的叙述者能够传达出作者的意旨,作者通过叙述者为自己在文本中找到了能施展

---

① 申丹等:《英美小说叙事理论研究》,北京大学出版社 2005 年版,第 388—398 页。

② [美] M. H. 艾布拉姆斯:《镜与灯——浪漫主义文论及批评传统》,郦稚牛等译,北京大学出版社 1989 年版,第 5—6 页。

叙事才华的舞台，属辞比事，寄寓褒贬。这就是"可靠的"叙述者。"不可靠的"叙述者，是指叙述者不能传达出作者的意旨。从这方面看，M.比尔兹利认为："文学作品中的说话者不能与作者画等号，说话者的性格和状况只能由作品的内在证据提供，除非作者提供实在的背景或公开发表声明，将自己与叙述者联系在一起。"① 西方学者将作者与叙述者严格区分开来不免绝对化，但也体现了他们注重文本细致分析的价值观念。因为在小说创作中，作者的创作意图有时和作品中叙述者的观念并不一致，甚至完全相反；在一个叙事作品中我们会同时发现几个不同的叙述者，作者究竟属于哪一个叙述者，也不容易分辨。因此，在这种情况下，将叙述者与作者区分开来不仅有利于把握小说的叙事谋略，而且在二者错位或矛盾的状态下更容易发现作者采用的"春秋笔法"和由此产生的"微言大义"。

（二）可靠的叙述者

"可靠的"叙述者是怎样传达作者意旨的？王平从中国小说史的角度将中国古代小说叙述者依次划分为"史官式"、"传奇式"、"说话式"和"个性化"四类②，除"个性化"叙述者尚嫌笼统外，大体概括了中国古代小说的叙述者的主要角色。笔者认为，这四类叙述者尽管各有其特征与样态，但并无本质差别。中国小说叙事模式的真正转变实始于五四运动前后，由于西方小说的大量涌入，受其影响而渐次发生的③。此前，像《红楼梦》那样代表古典小说最高成就的经典之作，也还沿用白话小说中"说话式"的叙述身份。

> 张秀鹰纵任不拘，时人号为江东步兵。或谓之曰："卿乃可纵适一时，独不为身后名邪？"答曰："使我有身后名，不如即时一杯酒。"
>
> ——《世说新语·任诞》

① 转引自罗钢《叙事学导论》，云南人民出版社 1994 年版，第 213 页。
② 王平：《中国古代小说叙事研究》，河北人民出版社 2001 年版，第 1—66 页。
③ 陈平原：《中国小说叙事模式的转变》第三章"中国小说叙事角度的转变"，北京大学出版社 2003 年版，第 62—99 页。

　　　　石崇每要客燕集，常令美人行酒。客饮酒不尽者，使黄门交斩美
　　人。王丞相与大将军尝共诣崇。丞相素不能饮，辄自勉强，至于沉
　　醉。每至大将军，固不饮，以观其变。已斩三人，颜色如故，尚不肯
　　饮。丞相让之，大将军曰："自杀伊家人，何预卿事！"

　　　　　　　　　　　　　　　　　　　　　　——《世说新语·汰侈》

此二则虽为小说，实则带有史传的特点。文中的叙述者是"史官式"的。
先概述其性情、嗜好，后以一事例加以铺叙，作者虽没有站出来直接表
态，但在叙述中作者的褒贬态度是很明显的。这就是"史官式"叙述者
的特点，作者与叙述者也是合二为一的。

　　"传奇式"叙述者在很大程度上也具有"史官式"的特征。唐传奇作
为中国小说成熟的标志，其曲折的故事情节，完整的人物形象，华美流畅
的叙事语言都使它与前代志怪、志人小说有了明显的区别，但这些都不能
掩盖唐传奇"史官式"的据事实录的叙事角色，即使纯属想象、荒诞不
经的故事，作者也一定要注明故事的来源。

　　　　大历中，既济居钟陵，尝与崟游，屡言其事，故最详悉。后崟为
　　殿中侍御史，兼陇州刺史，遂殁而不返。

这是沈既济所作《任氏传》在结尾处的交待。韦崟为《任氏传》中人物，
沈从韦处听得狐女任氏之事，遂作《任氏传》。这段故事缘起的交待本来
在《任氏传》中可有可无，但是作者还是郑重其事地写入小说中，其用
意当然属于史官的据事直书，事出有据了。且沈既济本人就是一位史官，
《新唐书》本传云："沈既济，苏州吴人，经学该明。吏部侍郎杨炎雅善
之，既执政，荐既济有良史才，召拜左拾遗、史馆修撰。"①

　　　　玄佑少常闻此说，而多异同。大历末，遇莱芜县令张仲规，因备
　　述其本末。锴则仲规堂叔祖，而说极备悉，故记之。

这是陈玄佑所作《离魂记》结尾处的交待。《离魂记》与《任氏传》同

────────────

①　欧阳修、宋祁：《新唐书》卷一三二《沈既济传》，中华书局 1975 年版，第 4538 页。

属虚荒诞幻之作，然而在结尾作者如此记载，无非是说文本中的内容和情节是信而有征的，至少说故事的来源是真实的：小说主人公倩娘的父亲叫张镒，张镒将倩娘的故事告诉了侄孙张仲规。张仲规则又将此事告诉了作者陈玄佑，故陈玄佑据事载录此事。可见，作者在结尾如此交待，即使不像干宝那样"发明神道之不诬"①，也如同史官修史那样"信以传信，疑以传疑"。因此，"传奇式"的叙述者有时未必与作者完全重合，甚至像《李娃传》那样的名篇，作者有时还有意让文中的男、女主人公充当叙述者，但小说中惩恶劝善的社会教化之意和叙事风格，仍表现出"史官式"的叙述语气。

同样，"说话式"叙述者，包括明清长篇章回体小说在内，也大都有"史官式"的特征。

"说话式"叙述者无论在"话本"还是在"拟话本"中全都以说书人的身份出现。常见的叙事用语为："话说""却说""闲话休题""话分两头"等。此外，诗词等韵文体的介入也是用以表明说书人对文本中人物事件进行公开评价和褒贬的言说方式。这些言语特征不仅在"话本""拟话本"中比比皆是，就是在长篇章回体小说中也常用、多用，且习惯用语还增加了"欲知后事如何，且听下回分解"等。也就是说，"作者的爱憎褒贬与叙述者所表露的情感没有太大差别。这实际上是'史官式叙述者'与'说话式叙述者'的重叠"。② 这些都意在表明，中国古代小说家潜意识深层中有一个抛割不掉的"史官情结"。作家写小说如同史家写史书是要寓褒贬、别善恶的。《红楼梦》开篇即言："满纸荒唐言，一把辛酸泪。都云作者痴，谁解其中味？"可见《红楼梦》是一部意味深长、涵咏不尽的小说。又说："无才可去补苍天，枉落红尘若许年。此系身前身后事，倩谁记去作奇传？"又说"真事隐去"，"假语村言"，都暗示读者，小说中寓有"微言大义"，读者不可不察。至于这"微言大义"是否是索隐派红学所说的影射之作则另当别论。《红楼梦》之外，其他小说家又何尝没有史官情结？

　　集腋为裘，妄续幽冥之录；浮白载笔，仅成孤愤之书：寄托如

---

① 干宝：《搜神记·序》，中华书局 1979 年版。

② 王平：《中国古代小说叙事研究》，河北人民出版社 2001 年版，第 45 页。

此，亦足悲矣！①

一生落拓不遇的蒲松龄借创作《聊斋》宣泄一己之愤，借花妖狐魅以讽刺世态人情。不仅在小说创作上仿效《史记》"太史公曰"而作"异史氏曰"，在创作心态上亦与韩非《孤愤》篇、司马迁"发愤"说同调。

> 稗官为史之支流，善读稗官者可进于史；故其为书亦必善善恶恶，俾读者有所观感戒惧，而风俗人心庶以维持不坏也。……夫曰"外史"，原不自居正史之列也。曰"儒林"，迥异元虚荒渺之谈也。其书以功名富贵为一篇之骨，有心艳功名富贵而媚人下人者，有倚仗功名富贵而骄人傲人者，有假托无意功名富贵自以为高，被人看破耻笑者，终乃以辞却功名富贵，品地最上一层，为中流砥柱。篇中所载之人不可枚举，而其人之性情心术，一一活现纸上。读之者无论是何人品，无不可取以自镜。②

这是清代闲斋老人为《儒林外史》所作的序，也可视为对《儒林外史》史传情结的深刻总结。

用不着多举例，我们就可以看出，"史官式"叙述者是中国古代小说叙述者最基本的角色原型，它反映了中国古代小说家对史传文本执著的追慕情怀。这不仅仅因为小说作为稗史地位低下，欲攀正史以抬高身价，更在于小说家大都具有史家的惩恶劝善，鉴往知来的历史责任感和社会道义感。小说家的道义与责任化作小说文本中的叙述语言尽管有时免不了枯燥乏味的道德说教，但更多的是通过笔下的一个个鲜活的人物和一件件生动的故事暗寓其中，定褒贬，别善恶，以"春秋笔法"彰显"微言大义"。在这方面，"史官式"叙述者功不可没。

（三）不可靠的叙述者

如果说作者借助小说中"可靠的"叙述者运用"春秋笔法"表达褒

---

① 蒲松龄：《聊斋志异·自序》，上海古籍出版社1979年版。
② 闲斋老人：《儒林外史·序》，见朱一玄、刘毓忱编《儒林外史研究资料汇编》，南开大学出版社2003年版，第254页。

贬之义呈现出"直而切"的特色，那么借助"不可靠的"叙述者所运用的"春秋笔法"则呈现出"曲而隐"的特点。

《红楼梦》第十八回元妃省亲，见"港上一面匾灯，明现着'蓼汀花溆'四字"，叙述者解释到：

> 看官听说：这"蓼汀花溆"及"有凤来仪"等字，皆系上回贾政偶试宝玉之才，何至便认真用了？想贾府世代诗书，自有一二名手题咏，岂似暴富之家，竟以小儿语搪塞了事呢？

叙述者在这段话中以看似公允的口气对贾府世代诗书赞美有加，而对宝玉之才多有贬抑。但这不是曹雪芹的本意。只要看看上一回"大观园试才题对额"，读者自会心知肚明：贾政腹中空空却故作高深，众清客俗不可耐却附庸风雅，反衬得贾宝玉灵心慧悟，字字珠玑。因此，在这段话中曹雪芹让叙述者把宝玉的题词贬为"小儿语"，用的是似贬实褒的"春秋笔法"。叙述者与作者态度的不一致，不但没有模糊读者的价值判断，反而增添了读者对小说叙事谋略的解读兴趣。再如第三十回，王夫人午睡时发觉金钏儿与宝玉调笑，翻身起来，打了金钏儿一个嘴巴，不顾金钏儿苦求，将其逐出大观园。接着叙述者出场议论道：

> 王夫人固然是个宽仁慈厚的人，从来不曾打过丫头们一下子，今忽见金钏儿行此无耻之事，这是平生最恨的，所以气愤不过，打了一下子，骂了几句。虽金钏儿苦求，也不肯收留；到底叫了金钏儿的母亲白老媳妇儿领出去了。

金钏儿与宝玉调笑，是宝玉先带的头，正在假寐的王夫人完全听到了二人调笑的经过。不督责宝玉，却说"好好儿的爷们，都叫你们教坏了！"将过错都推到了金钏儿身上。尽管金钏儿一再苦求："我跟了太太十来年，这会子撵出去，我还见人不见人呢！"可王夫人置若罔闻，不依不饶，连打带骂，将其逐出。在读者看来，这样对待金钏儿是不公平的，叙述者说王夫人是个"宽仁慈厚"的人，也很难令人信服。之所以产生这样的叙事效果，在于曹雪芹运用了似褒实贬的叙事谋略，即"春秋笔法"。叙述者越是为王夫人辩解，越是加大了作者对王夫人的批判力量。辩解的结果不是在证明王夫人的"宽仁慈厚",而是她的冷酷无情。这可以从三十二回金钏儿因被逐而投井自杀后,王夫人与薛宝钗的对话得到印证:

> 王夫人点头叹道:"你可知道一件奇事?——金钏儿忽然投井死了!"宝钗见说,道:"怎么好好儿投井?这也奇了!"王夫人道:"原是前日他把我一件东西弄坏了,我一时生气,打了他两下子,撵了下去。我只说气他几天,还叫他上来,谁知他这么气性大,就投井死了,岂不是我的罪过!"

读者眼睁睁地看着王夫人在编瞎话,可她无论怎样编怎样自责怎样落泪,都推卸不了逼死金钏儿的责任。她的伪善和矫情暴露无遗。这正是作者所要达到的叙事目的。

作者在小说中通过"不可靠的"叙述者的叙述表达爱憎褒贬,实际上是言在于此而意在于彼,即运用"春秋笔法"表达褒贬之义。这种叙事谋略也是源于史传文学的。在《左传》记叙隐公元年"郑伯克段于鄢"一段史事结尾处,因颍考叔的劝谏,郑庄公终于摆脱"囚母"的尴尬,于是引来"君子曰"的议论:"颍考叔,纯孝也,爱其母,施及庄公。《诗》曰'孝子不匮,永锡尔类。'其是之谓乎!"这里的"君子曰",按杨伯峻的解释,"或为作者自己之议论,或为作者取他人之言论"。① 也就是说,"君子曰"作为《左传》的叙述者,有作者自言,他人代言之分。这里的"君子曰"则包含自言和他言两类。如果说对颍考叔的评价是作者自言,那么引用《诗经》成句就属于他人代言。前者可称为"可靠的"叙述者,后者可称为"不可靠的"叙述者。因为在"孝"与"不孝"的大是大非面前,郑庄公与颍考叔决非同类。作者赞美颍考叔的"纯孝",就是为了讽刺郑庄公的"不孝",二人不可"同类"而语。而文中引用《诗经》成句(他言)中"尔类"一词就是同类的意思。这一不可靠的叙述正是作者采用的似褒实贬的"春秋笔法"!受《左传》"君子曰"的影响,《史记》"太史公曰"在对某些历史人物评价时,也采用了明褒暗讽的"春秋笔法"。表层叙事与深层用意的不统一正显出史家的叙事智慧。限于篇幅,恕不一一。

---

① 杨伯峻:《春秋左传注》,中华书局 1990 年版,第 15 页。

　　以上笔者探讨了在小说叙事中作者与叙述者的关系以及"春秋笔法"在作者——叙述者这一层面的运用情况。下面从叙事视角层面研讨"春秋笔法"的运用情况。

二　春秋笔法与视角

　　按照叙事学理论，叙事文学有两个异于抒情文学和戏剧文学的要素：故事和故事的叙述者。叙述者和故事的关系是最本质的关系。而两者之间的关系就是叙事角度的问题。那么，什么是叙事视角？简言之，就是叙述者讲述或展示故事的角度。杨义认为，"叙事视角是一部作品，或一个文本，看世界的特殊眼光和角度。""它是作者和文本的心灵的结合点，是作者把他体验到的世界转化为语言叙事世界的基本角度。"它"错综复杂地联结着谁在看，看到何人何事何物，看者和被看者的态度如何，要给读者何种'召唤视野'"。① 进而认为，叙事视角是"牵一发而动全身"的重要理论问题。同样，帕西·拉伯克在《小说叙事》中认为："我把视角问题——叙事者与故事之间的关系——看做最复杂的方法问题。"② 华莱士·马丁也认为："叙事视点不是作为一种传送情节给读者的附属物后加上去的，相反，在绝大多数现代叙事作品中，正是叙事视点创造了兴趣、冲突、悬念、乃至情节本身。"③ 西方叙事学家对叙事视角持普遍重视的态度，拉伯克和马丁的观点具有代表性。随着研究的逐步深入，有关叙事视角的分类越来越细致，但有的分类近于繁琐和混乱，如弗里德曼（N. Friedman）在《小说的视角》一文中就提出了八种不同的叙事视角④。其中，热奈特根据托多洛夫首创的三个公式，把弗里德曼的八分法加以简化，提出叙事视角的三分法，颇受学界的欢迎。其一"零聚焦"，即通常所说的全知叙述。其特点是叙述者说出来的比文本中任何一个人物知道的都多，即"叙述者＞人物"。其二，"内聚焦"，即通常所说的限知叙述，其特点是叙述者只说出某个人物知道的情况，即"叙述者＝人物"。其

---

　　① 杨义：《中国叙事学》，人民出版社 1997 年版，第 191 页。
　　② 转引自陈平原《中国小说叙事模式的转变》，北京大学出版社 2003 年版，第 62 页。
　　③ ［美］华莱士·马丁：《当代叙事学》，伍晓明译，北京大学出版社 2005 年版，第 131 页。
　　④ 罗钢：《叙事学导论》，云南人民出版社 1994 年版，第 159—161 页。

三，"外聚焦"，即通常所说的客观叙述，其特点是叙述者只描写所看到和听到的，不描写人物心理，不对人物作主观评价。叙述者比人物知道的少，即"叙述者＜人物"。① 笔者认为，"春秋笔法"在古代小说不同叙事视角中有不同程度的表现。如果说"春秋笔法"在全知叙述中呈现为褒贬分明的显性样态，那么在限知叙述中则呈现为隐性样态，在客观叙事中就更加隐晦，如果不对文本下一番"咬文嚼字"的功夫，则不易体察作者褒贬用意。

（一）全知叙述

中国古代小说受儒家政治教化观念、史传文学叙事模式以及说书艺人叙事口吻的影响，基本表现为全知全能的叙事视角。而全知叙述一直为西方新批评派所诟病。沃伦认为："小说的本质在于'全知全能的小说家'有意地从小说中消失，而只让一个受到控制的'观点'（视角——笔者加）出现。"② 苏珊·朗格也持有同样的观点："用一个人物的印象和评价来限制那些事件，就是说：'统一的观点'就是故事中某个人物的观察角度或经验。"③这显然是出于偏爱限知叙述而排斥作家全知叙述的一偏之见。事实上，用全知叙述写就的小说成为经典之作的，如托尔斯泰的《战争与和平》、钱锺书的《围城》等，古今中外比比皆是。当然，新批评派反对叙事者独立于文本之上，以全知全能的上帝的口吻来品评人物和事件，要让情节和人物本身来说话，这是有道理的，但不能绝对化。以章回小说为例，叙述者从文本中站出来作简明扼要的介绍或评价，仿佛是在和读者进行面对面的交谈，增强了彼此间的亲切感，这是长期以来说书人面对广大听众（衣食父母）自然形成的。此其一。其二，叙述者的介绍或议论用之于叙事，有助于情节的连贯完整，尤其是在情节发展的高潮处，忽然嵌入叙述者的议论，会使故事情节张弛有度，急徐得体，避免了用单一限知视角叙述所带来的平铺直叙的弊端。其三，叙述者的介绍或议论用之于人物塑造，尽管可能造成读者对人物先入为主的印象，但同样能够达到定褒贬、别善恶的叙事功能。

---

① 申丹：《叙述学与小说文体研究》，北京大学出版社 2001 年版，第 197—198 页。

② ［美］韦勒克、沃伦：《文学理论》，刘象愚等译，三联书店 1984 年版，第 252—253 页。

③ ［美］苏珊·朗格：《情感与形式》，刘大基等译，中国社会科学出版社 1986 年版，第 340 页。

其实，全知叙述的最大优长并不在于叙述者站出来讲话（因为讲不好，会起反作用），而是通过叙事视角的变换或流动营造一个全知场景，在这一场景中，是非善恶真假美丑尽显其中。

所谓视角的流动性，杨义说："在动态操作中，我国叙事文学往往以局部的限知，合成全局的全知，明清时代取得辉煌成就的章回小说尤其如此。它们把从限知到达全知，看作一个过程，实现这个过程的方式就是视角的流动。"① 这的确抓住了中国古代小说叙事视角的基本特征。叙事视角如同绘画中的空间透视一样，焦点透视，就是限知视角，散点透视，就是流动视角。中国绘画大都呈现出散点透视的特征，如《清明上河图》，从局部细描到全景展示呈现出明显的流动性特点，人们仿佛置身其中边走边看，有移步换形之妙。中国小说视角的流动性也同样能收到这样的效果。《三国演义》向读者展示的是汉末动荡、天下三分、波谲云诡、绚丽壮阔的历史画卷。或挟天子以令诸侯，或讨汉贼以匡汉室，或运筹于帷幄，或决胜于千里。申管晏之谈，谋帝王之术，群雄逐鹿，兵戈不息。其场面之大，人物之多，事件之错综复杂，各国关系之盘根错节，非大手笔不能道出，非采用灵活多变的叙事视角不能道出。这是就大的方面而言。就小的方面来说，一回之中多有视角的转换与流动，甚至是一回中的某一片断，作者也采用流动变换的叙事视角来表达他的褒贬之意。如第一回写曹操一出场，作者先以叙述者的口吻介绍他幼时"好游猎，喜歌舞，有权谋，多机变"的性格特征，这是全知叙述。接着，写曹操之叔不满于曹操的游荡无度，便告状于曹操之父曹嵩。遭到了父亲呵责后，曹操诈作中风之状，其叔父受骗，惊告于曹嵩，曹嵩去看他，他安然无恙，并乘机诋毁其叔父。从此，曹嵩再也不相信弟弟的话了。这些又属于限知叙述。由文本中的旁观叙述者（全知叙述）到曹操之叔、曹操之父再回到曹操本人（限知叙述），叙事视角的转换与流动，写出了曹操的奸诈。而他的奸诈恰好与其叔、父的憨直判然有别，表明曹操的奸诈不是来自家族血统的遗传。在此基础上，再引入应劭对曹操的评价："子治世之能臣，乱世之奸雄也。"可谓一字定褒贬。毛宗岗《三国志演义回评》云："劭意在后一句，曹喜亦喜在后一语。喜得恶，喜得险，喜得直，喜得无礼，喜得

---

① 杨义：《中国叙事学》，人民出版社 1997 年版，第 221 页。

不平常，喜得不怀好意。只此一喜，便是奸雄本色。"① 曹操在小说中的形象可以盖棺论定了。

　　《水浒传》在这方面也是很典型的。作者采用灵活多变的叙事视角将一百零八位好汉写得栩栩如生，精妙传神。从每一好汉的角色视角观之，当属限知叙述视角，从众位好汉"万众一心归水泊"观之，则又属全知叙述视角。就某一角色而言，有时也采用多个限知视角以构成全知，作者也不站出来表态，但他的爱憎褒贬亦伴随视角的流动而彰显，读者也会由此产生沉浸其中的心理体验。《水浒传》第二十六回武松设祭一节，写武松请求官府为兄申冤不成后，便在家中摆起了"鸿门宴"，开始了他的复仇行动。"武松请来四家邻舍，并王婆和嫂嫂"，这些都是以武松的角色视角来展示的。为了渲染杀嫂祭兄的紧张气氛和恐怖场面，作者又调动了四家邻舍和潘金莲两个限知视角。潘金莲由初始时的不以为然，心存侥幸，继而矢口否认、百般抵赖到最后不得不如实招供，被武松杀死，都是由潘金莲角色视角传达的，进而突出了恶有恶报的复仇主题，写得酣畅淋漓。四家邻舍初始时的小心翼翼，强作镇静，继而只想回避却又不敢回避到最后惊恐万状，掩面不敢观，都是由邻舍角色视角传达的，从而强烈地渲染出杀嫂祭兄的血腥场面，而正是这一血腥场面才更加烘托出武松作为血性男儿顶天立地、刚肠疾恶的英雄气概。所以，金圣叹评曰："不读《水浒》，不知天下之奇；读《水浒》不读设祭，不知《水浒》之奇也。"② 类似的场面还有"景阳冈武松打虎""鲁智深大闹野猪林""青面兽北京斗武""吴用智取大名府"等。由多个限知视角向全知视角的流动，如三堂会审、五音繁会、八方来风、十面埋伏；登山则情满于山，观海则意溢于海；或牢笼万物于掌下，或思接千载于胸中；或囊括大块，浩然与溟涬同科，或隐入针锋，辨乎飞鸿踏雪之迹；既入乎其内又超乎其外；可谓咫尺万里，意交神游！

（二）限知叙述

　　与高瞻周览无所不知的全知叙述相比，限知叙述只是让文本中的人物来叙述，或采用第一人称，或采用第三人称，或是由一人充当，或是由多

----

① 朱一玄、刘毓忱：《三国演义资料汇编》，南开大学出版社 2003 年版，第 268 页。

② 金圣叹：《第五才子书施耐庵水浒传》，明崇祯贯华堂刻本，中华书局 1975 年影印本。

人轮流充当，人物之外的叙述者对人物不知道的事无权叙说和评论。这就阻断了作者（叙事者）与读者直接交流的可能，作者的叙事意图在一定程度上被遮蔽了，故事情节的来龙去脉也在一定程度上被遮蔽了，造成了诸多悬念。读者只能从一个或多个限知视角来体会作者的用意。因此，相对于全知叙述，"春秋笔法"在限知叙述中就比较隐蔽。当然，中国古代小说的限知叙述通常是指局部的限知，以某一单一视角贯穿全篇的叙事作品，在古代文言小说、话本小说中就比较少，在长篇章回体小说中就更少。因此，笔者所探讨的是在局部限知叙述中，作者是怎样运用"春秋笔法"来定褒贬别善恶的。

本来在《春秋》大义中，惩恶和劝善并不矛盾，且把惩恶放在劝善的前面，突出了通过惩恶以劝善的重要。可在《西游记》中，如果说唐僧是"行善"的典型，那么孙悟空就是"锄恶"的化身。师徒二人在西天取经的路上时常在"锄恶"问题上发生矛盾，较大的冲突有三次。第一次和第三次，分别在第十三回"心猿归正，六贼无踪"和第五十六回"神狂诛草寇，道昧放心猿"。只因孙悟空棒杀了前来剪径的毛贼和草寇，师徒间发生了矛盾。唐僧秉承"我佛慈悲"，认为孙悟空的行为"忒恶"，"更无一毫善念"。而孙悟空分辩道："我若不打死他，他却要打死你哩。"二人谁是谁非，作者并未站出来表态，而是借观世音对孙悟空的批评来表态："唐三藏奉旨投西，一心要秉善为僧，决不轻伤性命。似你有无量神通，何苦打死许多草寇！草寇虽是不良，到底是个人身，不该打死。比那妖禽怪兽、鬼魅精魔不同。那个打死，是你的功绩；这人身打死，还是你的不仁。但祛退散，自然救了你师父。据我公论，还是你的不善。"如果说第一次、第三次师徒冲突的责任在于孙悟空锄恶过甚，那么第二次冲突的责任完全要由唐僧来承担。第二十七回"尸魔三戏唐三藏，圣僧恨逐美猴王"，写的是孙悟空三打白骨精的故事。那白骨精想吃唐僧肉，为骗取信任，要尽手段，一变而为村姑，再变而为村妪，三变而为村翁，都被悟空一一识破，并最终将其打死。可唐僧听信了猪八戒的谗言冷语，认为孙悟空"是个无心向善之辈，有意作恶之人"，不断念紧箍咒，将孙悟空逐出。唐僧的人妖不辨、贤愚不分、是非混淆、固执己见，已昭然若揭。这是作者对唐僧的贬。张锦池先生认为，师徒二人冲突的根本原因在于，一个懂得"锄恶"正是"行善"，而且是最大的"行善"这层道理，而另一个不懂得这层道理。① 可谓一"语"定褒贬！

《金瓶梅词话》第二十一回，吴月娘自从与西门庆反目不说话以来，每月逢七焚香拜斗，祷告夫君修身齐家，早生贵子。这夜祷告时恰被踏雪归来的西门庆撞见。西门庆暗道："原来一向我错恼了她。原来她一片都为我的心，倒还是正经夫妻。"终于，夫妻和好如初。要知道，这是西门庆在丽春院看见自己相好的与新欢投怀送抱，不由得大打出手，懊丧而归时见到的一幕，不能不令西门庆感动。但这只是西门庆的视角，潘金莲和孟玉楼对吴月娘的焚香祷告则另有看法。潘金莲认为："一个烧夜香，只该默默祷祝，谁家一径倡扬，使汉子知道了，有这个道理来？又没人劝，自家暗里又和汉子好了。硬到底才好，干净假撇清！"孟玉楼说："他不是假撇清，他有心也要和，只是不好说出来的……那个因院里着了气来家，这个正烧夜香，凑了这个巧儿，正是：成亲不用媒和证，暗把同心带结成。"这里，作者并没有站出来对吴月娘夜烧香作任何评价，完全以小说中三个人物为视角进行叙述，但作者的褒贬态度已经隐含在潘、孟二人的议论中。限知视角在《金瓶梅词话》中也偶有被全知视角挤占的现象。如第九回，潘金莲入西门府——拜见前四房太太时有这样的描述："这妇人坐在旁边，不转睛把眼儿只看月娘：约三九年纪，——因是八月十五日生的，故小字叫做月娘。——生的面若银盆，眼如杏子，举止温柔，持重寡言。第二个李娇儿，乃院中唱的，生的肌肤丰肥，身体沉重，人前多咳嗽，上床懒追陪；虽数名妓者之称，而风月多不及金莲也。第三个就是新娶的孟玉楼，约三十年纪，生的貌如梨花，腰如细柳；长挑身材，瓜子脸儿，稀稀多几点微麻，自是天然俏丽。惟裙下双弯，与金莲无大小之分。第四个孙雪娥，乃房里出身，五短身材，清盈体态；能造五鲜汤水，善舞翠盘之妙。这妇人一抹儿都看在心里。"这段描述全以潘金莲眼光来进行，但潘金莲再精明，也断然不能以肉眼看出吴月娘八月十五的生日和李娇儿不及潘金莲的风月手段。在限知叙述中横插入作者的全知叙述，造成了叙事视角的"错位"，显出《金瓶梅》在限知叙述的运用上有时还比较稚嫩、粗糙。到了《红楼梦》中，只要看看林黛玉进贾府或刘姥姥进大观园，局部的限知叙述已运用得十分娴熟。

《红楼梦》第二十七回"滴翠亭杨妃戏彩蝶"有一段宝钗扑蝶的诗意

① 张锦池：《西游记考论》，黑龙江教育出版社 2003 年版，第 7 页。

描写：草熏风暖，水映翠亭，彩蝶上下翻飞，少女天真烂漫，可谓人面彩蝶，相映成趣。可就在这诗情画意的描写中，曹雪芹不动声色地写出了薛宝钗内心深处的丑来。原来，宝钗扑蝶来到滴翠亭下，无意中听到了小红和坠儿在亭中的谈话，谈的是贾芸拾到小红的绢子如何让小红谢他的儿女私事。宝钗避之不及，便"使了个'金蝉脱壳'的法子"，谎称追赶黛玉刚来此地，而黛玉在此蹲着弄水已有多时，见宝钗追来才走的。这哪里是金蝉脱壳？简直是栽赃陷害别有用心！自己脱了干系，却顺水推舟，把无辜的黛玉推到了前台。果然宝钗走后，小红道："要是宝姑娘听见还罢了；那林姑娘嘴里又爱克薄人，心里又细，他一听见了，倘或走露了，怎么样呢？"一位看似纯真烂漫的少女，说起谎来，如行云流水，舒卷自如；搬弄起是非来，竟水到渠成，不露声色。小小年纪如此工于心计，黛玉哪是她的对手啊！

《儒林外史》第三回"周学道校士拔真才"，有一段周进在考场翻看范进答卷的心理描写，可谓曲笔诛心。"我在这里面吃苦久了，如今自己当权，须要把卷子都要仔细看过，不可听着幕客，屈了真才。"这是周进的真实想法，也是为三阅范进试卷作铺垫。周进第一次用心用意看了一遍范进的卷子，"心中不喜道：'这样的文字，都说的是些甚么话！怪不得不进学！'丢过一边不看了。又坐了一会，还不见一个人来交卷，心里又想道：'何不把范进的卷子再看一遍？倘有一线之明，也可怜他苦志。'从头至尾，又看了一遍，觉得有些意思。"等看到第三遍时，"不觉叹息道：'这样文字，连我看一二遍也不能解，直到三遍之后，才晓得是天地间之至文！真乃一字一珠！可见世上糊涂试官，不知屈煞了多少英才！'忙取笔细细圈点，卷面上加了三圈，即填了第一名"。三次阅卷，三重标准，反差之大，几令读者捧腹。周进的才学在三次阅卷当中化作了自讽自嘲而不自知！所谓寓谐于庄，似褒实贬。

（三）客观叙述

作者或叙述者将自己隐藏在作品中人物和故事的背后，客观上造成叙述者的缺席，甚至连人物的心理描写也没有，只是按着故事的进程客观地呈现给读者。这里所说的"客观"并非作者没有看法，而不是像全知叙述那样由作者站出来表态，也不像限知叙述那样可以通过人物的心理描绘来展现，而是将作者的论断寓于客观叙述之中。这里需要说明的是，全知叙述与限知叙述在一定条件下也能成为客观叙述。全知叙述以多个局部限知流转变换达到全知时，只要作者不出场，那就是客观叙述；限知叙述以第三人称叙述又不描写人物心理时，也属于客观叙述。

《三国演义》第三回关云长温酒斩华雄一节，作者便采用了客观叙述视角来写关羽的威猛和洒脱，突出一个"快"字。关羽出场前，华雄已先斩诸侯上将二人，帐内众人大惊失色，这是以众人的视角作铺垫；当关羽请战时，袁术以其身职卑微，口吐狂言加以斥责，这又是袁术的视角；曹操则竭力推举，并热酒壮行，这又是曹操的视角；当关羽提刀上马迎战华雄时，又转入帐内众人的叙述视角："众诸侯听得关外鼓声大震，喊声大举，如天摧地塌、岳撼山崩，众皆失惊。正欲探听，鸾玲响，马到中军。云长提华雄之头，掷于地上，其酒尚温。"这里，作者分别以众人、关羽、袁绍、袁术、曹操等人为视角，属于限知叙述，但并未深入到这些人物内心世界进行描述。尤其关羽，以马弓手身份请战，只写他在帐上说的三句话，他如何蔑视华雄如何蔑视帐内诸侯上将等心理活动，作者均未置一词。这是按照故事的进程客观地呈现在读者面前，又属于客观叙述。[①] 作者以帐内众人为叙述视角，通过旁行以观，既突出了关羽的奇伟不俗，也写出了袁术的有眼无珠，曹操的慧眼识才。此种笔法可谓一石三鸟。

《儒林外史》作为"秉持公心，指谪时弊"的一部力作，多以客观叙述为视角讽刺士林丑态。借用鲁迅的话："无一贬词，而情伪毕露，诚微辞之妙选，亦狙击之辣手矣。"[②] 这就是作者在《儒林外史》中运用"春秋笔法"的特点。且看看周进的得意弟子范进如何行孝的。范进偷瞒着丈人去城里乡试回来，家里已断粮三天。"母亲吩咐范进道：'我有一只生蛋的母鸡，你快拿集上去卖了，买几升米来煮餐粥吃，我已是饿的两眼都看不见了。'范进慌忙抱了鸡，走出门去。"可见他不失为一个朴讷的孝子。然而，中举后，范母归天。居丧期间，范进与张静斋跑到汤知县那里打秋风，见酒席上用的都是银镶杯箸，因丁母忧，他"退前缩后"的不肯用；换来一双象牙筷子，他还不肯用；最后换来一双白色竹木筷子才

---

① 紧接着，作者出场赞曰："威震乾坤第一功，辕门画鼓响咚咚。云长停盏施英武，酒尚温时斩华雄。"若加上这段"诗赞"，则属于由多个限知以达全知的叙述。但排除"诗赞"，仍属于客观叙述。

② 鲁迅：《中国小说史略》，《鲁迅全集》第九卷，人民文学出版社 1981 年版，第 223 页。

开始用餐。"知县疑惑他居丧期间如此尽礼，倘或不用荤酒，却是不曾备办。落后看他在燕窝碗里拣了一个大虾元子送在嘴里，方才放心。"可见此时范进心中残留的那点孝道不过是将象牙筷子换成竹木筷子式的点缀而已。所谓"酒肉穿肠过，慈母心中留"。面对着山珍海味，也顾不得许多了。作者借汤知县的眼光不动声色地对居丧尽礼的范进进行了嘲讽。当然，作者对范进的嘲讽还是留了点情面的，毕竟因中举而发疯值得同情和悲悯。但像胡屠户那样的势利小人，作者讽刺他对范进前倨后恭的态度和行为则毫不客气。还有那个严贡生，他在向人夸耀自己"只是一个为人率真，在乡里之间，从不晓得占人寸丝半粟的便宜"时，他的小厮突然找到他说："早上关的那口猪，那人来讨了，在家里吵哩。"其人横行乡里巧取豪夺却专爱在人面前粉饰自己的无赖品行，可谓不打自招。

《红楼梦》作为一部写实主义杰作，也多采用客观叙述视角。现以宝玉挨打为例，看看作者在客观叙述中运用"春秋笔法"对他笔下的人物如何"定褒贬、别善恶"的。贾宝玉挨打的直接原因在于金钏儿投井自杀，忠顺王府索要优伶和贾环的挑拨离间。根本原因在于贾宝玉走的是一条与封建"仕途经济"相悖的叛逆道路。宝玉挨打的实质是以贾政为代表的封建卫道士对封建叛逆者的惩罚。惩罚的结果，不但未使叛逆者回心转意，反而加快了叛逆的进程，同时诱发了贾府的诸多矛盾。王夫人一面说宝玉是"孽障"，表明她与贾政是站在一起的；一面抱住这棵独苗，免被贾政勒死，表明自己和宝玉的命是拴在一起的。这是怒其不争，又哀其不幸（被打）的写法。贾母作为贾府最高权力的象征，当众申斥贾政则全用"春秋笔法"。

"我说了一句话，你（贾政）就禁不起！你那样下死手的板子，难道宝玉儿就禁得起了？你说教训儿子是光宗耀祖，当日你父亲怎么教训你来着。"……贾母又与王夫人道："你也不必哭了。如今宝玉儿年纪小，你疼他；他将来长大，为官作宦的，也未必想着你是他母亲了。你如今倒是不疼他，只怕将来还少生一口气呢！"贾政听说，忙叩头说道："母亲如此说，儿子无立足之地了。"

薛宝钗、林黛玉对宝玉挨打又怎么看呢？宝钗看望宝玉时，手托着一粒丸药，让袭人替宝玉敷上，可见她的细心和体贴，又见宝玉能睁开眼说话，"心中也宽慰了些，便点头叹道：'早听人一句话，也不至有今日。别说老太太、太太心疼，就是我们看着，心里也——'刚说了半句，又忙咽住，不觉眼圈微红，双腮带赤，低头不语了"。这段欲言又止、欲语还羞的话语，连带着言之不足故以肢体语言代之的娇羞神态，普通读者尚可以领略一二，何况那善解女孩心意、心细如许的贾宝玉，怎能不觉得其中"大有深意"？这是薛宝钗"微而显"的表述方式。黛玉来看宝玉又是怎样呢？"只见他两个眼睛肿得桃儿一般，满面泪光……心中提起万句言词，要说时不能说得半句。半天，方抽抽噎噎的道：'你可都改了罢！'"短短的一句问话，在笔者看来，里面又何尝不"大有深意"？表面上看，这是劝贾宝玉"改邪归正"的话，若从薛宝钗嘴里说出倒不足为奇，若从林黛玉嘴里道出却颇让人费解。以林黛玉的叛逆性格来看，断不能说出此话。可书中明写着是黛玉说的话。难道是作者一时疏忽，错将宝钗的话挪到黛玉口中？以曹雪芹对此书批阅十载增删五次而言，断不能犯此低级错误。那么黛玉此言的用意究竟是什么呢？依笔者看，黛玉此言不是劝慰之语，而是心疼之语，试探之语，甚至是反语、叛逆之语。宝玉突遭毒打，黛玉猝不及防，惺惺相惜，同命相怜，宝玉痛在身上，黛玉疼在心里。一句"你可都改了罢！"是担心宝玉再不改会招致更大的毒打，那岂不更令她心疼吗？此可谓心疼之语；宝玉遭此毒打后究竟是浪子回头，从此收心敛性，抛却儿女情根，专心于"仕途经济"，还是我行我素，依旧和黛玉心心相印，志同道合？一句"你可都改了罢！"诚为黛玉试探之语；心疼之语也罢，试探之语也罢，终究是以宝黛共有的叛逆思想为前提的，一句"你可都改了罢！"看似劝慰，实际上是要从反面来理解，是反语。从客观效果上看是激励宝玉振作起来的叛逆之语！果然，宝玉被激活了："你放心，别说这样话。我便为这些人死了，也是情愿的。"有宝玉这句话垫底，黛玉可以安心回去歇息了。一言而含三意，这是黛玉"志而晦"的表述方式。精通"春秋笔法"的曹雪芹，竟也教会了他笔下的人物如何使用"春秋笔法"，才矣，奇矣，人不逮矣！

总之，作者、叙述者、叙述视角是小说叙事的根本性问题，也是探讨"春秋笔法"与中国小说叙事学的基础和前提。

第八章

春秋笔法与小说叙事(中)

> 做文如盖房屋，要使梁柱
> 笋眼都合得无一缝可见，而读
> 人的文字却要如拆房屋，使某
> 梁某柱的笋，皆一一散开在我
> 眼中也。
>
> ——张竹波《金瓶梅回评》

从广义上讲，"春秋笔法"包含着"写什么"（笔）、"不写什么"（削）、"怎么写"（微而显、志而晦、婉而成章、尽而不汙）、"写的目的是什么"（褒贬）等内容，这就不仅仅是通常意义所说的修辞手法问题，而涉及作者对整部作品的结构安排和寄寓褒贬问题。《公羊传》先后于隐公元年、桓公二年、哀公十四年三次提出《春秋》"所见异辞，所闻异辞，所传闻异辞"的观点，即《公羊》学著名的"三世"说。董仲舒云："《春秋》分十二世以为三等，有见，有闻，有传闻。有见三世，有闻四世，有传闻五世。故哀、定、昭，君子之所见也。襄、成、文、宣，君子之所闻也。僖、闵、庄、桓、隐，君子之所传闻也。"①"三世"所用的笔法是不同的。对此，司马迁在《史记·匈奴列传》中说："孔氏著《春秋》，隐、桓之间则章，至定、哀之际则微，为其切当世之文而罔褒，忌讳之辞也。"②定、哀之世当为孔子所见之世，孔子著这段历史属于"当代史"范围，资料最详，事件最真，但孔子出于忌讳而隐约其辞，反而愈

---

① 董仲舒：《春秋繁露》，见苏舆《春秋繁露义证》，中华书局 1992 年版，第 9—10 页。
② 司马迁：《史记》，中华书局 1959 年版，第 2919 页。

发难见"其义",对此,董仲舒云:"义不上讪,智不危身。故远者以义讳,近者以智畏。畏与义兼,则世愈近而言逾谨矣。此定、哀之所以微其辞。以故用则天下平,不用则安其身,《春秋》之道也。"① 可见,孔子《春秋》一书虽用笔极其简约,类似于今天的"大事年表",但同样存在着结构安排和褒贬寄托问题。到了司马迁的《史记》则将"春秋笔法"自觉地拓展到"五体"结构中,用以寄寓自己的褒贬之义,从而完成了"春秋笔法"由经学向史学的拓展。

深受史传文学影响的中国古代小说,在创作构思上也同样存在着如何安排结构、如何寄托褒贬问题,于是"春秋笔法"在小说叙事结构中如何发挥作用就成了一个不能回避的问题。张竹坡在《金瓶梅回评》中说:"做文如盖房屋,要使梁柱笋眼都合得无一缝可见,而读人的文字却要如拆房屋,使某梁某柱的笋,皆一一散开在我眼中也。"② 这一比喻浅显而形象。从作者的角度看,写小说就像盖房屋一样,要建构一个天衣无缝的情节结构,而读者就是要解构它,拆碎七宝楼台,看看里面藏着多少机关、奥秘。一为建构,一为解构,但都离不开小说的情节结构。

那么,什么是小说的结构?美国学者浦安迪在《中国叙事学》中说:"简而言之,小说家们在写作的时候,一定要在人类经验的大流上套上一个外形(shape),这个'外形'就是我们所谓的最广义的结构……所谓'外形',指的是任何一个故事、一段话或者一个情节,无论'单元'大小,都有一个开始和结尾。在开始和结尾之间,由于所表达的人生经验和作者的讲述特征的不同,构成了一个并非任意的'外形'。换句话说,在某一段特定的叙事文的第一句话和最后一句话之间,存在着一种内在形式规则和美学特征,也就是它的特定的'外形'。"③ 这段话的意思是:第一,结构是承载人类经验的"外形";第二,这个"外形"要有开头和结尾;第三,在开头和结尾之间存在一种内在规则和美学特征。在笔者看来,浦安迪所说的结构概念实际上是从亚里士多德在《诗学》中为"完整"所下的定义中引申而来:

---

① 苏舆:《春秋繁露义证》,中华书局1992年版,第13页。
② 朱一玄:《金瓶梅资料汇编》,南开大学出版社2002年版,第452—453页
③ 〔美〕浦安迪:《中国叙事学》,北京大学出版社1996年版,第55页。

一个完整的事物由起始、中段和结尾组成。起始指不必承继它者，但要接受其它存在或后来者的出于自然之承继的部分。与之相反，结尾指本身自然地承继它者，但不再接受承继的部分，它的承继或是因为出于必须，或是因为符合多数的情况。中段指自然地承上启下的部分。因此，组合精良的情节不应随便地起始和结尾，它的构合应该符合上述要求。①

关于中国古代小说的结构类型，石昌渝认为："中国古代小说的结构，在情节外在的故事方面可分为单体式和联缀式两类，在情节内在的线索方面可分为线性式和网状式两类。"② 王平认为："如果从结构之道和结构之技的关系入手，我们可以将中国古代章回小说的结构方式分为'缀段式'、'单体式'和'网络式'三种。"③ 这些观点对我们正确理解叙事作品的结构具有启发意义。

在笔者看来，无论单体式联缀式，还是线性式网状式，中国古代章回小说的基本结构形态是纪传式。如果说西方人写历史以记事为主，中国人写历史以写人为主，④ 那么从中国史传母体中孕育出的中国小说，在叙事上一开始就以写人为主，从汉魏六朝的志人志怪到唐宋传奇乃至元明话本，这些小说故事单纯，线索单一，大都呈现出以人物为核心的"纪传性"结构样态。另外，"缀段式"结构之所以称为"缀段式"，就在于它是由多个人物传记联缀而成。至于较为复杂的"网状式"结构，其实也是由小说中主要人物的行迹（纪传体）来关锁的。

一　"缀段"形态　意脉贯穿

关于"缀段式"，亚里士多德在《诗学》中说："缀段性情节是所有情节中最坏的一种。我所谓缀段性情节，是指前后毫无因果关系而串接成

---

① ［古希腊］亚里士多德：《诗学》，陈中梅译注，商务印书馆996年版，第4页。
② 石昌渝：《中国小说源流论》，生活·读书·新知三联书店1994年版，第31页。
③ 王平：《中国古代小说叙事研究》，河北人民出版社2001年版，第348页。
④ 钱穆：《中国史学名著》，生活·读书·新知三联书店2000年版，第59页。

的情节。"① 受亚里士多德这一观点的影响,西方汉学家指出:"中国明清长篇章回小说在'外形'上的致命弱点,在于它的'缀段性'(episodic),一段一段的故事,行如散沙,缺乏西方 novel 那种'头、身、尾'一以贯之的有机结构,因而也就欠缺所谓的整体感。"② 这样说显得过于片面和绝对化。浦安迪指出:"如果我们追本溯源地进行研究,就会发现,从某种意义上说,所有的叙事文在一定程度上都可以说带有某种'缀段性'。因为它们处理的正是人类经验的一个个片断的单元。然而,反过来说,每一片断的叙述单元——不管如何经营——也总是在某种意义上具有一定的统一性。"③ 可见,"缀段式"与作品情节结构的统一性或完整性并不相互排斥,关键是从哪一角度来理解。此其一。其二,亚里士多德是从较短的叙事文体如悲剧和史诗的角度阐发上述观点的,因而特别强调情节间的因果关系,这是可以理解的。但是事物间的关系是错综复杂的,作为反映社会生活更为深广的长篇小说而言,人物间、情节间的关系也就更加错综复杂,不可能仅仅表现为因果关系。其三,更为重要的是,笔者认为,一部作品的情节结构能否完美地表现文本的意义,是我们衡量情节结构是否合理的唯一标准。从这个意义上说,作品情节结构有简单复杂之分,没有高下优劣之别。"缀段式"情节结构与"网状式"情节结构一样,彼此间没有高下优劣之别,只要能各自充分表现文本的意义。

"缀段式"情节结构或如石昌渝所说联缀式结构,"是并列了一连串的故事,这些故事或者由一个几个行动角色来串连,或者由某个的主题把它们统摄起来,它们之间不存在因果关系,因而挪动它们在小说时间和空间的位置也无伤大体"。④ 这就说明了"缀段式"结构具有形散神不散的特点,所谓峰断云连,词断意属,并不像西方汉学家所说的"形如散沙"。"形"就是浦安迪所说的"外形"(结构),这里指的是"缀段式"结构形态,"神"就是被"外形"套在里面体现作家创作本旨的意脉,由"神"到"形"就是通过文本的结构意脉将一个个看似散漫的人物传记组

① 转引自〔美〕浦安迪《中国叙事学》,北京大学 1996 年版,第 57 页。亚氏所说的"缀段性"情节,有学者译为"穿插式"情节,见陈中梅先生译注的亚里士多德的《诗学》,商务印书馆 1996 年版,第 82 页。

② 〔美〕浦安迪:《中国叙事学》,北京大学出版社 1996 年版,第 56 页。

③ 同上书,第 58—59 页。

④ 石昌渝:《中国小说源流论》,生活·读书·新知三联书店 1994 年版,第 32 页。

合起来，从而形成了古代章回小说"缀段"形态、意脉贯穿的结构模式。如果说"外形"为小说之骨，那么意脉就是小说之髓。

　　本章主要目的不是探讨章回小说的结构模式，而是从小说结构层面探讨作家在小说整体构思上如何通过"笔则笔、削则削"表达"褒贬大义"，即探讨"春秋笔法"在小说叙事结构中的作用。从六大古典小说的结构特征看，大致可分为"缀段式"结构和"网状式"结构两种。《水浒传》《西游记》《儒林外史》属于"缀段式"结构，即通过贯穿全书的结构意脉将多个人物传记组合成有机的整体。① 这一结构特色使作家能更加自觉地运用"春秋笔法"寄寓"褒贬大义"。现以《水浒传》《西游记》《儒林外史》的结构分析为例。

(一)《水浒传》的结构和寓意

　　《水浒全传》"引首"有一处描写值得注意。作者认为，宋仁宗年间形成的"三登之世"，在于有两个天上的星宿下来辅佐仁宗，即文曲星包拯，武曲星狄青。"这两个贤臣，出来辅佐这朝皇帝"，使得"天下太平，五谷丰登，万民乐业，路不拾遗，户不夜闭"。② 作者在这里明写仁宗年间朝政清明，国泰民安，显然在暗讽徽宗年间朝政腐败，用的是"春秋笔法"。试想，仁宗仅用两个星宿就使得天下太平，徽宗若重用一百零八个星宿又何止是天下太平？可现实是"煞曜罡星今已矣，谗臣贼子尚依然"。国君昏聩，重用"蔡京、童贯、高俅、杨戬四个贼臣，变乱天下，坏国、坏家、坏民"。只要将小说开头和结尾的话两相对照就能看出楔子的不写之写。

　　小说一开始并未直接写一百零八位好汉的故事，而是先写高俅发迹的故事，也同样运用了"春秋笔法"，"不写一百八人，先写高俅，则是乱自上作也"。③ 金圣叹看出了施耐庵先写高俅发迹的用意在于"乱自上作"。如果说以高俅为代表的朝中四大奸贼是"离离山上苗"，一百单八将是"郁郁涧底松"，那么"以彼径寸径，荫此百尺条"就是《水浒传》中梁山好汉的生存环境。纵观全书，如果说高俅发迹冠于小说的开头是

---

① 《三国演义》《金瓶梅》《红楼梦》则属于"网状式"结构，见后。
② 施耐庵、罗贯中：《水浒传》（容与堂本），上海古籍出版社1988年版，第2页，下引该书，不另注。
③ 金圣叹：《第五才子书施耐庵水浒传》，中华书局1975年影印贯华堂刻本。

"乌云盖顶"，那么小说的结尾四大奸贼陷害宋江等梁山好汉最终得逞就是"妖雾弥漫"。中间虽有梁山好汉们冲州撞府锄强扶弱的壮举，替天行道抱打不平的义行，甚至更有两赢童贯三败高俅的辉煌战果，但那只是"暂拨顽云见青天"而已。只要看看梁山英雄征剿方腊过程中十损六七，死的人个个惨烈，再看看返京受封之人，看似衣锦还乡却天各一方，终不免被奸贼一一毒害，魂系蓼儿洼，能不让读者感到一股悲凉之雾，遍透"绿林"？一部《水浒传》实为一曲"乱世忠义"的悲歌！① 这就是施耐庵以此种笔法写《水浒传》的开头和结尾的本意。

　　开头结尾之外，《水浒传》的结构形态，实际上是以"忠义"二字作为意脉和骨髓贯穿全书的。笔者认为，如果以第七十一回宋江在梁山做了第一寨主，众英雄受天文排座次作为分水岭的话，那么《水浒传》的结构可分为前后两部分：前一部分以"义"贯穿，"忠"处于潜在状态。后一部分以"忠"贯穿，"义"处于潜在状态。《水浒传》的意脉流动过程表现为从"义"到"忠"的悲剧性嬗变。

　　前一部分写了三件大事，突出的是一个"义"字。"义"团结了一百零八位好汉，成为梁山英雄啸聚山林的精神纽带，与此相关的故事情节写得淋漓酣畅。一写众英雄精彩纷呈的"上山"故事，是人物套着人物、英雄连着英雄的连环传记，是典型的"缀段"式结构样态。既写出了"乱自上作"的黑暗现实，也突出了在黑暗现实中好汉们惺惺相惜互助互济，甚至为朋友舍生忘死两肋插刀以武犯禁也在所不惜的侠义之气。二写宋江上山的经过。主要目的是让宋江北上沧州，南配江州，结识南北好汉同归水泊。所谓"义连兄弟且藏身"。这时"忠"的内容开始显现。三写宋江做寨主的经过。千呼万唤，一波三折，宋江终于做了梁山寨主。虽然在客观上带有反讽的意味②，但作者的主观动机还是写宋江在梁山英雄心目中众望所归的领袖地位，为了突出宋江之"义"。后一部分也写了三件大事，意在突出一个"忠"字。"忠"促成了梁山群雄受招安，草泽匪寇脱胎成当朝的文武能臣，但与此相关的情节写得慷慨悲凉。一写梁山好汉两赢童贯三败高俅的赫赫战绩，表明梁山军力足以"杀去东京，夺了鸟

---

　　① 张锦池：《中国四大古典小说论稿》，华艺出版社 1993 年版，第 363 页。
　　② 敏感的金圣叹在"回评"中大骂宋江"权诈"，一再说施耐庵以春秋笔法写宋江，"其文愈深，其事愈隐，读者不可不察"，实际上是把宋江形象的客观效果当成作者主观动机的"误读"。见《第五才子书施耐庵水浒传》卷七三。

位"，却宁愿受招安护国安民。二写受招安的曲折历程。以求京都名妓李师师开始，几经周折，又以求得李师师的帮助终结。个中委曲之情令人感叹的同时也看出宋江等梁山英雄拳拳赤诚之心。三写受招安后对外征辽对内平叛的故事①，尤以征剿方腊的故事为惨烈。直到结尾受朝中奸贼毒害魂系蓼儿洼，都意在表达"宁可朝廷负我，我忠心不心负朝廷"的誓言。因此，《水浒传》的结构样态虽以"忠义"为意脉，但仔细分析则不难看出，其中潜藏着由"义"到"忠"的悲剧性流动过程。

作者为何要以由"义"到"忠"的悲剧性流动过程为意脉来结构全书？结合小说的开头结尾则不难看出："乱自上作"的黑暗政治迫使英雄们以"义"相聚暂避草泽，虽能过上"大碗喝酒，大块吃肉"的快活日子，但这既不是长久之计，也免不了世代背上"盗贼""草寇"的恶名。那么，怎样摆脱"盗贼""草寇"的恶名，一变而成为治世之能臣、忠臣，博得个封妻荫子，青史留名？恐怕唯一出路在于受招安。面对内忧外患的北宋政局，人民寄望于草泽英雄出来"攘外安内"，本是南宋以来水浒故事的基本思想，但作者却将其写成了悲剧。当草泽英雄成为平叛功臣之日，竟是惨遭权奸构陷致死之时。一腔报国之心化作倾盆泪雨，谱写出一曲"乱世忠义"的慷慨悲歌。其目的是想总结宋室何以会灭亡的经验教训，为后来者戒。② 即徽宗失聪，群奸塞路，遂使天下才俊贤能之士不得入庙堂半步而纷纷流落于草泽之中，最终被权奸一一打杀，这就是北宋何以灭亡的原因；这就是《水浒传》"缀段式"结构样态从"义"到"忠"悲剧性意脉流动所蕴含的"微言大义"。它不仅反映了忠义观念从俗文化中的江湖义气向雅文化中的儒家忠君思想的嬗变，更反映这一嬗变的悲剧性结局带给人的深刻历史反思。

(二)《西游记》的结构和寓意

如果说《水浒传》的结构笼罩着浓重的悲凉之雾，那么《西游记》的结构则散发着浓郁的谐谑之气。胡适说："几百年来，读《西游记》的人都不太聪明了，都不肯领略那极浅极明白的滑稽意味和玩世精神，都要

---

① 据考证，征辽、平田虎、平王庆属明人所加，本不在本书探讨范围之内。但加上这三个故事也再次证明了《水浒传》缀段式的结构特色。

② 张锦池：《中国四大古典小说论稿》，华艺出版社1993年版，第102页。

妄想透过纸背去寻那'微言大义'。"① 胡适看出了《西游记》的滑稽意味和玩世精神，这是他的艺术敏感，但若说《西游记》没有什么"微言大义"则又小看了《西游记》。

《西游记》由大闹天宫、取经缘起和西天取经三个故事组成。从总体上看三个故事既有联系又各自独立。三个故事的衔接者分别是孙悟空、如来、观音和唐三藏。由孙悟空大闹天宫而被如来压在五行山下，由如来欲将三藏经典传与东土大唐而命观音前去寻找取经人，由观音来东土找到取经人唐三藏才开始了西天取经的故事。以类似击鼓传花的方式来衔接这三个故事正是《西游记》"缀段"式结构的特点。就西天取经故事来说，也是"缀段"式结构，只不过由击鼓传花式变为金线贯珠式。② 《西游记》是一部有人生哲理寓意的神魔小说而绝非游戏之作，已得到了当前学界的认同。黄霖认为："从全书内容的构架来看，大致由三个部分组成：一、孙悟空大闹天宫；二、被压于五行山下；三、西行取经成正果。这实际上隐喻放心、定心、修心的全过程。"③ 这是从孙悟空形象哲理内涵的演进的角度谈的。用之于八戒身上也十分恰当，若用之于唐僧、沙僧、白龙马身上并不存在"放心""定心"的问题，只要"修心"即可。但我们不妨将"放心、定心、修心"作为贯穿全书的结构意脉。下面结合文本试作分析。

《西游记》成书之前，猴行者在取经故事中的地位虽然越来越突出，但将其从出世到学艺到闹龙宫闹地府以至于大闹天宫冠于全书之首却是从《西游记》开始的。作者为何在结构上作如此安排？我们可以猜测，这样写是为了让孙悟空闪亮登场，在艺术上达到先声夺人的效果；我们还可以猜测，这样写是为了突出孙悟空天不怕地不怕敢把玉帝拉下马的反抗精神；我们还可以有更多的猜测，为了弘扬如来的佛法无边，等等。但这些都搔不到痒处。因为单从取经故事来看，孙悟空闹天宫与西天取经没有必然的逻辑关系，与取经缘起的故事更是风马牛不相及。因此必须跳出表层的取经故事而深入到小说的深层寓意去考察。

① 胡适：《〈西游记〉考证》，见《胡适古典文学研究论集》（下），上海古籍出版社1988年版，第923页。
② 金线贯珠的提法，见张锦池《中国四大古典小说论稿》，华艺出版社1993年版，第233页。
③ 见袁行霈主编《中国文学史》第四卷，高等教育出版社1999年版，第153页。

小说第一回开宗明义"灵根孕育源流出，心性修出大道生"。[①] 写孙悟空采天地之灵气，集日月之精华，从花果山顶一块仙石中化孕而生。这一天产石猴无拘无碍、自由自在、一片天籁。但他并不满足于猴王的地位，他要拜师修炼，练就了七十二般变化、一万八千里的筋斗云……随着本领渐强而想法渐多。于是闹了龙宫，得定海神针；闹了地府，划掉生死簿；最后出于"玉帝轻贤"，"这般藐视老孙"而大闹天宫，搅乱蟠桃盛会，喊出"强者为尊"的豪言，还要"皇帝轮流做，明天到我家"。孙悟空成了一个不受任何束缚随心所欲敢作敢为的美猴王。客观地说，这一描写的确张扬了人的个性、尊严和价值，从而与明中叶后个性解放思潮相呼应。但作者在主观上深知一个人如果无限制地放纵自己而不加以约束，后果是难以想象的。所以才有如来佛祖"五行山下定猿心"之举。而20世纪受阶级斗争论的影响，很多学者片面夸大了孙悟空反抗斗争的一面，而对于西天取经途中孙悟空形象反抗性的分析往往失之牵强。这是没有读懂作者将大闹天宫置于小说之首的用意，把作品的客观效果图解为作者的创作本意。不妨假设一下：《西游记》若以西天取经开篇，师徒四人历尽磨难到达西天取来真经，结果如来却以类似"齐天大圣"的虚名敷衍悟空，导致孙悟空大闹西天并以此收尾。那么《西游记》的反抗斗争寓意便昭然若揭。笔者料想《西游记》的作者还没有这样的胆量和见识，尽管他生活在明中叶以后要求个性解放的时代里。

取经缘起写观音受如来佛祖委派赴东土寻找高僧来西天取经。一路上相继收了沙僧、猪八戒和孙悟空来做唐僧的徒弟，收了玉龙做唐僧的脚力。这一举动本身就含有"收心""定心"之意。待到唐僧师徒西天取经阶段，作者还特用"心猿归正""意马收缰"等语词来点明，尤其是孙悟空头上的"紧箍儿"已成为"定心"的标志。

西天取经是《西游记》故事的主体，也最能体现小说的寓意。在作者看来，"放心"是不可取的，"定心"是"修心"的前提，"修心"则是一个漫长而又艰难的"渐悟"过程。就孙悟空而言，作者真正赞赏的不是任性而为大闹天宫的齐天大圣，而是取经路上降妖伏怪忠于职守乐观进取的斗战胜佛。大闹天宫的孙悟空是少年意气初生牛犊，尚需后天的历

---

① 吴承恩：《西游记》(李卓吾评本)，上海古籍出版社1994年版，第3页。下引该书，不另注。

练和磨难方能成为有仁有义勇往直前的孙行者，方能修成正果成就大业。童年时初读《西游记》觉得大闹天宫的孙悟空凭借一根金箍棒就可以打遍天下无敌对手，何其壮哉！可取经路上的孙行者时常受困于妖精的几件宝贝而狼狈不堪，若无观音菩萨救危难于水火，几乎性命难保。此又何其衰也！孙悟空形象在心中不免矮了许多。其实，这正是孙悟空"少年不知愁滋味"和成年"识尽愁滋味"的差别。用时下流行的一句话，"不经历风雨，怎么见彩虹！"作者如果在取经路上还一味地写孙悟空打遍天下无敌手，那么孙悟空的形象也只能停留在匹夫之勇的层面上，且把八十一难简单化了。作者不仅要写他的勇猛顽强，更要突出他肩负着保护唐僧去西天取经的崇高使命所表现出的百折不挠的意志品格和勇往直前永不退缩的进取精神。当然，在取经伊始，孙悟空仍野性未泯，第十回因打杀了6个前来剪径的强人，遭唐僧的申斥，一怒之下，回了花果山。后因观音点拨回到唐僧身边，被唐僧戴上了紧箍儿。于是，任性而为不受任何拘束的孙悟空甚至想打杀唐僧。取经途中打杀草寇的事也偶有发生。如第五十六回孙悟空又打了多个前来劫掠的强盗，而被唐僧认为"凶恶太甚，不是个取经之人"被逐回花果山。"锄恶务尽"是孙悟空的做事原则，但观音说得好："草寇虽是不良，到底是个人身，不该打死。……但祛退散，自然救了你师父。据我公论，还是你的不善。"因此，就孙悟空而言，从佛教道教的角度说，西天取经的过程就是由魔成佛、由妖成仙的修心过程；从儒家的角度说，就是正心诚意、格物致知的修身过程；从明中叶王阳明心学的角度说，就是明心见性的过程。这才是《西游记》"缀段式"结构所蕴含的哲理寓意，也是"春秋笔法"蕴含"微言大义"的成功之处。

（三）《儒林外史》的结构和寓意

与《水浒传》《西游记》相比，《儒林外史》是比较典型的"缀段式"结构。用鲁迅在《中国小说史略》中的话说："惟全书无主干，仅驱使各种人物，行列起来，事与其来俱起，亦与其去俱讫，虽云长篇，颇同短制。"①"全书无主干"是说小说没有贯穿始终的人物和事件；"事与其来俱起，亦与其去俱讫"是说所叙之事因人出场而生，又因人退场而无。

---

① 鲁迅：《中国小说史略》，《鲁迅全集》第九卷，人民文学出版社1981年版，第221页。

凡此可以看出，凭借人物间的你方唱罢我登场似的自然转换和连缀，遂使《儒林外史》完成了由"虽云长篇，颇同短制"向"颇同短制，亦是长篇"的转型。其结构特色，笔者倾向于张锦池先生的观点："是纪传性结构形态"。① 但需补充一句：是以刻画儒林群像为中心的纪传性结构形态。之所以补充这一句，意在强调人物形象在这部小说叙事中的决定作用。较之《水浒传》《西游记》，《儒林外史》并不以情节胜，而是以人物胜。以人物个性取胜就摆脱了靠情节的紧张激烈传奇乃至神奇来刻画人物的叙事模式。淡化情节，以生活常态入小说、以生活细节入小说，虽然不是从《儒林外史》始，但《儒林外史》在这方面获得了巨大的成功。书中以士林人物为中心写了 270 多人；时间上，上起明成化末年，下至万历二十三年，历时 108 年；地域上，北起山东南至广东，东起江浙西至安徽，纵横10 余省。人物之多，历时之长，地域之广，实为古代长篇小说所罕见。而这些都源于吴敬梓自觉的史学意识。

　　以史家之笔写小说是吴敬梓创作《儒林外史》最大特色。史家之笔不仅仅表现在修辞层面上，也表现在吴敬梓的整个艺术构思和小说的整体布局上。以刻画儒林群像为中心的纪传性结构形态便是明证。

　　《儒林外史》纪传性结构形态可分为表层结构与深层结构两种。抛开"楔子"和"尾声"先不谈，从第二回到第五十四回作为小说的主体部分，作者以时间为经、以人物为纬，将人物一个一个地拴在时间的链条上，既有编年的特点又有列传的特点，为读者展示百余年来儒林内外形形色色的人物画卷。这是表层结构。人物出场的顺序依次是：周进、范进传（第二回至第五回），严贡生、严监生传（第五回至第六回），王惠传（第七回至第八回前半），娄琫、娄瓒传（第八回后半至第十二回，其中第十回至第十一回间插蘧駪夫传），马二先生传（第十三回至第十五回前半），匡超人传（第十五回后半至第二十回前半），牛布衣传（第二十回后半），牛浦郎传（第二十一回至第二十四回前半），鲍文卿、鲍文玺传（第二十四回后半至第二十八回），杜慎卿传（第二十九回至第三十回），杜少卿传（第三十一回至第三十七回前半，其中第三十四回后半至第三十五回间插庄绍光传，第三十六回间插虞玉德传），郭铁山传（第三十七回后半至三十八回），萧云仙传（第三十九回至四十回前半），沈琼枝传（第四

① 张锦池：《论〈儒林外史〉的纪传性结构形态》，《文学遗产》1998 年第 5 期。

十回后半至第四十一回），汤由、汤实传（第四十二回至第四十四回前半，间插其父汤镇台传），余有达、余有重传（第四十四回后半至第四十六回前半），虞华轩传（第四十六回后半至第四十七回），王玉辉传（第四十八回），凤四老爹传（第四十九回至五十二回），陈木南传（第五十三回至第五十四回）。① 将如此多的人物有机地组合成浑然的整体，比起正史中的《儒林列传》，其难度不知要大多少！这正见出作家驾驭笔下众多人物的超凡能力和才华。

更能见出作家能力与才华的是小说的深层结构。深层结构是指将这些众多的人物和故事连缀而成并贯穿全篇的结构意脉。闲斋老人说："其书以功名富贵为一篇之骨。"② 卧本第一回评语又说："功名富贵四字，是全书第一着眼处。"第二回评语还说："功名富贵四字，是此书之大主脑。"③对"功名富贵"的态度和行为如何，是全书的主旨，也是全书的结构意脉。

何以见得？先看小说的开端。第一回"说楔子敷陈大义，借名流隐括全文"，④ 作为楔子，回目已开宗明义："敷陈大义"与"隐括全文"八个字就含有《春秋》"微言大义"之法，与书名《儒林外史》的"外史"相扣合。开篇《蝶恋花》一词作为全书的主题曲，道出了"功名富贵无凭据"的真谛。主人公王冕一生形迹就是对这句话的最好诠释，也为书中儒林士人确立了"文行出处"的典范。暗示出儒林士人对"功名富贵"的不同态度和行为构成全书的意脉。

第二回至第五十四回是全书的主体部分，依据儒林士人对"功名富贵"的不同态度和行为可划分成三大段。第二回至第三十回为第一大段，写儒林士人为求得"功名富贵"不惜做出奸恶贱辱之事，哪里还讲究什

---

① 吴组缃在其《〈儒林外史〉的思想与艺术》一文中指出，原书的部分内容可能不是原作者的手笔，"如三十八回写郭孝子寻亲途中经历，三十九回萧云仙救难、平少保奏凯，以至四十回上半劝农兴学；另外还有四十三回野羊塘大战……"后经章培恒考证，确认吴组缃上述内容系"后人窜入"。按：笔者以《儒林外史》最早刻本，即卧闲草堂本为准，故仍将郭铁山传，萧云仙传，汤镇台传纳入小说人物出场系列中，以求人物与回目衔接完整。

② 闲斋老人：《儒林外史·序》，见朱一玄、刘毓忱编《儒林外史研究资料汇编》，南开大学出版社 2003 年版，第 254 页。

③ 同上书，第 255、256 页。

④ 吴敬梓：《儒林外史》，张慧剑校注，人民文学出版社 1958 年版，第 1 页。下引该书，不另注。

么"文行出处"？荀玫少时忠厚好学，中了县里头名秀才后立志仕途，终因居官贪赃而锒铛入狱；匡超人本是天资聪明又讲求孝悌的青年，可一旦沾上了科举功名，竟蜕变成忘恩负义不孝不悌的势利小人；一心想做名士的牛浦郎把牛布衣的两本诗集署上自己的名字，窃为己有，从此越发招摇撞骗，廉耻皆无；以名士自诩的杜慎卿满肚子功名举业却声称自己清雅绝俗，其实是一个十足的好名利贪美色尤好男风的浊物。凡此种种，不一而足。这些描写正回应楔子中王冕针对八股取士制度的那句话："这个法却定的不好，将来读书人既有此一条荣身之路，把那文行出处都看得轻了。"

"天可怜见，降下这一伙星君去维持文运。"王冕在楔子中说的这句话，体现在第二大段第三十一回至第三十七前半回上。面对儒林士人为追求功名富贵不择手段不顾廉耻，文运衰微士风沦丧的现状，以杜少卿为代表的一批有识之士则以摒弃功名富贵作为人生价值理念。杜少卿饱读诗书，满腹经纶，朝廷辟他赴京做官，他托病不就，只想做自己想做的事。或变卖田产，救济那些登门求助的寒士；或邀集名士，饮酒畅谈经史掌故和心得；或酒后疏狂，与妻子携手同游清凉山。是一位豁达超迈好乐善施又不失为诗酒风流的博雅硕儒。与杜少卿志同道合的还有庄绍光、迟衡山、虞博士等。他们在恶浊的士风中保持清醒的头脑，不同流合污，在独善其身的同时也想拯救一下颓丧的士风和衰微的文运。于是共同发起并出资建造了泰伯祠，在南京举行了盛大的泰伯祠修礼祭祀活动。正所谓"一时贤士，同辞爵禄之縻；两省名流，重修礼乐之事"。其目的，用迟衡山的话说："借此大家学习礼乐，成就出些人才，也可助一助政教。"然而他们想错了。科举功名熏染下的儒林士风已堕落颓丧到不可救药的地步，凭几位真儒硕儒倡导古代圣人推崇的礼乐教化也无法回狂澜于既倒。

所以，全书的第三部分即第三十七回后半至第五十四回便回应了楔子中王冕说的那句最沉重的话："贯索犯文昌，一代文人有厄！"眼见得南京的名士都已渐渐消磨尽了：

> 花坛酒社，都没有那些才俊之士；礼乐文章，也不见那些贤人讲究。论出处，不过得手的就是才能，失意的就是愚拙；论豪侠，不过有余的就会奢华，不足的就见萧索。凭你有李、杜的文章，颜、曾的品行，确是没有一个来问你。所以那些大户人家，冠、婚、丧、祭，

> 乡绅堂里，坐着几个席头，无非讲的是些升、迁、调、降的官场；就是那贫贱儒生，又不过做的是些揣合逢迎的考校。

"功名富贵"成为衡量文人士子价值高低的唯一标准，它对文人心灵的腐蚀，对社会风气的败坏，只能让人发出"呜呼哀哉"的一声长叹！

所以，才有全书结尾处四大奇人隐于市井而不入儒林半步的潇洒风流，从而与全书开头王冕隐于乡村遥相呼应；所以，才有全书结尾处《水调歌头》一词的苍凉悲怆，从而与全书开头《蝶恋花》一词的淡定从容相对照。

总之，作者拈出"功名富贵"四字作为全书的结构意脉，不仅将书中众多的人物传记编织成井然有序的儒林百相图，更在于从108年的历史进程中渐次地写出了儒林士人受"功名富贵"的毒害由肌肤到内脏到骨髓的血淋淋的历程。吴敬梓是在为儒林写史，更在为儒林写心！用"春秋笔法"的话，叫做"曲笔诛心"。

二　"网状"结构　纪传关锁

如前所述，一部作品的情节结构能否完美地表现文本的意义，是我们衡量情节结构是否合理的唯一标准。从这个意义上说，作品情节结构有简单复杂之分，没有高下优劣之别。"缀段式"情节结构与"网状式"情节结构也同样没有高下优劣之别。以《三国演义》《金瓶梅》《红楼梦》的叙事结构而论，学界大都认为是网状结构，笔者也赞同这一说法，但需要补充一句，它们的网状结构是由纪传关锁的。如果离开了人物传记，尤其是小说主人公的传记，小说结构之网如同随风而起柳絮杨花，四散飘落而无法拢聚。毛宗岗《读三国志法》云："三国叙事之佳，直与《史记》相仿佛，而其叙事之难则有倍难于《史记》者。《史记》各国分书，各人分载，于是有本纪、世家、列传之别。今三国则不然，殆合本纪、世家、列传而总成一篇。分则文短而易工，合则文长而难好也。"[①] 这里说的虽是《三国演义》，其实也不妨将其理解为古代长篇章回小说在结构上共有的

①　毛宗岗：《读三国志法》，见朱一玄、刘毓忱编《三国演义资料汇编》，南开大学出版社2003年版，第266页。

特征。且不说"缀段"式结构是由一个个人物传记连缀而成，就是网状式结构也同样离不开主要人物传记来关锁全书。

（一）《三国演义》的结构和寓意

作为历史题材小说，"依史以演义"是《三国志通俗演义》在选材与构思上不同于其他五大古典小说的基本特点。但所凭依的是何种史料，何种历史观念来推演三国故事，则是一个创作原则问题，并由此决定了《三国志通俗演义》以何种结构形态来叙写三国故事。换句话说，罗贯中创作《三国志通俗演义》在写什么，不写什么，怎么写，写的目的是什么等问题上是有一个通盘考虑的。作者不是史官却胜似史官，在小说艺术构思和小说结构构建层面上将他的爱憎褒贬暗寓其中，从而达到寄托感慨的目的。这实际上是把"春秋笔法"放到小说叙事结构上发挥其惩恶劝善的作用。

小说既采纳《三国志》等正史史料，也吸收宋元三国戏和宋元讲史话本中"说三国"的故事情节，尤其在《三国志平话》的基础上，将三国故事写成一部波谲云诡，气壮山河的长篇小说。在艺术构思上，毛宗岗认为："《三国》一书，总起总结之中，又有六起六结。其叙献帝，则以董卓废立为一起，以曹丕篡夺为一结。其叙西蜀，则以成都称帝为一起，而以绵竹出降为一结。其叙刘、关、张三人，则以桃园结义为一起，而以白帝托孤为一结。其叙诸葛亮，则以三顾草庐为一起，而以六出祁山为一结。其叙魏国，则以黄初改元为一起，而以司马受禅为一结。其叙东吴，则以孙坚匿玺为一起，而以孙皓衔璧为一结。凡此数段文字，联络交互于其间，或此方起而彼已结，或此未结而彼又起，读之不见其断续之迹，而按之则自有章法之可知也。"[①] 这样归纳自有其合理的因素，但看不出主次，要知道《三国演义》叙事不仅层次分明，而且主次分明。对此，张锦池先生认为："于汉末各路诸侯中突出曹操、刘备、孙坚；于魏、蜀、吴三国中突出蜀国；于蜀国中突出诸葛亮，并使其所作所为牵动着魏、蜀、吴三国的全局。这种以主人公的生涯为主线写一个历史时期的政治风

---

① 毛宗岗：《读三国志法》，见朱一玄、刘毓忱编《三国演义资料汇编》，南开大学出版社2003 年版，第 258 页。

云变幻，反映了罗贯中的创作气魄，也反映了小说深得《史记》之壸奥。"① 这恰好道出了《三国演义》网状结构，纪传关锁的结构特点。笔者再补充一点，这里有"春秋笔法"，这里有微言大义，不可不察。

三国时期的风云人物无疑是曹操，他的一生形迹左右着三国政局的走向，这是历史事实，但罗贯中不这么写。他不是站在陈寿《三国志》以曹魏为正统的立场来写，而是继承并发展了《三国志平话》的思想和写法，以蜀汉为正统，以蜀汉兴亡作为三国故事发展的主线，把刘备、诸葛亮置于小说的中心地位。《三国志通俗演义》的艺术结构固然是以魏、蜀、吴三条线索交织而成的网状结构，但蜀汉这条线索最重要，也着墨最多，尤其是诸葛亮，其一生形迹约占全书一半以上，可视为网中之纲。这样写，当然是在"拥刘反曹"主旨下寓有更多的思想内涵。

小说开端将汉末之乱归于桓、灵失政，意在表明"乱自上作"的主题。毛宗岗云："《三国》一书，有追本穷源之妙。三国之分，由于诸镇之角立；诸镇角立，由于董卓之乱国；董卓乱国，由于何进之招外兵；何进招外兵，由于十常侍之专政。故叙三国必以十常侍为之端也。然而刘备之初起，不即在诸镇之内，而尚在草泽之间。夫草泽所以有英雄聚义，而诸镇之所以缮修兵革者，由于黄巾之作乱，故叙三国又必以黄巾为之端也。乃黄巾未作，则有上天垂灾异以警戒之，更有忠谋智计之士，直言极谏以预料之，使当时为之君者体天心之仁爱，纳良臣之谠论，断然举十常侍而屏斥焉，则黄巾可以不作，草泽英雄可以不起，诸镇之兵革可以不修，而三国可以不分矣。故叙三国而追本于桓灵，犹河源之有星宿海云。"② 较之高俅发迹的故事，《三国演义》将汉末之乱的矛头直指桓、灵二帝，用小说第一回的话说："推其治乱之由，殆始于桓、灵二帝。"③ 可谓一语定褒贬，表明作者叙写三国故事意欲探究其成败兴坏之迹，为后来者戒，其用意之深甚于后来的《水浒传》。

值得玩味的是，小说的结尾与开头有着异曲同工之妙。毛宗岗看出了

　　① 张锦池：《中国四大古典小说论稿》，华艺出版社 1993 年版，第 80 页。按，文中"壸奥"的"壸"应为"壸"。

　　② 毛宗岗：《读三国志法》，见朱一玄、刘毓忱编《三国演义资料汇编》，南开大学出版社 2003 年版，第 258 页。

　　③ 罗贯中：《三国演义》（毛宗岗评改本），上海古籍出版社 1989 年版，第 4 页。下引该书，不另注。

小说结尾"三分归一统"所蕴含的"春秋笔法"。他说："此卷纪三分之终，而非一统之始也。书为三国而作，则重在三国，而不重在晋也。推三国之所自合，而归结于晋武，犹之原三国之所，而追本于桓、灵也。以虎狼之秦而吞六国，则始皇不可以比汤武；以篡窃之晋，而并三国，武帝岂足以比高、光？晋之刘毅对司马炎曰：陛下可比汉之桓、灵。然则《三国》一书，以桓、灵起之，即以桓、灵收之可耳。"① 将西晋开国皇帝比为亡国之君，不失为大胆犯上之言。是耶？非耶？自有史家去评判，然而西晋的短命却是不争的事实。假若蜀汉一统天下，刘备做皇帝，孔明为宰相，那岂不是人人向往的太平盛世？尽管历史不能假设，但每个人都有假设历史的权利。司马炎的登基建制，并未给作者带来欢欣鼓舞；相反，魏蜀吴的相继灭亡，倒让作者对这位开国皇帝流露出"时无英雄，使竖子成名"的嘲讽，这是用了似褒实贬的"春秋笔法"。而刘备的中道崩殂，诸葛亮的鞠躬尽瘁，蜀国的最终败亡，姜维的杀身成仁，也使得"明君贤相"治国的理想彻底破灭，从而在小说的结尾流露出作者深沉的失落感。

如果说上文开头和结尾属于《三国演义》全书首尾的大照应，那么刘备、诸葛亮传则是全书中间的大关锁；如果说开头结尾大照应旨在谴责桓、灵二帝宠信宦官荒政误国，那么刘备、诸葛亮传则意在赞美明君贤相励精图治恢复汉室。毛宗岗认为：

> 作者之意自宦官妖术而外，尤重在严诛乱臣贼子，以自附于《春秋》之义。故书中多录讨贼之忠，纪弑君之恶。而首篇之末，则终之以张飞之勃然欲杀董卓；末篇之末，则终之以孙皓之隐然欲杀贾充。由此观之，虽曰演义，直可继麟经而无愧耳。②

其实，毛氏所言只说对了一半，仅限于"春秋笔法"的惩恶层面，还应补上扬善的另一半，就是颂扬刘备的仁信爱民，诸葛亮的智慧忠贞，以及二人近乎理想化的君臣关系和"明君贤相"治天下的社会理想。

---

① 毛宗岗：《三国志演义回评》，见朱一玄、刘毓忱编《三国演义资料汇编》，南开大学出版社 2003 年版，第 420 页。

② 毛宗岗：《读三国志法》，见朱一玄、刘毓忱编《三国演义资料汇编》，南开大学出版社 2003 年版，第 266 页。

诸葛亮出山前，三国未立，但三方政治集团中的曹魏和孙吴业已形成，唯刘备一方兵微将寡，最为疲弱。虽武有关、张、赵云之流，文有孙乾、糜竺、简雍之辈，然上无盖天之茅，下无立锥之地，游走于各路诸侯间，寄人篱下，看人脸色，惶惶然朝警夕惕，如履薄冰。纵观刘备戎马半生，与其说是为恢复汉室南北转战，不如说是为谋求生存而四处投奔。作者这样写的用意是什么呢？笔者以为用意有二：其一，天将降大任于刘备，必先苦其心志，劳其筋骨，饿其体肤，空乏其身。所谓大任就是刘备以恢复汉室、铲除奸凶为己任。这不仅仅因为他是汉室宗亲，更重要的在于他是一位坚忍弘毅、仁信爱民的英明之主，所到之处无不深受百姓拥戴。从这种意义上说，《三国志通俗演义》"拥刘反曹"的创作题旨符合《春秋》惩恶劝善之大义。无怪乎毛宗岗的《读三国志法》开头大谈蜀汉正统问题，这不是酸腐经生的迂阔之论。所以说，诸葛亮出山前，刘备成了小说的中心人物，所到之处也常成为贯穿情节的重要线索。其二，为诸葛亮出山做铺垫，明写刘备，暗写诸葛亮。诚如水镜所云，刘备戎马半生，所以落魄不偶，在于左右不得其人："关、张、赵云乃万人敌，惜无善用之之人。若孙乾、糜竺辈，乃白面书生，非经纶济世之才也。"而堪称"经纶济世之才"者，首推诸葛亮！所谓"伏龙、凤雏，两人得一，可安天下"。作者越是写刘备屡战屡败，落魄不偶，越是突出诸葛亮在蜀汉集团中不可替代的绝对地位。所谓"受任于败军之际，奉命于危难之间"，却能回狂澜于既倒，使刘备集团转危为安，称雄西蜀，三分天下有其一。只要看看作者为诸葛亮出山精心安排了"三顾草庐"等细节就不难看出，"千呼万唤始出来"的诸葛亮，在《三国演义》中是何等的重要！

果然，诸葛亮一出山，便以他个人的智慧和言行牵动着三国政局的变化和发展，理所当然地成为小说的核心人物。踞守荆州，入主西川，东结孙吴，北抗曹操，南定蛮夷，是诸葛亮为蜀汉集团恢复汉室所制定的政治军事方略。得此，则战无不胜；舍此，则战无不败。赤壁之战，荆州争夺战，猇亭之战，七擒孟获，六出祁山，都是明证，自不必一一列举。从初出草庐到秋风五丈原，诸葛亮以其超人的智慧促成了三国鼎立局面的形成，又以其鞠躬尽瘁，死而后已的精神成就了高尚的人格。作者不遗余力地赞美诸葛亮的超绝智慧和忠贞品格，甚至叙写他起用马谡而失守街亭所犯的用人错误时，出于偏爱，也采用了似贬实褒的"春秋笔法"。作者这样写的用意是要表达他自己理想的人格价值：凡王佐之才须是智与忠的完美结合。诸葛亮的"智"如果不在"忠"的框架内表现，那只能沦为曹操之流的奸诈和狡猾。而诸葛亮的"忠"是出于对一位仁信爱民的君主的知遇之恩，这就使诸葛之"忠"在封建正统思想之上具有了正义的力量和高尚的操守。尽管刘备死后，诸葛亮死保昏君刘禅不免带有愚忠的色彩，但这更说明了一个封建士大夫"知其不可为而为之"崇高而悲慨的情怀。

　　总之，从表层看，诸葛亮出山前《三国演义》的情节结构主要由刘备来关锁，诸葛亮出山后改由诸葛亮来关锁，诸葛亮归天后则改由姜维来关锁。但从深层结构看，实际上是由诸葛亮来关锁的。写刘备四处奔逃固然是写诸葛亮；写姜维九伐中原同样也是写诸葛亮。这种不写之写正见出"春秋笔法"在小说结构中的作用。如果说作者不遗余力地赞美刘备的仁德意在将其塑造成"古今第一明君"，那么作者不遗余力地赞美诸葛亮的超绝智慧和忠贞品格，则意在将其塑造成"古今第一贤相"。作者这样写的用意是要表达他明君贤相治国的社会理想和人格理想。①"这种以主人公的人生道路而辅之以虚实相生为主线勾连作品的主要情节，是对中国史传文学的结构形态的继承和长足的发展。"②

（二）《金瓶梅》的结构和寓意

　　与《三国演义》描写重大的政治军事外交题材相比，《金瓶梅》写的是集恶霸、奸商、官僚、淫棍于一身的西门庆及其"影子"陈经济与书中的几个放荡女人的情色故事，属于饮食男女、家庭伦理题材，但所表达的决不是饮食男女、家庭伦理的主题。由此，决定了《金瓶梅》的网状结构，从共时性看是以西门庆为核心逐层向外延伸的环形结构③，从历时性看是以西门庆的兴衰为明线，以权奸蔡京的荣辱、北宋的衰亡为暗线的复合结构④。且无论从历时还是共时看，《金瓶梅》都是围绕西门庆来结构全篇，是典型的网状结构纪传关锁模式。而作者正是在这样的布局谋篇

---

　　① 尽管刘备中道崩殂和诸葛亮出师未捷遂使明君贤相治国的社会理想化为乌有，使小说结尾流露出深重的历史失落感，但文学作品是不以成败论英雄的，道德评价要高于历史评价。

　　② 张锦池：《中国四大古典小说论稿》，华艺出版社 1993 年版，第 77 页。

　　③ 许建平：《试论〈金瓶梅〉艺术结构在中国长篇小说发展史上的意义》，《河北师范大学学报》1990 年第 2 期；另见萧宿荣《〈金瓶梅〉的辐射式环靶结构》，《争鸣》1990 年第 6 期。

　　④ 张锦池：《论〈金瓶梅〉的结构方式与思想层面》，《求是学刊》2001 年第 1 期。

中埋设"春秋笔法"，隐约地表达了自己借事言政的主题。

从共时性结构看，《金瓶梅》以恶霸西门庆为核心形成了由内到外的三重环形结构。内环以西门府宅为活动空间，写西门庆与其府上潘金莲、李瓶儿、庞春梅、吴月娘、孟玉楼等妻妾的内闱生活；中环以清河县为活动空间，写西门庆与应伯爵等十兄弟吃喝嫖赌、巧取豪夺、称霸一方的故事；外环则以朝中权奸势要蔡京作为西门庆的总后台或庇护伞在小说中若隐若现貌离神合，朝野内外相互勾结的故事。内环无疑是小说描写的重心，但不是作者所要表达的中心。中国小说叙事艺术常常与中国诗歌艺术相通。中国诗歌艺术讲求含蓄，讲求以虚写实。体现诗歌精神和意旨的常常不在实处，而在虚处，小说叙事艺术也是如此。《金瓶梅词话》以《四贪词》开篇，一再告诫人们不可沉溺于"酒色财气"。否则，"贪他的，断送了堂堂六尺之躯；爱他的，丢了泼天关产业"。项羽之宠虞姬，不免自刎乌江；刘邦之宠戚姬，几乎废掉太子。"说刘、项者，固当世之英雄，不免为二妇人以屈其志气。"[1] 何况如暴发户西门庆者流？这是小说开篇为读者揭示的题旨。毫无疑问，这对于理解《金瓶梅》内环结构意蕴是有帮助的。如果小说只描写西门府内的男女情色，肉欲横流，而不描写西门庆所在的清河县背景（中环），甚至连京都背景（外环）都只字不提，那么《金瓶梅》的题旨不外乎流于《肉蒲团》之类的色情描写加伦理说教的窠臼，其思想价值、社会意义和美学境界将大打折扣，不可能成为经典名著。中环结构与外环结构及其相关背景不仅仅是西门庆活动空间的简单拓展，更是《金瓶梅》思想文化意义的拓展和深化。笔者认为，如果说描写西门府内男女情色，人欲横流的变态与疯狂意在表达作者对钱色交易罪恶的诅咒，那么西门府外西门庆及其地痞帮闲交通官府，称霸一方，甚至不惜一切代价打通京师权奸蔡京等人以求庇护的行为，则突出地表达了作者对社会上钱权交易罪恶的深刻批判。由内环向中环、外环的延伸与拓展则完成了小说从对人欲恶性膨胀的否定到对腐败社会进行批判的转型。这就是《金瓶梅》三重环形结构所蕴含的褒贬大义。读者但知作者描摹西门府内情色种种，以为好色者戒，其实，这不过是《金瓶梅》的表层意义而已，孰不知对西门府外的描写，看似轻描淡写，却是作者着意之处，是《金瓶梅》的深层寓意之所在。所谓实者虚之，虚者实之，

---

① 兰陵笑笑生：《金瓶梅词话》，人民文学出版社 2000 年版，第 3 页。下引该书，不另注。

言在于此而意在于彼。

从历时性结构看，《金瓶梅》的深层寓意就更加突出。张锦池先生指出："假若以'金'指代潘金莲，以'瓶'指代李瓶儿，以'梅'指代庞春梅，则以'金'兴，以'瓶'盛，以'梅'衰，即随着这三位女主人公与男主人公西门庆及其'影子人物'陈经济关系的变化，又构成了西门氏之兴衰史的三个横断面。"① 这三个横断面连在一起构成了《金瓶梅》的主线或称为明线，指的是西门庆与他的妻妾们的性爱生活。一写妻妾们为获得西门庆的宠爱而相互间明争暗斗的故事。一写破落户西门庆从变泰发迹到纵欲身亡的故事，突出了他贪淫无度的本质特征。写妻妾们争风吃醋当然是为了突出西门庆在西门府上的核心地位，故明线围绕着西门庆展开叙事。西门庆死后，陈经济虽成为西门庆的"影子"，却加快了西门府的衰败，所谓"树倒猢狲散"。庞春梅因祸得福，一跃成为"守备夫人"之日，正是西门府败落凋零之时。这些都是明线所交代的内容。但值得注意的是，作者写到西门府之兴之盛之衰，都或明或暗时隐时现如影随形般地浮现京都权奸蔡京府上的人和事，这是小说的暗线。西门府与蔡京府明暗相交，西门庆与蔡京形影相合，正是作者在小说结构上用心之所在，表明《金瓶梅》不仅是一部描写情色的世情小说，更是一部指斥时弊的讽世之作。

从第一回至第十九回是西门家族之兴。作者先后将孟玉楼、潘金莲、陈经济、李瓶儿这几个主要人物引入西门府，西门庆财色兼收，由一破落户一变成为富甲一方的暴发户。他的"原始积累"，一是纳富媚孟玉楼为妾，得到一笔不菲的嫁妆；二是女婿陈经济回府避难，得到亲家一笔"保证金"；三是娶李瓶儿入门，得巨资充于府中。西门庆的变泰发迹由此而兴。与其贪淫好色相比，其人贪财敛财的本领也毫不逊色。或者更确切地说，西门庆既贪色又贪财，而贪财是为了更好的贪色。此时，对于西门庆来说，贪权还处在未被唤醒的潜意识中。直到第十七回"宇给事劾倒杨提督"一案，将他惊出一身冷汗，连忙派来保"上京都干事"时才意识到，若没有权力作盾牌，不仅到手的财色无法享用，甚至连身家性命也难以保全。所以西门家族之兴，可以是财源广进，可以是金屋藏娇，却先天染上了权势的虚弱症，弱不禁风，非找一个权贵势要作靠山不可。

---

① 张锦池：《论〈金瓶梅〉的结构方式与思想层面》，《求是学刊》2001 年第 1 期。

"来保上京都干事"干得好，放出的"糖衣炮弹"，一炮打响，从此一发不可收。作者在这里明写清河县西门庆财大气粗，色胆包天，暗写京都蔡京等权贵势要对财色的生杀予夺之权，一明一暗，可谓用心深隐，不可不察。

从第二十回至第七十九回是西门家族之盛。一写西门庆的社交活动，一写西门庆的内闱生活，而以描写内闱生活为主。西门庆对怀上自己的骨肉李瓶儿恩爱有加，引来潘金莲的忌恨。一场看似平静的争宠大战在西门府随即展开，且愈演愈烈。由起初金、瓶间的争宠扩展到妻妾间的争斗，再扩展到奴仆间角逐，妓女们争风，等等。但是有西门庆这颗"定府神针"在，还维持着西门家族的鼎盛。这场争宠大战的结果其实没有赢家，却把西门府的内囊翻上来了：宋蕙莲、宋父、官哥儿、李瓶儿相继死掉了，就连以性征服为能事的西门庆也死在了潘金莲的脐下三寸上，潘金莲的末日也就为期不远了。这一叙写正回应小说开头《四贪词》的训诫，自不必多言。笔者在这里强调的是西门庆的社交活动在小说中的寓意。西门庆之盛在于官场上的春风得意和商场上的财源滚滚。其经营之道在于以商养官和以官护商。用小说中的话是"富贵必因奸巧得，功名全仗邓通成"。西门庆的官场活动在于用金钱打通关节，用金钱寻找政治靠山，所谓"大树底下好乘凉"。这棵大树就是京都权奸蔡京。第三十回"来保押送生辰担"，就是西门庆为蔡京所献生辰寿礼。于是西门庆由"一介乡民"被提拔到"山东提刑所做个理刑副千户"，"居五品大夫之职"。待到第五十五回"西门庆东京庆寿诞"，更是亲自献上厚礼，做了蔡京的"干儿子"。直到第七十回"西门庆工完升级"，由副千户转为正千户掌刑。握有实权背有靠山的西门庆在一小小的清河县怎能不呼风唤雨，无法无天？所以在官场上他可以恣意的贪赃枉法，即使遭到曾御史弹劾，也不过派人去京都蔡太师府上"摆平"而已；所以在商场上他可以欺行霸市，偷税漏税，放高利贷，收紧俏货，囤积居奇，强买强卖，从中牟取暴利，却无人敢说个"不"字。如果说西门庆之盛在于"生子喜加官"，那么权倾朝野的蔡京之盛则是在他的生日宴上的盛大场面所露出的一鳞半爪。西门庆之于蔡京，一明一暗，一个是"钱"的化身，一个是"权"的化身。相比较而言，钱权交易的罪恶则更甚于财色交易的罪恶，作者的社会批判和政治批判的主题及用意也在于此。

从第八十回至第一百回是西门家族之衰。西门庆死后，陈经济粉墨登场成为主角，虽然是西门庆的"影子"，但除了贪淫无度与西门庆相类外，绝无西门庆在商场官场纵横捭阖的本领，西门府的衰败和离散也就不可避免。眼见得西门府上下，"嫁人的嫁人，拐带的拐带，养汉的养汉，做贼的做贼，都野鸡毛零撒了"，真是"死了汉子，败落一齐来"。独有庞春梅受宠于周守备，从而与西门家族的日渐破落形成鲜明对照。作者在西门庆死后让陈经济和庞春梅成为小说的男女主人公，既可以保持全书总体布局的对称性和延续性，同时也便于把西门府的人物命运和结局一笔关锁，这是明线的延伸。但更值得注意的是，小说没有孤立地写西门府的衰败，而是将西门府的衰败同京都以蔡京为首的四大奸臣及其党羽的覆灭和金灭北宋的飘摇政局一并交待，突出了小说借事言政的主题，这是暗线的作用，也是作者写这部小说的深层寓意之所在。何以见得？君不见第九十八回"陈经济临清开大店，韩二姐翠馆遇情郎"，韩道国对陈经济说：

> 朝中蔡太师、童太尉、李右相、朱太尉、高太尉、李太监六人，都被太学国子生陈东上本弹劾，后被科道交章弹奏倒了，圣旨下来，拿送三法司问罪，发烟瘴地面永远充军。太师儿子、礼部尚书蔡攸处斩，家产抄没入官。①

韩道国何以知之？原来小说第三十六回交待，太师府总管翟谦曾向西门庆索要一个十五六岁的少女填房，西门庆送给翟谦的这位女子就是西门府中韩道国与王六儿的女儿"韩氏女"。西门府的败落与京都权奸们的覆灭以及金灭北宋的政局有什么必然的因果联系呢？表面上看都是恶有恶报，实际上作者在告诫世人：财色交易可以亡身，而钱权交易则可以亡国！当整个国家机器锈死，只能拿金钱充当润滑油的时候，国破家亡的日子便为期不远了。正如作者在第三十回议论道：

> 看官听说，那时徽宗，天下失政，奸臣当道，谗佞盈朝。高、杨、童、蔡四个奸党，在朝中卖官鬻爵，贿赂公行，悬秤升官，指方论价。夤缘钻刺者，骤升美任，贤能廉直者，经岁不除。以致风俗颓

败，赃官污吏，遍满天下。役繁赋重，民穷盗起，天下骚然。①

作者描述的是一幅令人触目惊心的北宋亡国图。其实明中叶以后的政局因阉党专权恐更有甚于是者，故有学者称《金瓶梅》为影射之作②。在笔者看来，有意的影射未必有，但无意的流露未必无。我们没必要一定落实小说中哪些是影射哪些不是，这样做不免胶柱鼓瑟，肢解了小说的艺术整体，但《金瓶梅》绝不是一部为描写情色而描写情色的娱乐小说。在笔者看来，《金瓶梅》是一部以家庭情色描写为表以社会政治批判为里的借事言政的巨著。作者的艺术构思在于此，作者的结构寓意也在于此，作者的褒贬大义也在于此。

（三）《红楼梦》的结构和寓意

《红楼梦》第一回作者自云："曾历过一番梦幻之后，故将真事隐去，而借通灵说此《石头记》一书也，故云'甄士隐'云云。"③与《三国演义》《水浒传》《金瓶梅》《儒林外史》开宗明义相比，《红楼梦》开篇则有意将真事隐去，不由得引发了读者探究《红楼梦》本事的欲望，并试图加以破解，于是索隐派红学应运而生。索隐派红学大都以曹雪芹这句话为立论依据，以为《红楼梦》故事之外还存在着一个作者不愿明说的真实的历史故事，是用"春秋笔法"写成的影射之作。对此，他们进行了洞幽烛隐的探究，进而得出《红楼梦》一书或影射历史或附会政治的结论。但由于大都出于主观臆断，游谈无根，持论多系捕风捉影，牵强附会，因而漏洞百出，其结论也难以令人信服。其实作者自述将真事隐去云云是故意用狡狯之笔吊读者的胃口，并没有什么本事存在，也不是要编造一个凄婉香艳的红楼故事作"谜面"，让读者去猜严酷冷峻的政治"谜底"，尽管这部书有作者自传的色彩。

笔者认为，以"用晦"之道讲述石头故事是《红楼梦》的基本叙事谋略。《红楼梦》一书虽无本事却有本旨，这一本旨不是索隐派所说的影

---

① 《金瓶梅词话》，第381页。

② 参见中国台湾学者魏子云《〈金瓶梅〉的问世与演变》，台湾时报公司1981年版。另见黄霖《论〈金瓶梅词话〉的政治性》，《学术月刊》1985年第1期。

③ 曹雪芹、高鹗：《红楼梦》（三家评本），上海古籍出版社1988年版，第3页。下引该书，不另注。

射历史或附会政治，而是通过"顽石"意象将小说主线、主人公、主要环境、主要矛盾冲突紧密地联系在一起，形成了网状结构纪传关锁的结构模式。在这一结构模式中寄寓了作者对"石""玉"意象及其象征意义的褒贬态度和价值取向。这是"尚简用晦"的"春秋笔法"在《红楼梦》叙事结构中的作用。

《红楼梦》是由多条线索组成的立体式网状结构。其中有真（甄士隐）假（贾雨村）难（冷子兴）留（刘姥姥）的故事；有原（元春）应（迎春）叹（探春）息（惜春）的故事；有贾府盛衰荣辱的故事；有一僧一道的故事，等等，但写得最感人的是宝黛爱情悲剧故事。而贯穿全书始终并且最能体现《红楼梦》创作精神的是"顽石"下凡历劫即贾宝玉的人生叛逆故事。这是全书的主线和核心，《红楼梦》的诸多故事都是由这一主线或核心派生衍化出来的。张锦池先生认为："《红楼梦》以'通灵玉'为主线，实际上就是以贾宝玉为主线；以'石头之往来'为主线，实际上就是以贾宝玉的人生道路为主线。"① 梅新林和傅道彬先生也有类似的看法。② 这是颇有道理的，但要补充一句："通灵玉"不过是"顽石"的幻相，"顽石"才是"通灵玉"的本真。换句话说，贾宝玉性格的本质特征不是"玉"的精神，而是与"玉"相反的"石"的精神，由石而玉，又由玉而石的过程是"顽石"的履历，更是贾宝玉人生道路的轨迹。曹雪芹正是以此作为大关锁来结构全书的。

1. 石头的缘起与故事的发生

作者在全书故事的开篇就向读者展示了被弃于青埂峰下那块"顽石"的不凡来历和落寞情怀：

却说那女娲氏炼石之时，于大荒山无稽崖炼高十二丈，见方二十四丈大的顽石三万六千五百零一块，那娲皇只用了三万六千五百块，单单剩下一块未用，弃在青埂峰下。谁知此石自经锻炼之后，灵性已

---

① 张锦池：《论〈红楼梦〉的结构学》，见《红楼梦考论》，黑龙江教育出版社1998年版，第329页。

② 梅新林：《红楼梦哲学精神》之第一章，华东师范大学出版社2007年版；又傅道彬《石头的言说：〈红楼梦〉象征世界的原型批评》，见《晚唐钟声——中国文学的原型批评》（修订本）第十章，北京大学出版社2007年版。

通，自去自来，可大可小。因见众石俱得补天，独自己无才，不得入
选，遂自怨自愧，日夜悲哀。①

这奇兀不凡幽独寂寞的石头颇有来头，他是女娲补天所锻造的一块神石，
又被女娲弃之不用，后被茫茫大士渺渺真人携入红尘，引登彼岸，"到那
昌明隆盛之邦、诗礼簪缨之族、花柳繁华地、温柔富贵乡那里走上一
遭"。作者在赋予这块石头以灵性的同时，又突出了他的无用与无奈。写
他的无奈，运用了似褒实贬的笔法；写他的无用，则运用了似贬实褒的笔
法。因为全书描写的不是一个怀才不遇或英雄失路的石头，而是一个百无
一用或无用之用的石头。写石头的无奈是假②，写石头的无用才是真。如
果说性格决定命运，那么，有了"无才可去补苍天"的性格，才会有
"枉入红尘若许年"的经历。因此石头一出场，就确定了自己的性格基
调：无才无用，无拘无束，逍遥任性，一派天然。而这一点正是曹雪芹所
肯定的石的精神。

当然，石头的缘起及其象征意义都是由仙境（青埂峰、赤霞宫）描
写引发而来的。而由仙境到世间是由一僧一道的往来加以衔接并首先通过
甄士隐的仲夏日之梦来完成的。由甄士隐引出贾雨村，形成真与假、石与
玉两相对立的意象系统。又由贾雨村引出冷子兴演说荣国府，进而将贾府
的大幕徐徐拉开，石头的幻化故事正式展开。

2. 石头的幻化与故事的展开

如果我们把石头作为小说的中心意象，贾宝玉作为中心人物，宝、黛
爱情悲剧作为中心情节，那么小说的主要矛盾就是石与玉的矛盾。

当"顽石"幻化成婴儿口中的一块五彩晶莹的美玉便注定了石与玉
在小说叙事中难以调和的矛盾。石是原始是天然是本色是不假任何雕饰的
真实存在；玉是人工是雕琢是器用是地位财富权势的象征。简言之，石是
自然性的，玉是社会性的。以世俗的眼光看，玉是高贵是富有，这是受了
文明之网的重重包裹，层累地叠加了诸多社会属性的结果。但以自然的眼
光看，不过是块石头而已，添加在玉上的种种社会属性不过是自然的异

---

① 《红楼梦》（三家评本）第 4 页。
② 小说第八回有一首《嘲顽石幻相》的诗："女娲炼石已荒唐，又向荒唐演大荒。"可见，
作者并不赞许女娲炼石补天之事。顽石被弃不用看似自怨自愧，其实反落个自在逍遥，无拘无
束。

化。所以，衔玉而生的贾宝玉给贾府带来重振家业光宗耀祖的希望，可作为"顽石"化身的贾宝玉偏偏是生性愚顽，怕读文章，无故寻愁觅恨，有时似傻如狂，终成为于国于家无望之人。

从第三回到第一百一十四回是石头幻化的故事，也是贾宝玉"痴气"性格从发展到成熟的过程，是他人生道路选择的重要过程。贾宝玉是假宝玉，真石头。他有如花似玉般的容貌与风神，却又有石头般的冥顽不化耿介脱俗的性格。痴气盎然是他性格的基本特征。他天资聪颖，却从不在仕途经济上用心，而一门心思地用在了他所钟爱的清纯女性身上。他说："女孩儿未出嫁，是颗无价的宝珠；出了嫁，不知怎么就变出许多不好的毛病来，虽是颗珠子，却没有光彩宝色，是颗死珠了；再老了，更变的不是珠子，竟是鱼眼睛了。分明一个人，怎么变出三样了？"① 这当然不是指人的形貌，而是人的自然生命（石）被所谓文明社会逐步异化（玉）的过程。贾宝玉所扮演的家庭社会角色如此，他的爱情婚姻悲剧也如此。

贾宝玉、林黛玉、薛宝钗之间的爱情纠葛实际上仍表现为石与玉的矛盾冲突。贾宝玉一出场就以"摔玉"的形象出现。当他听到黛玉无玉后，

　　登时发作起狂病来，摘下那玉，就狠命摔去，骂道："什么罕物，人的高下不识，还说灵不灵呢？我也不要这劳什子。②

这一摔是贾宝玉叛逆性格的开端，也是他"顽石"天性的迸发。通灵玉在他人眼里是祥瑞是命根子，可在宝玉眼里却是累赘是"劳什子"。贾府中痴男怨女的爱恶情仇就在"摔玉"声中展开了。

继"摔玉"之后，作者还精心设计了"赏玉""迷玉""砸玉""失玉"等情节来表达作者对笔下人物的爱憎褒贬。第八回"贾宝玉奇缘识金锁，薛宝钗巧合识通灵"。作者写宝钗将通灵玉托于掌上仔细品鉴：只见那块玉"大如雀卵，灿若明霞，莹润如酥，五色花纹缠护"。宝钗赏玉暗含着对"金玉良缘"富贵荣华的世俗企盼。可作者随即点出那不过是顽石的幻象，又用"失去本来真面目，幻来新就臭皮囊"加以揶揄。"迷玉"见第二十五回"魇魔法叔嫂逢五鬼，通灵玉蒙蔽遇双真"。作者

---

① 《红楼梦》（三家评本），第 965 页。
② 同上书，第 49 页。

写贾宝玉遭到马道婆、赵姨娘的作祟而病入膏肓。跛足道人与癞头和尚登门驱邪。那和尚念的偈语中"天不拘兮地不羁，心头无喜亦无悲"是说"顽石"在青埂峰下的逍遥自在；"粉渍脂痕污宝光，房栊日夜困鸳鸯"是指宝玉在温柔乡中与少女们终日厮混，"为声色货利所迷"，致使"顽石"失性。经和尚将玉石摩弄后，宝玉的病才逐渐痊愈。"迷玉"一节意味着"顽石"入世后也不可避免地受到现实的利欲情欲的诱惑，贾宝玉是自然的石与世俗的玉的矛盾体。玉须经世俗的种种劫难方可返归于石。"砸玉"见第二十九回"享福人福深还祷福，多情女情重愈斟情"。因黛玉讥讽"金玉姻缘"，宝玉"便赌气向颈上摘下通灵玉来，咬咬牙，狠命地往下一摔，道：'什么劳什子！我砸了你，就完了事了！'偏生那玉坚硬非常，摔了一下，竟文风不动。宝玉见不破，便回身找东西来砸。"①宝黛的矛盾虽是由误会引起的，却表明宝玉对"金玉良缘"的世俗婚姻的憎恶。他以石性的鲁钝愚顽来抗拒社会赋予他的"玉"的角色。与宝钗赏玉相比，黛玉从来也没有对通灵玉有多大的兴趣，更没有说过仕途经济一类的混账话，她以石性的尖刻孤介来抗拒世俗的偏见，与贾宝玉心有灵犀。宝、黛恪守的是"太虚幻境"中天造地设自然天成的"木石前盟"。

　　"失玉"见第九十四回"宴海棠贾母赏花妖，失宝玉通灵知奇祸"。如果说"摔玉""赏玉""迷玉""砸玉"都属于"人玉"合一的话，那么"失玉"则意味着"人玉"的分离；如果说前者石与玉的冲突还处在一个统一体中，并由石主宰着玉，那么后者在石与玉的冲突中，是玉战胜了石，并以石的逃离为代价；如果说前者属于细节描写，随贾府故事的推动而时起时落，那么后者属于重大事件，预示着贾府故事的重大转关。贾母作为贾府家族利益的最高代表，在第九十回与王夫人、邢夫人、王熙凤商定宝玉与宝钗的婚事之日就是以玉为代表的"金玉良缘"最终战胜了以石为代表的"木石前盟"之时。那么"顽石"下凡历劫，践履"木石前盟"的故事就走到了尽头。第九十四回被贾府视为"命根子"的通灵玉莫名其妙地不胫而走，则预示着"顽石"尘缘将尽，贾府大厦将倾。因为现世的石与玉是无法分离的，当本真的石逃离后，幻相的玉也不复存在。于是我们看到，贾宝玉痴迷，再现癫狂；贾元春染恙，薨于宫内；王

---

　　① 《红楼梦》（三家评本），第464页。

子腾受命，中途暴亡；林黛玉泪尽，焚稿魂飘。紧接着，探春远嫁，迎春命丧，贾府被抄，父子（贾赦、贾珍）外放，贾母归天，凤姐托孤……花团锦簇燕语莺声的大观园已变成了"新鬼烦冤旧鬼哭"的荒坟野岗；"白玉堂前金作马"的贾府不仅内囊尽上来了，外面的架子也几乎全倒了。昔日的豪门望族竟败落得如此之快，正所谓"千红一窟（哭）"，"万艳同杯（悲）"，风流云散，香消翠残。石头的故事也就接近尾声了。

3. 石头的回归与故事的结局

从第一百一十五回至小说结尾是故事的结局。这时与贾宝玉相对的甄宝玉开始出场。二人相貌举止风度酷似一人，然而谈起平生志趣，有如冰炭不投。如果说贾宝玉是假宝玉、真石头，那么甄宝玉就是真宝玉、假石头。贾宝玉自称："弟至浊至愚，只不过一块顽石耳。"道出了自己真实性格。而甄宝玉一番"文章经济""言忠言孝""立德立言"的宏论，让人觉得他不过是"玉"（欲）的化身，用贾宝玉的话说，又是一个"禄蠹"。而甄宝玉的出场也就意味着贾宝玉的退场。第一百一十六回，癞头和尚闯进贾府，与其说是还玉而来，不如说是携石而归。贾宝玉一经点化，便看破红尘。既然尘世间经历了太多的无奈和伤感，最后唯有了断尘缘，走向彼岸走向大荒走向寥廓无边的鸿蒙太空，才能获得精神的自由：

> 我所居兮，青埂之峰。我所游兮，鸿蒙太空。谁与我逝兮，吾谁与从？渺渺茫茫兮，归彼大荒![1]

在"魂兮归来"的诗意吟唱中，宝玉和一僧一道消失在白茫茫的旷野中。这是小说的最后一回，通灵玉由石而玉，由玉而石，洗尽铅华，历尽凡劫，终归本真，重新开始了"天不拘兮地不羁，心头无喜亦无悲"的自由生活。

总之，《红楼梦》既是写实的又是写意的，更是象征的富有哲理的。从象征性和哲理性层面看，"石"与"玉"是真与假、自由与不自由的质的差别。它们象征着两种不同的美学观念和价值取向，"石"象征着与生俱来超越世俗的自然本真的人格精神；"玉"反映了在世俗熏染下的追求

---

① 《红楼梦》（三家评本）第 1971 页。

功名利禄的人生理想①。"石"与"玉"的冲突是这部小说的主要矛盾冲突，由此形成了《红楼梦》两个世界，决定了两类人物的命运。甄士隐之于贾雨村，贾宝玉之于甄宝玉，林黛玉之于薛宝钗，晴雯之于袭人，都表现为"石"与"玉"两种不同性质的人格对立和冲突。衔玉而生的贾宝玉集中体现了"石"与"玉"的尖锐冲突。他以石性的冥顽不化抱守本真来抗拒来自家庭来自社会对他进行"玉"的改造。第一百一十七回贾宝玉的一句"你们这些人，原来重玉不重人"的疯话，堪称曲终奏雅。傅道彬先生认为："就《红楼梦》而言，'重玉不重人'是点题的话，玉是秩序，玉是符号，玉是社会，玉是世俗；而石才是人，才是本真，才是自然，才是神圣。重玉不重人，是对人类整个存在的颠倒，作者是借助玉与石来控诉文明对人类的异化，是向整个社会的大声抗议，一块玉把《红楼梦》划分成了两个世界，也划分出人类自然生命与社会生命的两个层次。贾宝玉看破了玉，说破了玉，自然也就看破了人，说破了社会，说破了人生，这正是《红楼梦》的创作主旨所在。"②

清代二知道人说："雪芹一世家，能概括百千世家。"③ 不仅如此，借"顽石"幻化为玉在"富贵场、温柔乡受享一番"又复归于石的故事来控诉社会文明对人类自然本真人格的异化，是《红楼梦》叙事结构所蕴含的象征意义，也是曹雪芹写作《红楼梦》的褒贬用意之所在。从这个意义上说，在封建末世的曹雪芹可以和封建初期的庄子遥相呼应了！

---

① 王国维：《红楼梦评论》："所谓玉者，欲也，不过生活之欲之代表而已。"见《王国维文集》第一卷，中国文史出版社 1997 年版，第 7 页。

② 傅道彬：《石头的言说：〈红楼梦〉象征世界的原型批评》，见《晚唐钟声——中国文学的原型批评》（修订本），北京大学出版社 2007 年版，第 328 页。

③ 二知道人：《红楼梦说梦》，见一粟编《古典文学研究资料汇编·红楼梦卷》，中华书局 1963 年版，第 102 页。

第九章

春秋笔法与小说叙事（下）

> 前卷方叙龙争虎斗，此卷
> 忽然写燕语莺声，婉柔旖旎，
> 真如铙吹之后，忽听玉箫，疾
> 雷之余，忽见好月，令读者应
> 接不暇。今人喜读稗官，恐稗
> 官中反无如此妙笔也。
>
> ——毛宗岗《三国志演义回评》

　　如果说作者、叙述者、叙述视角是小说叙事的根，叙事结构是小说叙事的干，那么，叙事技巧则是满树的枝叶和缤纷的花朵。本章从叙事技巧上探讨"春秋笔法"在小说叙事中的作用。

　　谈到叙事技巧，在中国古代小说评点家的理论中有许多精辟的总结。金圣叹在《读第五才子书法》中将《水浒传》的叙事手法概括为十五种，即倒插法，夹叙法，草蛇灰线法，大落墨法，绵针泥刺法，背面铺粉法，弄引法，獭尾法，正犯法，略犯法，极不省法，极省法，欲合故纵法，横云断山法，鸾交续弦法等①。毛宗岗在《读三国志法》也将叙事手法概括为十五种，即追本穷源，巧收幻结，以宾衬主，善避善犯，星移斗转、雨覆风翻，横云断岭、横桥锁溪，将雪见霰、将雨闻雷，浪后波纹、雨后霖霖，寒风破热、凉风扫尘，笙箫夹鼓、琴瑟闻［间］钟，来年下种、先时伏着，添丝补锦、移针匀绣，近山浓抹、远树轻描，奇峰对插、锦屏对

---

　　①　金圣叹：《读第五才子书法》，见朱一玄、刘毓忱《水浒传资料汇编》，南开大学出版社2002年版，第223—224页。

峙，首尾大照应、中间大关锁等①。小说点评家归纳出如此多的叙事之法，难免流于以八股文法图解小说艺术之讥，却为小说叙事艺术研究提供了许多参考和启发。

笔者认为，尽管小说评点家归纳出许多的小说叙事技巧，但"春秋笔法"是中国古代小说最基本的叙事手法。《春秋》"微而显，志而晦，婉而成章，尽而不汙，惩恶而劝善"的笔法与小说的叙事手法异曲而同工。与"春秋五例"相对应，小说的叙事技巧主要表现在以下几个方面：一曰露珠映日、一叶知秋——微而显是也；二曰草蛇灰线、绵针泥刺——志而晦是也；三曰曲笔回护、褒贬有度——婉而成章是也；四曰明镜照物、妍媸必露——尽而不汙是也。总体特征是文约而意丰，委婉而多讽——尚简用晦而意含褒贬是也。本章试以六大古典小说细节描写为例加以分析。

一 露珠映日 一叶知秋

"微而显"作为"春秋五例"之一，是指措辞幽微却含义明显；文见于此，而起义在彼；② 小中见大，管中窥豹；如露珠映日，一叶知秋；尝滴水而知海味，观麦浪而辨风向。《三国志通俗演义》作为一部气势恢弘的英雄史诗，在叙事技巧上既能从大处落墨，开阖有致，又能从细处见意，见微知著。对于传国玉玺，孙坚得而匿之，招致诸侯盟主袁绍的怨怼，并联合刘表截杀孙坚。与之相反，孙策将玉玺质押给袁术借来甲士三千，遂一鼓作气扫平江东。从中则不难看出，孙坚得玉玺而死于箭石之下，孙策弃玉玺而称霸江东。所以，毛宗岗《三国志演义回评》云："玉玺得而孙坚亡，玉玺失而孙策霸。甚矣，玉玺之无关重轻也！成大业者，以取［收］人才、结人心为宝，而玉玺不与焉。坚之匿之，不若策之弃之，策之英雄殆过其父。"③ 这就是在微言中寓褒贬的笔法。再如第二十一回"曹操煮酒论英雄"曹操试探刘备一节，作者也采用了《春秋》"微而显"的笔法。时刘备寄居曹操篱下，亲自浇园种菜，提防曹操，以为

---

① 毛宗岗：《读三国志法》，见朱一玄、刘毓忱《三国演义资料汇编》，南开大学出版社2003年版，第258—266页。

② 《春秋左传正义》，见阮元校刻《十三经注疏》，中华书局1980年影印本，第1706页。

③ 毛宗岗：《三国志演义回评》，见朱一玄、刘毓忱《三国演义资料汇编》，南开大学出版社2003年版，第278页。

韬晦之计。而刘备这一反常举动恰恰引起了曹操的疑心。邀刘备煮酒的第一句话"在家做得好大事！"便是试探，进而又以"玄德学圃不易"来宽慰，是欲擒故纵。当曹操问及谁是当世之英雄，并指出"惟使君与操耳"的时候，刘备因惊落箸，适逢雷声大作，便俯首拾箸，以一句"一震之威，乃至于此"来遮掩。但生性多疑的曹操竟没有看出破绽，以为刘备胆小懦弱如此，不足为虑。毛宗岗《回评》曰："'一震之威，乃至于此！'只淡淡一语，轻轻溷过，妙在有意无意之间，岂直学小儿掩耳缩颈之态耶？"① 通过这一细节描写，刘备随机应变的过人之处便彰显出来。

《水浒传》作为英雄传奇，也不乏"微而显"的描写。第四回鲁达要给金老汉父女俩一些盘缠回东京，自己从身边摸出五两银子，又让史进、李忠资助些。史进当即取出十两银子，而李忠从身边只摸出二两银子放在桌上。鲁达之豪侠、史进之仗义反衬出李忠的小气。这就是"微而显"的笔法。再如第六十回，卢俊义为躲避百日血光之灾，命管家李固同赴泰安。李固与卢妻贾氏有染，以得了脚气症不能行走为由来推托：

> 卢俊义大怒："我要你跟去走一遭，你便有许多推故。要是那一个再阻我的，教他知我拳头的滋味！"李固吓得只看娘子，娘子便漾漾地走进去，燕青亦不便再说。当晚先教李固收拾出城，娘子看了李固的车杖，流泪而入。

作者在这一细节描写中无一贬词而情伪毕露，李固与贾氏的暧昧关系已昭然若揭。金圣叹云："夫李固之所以为李固，燕青之所以为燕青，娘子之所以为娘子，悉在后篇，此殊未及也。乃读者之心头眼底，已早有以猜测之三人之性情行径者。盖其叙事虽甚微，而其用笔乃甚著。叙事微，故其首尾未可得而指也；用笔著，故其好恶早可得而辨也。《春秋》于定、哀之间，盖屡用此法也。"②

《西游记》写孙悟空大闹天宫，嚷着"皇帝轮流做，明天到我家"，并与佛祖如来斗法。佛祖便与悟空打赌：若孙悟空一筋斗跳出佛祖掌中，

---

① 毛宗岗：《三国志演义回评》，见朱一玄、刘毓忱《三国演义资料汇编》，南开大学出版社 2003 年版，第 284 页。

② 金圣叹：《水浒传回评》，见朱一玄、刘毓忱《水浒传资料汇编》，南开大学出版社 2002 年版，第 293 页。其中"微事微"系刊印错误，宜更改为"叙事微"。

便请玉帝让出天宫。孙悟空一筋斗跳出十万八千里，以为来到了天的尽头，并写下"齐天大圣，到此一游"作为凭证，还在第一根柱子根下撒了一泡猴尿，其结果还是未能跳出如来佛的掌心。此所谓小智与大智的区别。孙悟空聪明反被聪明误，他"到此一游"的题字和一泡猴尿的凭证在佛祖面前化成了令他面红耳热的尴尬和讽刺。这就是"微而显"的笔法。当然，这一细节描写带有调侃的意味，作者对孙悟空更多的还是赞赏之情，而对佛祖也并非一味的恭敬。第九十八回唐僧师徒历尽千难万险来到西方求取真经，而佛祖手下的两位尊者因向唐僧索要"人事"不得，只给了唐僧无字之经。悟空告到如来那里，如来却振振有词：

> "你且休嚷，他两个问你要人事之情，我已知矣。但只是经不可轻传，亦不可以空取。向时众比丘圣僧下山，曾将此经在舍卫国赵长者家与他诵了一遍，保他家生者安全，亡者超脱，只讨得他三升三斗米粒黄金回来。我还说他们忒卖贱了，叫后代儿孙没钱使用。你如今空手来取，是以传了白本。白本者，乃无字真经，到也是好的。因你那东土众生，愚迷不悟，只可以此传之耳。"

好一个法力无边却小气如许的佛祖！纵容手下索要"人事"不说，还编排出许多索要"人事"的理由来遮掩。看来西方净土并不干净，佛祖及其弟子尚且索要"人事"，全然不顾唐僧师徒一路上的千辛万苦，其他则又何说？一场伟大而神圣的取经事业，在佛祖有关"人事"的索要声中被慢慢地消解了，而佛祖头顶上的美妙光环也在东方圣僧面前黯然褪色了。

《金瓶梅》作为讽时劝世之作，其写实性决定了小说长于细节描写的特征。作者写蒋竹山入赘李瓶儿家的故事便采用了"微而显"的笔法。花子虚死后，李瓶儿已许嫁给西门庆，可偏偏此时因亲家吃了官司的西门庆正龟缩家中躲避风头，李瓶儿不知其情便郁闷出病来。蒋竹山趁问诊之机加以挑唆，李瓶儿便招赘了他。本来蒋竹山从哪一方面都无法和西门庆相抗衡，可他居然敢把西门庆叼到了嘴边的肥肉抢到了自己的嘴里，甚至公然当街用李瓶儿给他的三百两银子开了一个生药铺——谁不知道，满清河县的生药铺都由西门庆垄断着。究其实，在于蒋竹山贪恋李瓶儿的财色，利令智昏而不能自已，以为西门庆眼下身陷困窘，无暇东顾而心存侥幸。可他忘记了一个简单的事实：吃软饭的斗不过吃生米的。集恶霸奸商淫棍于一身的西门庆岂能容得在眼皮底下的夺妻之恨？抢生意之仇？不自量力的蒋竹山被西门庆略施小计便落得鸡飞蛋打，败面折齿，抱头鼠窜。作者写蒋竹山的骤起骤灭，固然是为了突出恶霸西门庆手段之残忍，气焰之嚣张，但更重要的在于贬斥另类市井细民：作奸作恶称霸一方如西门庆者固然可恨，匍匐于富婆石榴裙下摇尾乞怜甘心吃软饭如蒋竹山者更是可笑可鄙！耐不住空房寂寞临时拿个镶枪头充当银枪头来使唤如李瓶儿者也是可笑可鄙的。以一人之形迹写三人之面孔，描绘出明中叶以后市井细民追利逐欲之百般丑态，正所谓一石三鸟，见微知著。

二　草蛇灰线　绵针泥刺

"春秋五例"之二"志而晦"，《正义》释云："志，记也。晦，亦微也。谓约言以记事，事叙而文微。"① 指的就是用词简约而含义隐微的叙事手法，如草蛇灰线②，绵针泥刺。与"微而显"相比，"志而晦"在褒贬态度上则更加隐蔽一些，但两种笔法没有质的区别。

白门楼吕布丧命，刘备的一句话不能不说起到决定作用。吕布之为人，刚愎自用而又反复无常，见利忘义而又口是心非，勇猛无敌而又贪生怕死，宠信妻妾而又不纳忠言，虽有虎狼之心而乏帝王之术。此前在徐州问题上吕布的贪婪无信，世人共知，刘备只是仁忍退让而已。吕布成为曹操阶下囚时却又向玄德求情。

> 布告玄德曰："公为坐上客，布为阶下囚，何不发一言而相宽乎？"玄德点头。及操上楼来，布叫曰："明公所患，不过于布，今布已服矣。公为大将，布副之，天下不难定也。"操回顾玄德曰："何如？"玄德答曰："公不见丁建阳、董卓之事乎？"布目视玄德曰：

---

① 《春秋左传正义》，见阮元校刻《十三经注疏》，中华书局1980年影印本，第1706页。

② "草蛇灰线"出自金圣叹《读第五才子书法》："有草蛇灰线法。如景阳岗勤叙许多'哨棒'字，紫石街连写若干'帘子'字等是也。骤看之，有如无物；及至细寻，其中便有一条线索，拽之通体皆动。"这是说，小说创作中如果多次使用某一特定意象，就会形成一条若有若无的情节线索，如蛇行草中，灰漏地上，时隐时现，似断仍连。这是单纯从解析情节技法的角度总结出来的。本书所说的"草蛇灰线"是指在情节叙述中时隐时现且含有作者褒贬之义的意象、事件或人物，同绵底之针泥中之刺相合。

"是儿最无信者！"操令牵下楼缢之。

刘玄德这句话足以让吕布丧命。但假若刘备真的替吕布求情，曹操也许会留用吕布。以吕布之为人，久后必反曹操，则曹操重蹈董卓之覆辙，则汉室可兴矣。正如小说以诗论玄德曰："伤人饿虎缚休宽，董卓丁原血未干。玄德既知能啖父，争如留取害曹瞒？"这看似一条合理的推论，其实不过是陈词滥调而已。毛宗岗看出了个中缘由："或曰：玄德既知丁原、董卓之事，何不劝操留布，以为图操之地？予曰：不然。操不杀布，则必用布。用布则必防布，既能以利厚结之，而使为我用；又能以术牢笼之，而使不为我害，是为虎添翼也。操之周密，不似丁、董之疏虞。玄德其见及此乎？"① 刘备借曹操之手除掉吕布当然不是为报徐州之怨，而是担心曹吕联手天下无人能敌，这是毛宗岗的深刻之处。但笔者以为，毛宗岗又过高估计了曹操的精明。要知道，曹操是奸诈与多疑的复合体，"吾尝梦中杀人"骗得了手下侍者却骗不了智者勇者。留用吕布如养饿虎于身边，纵然严加防范也是防不胜防。以曹操的性格，刘备即使替吕布求情，吕布也免不了一死，反倒落下被猜忌的嫌疑。而曹操所以征求刘备的意见在于刘备是闻名天下的有德者，能以一字定褒贬。所以说刘备点出丁原、董卓之事恰恰道出了曹操想说又不便明说的话。刘备借曹操之手杀吕布，既能防止曹吕联合又能避免曹操怀疑自己；曹操借刘备之口杀吕布，既能消除心腹之患又能将吕布之死嫁祸于刘备。二人的政治智谋可谓旗鼓相当。从"春秋笔法"的角度看，对于刘备的描写属于"微而显"的笔法，对于曹操的描写则属于"志而晦"的笔法。人们但知刘备借曹操之手杀吕布的动机，却忽视了曹操借刘备之口杀吕布的用意。

《水浒传》中有一位时隐时现的神秘人物——李师师，本出身青楼却因得到宋徽宗的宫外之宠而红极一时。她在小说中一共出场三次，每次都牵动着梁山好汉的命运和结局，可谓"草蛇灰线，伏脉千里"。其中蕴涵了作者深广的悲愤之情。第一次是在"梁山英雄排座次"的第二年元宵。宋江、柴进、燕青等一行打扮成商人模样来东京走李师师的后门，希望李师师能在徽宗身边"吹枕边风"，以期求得朝廷招安，替天行道，保国安

---

① 毛宗岗：《三国志演义回评》，见朱一玄、刘毓忱《三国演义资料汇编》，南开大学出版社 2003 年版，第 282 页。

民。不料被李逵搅闹一番，无功而返，事出第七十二回，是为下次"打探"埋下伏笔。第二次走李师师的后门"钻刺关节"是在第八十一回两赢童贯三败高俅之后，由燕青再次打探。这期间，曾先后恳求"御前飞龙大将"酆美成、"云中雁门节度使"韩存保和朝中权奸高俅，他们都是来攻打梁山却被俘上山的阶下囚。然而三次恳求均"泥牛入海无消息"。所以二探李师师的同时还请闻焕章修书给宿太尉，求其面奏宋徽宗。正是在李师师的"协调"下，燕青得以"月夜遇道君"，促成了"梁山全伙受招安"。李师师也就当仁不让地成为"梁山泊数万人之恩主"。但要知道，施耐庵的妇女观落后而陈腐。在梁山好汉受招安这一重大问题上，作者写宋江以求李师师始又以求李师师终，这样写的用意何在？显然是在告诉读者：满朝的文武大臣捆在一起居然抵不上烟花柳巷中的一个娼妓！① 显然意在说明：宋江可以为了梁山好汉们的安危而怒杀忘恩负义的阎婆惜；也可以为了梁山好汉的出路而低眉求情于烟花柳巷。这看似令人啼笑皆非的场面又蕴含了作者多少辛酸和无奈啊！第三次安排李师师出场则是在最后一回梁山好汉魂聚蓼儿洼之后。宋徽宗幽会李师师，不觉深思倦怠，做了南柯一梦，梦中得知宋江等一一遇害之事。试看梦醒后他与李师师的对话：

> 上皇却把梦中神异之事，对李师师一一说之。李师师又奏曰："凡人正直者，必然为神。莫非宋江端的已死，是他故显神灵，托梦于陛下？"上皇曰："寡人来日，必当举问此事。若是如果死了，必须与他建立庙宇，敕封烈侯。"李师师奏曰："若圣上果然加封，显陛下不负功臣之德。"

李师师对宋徽宗的这段对答没有什么特异之处，然而正是这普普通通话语，朝中竟无一个大臣能说得出，可见，论人品论见识，身在烟花柳巷的李师师比起朝中百官大臣要高明许多。作者所以让宋徽宗在李师师处神游蓼儿洼在于烟花柳巷远比深宫内院清静干净得多。这就是"志而晦"的笔法，这就是草蛇灰线，绵针泥刺。

《儒林外史》第九回写娄三、娄四公子两度造访他们心目中的硕学杨

---

① 张锦池：《中国四大古典小说论稿》，华艺出版社1993年版，第97页。

执中，便用了"志而晦"的"春秋笔法"。本来杨执中乃一盐店的管事，人称"老阿呆"，平时只爱看书，不善经营，结果亏空了店主七百多两银子，后被店主告发而收监。娄三、娄四作为相府公子，因仰慕杨执中的才学便替他还了银两，杨执中出监后并不知情，两位公子决定拜访杨执中。第一次拜访杨不在，家中仅有一位烧水做饭又痴又聋的老太婆，且毫无礼数，二人吃了闭门羹。第二次拜访杨又不在，二人不仅吃了闭门羹，还遭到老太婆的一顿奚落，懊恼而返。个中缘由是老太婆不会学话，杨执中把救自己出监的恩人误以为是登门索要银两的县差，且把老太婆打了一顿，故意躲着不见。这里写老太婆的粗鄙，正是为了写杨执中的粗鄙，写杨执中的粗鄙正是为了写娄三、娄四公子的有眼无珠，这是作者使用了"志而晦"的笔法。果然在怏怏而返的路上，从村童手中看到了杨执中写的一首七言绝句："不敢妄为些子事，只因曾读数行书。严霜烈日皆经过，次第春风到草庐。"

　　　　两公子看罢，不胜叹息，说道："这先生襟怀冲淡，其实可敬！只是我两人怎么这般难会？……"

其实杨执中的这首七言绝句是抄的！抄自元人吕思诚所作的一首七律的后四句，杨执中学问的"根底"便一下翻上来了！可娄三娄四公子竟浑然不知，沿着孟子"读其诗，不知其人可乎"的路子往下走，由衷地发出"襟怀冲淡，其实可敬"的一番慨叹，二人的不学无术附庸风雅便字里行间流露出来。这就是绵针泥刺的笔法。

　　《红楼梦》中运用"志而晦"的笔法更多。周汝昌说："读雪芹的书，总是只知'字面意义'，不知其它，是要误事的。刘姥姥的出现，真是一件大事，要从这里体会曹雪芹的用意和用笔。"① 曹雪芹写村妪刘姥姥三进贾府就是运用了"草蛇灰线，伏脉千里"的"春秋笔法"，其目的不仅仅是要通过一个穷人的视角去看富人的衣食住行是何等的奢华，更重要的是要告诉读者：一个巍巍赫赫的钟鸣鼎食之家，如何一朝"忽剌剌"顷刻崩塌，贵族少男少女风流云散，有的比如巧姐甚至险些沦为风尘女子，而搭救她的恰恰是当年进贾府攀龙附凤靠打诨调笑博得贾母欢喜换来柴米

---

①　周汝昌：《红楼小讲》，北京出版社 2002 年版，第 91 页。

油盐维持生计的穷亲戚——刘姥姥！小说第五回巧姐的判词已有预言："势败休云贵，家亡莫论亲。偶因济刘氏，巧得遇恩人。"刘姥姥一进荣国府时的寒窘拘谨又不失风趣的个性成了贾府上下搞笑的对象；二进荣国府的刘姥姥虽然继续扮演搞笑的对象，却因得到贾母的欢喜而受到贾府上下的恭敬。朴实中透着世故，粗俗中透着精明，调笑中透着练达的刘姥姥，无论如何都不会料到贾府会败落得如此之快。当贾府败落之时，落井下石如贾雨村者比比皆是，而刘姥姥基于对贾府的感恩之情挺身而出，救巧姐于水火，则平添了读者对她十分的敬意。但读者在钦佩刘姥姥仗义的同时更不要忘了：曹雪芹写刘姥姥三进荣国府的隐约意图在于，刘姥姥是贾府败亡的见证。当年高高在上的贾府可曾想到，靠贾府周济勉强维持生计的社会底层人物刘姥姥竟是日后贾府的救命恩人？这怎能不寄托作者的身世之悲和沧桑之感？与此相类似的描写还有贾府举办的较大规模三次丧礼。依次为秦可卿、贾元春和贾母，按在贾府的身份地位应一次比一次隆重，可小说描写的情况却相反。这就是运用了"志而晦"的"春秋笔法"，如草蛇灰线，绵针泥刺，暗含褒贬大义。

三　曲笔回护　褒贬有度

"春秋五例"之三"婉而成章"，《正义》云："曲从义训，以示大顺。诸所讳辟，璧假许田之类是也。"①婉，曲也。辟，亦作"避"。谓屈曲其辞，有所辟讳，以示大顺，而成篇章。言"诸所讳辟"者，其事非一，故言"诸"以总之也。这里主要讲的是避讳，通过委曲之辞以达避讳之意。所以《公羊传》释《春秋》有"三讳"之说，即"为尊者讳，为亲者讳，为贤者讳"。从经学的角度看，"三讳"原则体现了建立在以血缘关系为纽带的中国封建社会政治伦理型文化中唯王是尊的价值观念，即讳言尊者亲者贤者之过。经学的"三讳"原则影响到史学领域，虽意在为尊者亲者贤者隐过，客观上却使历史真实被局部遮蔽起来，甚至为了隐君恶不惜妄改史实，造成了历史的失真。当"春秋笔法"以曲笔失真的"三讳"原则出现在史书中的时候，它成为史家争相诟病的对象也就不足为奇了。

---

① 《春秋左传正义》，见阮元校刻《十三经注疏》，中华书局1980年影印本，第1706页。

　　如果说经学的"三讳"原则影响到史学领域是"春秋笔法"的大不幸，那么影响到文学领域则是"春秋笔法"充分发挥其叙事功能的用武之地。因为文学可以化历史的真实为艺术的真实。"春秋笔法"的"三讳"原则，用之于小说叙事虽不免带有经学的价值观念，却为小说的人物塑造和情节创设营造了深沉委婉含蓄蕴藉的艺术意境。《春秋》"婉而成章"的笔法对古典小说叙事的影响，不仅表现在对尊者、亲者、贤者的人称称谓上常使用避讳之词，更重要的在情节叙事中对人物的过错或不足加以曲笔回护。且看《三国演义》作者在写诸葛亮失街亭的过程中如何运用"婉而成章"的回护之笔。

　　诸葛一生唯谨慎，说的就是诸葛亮为人处世细致周密，从不弄险。但在任命谁把守街亭这一战略要地时，却铸成大错，使大好军事形势陡转直下，毁于一旦。失街亭的直接责任者是马谡，而诸葛亮用人不当是导致街亭失守的根本原因。用司马懿的话说："（马谡）徒有虚名，乃庸才耳！孔明用如此人物，如何不误事！"这是借司马懿之口批评诸葛亮。然而作者出于对古今第一贤相的尊重，出于"为贤者讳"，对于痛失街亭这一事件的叙写则采用了"婉而成章"的笔法。

　　其始也，马谡主动请缨，孔明以其非司马懿对手加以婉拒，待马谡以立军令状誓守街亭时方许之，并派一上将王平相辅助，吩咐曰："吾素知汝平生谨慎，故特以此重任相托。汝可小心谨守此地。下寨必当要道之处，使贼兵急切不能偷过，安营既毕，便画四至八道地理形状图本来我看。凡是商议停当而行，不可轻易。如所守无危，则是取长安第一功也，戒之！戒之！"其殷殷重托之语足见把守街亭非同一般。待二人引兵去后，孔明仍放心不下，又派高翔把守街亭东北角的列柳城，又担心高翔非曹魏猛将张郃的对手，遂派大将魏延率兵把守街亭之右，三只军队相互倚重，如此布局不可谓不周。然而，马谡到了街亭并没有按孔明的布兵意图行事，自恃熟读兵书，不听王平劝阻，上山扎寨，致使司马懿断其水源，不战自乱，轻易拿下街亭，导致首次北伐曹魏的失利，汉军仓皇退回汉中。其终也，孔明挥泪斩马谡，固然写马谡罪不容诛，更在于写孔明的自责：

　　　　"吾非为马谡而哭。吾想先帝在白帝城临危之时，曾嘱吾曰：'马谡言过其实，不可大用。'今果应此言。乃深恨己之不明，追思先帝之明，因此痛哭耳！"

自责已让大小将士无不流涕，自贬则更让人肃然起敬。孔明上表，"请自贬三等，以督厥咎"，让读者看到的是一位敢于承担责任的宰相。试想想，自古及今将贪天之功窃为己有，滔天之过推诿他人者不知凡几，这本是人性的弱点，而孔明以宰相之尊不避己过，勇于自责且能自贬，实为古今至德之人。通观失街亭、斩马谡前后事态的叙写则不难看出，作者对诸葛亮的描写采用了曲笔讳饰的"春秋笔法"，收到了似贬实褒的艺术效果。毛宗岗点评曰："又观孔明之斩马谡，而愈知自贬之情非伪也，参军且以误丞相之故而受诛，丞相能不以辱天子之命而自责乎？奉《春秋》先自治之义，既不容责人而恕己，又不容责己而恕人。盖孔明之治蜀以严，而治兵之法，一如其治国而已。"①

如果说失街亭中有关诸葛亮的描写属于"为尊者讳、为贤者讳"，那么，《红楼梦》中有关秦可卿之死的描写则属于"为亲者讳"的笔法。

秦可卿作为金陵十二钗第一个薄命女，其出身并非豪门显宦，而是从养生堂里抱来的弃婴，但天生丽质，袅娜多姿，性情温顺，通情达理。因而贾府上下无不对她有好感。她从第五回出场到第十三回收场，出场自然但收场突兀。究其实，秦可卿死得太蹊跷太突兀，令人不解。今存《红楼梦》早期抄本甲戌本《脂砚斋重评石头记》第十三回回末总评曰：

> "秦可卿淫丧天香楼"，作者用史笔也，老朽因有魂托凤姐贾家后事二件，嫡是安富尊荣坐享人能想得到处。其事虽未漏，其言其意则令人悲切感服。姑赦之，因命芹溪删去。②

文中"老朽"（抑或脂砚斋）因念及秦可卿死后还挂念家事，劝王熙凤居安思危，为家族后路早做些准备，其情可感，认为应该为她隐讳丑闻。因命曹雪芹删去"秦可卿淫丧天香楼"一节。现存各种早期抄本也就都没有这一节。这种笔削之法就是来自《春秋》"为亲者讳"的曲笔。看来曹

---

① 毛宗岗：《三国志演义回评》，见朱一玄、刘毓忱《三国演义资料汇编》，南开大学出版社 2003 年版，第 392—393 页。

② 朱一玄：《红楼梦资料汇编》，南开大学出版社 2001 年版，第 241 页。

雪芹对秦氏之贬还是留有分寸的，但这并不意味着作者与"老朽"的观点完全相同。第五回写秦氏引贾宝玉到他的卧榻中午睡一节就颇令人玩味。其一，叔叔在侄儿媳妇房中睡觉，即使在今天也是理应避讳的，更何况是在封建社会礼教森严的大户人家？难怪当时的李嬷嬷也略表异议："那里有个叔叔往侄儿媳妇房里睡觉的礼呢？"尽管这侄儿媳妇比叔叔年长几岁，但仍属于违礼的行为，秦可卿或许潜意识里有色诱宝玉之嫌也未可知。其二，这卧房的陈设非同一般：壁上有唐伯虎的《海棠春睡图》，两边有秦观的"嫩寒锁梦因春冷，芳气袭人是酒香"的对联；案上设的武则天当日镜室中设的宝镜，一边摆着赵飞燕立着舞的金盘，盘内盛着安禄山掷过伤了太真乳的木瓜。上面设着寿昌公主于含章殿下卧的宝榻，悬的是同昌公主制的连珠帐。这一连串富有象征意味的摆设已暗示出这位"鲜艳妩媚大似宝钗，袅娜风流又如黛玉"的卧房主人是何等情趣了。

秦可卿猝然而死，她的丫环瑞珠也莫名其妙地触柱身亡，贾珍之妻尤氏也称病不起，而哭得最伤心的莫过于秦可卿的公公贾珍。这是作者又一委婉深曲的诛心之笔。尽管"秦可卿淫丧天香楼"一节被作者削去，但读者仍能在小说中看出端倪。死了儿媳妇，作为公公的贾珍竟"哭得泪人一般"。还说："谁不知道我这儿媳妇比儿子还强十倍？如今伸腿去了，可见这长房内灭绝无人了。"当别人问他丧事如何料理，他把手一拍，说："如何料理？不过尽我所有罢了。"出殡那天，贾珍因悲伤过度病得"杖而后行"。这一连串发生的故事，明眼人怎能看不出一些蛛丝马迹？贾珍是个无耻的淫荡之徒，秦可卿出身微贱又和顺内向，也就容易成为贾珍勾搭到手的猎物。如此看来，尽管秦可卿的死因被作者删掉了，但从贾珍倾其所有来办丧事的反常表现看，从秦可卿出殡时极尽奢华之能事的盛大场面来看，秦可卿之死，贾珍无论怎样表现都是脱不了干系的。

四　明镜照物　妍媸毕露

关于"《春秋》五例"之四"尽而不汙"，杜预解释为"直书其事，具文见意"。① 所谓"尽而不汙"就是尽其事实而不纡曲，"汙"同"纡"。用事实说话，有一说一，有二说二，不绕圈子，如实叙述。如果

---

① 《春秋左传正义》，见阮元校刻《十三经注疏》，中华书局1980年影印本，第1706页。

说"微而显""志而晦""婉而成章"在不同程度上都是以隐晦曲折的形式表达作者的褒贬态度，那么"尽而不汙"则是通过客观叙事的方式表达作者的爱憎感情。客观叙事并不是没有作者的态度，而是作者把他的爱憎褒贬寄寓于客观叙事之中，也就是顾炎武所说"于序事中寓论断法也"①。简言之，"尽而不汙"的话语模式就是以事代论，作者的爱憎褒贬在客观叙事中自然流露出来。

《三国演义》着意高扬刘备与诸葛亮近乎理想化的君臣关系，为的是与昏君、乱臣贼子相对比，用以表达"明君贤相"治天下的社会理想。白帝托孤，是至为感人的一幕。刘备委大事于诸葛亮，明君贤相最后的一番肺腑之言，足以为后代君臣立极。白帝托孤是典型的"尽而不汙"的写法，作者对刘备的态度是褒扬的，但毛宗岗不这么看。他在《回评》中说："或问先主令孔明自取之，为真语乎？为假话乎？曰：以为真则是真，以为假则亦假也。"话虽这么说，但他还认为刘备说的是假话："欲使孔明为曹丕之所为，则其义之所必不敢出，必不忍出者也。知其必不敢、必不忍，而故令之闻此言，则其辅太子之心愈不得不切矣。且使太子闻此言，则其听孔明，敬孔明之意不得不肃矣。"②认为刘备令诸葛自取之是权诈之语，笔者以为不然。要知道，刘备的知人善任要胜诸葛一筹，这也正是君王之所以称为君王的独到之处。刘备说诸葛胜曹丕十倍，没错，但这不能说明刘备担心诸葛有篡位之心。相反，退一万步说，诸葛取刘禅而代之，刘备在九泉之下也不至于寝食不安。因为其一，刘备知道刘禅不是成大事的材料。说出"若嗣子可辅则辅之，如其不才，君可自为成都之主"的话，恰恰是基于刘备对刘禅的失望而来。其二，刘备做人做事向以仁义为本，对黎民百姓如此，对结义兄弟关羽③、张飞如此，对心中敬重如许的诸葛孔明更是如此。刘备深知诸葛亮的才智，更敬重诸葛亮的人格，对诸葛从无任何猜忌之心。相对于曹操对臣僚任之束之又疑之，刘备对待臣属的态度几令天下士人无不心向神往。其三，考察中国历

_____

① 黄汝成：《日知录集释》，岳麓书社1994年版，第892页。
② 见朱一玄、刘毓忱《三国演义资料汇编》，南开大学出版社2003年版，第378页。
③ 刘备为报关羽被杀之仇，亲率大军讨伐东吴，这在政治、军事、外交上都是一个巨大的失败，然而，这一巨大失败换来的是他在道德上的巨大成功。他以君王的身份践行了桃园结义中"不愿同年同月同日生，但愿同年同月同日死"的铮铮誓言，在很大程度上把儒家文化舍生取义的精神同江湖文化一诺千金的豪侠精神挽结起来，从而在更大范围内获得了汉民族道德精神的认同感。

代临终托孤之君，能对大臣说出代太子自立的话，除刘备之外可否还有第二人呢？所以说罗贯中笔下的刘备可称得上古今天下第一圣君！诸葛孔明称得上古今天下第一贤相！作者对刘备、诸葛亮近乎理想化的描写，正反映了罗贯中内心深处的王道理想。

《西游记》是一部幽默诙谐的神话喜剧。其中孙悟空和猪八戒在取经路上的调侃戏谑是重要的喜剧内容。孙悟空的伶牙俐齿精明机警与猪八戒的呆头呆脑故作聪明形成了鲜明的对比，具有浓郁的喜剧气氛。作者在第三十二回写八戒"巡山"一节便采用了"尽而不汙"的笔法。原来悟空得知平顶山有妖怪，便让八戒先行巡山探听虚实，再设法除妖。八戒不得已只好去巡山，走不到七八里路，便回头大骂起唐三藏、孙行者和沙和尚，还一头扎在草丛中睡起大觉来。待醒来后开始编谎话：

> 那呆子入深山，又行有四五里，只见山凹中有桌面大的四四方方三块青石头……原来那呆子把石头当成唐僧、沙僧、行者三人，朝着他演习哩。他道："我这回去，见了师父，若问有妖怪，就说有妖怪。他问甚么山，——我若说是泥捏的、土做的、锡打的、铜铸的、面蒸的、纸糊的、笔画的，他们见说我呆哩，若讲这话，一发说呆了。我只说是石头山。他问甚么洞，也只说是石头洞。他问甚么门，却说是钉钉的铁页门。他问里边有多远，只说入内有三层。——十分再搜寻，问门上钉子有多少，只说老猪心忙记不真。此间编造停当，哄那弼马温去。"

自作聪明的猪八戒哪里料得，行者变作小飞虫就趴在他的耳边听得清清楚楚。待到返回面见师傅时谎话被揭穿的丑态便昭然若揭：

> 长老道："可有妖怪吗？"八戒道："有妖怪！有妖怪！一堆妖怪哩！"长老道："怎么打发你来？"八戒道："他们叫我猪祖宗，猪外公，安排些粉汤素食，教我吃了一顿，说道摆旗鼓送我们过山哩。"行者道："想是在草里睡着了，说得是梦话？"呆子闻言，就吓得矮了二寸道："爷爷呀，我睡他怎么晓得？……"行者道："是甚么山？"八戒道："是石头山。""甚么洞？"道："是石头洞。""甚么门？"道："是钉钉铁叶门。""里面有多远？"道："入内是三层。"

行者道："你不消说了，后半截我记得真。恐师傅不信，我替你说了
罢。"八戒道："嘴脸！你又不曾去，你晓得那些儿，要替我说?"行
者笑道："'门上钉子有多少，只说老猪心忙记不真。'可是么? 又
说:'等我编得谎停当，哄那弼马温去!'可是么?"那呆子连忙只是
磕头道："师兄，我去巡山，你莫成跟我去听的?"行者骂道："我把
你个馕糠的夯货！这般要紧的所在，教你去巡山，你却去睡觉！不是
啄木虫叮你醒来，你还在那里睡哩。及叮醒，又编这样大谎，可不误
了大事? 你快伸过孤拐来，打五棍记心!"

　　猪八戒的本领是，小妖面前逞英豪，强妖面前嘴不孬。寻常呆头不呆脑，
恭维师傅把舌嚼。腹中好打小算盘，盘算落空只求饶。这样一个充满喜剧
色彩的人物，如果没有了他，西天取经该是多么的枯燥乏味！"巡山"这
出戏，作者采用亦贬亦褒的笔法，通过孙悟空的调侃和促狭，彰显出猪八
戒愚拙中透出油滑，油滑中显出憨态的性格特征，是一个可笑而又可爱的
喜剧人物。
　　《金瓶梅》里的吴月娘是西门府上的"第一夫人"，吴神仙相她"必
善持家"，作者称她"秉性贤能"，小说写她"善终而亡"，可见好人终将
得到好报的。然而作者对这位贤能的好人经常采用冷峻之笔彰显她的不善
不贤和不能。按常理，作为西门府上的"第一夫人"，行得正，坐得直方
能使府中上下端肃，优劣得所。然而李娇儿被娶进门的时候"月娘十分
懊闷，只是李娇儿带来到有三千两银子，她就不做声了"。李娇儿如此，
李瓶儿进门时吴月娘又何尝不如此? 但李瓶儿带来的又何止三千两银子?
对于争风吃醋善"咬群"的潘金莲，吴月娘怄不过气，便什么话都可以
骂出来，往日的贤淑清雅的风度扫地以尽。说白了，不过是嫉妒潘金莲多
留西门庆在房中睡的缘故。扫雪烹茶，吃种子丹等姑且不说，作者对吴月
娘的贬斥莫过于庞春梅游玩旧家池馆时的表现。时庞春梅作为周守备的夫
人，位高势大，炙手可热，但仍以贱奴自称，是为不忘旧也；而吴月娘则
对春梅姐姐长姐姐短不住地叫，曲尽逢迎之态，是为念其新也。要知道，
前不久将春梅净身出户，贱卖他人，连件衣裳都不许带的人，正是吴月
娘。此前如此地无情无义，此时又如此地情深意长，前倨而后恭。作者无
一句贬词而情伪毕现，此所谓"尽而不汙"之笔。
　　当然，比起林太太来，吴月娘毕竟还称得上是清心寡欲之人。面对西

门府内外放荡淫靡之风，虽无"齐家"的本领，却能安之若素，明哲保身，得以善终，已属不易。作者对吴月娘的贬斥还留有余地，至于对偷奸养汉的贵族风流寡妇林太太的描写，则近乎"露骨"（"尽而不汙"）了。

"招宣"的官衔儿要比"提刑"大得多。如果说西门府是"土包子开花"，骨子里仍散发着泥土气铜臭气和市侩气的话，那么王招宣府则表现出贵族之家特有的雅气富贵气和庄重之气，令人不敢小视。且看招宣府后堂：

> 只见里面灯烛莹煌，正面供养着他祖爷太原节度邠阳郡王王景崇的影身图，穿着大红团龙蟒衣玉带，虎皮校椅，坐着观看兵书，有若关公之像，只是髯须短些；旁边列着枪刀弓矢。迎门朱红匾上书"节义堂"三字。两壁书画丹青，琴书潇洒。左右泥金隶书一联："传家节操同松竹，报国勋功并斗山。"

这是西门庆一入招宣府所见的情景，不由得令人肃然起敬。当西门庆二入招宣府时，对大厅也有类似的描写：

> 原来五间大厅，球门盖造，五脊五兽，重檐滴水，都是菱花槅镶。正面钦赐牌额，金字题曰："世忠堂"，两边门对写着："荣戴元勋第，山河带砺家。"厅内设着虎皮公座，地下铺着裁毛绒毯。

作者为什么这样不厌其烦地铺写招宣府后堂、大厅？无非是要与林太太的闺阃之内相对照：

> 但见帘幕垂红，地平上毡毹匝地，麝兰香霭，气暖如春。绣榻则斗帐云横，锦屏则轩辕月映。妇人头上戴着金丝翠叶冠儿，身穿白绫宽袖袄儿，沉香色遍地金妆花缎子鹤氅……

通过对照则不难看出，在庄严肃穆的后堂与肃穆庄严前厅中间夹着的恰恰是一个斗帐云横，绣榻春暖的闺阃，闺阃主人正是那沾腥惹骚，玉体横陈的风流寡妇——林太太！作者之所以将庄重肃穆的厅堂和充斥淫荡之气的闺阃作对比，不外乎要告诉人们：堂前忠孝节义匾，阃内暗香惹芬芳。庭院不知深几许？惟见深处泄春光。林太太是幸运的，身为贵妇，衣食无忧，不必像郑爱月、李桂姐那样靠出卖肉体谋生，而且有足够的钱财养小白脸儿用来满足自己的淫欲。这样一来林太太可以在"忠孝节义"的金字招牌下，偷偷地干着藏污纳垢，蓄养面首的勾当，两边占便宜，可谓不是婊子胜似婊子。然而林太太又是不幸的，偷奸养汉虽然私下乐意但毕竟是赔本的买卖，婊子出卖了肉体却换来金钱的回报，而林太太出卖了肉体却要赔上金钱，里外不划算，可谓赔了夫人又折兵，连婊子都不如！

受《金瓶梅》笔法影响甚深的《红楼梦》如同书中的"风月宝鉴"，一切真假善恶妍媸美丑都在这面镜子中现形。这里仅以花袭人为例，在宝玉出家后她在去留问题上的表现就知道高鹗如何采用"尽而不汙"的笔法不动声色地嘲弄了这位平生最疼爱宝玉的贴身丫鬟。

宝玉出家，最尴尬的不是薛宝钗，而是花袭人。宝钗腹中有了贾宝玉的骨肉，虽不能为人妻却可以在不久的将来为人母，母子相依为命。袭人作为宝玉身边的通房丫头虽然王夫人早已心许将来过继给宝玉做妾，但还没有正式过继，处于"妾身"未分明的状态。但贾府打发丫环出门的态度是坚决的，只是考虑以何种方式为妥。经薛姨妈的一番开导劝解，泪痕满面的花袭人以"从不敢违拗太太"的话表明了自己作为下人应有的态度。待到辞别贾府，袭人虽悲伤不已，但经众人劝解，转念一想："我若是死在这里，到把太太的好心弄坏了，我该死在家里才是。"待回到了哥嫂家，见哥嫂已为自己全部办好了出嫁妆奁，细想起来："哥哥办事不错。若是死在哥哥家里，岂不又害了哥哥呢？"直到出嫁蒋家，方知夫君原来是贾宝玉的好友蒋玉菡。蒋玉菡的温柔体贴，曲意承顺，"弄得个袭人真无死所了"。作者这段"诛心"之笔，无一句贬语，却处处都在贬斥袭人。作为下人，袭人固然不如晴雯刚烈，也不如鸳鸯节烈，可是下了三次必死的决心，最终还是嫁给了蒋玉菡。所以痴情也罢，殉情也罢，她都不沾边儿。但如果一定要用一个"情"字来对她盖棺论定的话，那就是矫情。而且"矫"得艺术，都是在替别人考虑，怕伤了别人的心——与人方便，自己方便嘛。

综上所述，尽管古代小说评点家归纳出许多小说叙事技巧，但"春秋笔法"是中国古代小说最基本的叙事手法。《春秋》"微而显，志而晦，婉而成章，尽而不汙"的笔法与小说叙事技巧异曲而同工，依次表现为露珠映日一叶知秋，草蛇灰线绵针泥刺，曲笔回护褒贬有度，明镜照物妍媸必露。总体特征是文约而意丰，委婉而多讽，即"春秋笔法"之尚简用晦而意含褒贬。

第十章

春秋笔法与儒家文化的诗性话语

> 夫《易》惟谈天，入神致用。故系称旨远辞文，言中事隐；……《诗》主言志，诂训同书，摛风裁兴，藻辞谲喻，故最附深衷矣。……《春秋》辨理，一字见义，五石六鹢，以详略成文；雉门两观，以先后显旨：其婉章志晦，谅以邃矣。
>
> ——刘勰《文心雕龙》

英国哲学家特伦斯·霍克斯在评价维柯《新科学》的贡献时说："维柯看到，如果正确地评价所谓的'原始'人，就会发现，他们对世界的反映不是幼稚无知和野蛮的，而是本能地、独特地'富有诗意'的，他生来就有'诗性的智慧'（Sapienza poetica），指导他如何对周围环境作出反应，并且把这些反应变为隐喻、象征和神话等'形而上学'的形式。"① 维柯提出"诗性的智慧"的理论揭开了"原始"人类共有的思维方式和话语模式。但是随着西方文明的演进，"原始"人的"诗性智慧"日渐被发达和成熟的逻辑学和分析哲学所取代，而东方古老的中国文明则将其延续下来。中国是一个诗的国度，中国文化具有"诗性的智慧"。与西方文化明快流畅的话语表达方式相比，中国文化的"诗性智慧"及其话语表

---

① ［英］特伦斯·霍克斯：《结构主义和符号学》，上海译文出版社1987年版，第2页。

达方式则呈现出隐喻象征含蓄简约的诗性品格。而这一诗性话语的建构早在中国文化的发生期——先秦时代，业已奠定了。《文心雕龙·宗经》云："夫《易》惟谈天，入神致用。故系称旨远辞文，言中事隐；……《诗》主言志，诂训同书，摘风裁兴，藻辞谲喻，故最附深衷矣。……《春秋》辨理，一字见义，五石六鹢，以详略成文；雉门两观，以先后显旨：其婉章志晦，谅以邃矣。"① 一个是"旨远辞文，言中事隐"，一个是"藻辞谲喻，最附深衷"，一个是"婉章志晦，谅以邃矣"。三部经典的话语表达都呈现出隐约含蓄的诗性品格。人类对大千世界的理解和认识是从原始歌谣的诗意吟唱开始的。无论是观物取象、立象尽意的《周易》，主文谲谏、意托比兴的《诗经》，还是尚简用晦、意含褒贬的《春秋》，《周易》之象、《诗经》之兴、《春秋》之笔构成了儒家文化诗性话语的三维结构，易象用以喻理，诗兴用以抒情，史笔用以叙事。三者各有不同的作用，却都表现出隐约含蓄的诗性特色。它们对后来两千多年的中国文化话语表达产生了深远影响，成为汉民族文化心理积淀的重要内容，至今仍活跃在我们的思维方式和话语模式中。法国学者弗朗索瓦·于连认为："诗的言语使思想的进程改变方向，而不是强压，它轻轻地蜿蜒而行。它并不是提供确定、清晰的意义，它以弥漫的方式向它激励的情感显示，而不是以指令方式指名道姓自我表现。"②他道出了儒家文化诗性话语的本质特征。

本章着重探讨儒家文化诗性话语的三种模式：《周易》之象、《诗经》之兴与《春秋》之笔。

一 "易"之象

《周易》在春秋时又称为《易象》，《左传》昭公二年："晋侯使韩宣子来聘，且告为政而来见，礼也。观书于大史氏，见《易象》与《鲁春

---

① 刘勰在这里先后论述了《易》《书》《礼》《诗》《春秋》的文体特征，与《书》《礼》所不同的是，《周易》的"旨远辞文，言中事隐"，《诗经》的"摘风裁兴，藻辞谲喻"，《春秋》的"婉章志晦，谅以邃矣"，都表现为简约含蓄的诗性特征。

② ［法］弗朗索瓦·于连：《迂回与进入》，杜小真译，生活·读书·新知三联书店2003年版，第50页。

秋》。曰：'周礼尽在鲁矣。吾乃今知周公之德与周之所以王矣。'"①这里的《易象》指的就是《周易》的"象辞"。《周易·系辞下》云："《易》者，象也。"无论是以"象辞"代指《周易》还是以"象"代指《周易》，都说明《周易》之"象"在全书中地位之重要。也可以说，没有"易象"也就没有《周易》。那么，什么是"易象"？结合《周易》文本，"易象"应包括卦爻象、卦爻辞两部分，后者是对前者的解释，但不是抽象的逻辑的哲学阐释，而是直观的形象的诗性描述。从整体上说，"易象"是隐喻是象征，"易象"所蕴含的道理是宗教的哲学的，但"易象"的表达方式是文学的象征的。《周易》以"立象尽意"的方式传达出对世界诗意解读，易象也就成为隐含《周易》易理的诗性载体。

（一）言不尽意，立象尽意

语言是表达意念的，没有语言，人类就失去了相互理解和存在的方式。从这个意义上说，海德格尔一句"语言是存在的家"② 道出了人类和语言相互依存不可分离的关系。伽达默尔也说："世界本身是在语言中得到表现的"，"谁拥有语言，谁就拥有世界"。③ 然而，这只是道出了言能尽意的一面。从人类的意念的丰富性、复杂性、特殊性上看，语言文字作为一般的思维交际工具还存在许多局限性，即"言不尽意"。这是一个无法回避的矛盾，越是语言文字修养深厚者越有此感。在西方，从柏拉图、但丁、歌德到黑格尔、尼采、斯宾诺莎，都在不同程度上指出了"言不尽意"所带来的困惑。

在中国，先秦的哲人们在认识到语言尽意的同时也充分注意到了言不尽意所带来的困惑。《左传》襄公二十五年记载孔子的一句话："仲尼：《志》有之：'言以足志，文以足言'，不言，谁知其志？"④ 孔子引用古籍中的这句话，反映他对语言表意功能的信任。又说"辞达而已矣"。⑤

---

① 杜预注曰："《易象》，上下经之象辞。"见阮元《十三经注疏》，中华书局 1980 年影印本，第 2029 页。

② ［德］海德格尔：《存在与时间》，陈嘉映、王庆节译，生活·读书·新知三联书店 1999 年版，第 40 页。

③ ［德］伽达默尔：《真理与方法》（下），洪汉鼎译，上海译文出版社 2004 年版，第 593 页。

④ 杨伯峻：《春秋左传注》，中华书局 1990 年版，第 1106 页。

⑤ 杨伯峻：《论语译注》，中华书局 1980 年版，第 170 页。

表明言辞是达意的。这只是一方面。另一方面，先秦哲人包括孔子在内，更多地表现出对语言表意功能的不信任。老子《道德经》开篇就说："道可道，非常道；名可名，非常名。"意思是说用语言表达出的"道"或"名"已不再是原初的"道"或"名"了。继老子之后又有庄子、王弼、陆机、陶潜、刘勰、黄庭坚等都表现出对语言的责备，申说言不尽意之论。当代学者钱锺书对言不尽意说有更全面的探讨：

> 语言文字为人生日用之所必须，著书立说尤寓托焉而不得须臾或离者也。顾求全责善，啧有烦言。作者每病其传情、说理、状物、述事，未能无欠无余，恰如人意中之所欲出。务致密则苦其粗疏，钩深赜又嫌其浮泛；怪其粘着欠灵活者有之，恶其暧昧不清明者有之。立言之人句斟字酌、慎择精研，而受言之人往往不获尽解，且易曲解而滋误解。"常恨言语浅，不如人意深"（刘禹锡《视刀环歌》），岂独男女之情而已哉？"解人难索"，"余欲无言"，叹息弥襟，良非无故。语文之于心志，为之役而亦为之累焉。①

"语文之于心志，为之役而亦为之累焉"，道出了语言大师们对语言表达难以尽意的肺腑之言。

面对言不尽意的困惑，有知难而退者，更有知难而进者，人类的天性似乎是愈挫愈奋："事难而人以之愈敢，勿可为而遂多方尝试，拒之适所以挑之。道不可说，无能名，固须卷舌缄口，不著一字，顾又滋生横说竖说，千名万号，虽知其不能尽道而犹求亿或偶中，抑各有所当焉。"② 这种努力固然可贵，也可以说，惟其如此，才能推动语言文字不断向前发展，使语言更接近于"尽意"。但言、意间的矛盾不可能消除，就像数学上小数点后的近似值，语言可以无限地接近"意"，却永远不能"尽意"。对此，西方学者似乎找不到可以解决的办法，但中国学者早在先秦时期对语言表情达意表示怀疑和不信任的同时，也找到了解决言不尽意的办法，即孔子所说的"立象以尽意"。《周易·系辞上》云：

---

①　钱锺书：《管锥编》，中华书局1986年版，第406页。

②　同上书，第410页。

　　子曰:"书不尽言,言不尽意。"然则圣人之意其可见乎? 子曰:
"圣人立象以尽意,设卦以尽情伪,系辞焉以尽其言,变而通之以尽
利,鼓之舞之以尽神。"①

　　孔子在这里谈的一个中心话题是"立象以尽意",涉及意与言、象间的关
系。在孔子看来,圣人用语言概念表达对外在世界的认识是无法"尽意"
的,而"象"是打开心灵世界与外在世界相互融通的窗口。以"象"代
"言",意味着"象"成为"尽意"的载体。"立象以尽意","系辞焉以
尽其言",在"意"和"言"中因植入了"象",使人类思想之树挣脱了
语言之网层层遮蔽而焕发出勃勃生机,大千世界也抖落掉身上的尘土变得
空澈澄明。于是"象"作为沟通天地鬼神人伦的中介,就成为古代圣人
解读心灵解读世界的最形象最富有哲学意味的符号。
　　道家也同样重视"象"的作用,并把"象"作为体现宇宙本体
"道"的象征。老子的"非言"论,表明了他对语言表达的不信任。他
说:"信言不美,美言不信。善者不辩,辩者不善","知者不言,言者不
知",又说:"圣人处无为之事,行不言之教",等等,在老子看来,"道"
的幽深精微之处是难以言传的,只有通过"象"才能体悟"道"。《老子》
云:"有物混成,先天地生……吾不知其名,字之曰道,强为之名曰大。"
这里的"大"指的就是"大象",所以老子又说:"执大象,天下往。"
河上公注云:"象,道也。"老子又说:"大音希声,大象无形,道隐无
名。"这里的"大象",成玄英疏:"犹大道之法象也。"可见,老子不是
以言载道,而是以象明道:

　　　道之为物,惟恍惟惚。惚兮恍兮,其中有象。恍兮惚兮,其中
　　有物。②

这里的"物"也是指"象","道"的迷离惝恍不可捉摸不可名状,正是
通过惝恍迷离的"象"才能感悟到它的存在。"象"的千变万化正是缘于
"道"的变化万千。没有对"象"的真切感悟就没有对"道"的真正体

---

①　黄寿祺、张善文:《周易译注》,上海古籍出版社 2007 年版,第 396 页。
②　[美] 陈鼓应:《老子注译及评介》,中华书局 1984 年版,第 148 页。

验。所以章学诚《文史通义·易教下》云："万事万物，当其自静而动，形迹未彰而象见也。故道不可见，人求道而恍若有见者，皆其象也。"①

其实，在先秦祭祀文化中，龟卜、占筮都是以"象""数"的方式存在的。《左传》僖公十五年载晋国韩简的话说："龟，象也；筮，数也。物生而后有象，象而后有滋，滋而后有数。"杨伯峻解释说："卜用龟，灼以出兆，视兆象而测吉凶，故曰龟象也。筮之用蓍，揲以为卦，由蓍策之数而见祸福，故曰筮数也。"② 龟卜属于龟象，筮数其实就是卦象。也可以说，在上古时代的占卜仪式中，"象"占有重要地位，如果没有"象"，巫师们就会失去自己解读天地、人文、鬼神以及未来吉凶祸福的言说方式。

总之，"圣人立象以尽意"体现了先秦哲人话语表达的"诗性智慧"。

（二）观物取象，观象系辞

古代圣人对易理的表达是从观物取象，观象系辞开始的。《周易·系辞上》云：

> 是故夫③象，圣人有以见天下之赜，而拟诸其形容，象其物宜，是故谓之象。圣人有以见天下之动，而观其会通，以行其典礼，系辞焉以断其吉凶，是故谓之爻。④

这里所说"爻"和"象"的产生是通过观物取象获得的。卦象的产生，在于圣人考察天下万物的复杂现象，发现了隐藏在万物深处的道理，便通过各种合适的事物来模拟、形容，继而创造了卦象、爻象的产生，在于圣人考察天下万物的运动变化，发现了万物聚合变通的规律，进而推广到人的行为规范上，加上一定的言辞来判断吉凶福祸，便形成了爻象。卦象主静，爻象主动。在《周易·系辞下》也有类似的说法：

① 叶瑛：《文史通义校注》，中华书局 1994 年版，第 18 页。
② 杨伯峻：《春秋左传注》，中华书局 1990 年版，第 365 页。
③ 高亨先生谓"夫"当作"爻"，形似而误，甚是。见高亨《周易大传今注》，齐鲁书社 1998 年版，第 407 页。
④ 黄寿祺、张善文：《周易译注》，上海古籍出版社 2007 年版，第 384 页。

　　古者包牺氏之王天下也，仰则观象于天，俯则观法于地，观鸟兽之文与地之宜，近取诸身，远取诸物，于是始作八卦，以通神明之德，以类万物之情。①

所不同的是，此例将观物所取之象分为天象、地象、鸟兽之文和适于地上生长的植物，近处取象于人的身体，远处取象于外在的各种事物，于是创造了八卦，用来沟通神明之德，类比万物之状。这实际上道出了观物取象的范围、方法和目的，较之前一例显得具体一些。

　　《周易》取象多种多样。闻一多总结出经济事、社会事、心灵事三类共二十一种象，郭沫若仅从社会生活的角度就概括出渔猎、牧畜、商旅、耕种、工艺等五类。但是无论《周易》取象如何广泛，都离不开六十四卦的推演，而六十四卦系由八卦重叠推演而来。八卦系乾、坤、震、巽、坎、离、艮、兑，分别象征天、地、雷、风、水、火、山、泽八种事物。而八卦是由四象推演出来，四象即太阳、太阴、少阳、少阴。而四象是由阴阳二气复合而成，阴阳是太极的两仪，两仪是太极的初分，指天和地，太极动而生阳，太极静而生阴。因此，《周易·系辞上》云："是故《易》有太极，是生两仪，两仪生四象，四象生八卦，八卦定吉凶，吉凶生大业。"② 这与《老子》云"道生一，一生二，二生三，三生万物"同工异曲。也就是说，大气世界，林林总总，都是由原初的"一"派生出来，诚如孔子所言："天下同归而殊途，一致而百虑。"《周易》正是由太极衍生出的琳琅满目的易象世界。

　　《周易·系辞下》有一段观象系辞的话：

　　作结绳而为罔罟，以佃以渔，盖取诸《离》。包牺氏没，神农氏作，斫木为耜，揉木为耒，耒耨之利，以教天下。盖取诸《益》。日中为市，致天下之民，聚天下之货，交易而退，各得其所，盖取诸《噬嗑》。神农氏没，黄帝、尧、舜氏作，通其变，使民不倦；神而化之，使民宜之。《易》，穷则变，变则通，通则久。是以自天佑之，吉无不利。黄帝、尧、舜垂衣裳而天下治，盖取诸《乾》《坤》。刳

---

① 黄寿祺、张善文：《周易译注》，上海古籍出版社 2007 年版，第 402 页。
② 关于卦象推演问题，将在"易象：象征式言说"一节中分析，在此从略。

木为舟，剡木为楫，舟楫之利，以济不通致远，以利天下。盖取诸《涣》。服牛乘马，引重致远，以利天下。盖取诸《随》。重门击柝，以待暴客，盖取诸《豫》。断木为杵，掘地为臼，臼杵之利，万民以济。盖取诸《小过》。弦木为弧，剡木为矢，弧矢之利，以威天下。盖取诸《睽》。上古穴居而野处，后世圣人易之以宫室，上栋下宇，以待风雨。盖取诸《大壮》。古之葬者，厚衣之以薪，葬之中野，不封不树，丧期无数。后世圣人易之以棺椁。盖取诸《大过》。上古结绳而治，后世圣人易之以书契，百官以治，万民以察。盖取诸《夬》。①

诚如前文所说，这里的"辞"指的就是"象"，这里说的观象系辞指的就是因观卦而设象。如"作结绳而为罔罟，以佃以渔，盖取诸《离》。"按高亨的解释，八卦之离，古代当有离为绳之说，因离为火，古人常用草绳之类以保存火种，故离又为绳也。两离相重象结绳为网罟，故曰："盖取诸《离》。"②再如"日中为市，致天下之民，聚天下之货，交易而退，各得其所，盖取诸《噬嗑》"。意思是说，《噬嗑》是上离下震。《说卦》曰："离为日。"又曰："震，动也。"《噬嗑》之卦象是人在日下动也。日中为市，众人在日下往来，神农创造市场，盖取象于《噬嗑》卦。③再如"刳木为舟，剡木为楫，舟楫之利，以济不通致远，以利天下。盖取诸《涣》"。意思是，《涣》卦是上巽下坎。《说卦》曰："巽为木。坎为水。"《涣》之卦象是木在水上也。黄帝尧舜以木为舟楫，浮行于水上，盖取象于《涣》卦。④用不着多举例，卦象与象辞间的密切关系由此可见一斑。

尚秉和认为："凡《易》辞无不从象生……断无象外之辞。"他对《周易》卦爻象系辞方法进行了细致的研究，认为《周易》观象系辞的方法有以下几种：第一，爻在此而象在应。即此爻爻辞乃是根据应爻爻象而系。第二，象覆即以覆象取义系辞。覆即覆象。尚秉和云："覆象者，艮反为震，震反为艮。兑反为巽，巽反为兑。正倒虽不同，而体则一。""凡易象，同体者无不往来反复。"第三，象伏即以伏象取义。第四，义

① 黄寿祺、张善文：《周易译注》，上海古籍出版社 2007 年版，第 402—403 页。
② 高亨：《周易大传今注》，齐鲁书社 1998 年版，第 420 页。
③ 同上书，第 421 页。
④ 同上书，第 422 页。

在本爻，象则用伏。第五，正象伏象并用。第六，正象与覆象并用。① 尚秉和对观象系辞方法所作出的归纳是可贵的，但是《周易》观象系辞具有很强的随意性。如《需》卦，前卦为坎后卦为乾，坎为云，乾为天，云在天上欲雨，故《象传》云："《需》，须（等待）也，险在前也。刚健而不陷。"坎，险也，乾，健也。《需》的卦象是有险在前，刚健之人处于险后，只要不冒险前行，等待时机，就不会陷于险境。与此相应的六个爻象象辞也都意在说明等待时机，回避艰险之意。但《需》卦象云："有孚，光。亨。贞吉。利涉大川。"意思是说，战争有所俘虏，是光荣；可举行享祭；所占之事吉；利于渡大川。②这与回避风险、等待时机的卦象没有逻辑上的关联。如果一定要说有，只能说是回避风险，等待时机的结果是大吉。卦辞道出的是结果，爻辞解释的是过程。由此可见，《周易》卦象和爻辞之间也有不甚关联之处。但这并不能否定《周易》是一部体大虑周的哲学著作和富有想象力的文学著作。从文学的角度看，能把《周易》卦象、爻象和易理融为一体的，就是象征。

（三）易象——象征式言说

《周易》是以象征式的话语讲述易理的，《周易》易象是以象征的形式营造并以象征的形式表现的。黑格尔认为："象征一般是直接呈现于感性关照的一种现成的外在事物，对这种外在事物并不直接就他本身来看，而是就它所暗示的一种较广泛较普遍的意义来看。因此，我们在象征里应该分出两个因素，第一是意义，其次是这意义的表现。意义就是一种观念或对象，不管它的内容是什么，表现是一种感性存在或一种形象。"③ 受内容与形式二分法的思维习惯的影响，黑格尔指出象征具有意义和表现意义的形象两个要素，从而抓住了象征的两个显性要素，但忽略了形象与意义之间的联结方式。中国古代没有象征一词，象与征分用而意义与象征词意接近的，是东汉班固在《汉书·艺文志》中的记载："杂占者，纪百事之象，候善恶之征。"意思是各种类型的占卜者都通过卦象的推演探究各种事物发展变化的现象，得出吉凶祸福善恶褒

---

① 转引自杨庆中《二十世纪中国易学史》，人民出版社 2000 年版，第 43 页。
② 高亨：《周易大传今注》，齐鲁书社 1998 年版，第 81 页。
③ ［德］黑格尔：《美学》第二卷，朱光潜译，商务印书馆 1981 年版，第 10 页。

贬的征兆。魏晋时期的王弼在《周易略例·明象篇》中也说："是故触类可为其象，合意可为其征。"与《艺文志》所说的内容大致相当。此二例包含了黑格尔所说象征的形象和意义两个显性要素，也同样忽略了形象与意义之间的联结方式。笔者认为，象征在形象与意义之间的联结方式可以是比喻的、暗示的、因果的，也可以是虚拟的、联想的，甚至是相反相成的，总之是连类而及，同构异质，由一至多的推演方式，这已涉及象征的思维方式了。

《周易》易象的象征性首先表现在易象的体系化营造与构建上，即以阴阳为核心，以八卦推演成六十四卦和三百八十四爻，进而形成了涵盖宇宙万物、人生百相、心灵世界并沟通过去、现在和未来的庞大的象征体系。《系辞上》云："是故《易》有太极，是生两仪，两仪生四象，四象生八卦，八卦定吉凶，吉凶生大业。"靠着层层推演，《周易》易象遂成为"弥纶万物"的象征。

《周易》是以两个基本符号"--"和"—"开始的，其由来有多种多样的说法，比较典型的有男女两性说，模拟天地说，奇偶变化说，结绳说，圭臬说，等等，但不管哪一种说法，都已经蕴含了阴、阳两种观念。尽管《周易》未能点明，但阴阳观念成为《周易》的基本思想已是不争的事实。读《周易》让人匪夷所思的是，我们的古人在远古时期仰观于灿烂的星空，俯察于金黄的大地，在俯仰之间从万事万象中绅绎出阴阳两种观念用来解读世界，真是一个伟大的发现！黑格尔在谈到象征符号产生时说："个别自然事物，特别是河海山岳之类的基元事物，不是以它们零散的、直接存在的面貌而为人所认识，而是上升为观念，观念的功能就获得一种绝对普遍存在的形式。"①《周易》的作者正是把对万事万物的理解上升为阴阳观念，并创造了阴爻"--"和阳爻"—"作为世间万物绝对普遍存在的形式，这是易象营造的第一次飞跃。当然，解读世界仅仅靠阴阳观念是不够的。孔颖达《周易正义》说：二画之体"虽象阴阳之气，未成万物之象，未得成卦。必三画以象三才，写天地雷风水火山泽之象，乃为卦也"。② 以三画象征天地人"三才"，每三画成一卦，形成了天地人三位一体的卦象，是古人在阴阳观念基础上易象营造的又一次飞跃。阴阳

---

① ［德］黑格尔：《美学》第二卷，朱光潜译，商务印书馆 1981 年版，第 23 页。
② 孔颖达：《周易正义》卷一，阮元《十三经注疏》，中华书局 1980 年影印本。

二爻按三画重叠而推演，最多能推演成八卦，即乾、坤、震、巽、坎、离、艮、兑，分别用来象征天、地、雷、风、水、火、山、泽八种事物。所谓"八卦成列，象在其中矣"。至此《周易》八卦的易象符号初步营造完成。① 后来，随着古人对世界复杂性认识的加深，仅仅靠八个象征符号还远不能做出解释。于是，"初有三画，虽有万物之象，于万物变通之理犹有未尽，故更重之而有六画，备万物之形象，成天下之能事"。② 至此，《周易》完成了易象营造的第三次飞跃：由阴阳二爻推演成八卦，再推演成六十四卦，共得三百八十四爻。对于卦象的形成，《说卦》作了概括说明："昔者，圣人之作《易》也，幽赞于神明而生蓍，参天两地而倚数，观变于阴阳而立卦，发挥于刚柔而生爻，和顺于道德而理于义，穷理尽性而至于命。"又说："是以立天之道曰阴与阳，立地之道曰柔与刚，立人之道曰仁与义。兼三才而两之，故《易》六画而成卦。分阴分阳，叠用柔刚，故《易》六位而成章。天地定位，山泽通气。雷风相薄，水火不相射。八卦相错。数往者顺，知来者逆，是故《易》逆数也。"③ 由一到多的逐层推演体现了《周易·系辞》所说的"天下之道一致而百虑，同归而殊途"的道理。

且六十四卦之间的推演是有序而又相互关联的。《序卦》就是一篇系统分析六十四卦结构以及卦与卦之间相互联系的专论。清代陈梦雷《周易浅述》云："《序卦》之意，有以相因为序，《乾》、《坤》、《屯》、《蒙》是也。有以相反为序，《泰》、《否》、《剥》、《复》是也。天地间不出相同相反二者，始则相因，终则相反也。"陈梦雷道出了《说卦》具有朴素辩证法思想：六十四卦卦序揭示了事物之间是沿着相因的方向发展，相反的方向转化，即始则因，因则终，终则反的发展规律。如在解释《恒》《遁》《大壮》《晋》《明夷》的顺序说："夫妇之道不可以不久也，故受之以《恒》，《恒》者，久也。物不可以久居其所，故受之以《遁》。《遁》者，退也。物不可终遁，故受之以《大壮》。物不可以终壮，故受之以《晋》。《晋》者，进也。进必有所伤，故受之以《明夷》。夷者，

---

① 按传统相沿已久的说法，伏羲氏始创八卦，至周文王推演为六十四卦，至孔子作《易传》。本文从此说。

② 孔颖达：《周易正义》卷一，阮元《十三经注疏》，中华书局本。

③ 黄寿祺、张善文：《周易译注》，上海古籍出版社 2007 年版，第 428—429 页。

伤也。"① 这是指事物沿着相因的方向发展。再如解释《睽》《蹇》《解》《损》《益》《夬》的顺序时说:"《睽》者,乖也。乖必有难,故受之以《蹇》。《蹇》者,难也。物不可以终难,故受之以《解》。《解》者,缓也。缓必有所失,故受之以《损》。损而不已必益,故受之以《益》。益而不已必决,故受之以《夬》。"② 这是指事物间向相反的方向转化。尽管有时《序卦》的解释有强作解人之嫌,但仍能表明《周易》六十四卦是体大思精包罗万象之作。

其次,《周易》易象的象征性还表现在卦爻象的多义性上。易象符号的多义性是《周易》中普遍的现象。《说卦》集中解说了八卦符号的多义性。我们随意拈出八卦中任何一卦,都能看出卦象符号的多义性特点。如果说《周易》卦象之间主要是依靠事物间正反发展运动的规律来联结,那么,卦象符号多个义项间主要是依靠连类而及的引申和推导来联结。乾为天,坤为地,震为雷,巽为风,坎为水,离为火,艮为山,兑为泽。八卦符号用以象征此八种事物,又以此八种事物的特点为基本义项,展开连类而及的引申和推导,用来象征其他事物和道理。如"《乾》,健也。《坤》,顺也。《震》,动也。《巽》,入也。《坎》,陷也。《离》,丽也。《艮》,止也。《兑》,说(悦)也。"这是以八卦象征人的某些动作行为。"《乾》为马。《坤》为牛。《震》为龙。《巽》为鸡。《坎》为豕。《离》为雉。《艮》为狗。《兑》为羊。"这是以八卦象征某些动物的特性。"《乾》为首。《坤》为腹。《震》为足。《巽》为股。《坎》为耳。《离》为目。《艮》为手。《兑》为口。"这是以八卦象征人体的各个部位。还有将八卦象征家庭中父、母、长男、长女、中男、中女、少男、少女等。这些都是以八卦在总体上象征某类事物或关系而言。不仅如此,《说卦》解易象还从单个易象特点入手,引申类比其他事物和关系,展示了八卦众多的易象,形成了以某一卦象为核心的意象群。如《乾》《坤》二卦:

　　《乾》为天,为圆,为君,为父,为玉,为金,为寒,为冰,为

---

① 黄寿祺、张善文:《周易译注》,上海古籍出版社 2007 年版,第 450 页。
② 同上书,第 450—451 页。

大赤，为良马，为老马，为瘠马，为木果。①

《坤》为地，为母，为布，为釜，为吝啬，为均，为子母牛，为大舆，为文，为众，为柄，其于地也为黑。②

这一番发散式的引申类比和象征，推演出众多的义项，也分别形成了以《乾》《坤》为核心的众多的意象群。从易象发展到意象群，作者不是用逻辑的方法来演绎，而是用类比引申的方法来象征，而象征的意义只有通过认真体会才能心有所得，从而形成了《周易》象征性易象的多义性和隐约性的特点。当然，不只是《说卦》解释八卦的多义性问题，《象传》《彖传》均有解说。高亨结合《周易大传》较系统地罗列出八卦易象的诸多义项。③ 而八卦诸多义项的类比引申有一个共同的特点，就是陈良运所说的，"《周易》的符号象征，就是这样一步步、一层层离开感性形象而引申、升华精神意义的"。④

需要说明的是，这样的引申类比有时不免流于牵强，甚至沦为《吕氏春秋·察传》所说"狗似玃，玃似母猴，母猴似人，人之于狗则远矣"一类的笑话。但是，再形象的比喻也是蹩脚的。《周易》象征性易象的类比引申所呈现出的多义性具有无限延伸的特点。而通过对易象多义性的动态考察，则不难看出，《周易》易象内蕴具有变易性或流动性的特点。

其三，《周易》易象的象征性不仅表现为易象符号的多义性，还表现为易象意蕴的变易性上。《周易》一名而含三义：简易，变易，不易。⑤变易是《周易》的最大特点，也是易象内蕴的最大特点。《周易》的"易"字，无论是指"日月为易"的"易"，还是"蜥蜴"的"蜴"，都强调变化的重要。《系辞下》称《周易》"为道也屡迁，变动不居，周流六虚，上下无常，刚柔相易，不可为典要，唯变所适。"《系辞上》又说："是故四营以成《易》，十有八变而成卦，八卦而小成，引而伸之，触类

---

① 黄寿祺、张善文：《周易译注》，上海古籍出版社 2007 年版，第 436 页。

② 同上书，第 438 页。

③ 高亨：《周易大传今注》，齐鲁书社 1998 年版，第 14—17 页。

④ 陈良运：《周易与中国文学》，百花洲文艺出版社 1999 年版，第 46—47 页。

⑤ 《易纬干凿度》云："易一名而含三义，所谓易也，变易也，不易也。"郑玄依此作《易赞》及《易论》云："易一名而含三义：易简一也，变易二也，不易三也。"

而长之，天下之能事毕矣。"所谓"穷则变，变则通，通则久"。《周易》易象的变易性表现在许多方面，这里仅从六根爻象意蕴的流动变化上探讨易象象征意蕴的变易性特点。

《周易》六十四卦，每卦由六爻组成，六根爻象（爻辞）各代表不同的易理，六爻自下而上依次为初、二、三、四、五、上，象征事物由低到高渐次发展的动态过程，即初爻为事物的开端，二、三、四爻为事物的发展，至五爻而达到极致，上爻则由极而返。其中初爻、二爻为"地位"，三爻、四爻为"人位"，五爻、上爻为"天位"，此谓之天、地、人"三才"。六爻之中，初、三、五爻为奇数为阳，二、四、上为偶数为阴，阴阳互转，构成了爻象意蕴的流变性。如《乾》卦：

初九：潜龙勿用。

九二：见龙在田，利见大人。

九三：君子终日乾乾，夕惕若，厉，无咎。

九四：或跃在渊，无咎。

九五：飞龙在天，利见大人。

上九：亢龙有悔。

用九：见群龙无首，吉。

《周易》以《乾》卦开篇，《乾》卦又以龙开篇，龙，或指东方苍龙七星①也罢，或指远古神话中的神灵也罢，归根结底是象征性意象。《乾》卦是以龙的行迹喻君子之作为，有深刻的象征意义。初九描写龙潜水下，无声无息，喻君子韬光养晦，以待时机。九二、九三写龙出现在田野上，喻君子想要有所作为还需兢兢业业，勤勉不懈。九四写龙腾出水，喻君子开始行动，一展身手。九五写龙飞在天，喻君子大功告成，事业处于巅峰状态。上九写飞到极高处的龙会有灾祸，告诫君子事业发展到极限会盛极而衰。用九写群龙相聚无首，喻君子从高位下来隐于众生之中，不求闻达，以得善终。从初九到上九以至于用九，爻象的依次

---

① 闻一多：《璞堂杂识》云："乾卦，言龙者六（内九四'或跃在渊'虽未明言龙而实指龙），皆谓东方苍龙七星。"见《闻一多全集》第10册，湖北人民出版社1993年版，第585页。

变化，其象征意蕴也随之变化，从而构成了易象意蕴周流变动的基本态势。

总之，《周易》的易象是象征的易象，《周易》的艺术是象征的艺术。无论是立象尽意还是观物取象，观象系辞，《周易》都是以象征的方式言说的。《周易》的易象体系是通过连类而及的引申推演所形成的象征体系。《周易》易象的象征性展示了易象符号的多义性和易象内蕴的流变性。《周易》象征易象的共同特征是以象喻理，隐约含蓄。用《系辞下》的话说：

> 夫《易》彰往而察来，而微显阐幽，开而当名辨物，正言断辞。其称名也小，其取类也大。其旨远，其辞文，其言曲而中，其事肆而隐。①

这与"诗"之兴和"史"之笔的话语模式已十分接近了。

二　"诗"之兴

最早将"诗"之兴与"易"之象联系在一起的是刘勰。他在《文心雕龙·比兴》中说："观夫兴之托谕，婉而成章，称名也小，取类也大。"后二句便出自《周易·系辞下》"其称名也小，其取类也大"。指出兴的托物讽谕手法在于以小见大，委婉曲折。此后有许多学者都谈到了《周易》与《诗经》的相似性。如宋代陈骙在《文则》中说："故《易》文似《诗》……《中孚》九二曰：'鸣鹤在阴，其子和之；我有好爵，吾与尔縻之。'使之入《诗·雅》，孰别爻辞。"② 清代章学诚在《文史通义》中则明确指出《周易》之象和《诗经》之兴有相同之处："《易》之象也，《诗》之兴也，变化而不可方物矣。""《易》象虽包六艺，与《诗》之比兴尤为表里。"③ 在章学诚看来，《周易》象包含天地自然之象和人心营构之象，兼通六艺之象，可与《诗经》之比兴相互解读。今人闻一多

---

① 黄寿祺、张善文：《周易译注》，上海古籍出版社 2007 年版，第 412 页。
② 陈骙：《文则》，王利器校点，人民文学出版社 1960 年版，第 5 页。
③ 叶瑛：《文史通义校注》，中华书局 1994 年版，第 18、19 页。

更明确地指出："隐在六经中相当于《易》的象，《诗》的兴（喻不用讲是《诗》的'比'），预言必须有神秘性（天机不可泄露），所以占卜家的语言中少不了象。《诗》——作为社会诗、政治诗的雅，和作为风情诗的风，在各种性质的沓步（taboo）的监视下，不须带着伪装、秘密活动，所以诗人的语言中，尤其不能没有兴。象与兴实际都是隐，有话不能明说的隐。所以《易》有《诗》的效果，《诗》亦兼《易》的功能，而二者在形式上往往不能区别。"①

关于《诗经》比兴研究，尤其兴的研究，近三十年来一直是中国诗学研究的热点，并取得了一系列重要的学术成果，主要著作有赵沛霖的《兴的源起》（中国社会科学出版社 1987 年版）、傅道彬的《中国生殖崇拜文化论》（湖北人民出版社 1988 年版）、刘怀荣的《中国古典诗学原型研究》（台北文津出版社 1996 年版）、陈丽虹的《赋比兴的现代阐释》（中国美术学院出版社 2002 年版）、李健的《比兴思维研究》（安徽教育出版社 2003 年版）、彭锋的《诗可以兴》（安徽教育出版社 2003 年版）、刘怀荣的《赋比兴与中国诗学研究》（人民出版社 2007 年版）等，另有多篇有学术价值的论文。② 结合当前比兴研究成果，笔者认为，从兴的源起、发展、流变来看，诗之兴可划分祭祀之兴、政教之兴和诗学之兴。从现存文献上看，春秋中叶前基本上是祭祀之兴，并以其隐喻象征方式传达出上古时期生殖崇拜、图腾崇拜等原始文化密码。政教之兴伴随春秋"用诗"时代的到来而兴起，经孔子及其弟子对"诗三百"的解说而形成，至汉代形成的"以喻释兴"的经学化解读方式则完成了兴的政教理论建构。其话语模式有别于祭祀之兴的隐喻象征而呈现出美刺寄托的特点。伴随着经学的衰微，诗学之兴以其言有尽而意无穷的话语表达方式在齐梁时期兴起，经司空图、严羽、王士祯、王国维等人的不断探索而成为中国诗学追求的最高的抒情境界。而政教之兴在发挥其美刺功能的同时，也呈现出向诗学之兴回归的趋势。

（一）祭祀之兴：隐喻象征

兴，繁体为興，篆文为𦥷。《说文》说兴"起也，从舁从同，同力也。"舁，共同用手抬举之意。从字形分析，兴，像四只手共同抬举一物

① 闻一多：《神话与诗》，北京古籍出版社 1956 年版，第 118 页。
② 刘怀荣：《20 世纪以来赋、比、兴研究述评》一文，《文学遗产》2008 年第 3 期。

之状，至于所举为何物，或以为"盘"①，或以为"帆"②，或以为"酒爵"③，其中释为祭祀用的"盘"较妥。对此，有学者辨之甚详，认为："多人供牲于盘并集体起舞当是兴祭最基本的特征，换言之，兴字造字的本意当指兴祭活动中的供牲和舞蹈。"④ 可见，兴的源起和祭祀密不可分。那么，在《诗经》文本中又怎样体现兴的祭祀内容的呢？赵沛霖在《兴的源起》中把《诗经》中众多的兴象分成鸟意象、鱼意象、植物意象和虚拟动物意象，并破译出这些"兴象"所承载的原始宗教的文化密码。现以《诗经》中的鸟兴象和鱼兴象为例加以说明。

在赵沛霖看来，《诗经》中鸟的兴象与上古时期鸟图腾崇拜有密切的关系，并由鸟兴象作为"他物"引起缅怀家国父母之"所咏之词"在《诗经》中屡见不鲜：

> 肃肃鸨羽，集于苞栩。王事靡盬，不能艺稷黍。父母何怙？悠悠苍天，曷其有所？
> ————《唐风·鸨羽》

朱熹《诗集传》："言鸨之性不树止，而今乃飞集于苞栩之上。如民之性本不便于劳苦，今乃久从征役，而不得耕田以供子职也。"⑤ 借鸟起兴写役夫久征在外不得回家奉养父母。《小雅·黄鸟》："黄鸟黄鸟，无集于谷，无啄我粟。此邦之人，不我肯谷。言旋言归，复我邦族。"这是以黄鸟起兴抒发怀乡之情。《小雅·小宛》："宛彼鸣鸠，翰飞戾天。我心忧伤，念昔先人。明发不寐，有怀二人。""二人"按朱熹所说是指父母，同样是以鸟起兴表达对父母的怀念。另如《小雅·绵蛮》《小雅·小旻》也无不如此。这些都真实地反映了源于远古先民鸟图腾崇拜观念下以鸟象征父母祖先的情怀。

---

① 商承祚认为甲骨文之"兴字像四手各执盘之四角而兴起之"。见商承祚《殷契佚存考释》，金陵大学中国文化研究丛刊甲种，1933 年线装本，第 62 页。又参见郭沫若《卜辞通纂考释》殷字条、凡字条，《郭沫若全集》第二卷，科学出版社 1982 年版。

② 杨树达认为兴乃"像四手持帆之形"。见《积微居小学述林》，科学出版社 1954 年版，第 90 页。

③ 孔颖达：《毛诗正义》云："同，酒爵之名也。"意思是说兴为多人举酒爵以行祭祀之礼。

④ 刘怀荣：《赋比兴与中国诗学研究》，人民出版社 2007 年版，第 94 页。

⑤ 朱熹：《诗集传》卷六，上海古籍出版社 1980 年版，第 71 页。

　　其实，"将鸟的兴象追溯到鸟的图腾崇拜并不是鸟的最早的原始意象，最初的意象当同人类早期的生殖崇拜历史有关"。① 换句话说，鸟图腾观念是源于人类的生殖崇拜观念进而引申为祖先观念、家园观念和父母观念。由此可见，《诗经》中的鸟兴象是远古先民生殖崇拜观念的隐喻。

> 彼候人兮，何戈与祋。彼其之子，三百赤芾。
>
> 维鹈在梁，不濡其翼。彼其之子，不称其服。
>
> 维鹈在梁，不濡其咮。彼其之子，不遂其媾。
>
> 荟兮蔚兮，南山朝隮（jì）。婉兮娈兮，季女斯饥。
>
> 　　　　　　　　　　　　　　　　——《曹风·候人》

《毛传》解释此诗说："《候人》，刺近小人也。共公远君子而好近小人焉。"其实这是汉儒经生的迂腐之解。闻一多认为，"《诗经》里常用水鸟指男性，鱼比女性，鸟入水捕鱼比两性的结合"，全诗在"讲水鸟不入水捕鱼，只闲着站在梁上，譬如男人不来找女人行乐，所以致令她等得心焦。"② 这一解释抓住了这首诗所承载的原始先民生殖崇拜文化内容。郭沫若指出："无论是凤或燕子，我相信这传说是生殖器的象征。鸟直到现在还是生殖器的别名。"③ 由于男根与鸟形相似，且男根有卵（睾丸），而鸟能生卵，所以远古先民就以鸟作为男根的象征，通过崇拜鸟祈求生命繁殖。由鸟——男根——性——爱情——婚嫁，构成了鸟兴象以生殖崇拜为核心的性爱、婚恋内容，并伴随着两性浓郁而热烈的情感。《诗经》首篇《关雎》就是以雄性雎鸠鸟的求偶之声兴起君子对淑女的追求的情歌，是原始先民生殖崇拜宗教观念的孑遗。其他如《召南·鹊巢》《邶风·燕燕》《秦风·晨风》都是以鸟起兴，从而引发男女相恋的内容。因此，《诗经》中有些以鸟为兴象的诗歌不仅传达出远古先民在鸟图腾崇拜过程中所体现的祖先观念和思念家园父母观念，同时也承载鸟图腾中更为古老的生殖崇拜观念。

　　《诗经》中以鱼为兴象的作品也同样承载着原始先民生殖崇拜观念，

---

① 傅道彬：《中国文学的文化批评》，黑龙江人民出版社 2000 年版，第 443 页。

② 闻一多：《诗经研究》，巴蜀书社 2002 年版，第 9 页。

③ 郭沫若：《郭沫若全集》第 1 卷，人民出版社 1982 年版，第 329 页。

鱼成为性象征的隐喻。对此，闻一多在《说鱼》一文中有明确的解释。赵国华在此基础上有了更具体的阐发："从表象上来看，因为鱼的轮廓，更确切地说是双鱼的轮廓，与女阴的轮廓相似，从内涵来说，鱼腹多子，繁殖力强，当时的人类还只知道女阴的生育功能，因此，这两方面的结合，使生活在渔猎社会的先民将鱼作为女性生殖器官的象征。这表现了远古人类的模拟心理，表现了他们对鱼的羡慕和崇拜。在万物有灵观念的引导下，远古先民尤其是女性，希望对鱼的崇拜能起到生育功能的转移作用或者加强作用，即能将鱼的旺盛生殖力转移给自身，或者能加强自身的生殖能力。为此，应运诞生了一种巫术礼仪——'鱼祭'。半坡那些精工特制的鱼纹彩陶，便是神圣的祭器。原始先民以鱼为神，象征着以女阴为神，实质是生殖崇拜，以祈求人口繁盛。"[1]《豳风·九罭》：

> 九罭之鱼鳟鲂。我觏之子，衮衣绣裳。
> 鸿飞遵渚，公归无所，于女信处。
> 鸿飞遵陆，公归不复，于女信宿。
> 是以有衮衣兮，无以我公归兮，无使我心悲兮！

《毛传》及孔颖达《正义》都说是周大夫赞美周公东征，刺成王不迎周公还朝。可实际上，按着闻一多的解读，这是一首抒写男女性爱的诗[2]。九罭，细密的渔网，以细密的渔网捕捞鳟鲂这样的大鱼，是男女性爱的隐语。事后男子要走，女子不知他走向何方，不知他何时能回来，便藏起男子的衮衣来挽留他，希望和他再住一宿，不要让她太悲伤。再如《齐风·敝笱》：

> 敝笱在梁，其鱼鲂鳏。齐子归止，其从如云。敝笱在梁，其鱼鲂鱮。齐子归止，其从如雨。敝笱在梁，其鱼唯唯。齐子归止，其从如水。

全诗意在讽刺鲁桓公放任文姜淫乱，并同她一起回国。敝笱，破鱼篓，暗

---

① 赵国华：《生殖崇拜文化略论》，《中国社会科学》1988 年第 1 期。
② 闻一多：《诗经研究》，巴蜀书社 2002 年版，第 20 页。

指淫乱的文姜，鲂、鳏暗指和文姜淫乱之人，其从如云，其从如雨，其从如水，将云、雨、水相连，更道出从者的企图。类似的诗句还《邶风·新台》："鱼网之设，鸿则离之。燕婉之求，得此戚施。"《陈风·衡门》："岂其食鱼，必河之鲂？岂其娶妻，必齐之姜？岂其食鱼，必河之鲤？岂其娶妻，必宋之子？"

从以上《诗经》中的鸟兴象和鱼兴象的文化分析可以看出，作为祭祀意义上的兴，作者所选取的"他物"本身就隐含着原始先民丰富的宗教文化密码即生殖崇拜、图腾崇拜、祖先崇拜以及乡土观念、父母观念等。原始先民在万物有灵观念的引导下，他们面对大千世界充满了神秘和恐惧，他们不是也不可能从逻辑的关系来理解自然，只能用前逻辑的或原逻辑的方法看世界。列维－布留尔说："我们用'原逻辑'这个术语，并不意味着我们主张原始人的思维乃是在时间上先于逻辑思维的什么阶段。""他不是反逻辑的，也不是非逻辑的。我说它是原逻辑的，只是想说它不像我们思维那样必须避免矛盾。它首先是和主要是服从于'互渗律'。"① 布留尔所说的"互渗律"是原始思维的突出表征，它不同于我们现代人依托于概念判断和逻辑分析的思维方法，而是依托于神秘想象和联想建立起的原始表象间相互渗透，充满了不可思议的神秘联系的思维方法。在原始思维"互渗律"的影响和支配下，日月山川、风云雷电、虎豹熊罴、花鸟草虫都和人类有着神秘的无可争议的联系。神秘产生了恐惧，恐惧产生了神，也产生了禁忌和祭祀。在原始先民集体祭祀神灵的庄严仪式上，那热烈而酣畅的娱神乐舞和歌诗隐含着原始先民多么丰富的祈望和想象！因此，作为祭祀意义上的"兴"，在原始先民的文化语境中其文化内涵是不言自明的，并不存在意念遮蔽的问题，只是进入了文明社会，被文明之网层层包裹而变得扑朔迷离。因此，《诗经》中有些鸟兴象、鱼兴象、植物兴象和虚拟动物兴象在保留了原始先民的宗教祭祀内容的同时，由于时代的发展、文明的演进和文化语境的变化，兴的宗教祭祀内涵裹上了厚重的政教外衣，兴的内涵也由祭祀之兴演变为政教之兴，兴的表现形式也由隐喻象征转变为美刺寄托。

---

① ［法］列维－布留尔：《原始思维》，丁由译，商务印书馆1994年版，第71页。

（二）政教之兴：美刺寄托

伴随着原始宗教观念的淡去和礼乐文化的兴起，兴的内涵也由祭祀之兴演进为政教之兴。如果说"信巫鬼而重淫祀"的殷商文化培养了兴的祭祀品格，那么以礼乐化成天下的周文化则为兴注入了政教的内容；如果说祭祀之兴的表现形式是隐喻是象征，那么政教之兴的表现形式是美刺是寄托。尽管周文化仍保留了殷商祭神祭祖的宗教仪式，但"事鬼神而尽人事"是周文化有别于商文化的基本特征。政教之兴虽不能彻底摒除宗教祭祀的内容，但更多的是政治是礼仪是会盟是社交是宴享。政教之兴从春秋时期行人赋《诗》开始，经春秋末年孔子及其弟子对"诗三百"的解说，再到汉儒经生对《诗经》之兴进行经学化解读，进而完成了它的建构过程。

从春秋中叶到战国末期，"诗三百"被广泛运用到典礼、会盟、外交、宴享等领域，成为"全面的社会生活"。傅道彬先生将这一时期概括为"用诗时代"："用诗分为赋诗和引诗。一般说来赋诗多用于外交和上层社会的祝美称愿；引诗则常用来阐发义理论证问题。从时间上说行人的赋诗盛行于春秋之世，哲理的引诗通行于战国的诸子著作。"① 从兴的言说方式上看，春秋行人赋诗所先言他物的"物"是"诗三百"成句，而所咏之词的"词"是赋诗者内心想说又不便明说的话。也就是说赋诗者是运用兴的手法借吟诵"诗三百"成句来寄托自己的美刺褒贬，这就构成了政教之兴的基本言说方式。与赋《诗》相类的引《诗》，大多是通过"引经据典"的方式展开论辩，即以《诗经》成句作为论据，论其成破利害，断其是非曲直，呈现出直而切的特点。因而，大体说来引《诗》是赋的言说方式，不是兴的言说方式，此不赘述。

据清人劳孝舆《春秋诗话》统计，春秋"列国公卿大夫宴享赠答而赋诗者三十一则，自僖公二十三年春秦穆享重耳起（用《河水》，逸诗），至昭公二十五年叔孙婼聘宋而讫。（用《新宫》，亦逸诗）"。② 现以《左传》襄公二十七年垂陇之会为例，看看春秋行人在外交上如何采用兴的言说方式来赋诗的。

---

① 傅道彬：《中国文学的文化批评》，黑龙江人民出版社 2000 年版，第 85—86 页。
② 劳孝舆：《春秋诗话》，广东高等教育出版社 1996 年版，第 14 页。

郑伯享赵孟子于垂陇，子展、伯有、子西、子产、子大叔、二子石从。赵孟曰："七子从君，以宠武也。请皆赋以卒君贶，武亦以观七子之志。"①

郑伯在垂陇对前来郑国的晋国使臣赵文子（即赵孟又名赵武）设享礼招待。席上赵孟请与郑伯同席的七位随从赋诗言志，是向郑国友好的表示。子展所赋《草虫》，出自《召南》，依杜预注，取"未见君子，忧心忡忡。亦既见止。亦既觏止，我心则降"。子展借《草虫》成句起兴，其意在于称美赵孟是君子，令人思慕。赵孟则连忙解释说："善哉！民之主也。抑武也不足以当之。"而伯有所赋的《鹑之贲贲》出自《墉风》，今本作《鹑之奔奔》，据《诗序》此诗为讥刺卫国宣姜淫乱而作。伯有取诗中"人之无良，我以为君"句，则意在发泄对郑伯的怨愤和不满。赵孟闻此连忙打岔调侃道："床笫之言不逾阈，况在野乎？非使人之所得闻也。"宴罢，赵文子与叔向私下议论道："伯有将为戮矣。诗以言志，志诬其上而公怨之，以为荣宾，其能久乎？幸而后亡。"赵文子从伯有的赋诗中分明觉察到了他的不臣之心。由此可见，春秋行人赋诗是以"诗三百"成句起兴，意在表达自己爱憎褒贬，这实际上就是美刺寄托的方法，与"春秋笔法"没有什么质的差别。类似的事例在《左传》里很多，著名的有襄公八年、襄公二十六年、昭公十六年、僖公二十三年、文公十三年、定公四年等。尽管春秋行人赋《诗》言志更多的属于个人的即兴发挥，但在礼乐文化的背景下"兴"还是被赋予了政治教化的内涵，到春秋末年孔子及其弟子对"诗三百"的解读，则自觉地凸显了兴的礼乐教化特色。

陈伯海认为："孔门诗教的特点在于借用现成诗句以启发人们对人生事理的感悟，其达意方式与春秋以来列国士大夫交往赋诗时的'断章取义'是一个路子。"② 这是一方面。另一方面，孔子及其弟子从礼乐文化的角度解释"诗三百"具有更强更自觉的政教伦理意味："小子何莫学乎诗？诗，可以兴，可以观，可以群，可以怨。迩之事父，远之事君，多识

---

① 杨伯峻：《春秋左传注》，中华书局 1990 年版，第 1134 页。
② 陈伯海：《中国诗学之现代观》，上海古籍出版社 2006 年版，第 130 页。

于鸟兽草木之名。"① 这里，孔子虽然没有解释什么叫"兴"，但联系这段文字不难看出，孔子是从政教伦理教化的角度阐释"兴、观、群、怨"的。他对"诗三百"具体篇章的解释就可以看到这一点。例如《诗经·卫风·硕人》本是写美人美貌的诗，《左传》隐公三年有明确记载："卫庄公娶于齐东宫得臣之妹，曰庄姜，美而无子。卫人所为赋《硕人》也。"② 而《论语》中提到《硕人》中的诗句时，"子夏问曰：'巧笑倩兮，美目盼兮，素以为绚兮。'何谓也？子曰：'绘事后素。'曰：'礼后乎？'子曰：'起予者商也，始可与言《诗》矣'"③。在孔子和子夏看来，读《硕人》的意义不在"色"而在"礼"，是由"色"而兴"礼"。这就叫"诗可以兴"。近年出土的战国楚竹简《孔子诗论》中有关孔子评价《关雎》的题旨也能充分证明了这一点：

> 《关雎》以色喻于礼。（10 简）
> 《关雎》之改，则其思益矣。（11 简）
> 反纳于礼，不亦能改乎？（12 简）
> 其四章则喻矣，以琴瑟之悦，拟好色之愿……（14 简）④

文中的"改"字，虽有多种解释，但以李学勤释为"更易"较为稳妥。在孔子看来，《关雎》虽是描写美色，却可以把对美色的喜好转变（"改"）为对礼的追求。换句话说，对美色的追求只有纳入礼的规范才是美的。所以《关雎》所显现的"更易"，其思想是很有益的。能把对美色的喜爱回归到对礼的重视，不就是善于"更易"吗？第四章的意思就更明了了，把对琴瑟的喜悦比拟为喜爱美色的愿望。如果联系《论语》中孔子有关"好德"与"好色"的议论，则不难得出孔子以礼解诗的特点。于是"兴"的政教伦理教化内涵被强化了。

汉儒则继承了孔子及其弟子以礼解诗方法和路径，通过对《诗经》"兴"义的经学化阐释，从而完成了兴的政教理论建构。《毛传》与《郑

① 杨伯峻：《论语译注》，中华书局 1980 年版，第 185 页。
② 杨伯峻：《春秋左传注》中华书局 1990 年版，第 30—31 页。
③ 杨伯峻：《论语译注》，中华书局 1980 年版，第 25 页。
④ 《上海博物馆藏战国楚竹书（一）读本》，季旭升主编，北京大学出版社 2009 年版，第 39 页。

笺》在对"兴"的阐释上就能说明这一点。

刘勰在《文心雕龙·比兴》中说:"毛公述传,独标兴体。"可见兴在《毛传》中地位之重要。什么叫"兴"?《毛传》并未给出答案,而是通过对《诗经》116篇标注"兴也"的文本分析来说明。现举三例加以分析。

例一,在《周南·关雎》"关关雎鸠,在河之洲"二句注云:

> 兴也……后妃说乐君子之德,无不和谐,又不淫其色,甚固幽深,若关雎之有别焉,然后可以风化天下。夫妇有别则父子亲;父子亲则君臣敬;君臣敬则朝廷正;朝廷正则王化成。①

例二,在《王风·采葛》"彼采葛兮,一日不见,如三月兮"下注云:

> 兴也,葛所以为絺绤也。事虽小,一日不见君,忧惧于谗也。②

例三,在《齐风·南山》"南山崔崔,雄狐绥绥"下注云:

> 兴也……国君尊严,如南山崔崔然,雄狐相随绥绥然。无别,失阴阳之匹。③

例一,《毛传》在《关雎》序中已点出"后妃之德"的题旨,在此又以雎鸠鸟雌雄和鸣而有别喻后妃乐君子之德,进而引发风化天下的政教之用,显然是沿着《孔子诗论》"《关雎》以色喻于礼"的思路发展而来。例二,以采葛草织成葛布这样的小事为喻,抒发一日不见国君就可能被国君周围的谗人所毁的忧惧之心。例三,是讽刺齐襄公淫其妹的乱伦行为,以南山和雄狐起兴,以南山喻君王之威严,以雄狐求偶状襄公之丑态。由以上三例可以看出《毛传》以喻释兴的特点。郑玄释兴,紧承《毛传》

---

① 《十三经注疏》,阮元校刻,中华书局 1980 年影印本,第 272 页。
② 同上书,第 333 页。
③ 同上书,第 352 页。

之意。《毛传》标"兴也"的地方，郑笺多释为"兴者喻"，或者用"如""犹""若"等比喻词衔接。如对《周南·麟之趾》之兴，《郑笺》云："兴者喻今公子亦信厚与礼相应有似于麟。"① 此外，郑玄还直接对比、兴作了解释。在《周礼·春官·宗伯·大司乐》注云："兴者，以善物喻善事。"② 又在《周礼·春官·宗伯·大师》注云："比见今之失，不敢斥言，取比类以言之。兴见今之美，嫌于媚谀，取善事以喻劝之。"③《毛传》《郑笺》之外，汉代其他学者如刘安、孔安国、班固、王符、王逸等解释兴的时候多是以喻释兴④。也就是说，汉儒笔下的兴呈现出比喻化的特点。因此有学者总结说，由"兴义销亡"而形成兴向比汇合的结果，在汉儒那里得到了充分的表现。⑤

"以喻释兴"虽然是汉儒解释《诗经》的普遍特点，但是把"喻"普遍理解为"比喻"则显得过于宽泛，尚须细化。刘勰在《文心雕龙·比兴》中说："比显而兴隐。"这是比兴在"引类譬喻"上的最大不同。可见，兴即使向比汇合也只能限定在隐的层面上。就政教之兴而言，笔者认为，从孔子提出"以色喻礼"到汉儒普遍认同的"以喻释兴""兴者喻"，这里的"喻"看似"比喻"，却是"寓托""寄托"之意，是"兴寄"，或者更具体地说是"美刺寄托"。这与春秋时代行人赋诗断章、赋诗言志所形成的美刺寄托方法一脉相承，是政教之兴的表现形式。

汉儒解诗与春秋赋诗既有联系又有区别。春秋行人赋诗多属于各言其志，不考虑所赋之诗的本义，而是断章取义，用春秋人的话说是"赋诗断章，余取所求焉"。⑥ 听诗者也不重诗的本义而重赋诗者的言外之意。相比之下，汉儒解诗是要把政教得失、伦理观念、王道事功熔铸到《诗经》三百篇中，不能像春秋赋诗那样随意发挥，各言其志。他们不仅要探究诗的本义，还要想方设法将诗的本义同政治教化内容"对接"起来，并熔铸到诗的本义中，其难度远大于春秋赋诗。通常情况下，《诗经》中那些直接描述君王政事以及伦理教化的篇章很容易与政教观念"对接"起

① 《十三经注疏》，阮元校刻，中华书局 1980 年影印本，第 283 页。
② 同上书，第 787 页。
③ 同上书，第 796 页。
④ 参见萧华荣《汉代"兴"喻说》，《齐鲁学刊》1994 年第 4 期。
⑤ 刘怀荣：《赋比兴与中国诗学研究》，人民出版社 2007 年版，第 293 页。
⑥ 这里借用《左传》襄公二十八年载卢蒲葵的一句话，见杨伯峻《春秋左传注》，中华书局 1990 年版，第 1145 页。

来，甚至能达到妙合无痕的境地。但是那些描写鸟兽草木、男女风情、农事生活、燕饮酬酢之诗，纯系自然景物、日常生活，与王道政教无干，根本无法"对接"。无法"对接"，也就意味着达不到以《诗经》教化天下的目的。于是一向因循守旧的汉儒忽然变得灵活起来，把这类诗的本义作为"喻体"，将王道教化作为"被喻体"，并通过"兴"的方法，将"被喻体"（王道教化）引发出来。如果套用朱熹的话，就叫"先言他物以引所咏之词也"，这就是兴寄，既照顾到了诗的本义又达到了寓托政治教化的目的，可谓两全其美。这是汉儒解诗的聪明处。只是这一"对接"免不了牵强附会，更达不到妙合无痕的境地。因为"喻体"和"被喻体"之间无法构成比喻和被比喻的关系。尽管汉儒大谈"兴者喻"，但这里的"喻"，不是比喻而是寓托，是兴寄，是政教之用的美刺寄托。与春秋行人赋诗的美刺寄托并无二致，只不过前者带有官方色彩，后者则是个人的即兴发挥。

"以喻释兴"不是从汉儒开始的。如前所述，《孔子诗论》中谈到《关雎》篇时，孔子提出"以色喻于礼"的主张，其实就是"以喻释兴"的先例。其中，"以色喻于礼"的"喻"，或以为比喻的意思，或以为知晓的意思，但仔细体味，都不确切，而是寓托、寄托即兴寄的意思。以色知晓于礼，等于说以好色来戒色，以纵欲来禁欲一样，虽然在生活中可能存在，但都是通过对好色者或纵欲者行为的否定来肯定戒色和禁欲的。《关雎》中的君子、淑女显然不是被作者否定的。因此，把"喻"释为知晓的意思不妥。同样，"喻"也不是比喻的意思，因为比喻的特点在于喻体和被喻体之间有相似性，"色"与"礼"之间构不成相似性。一首借雎鸠鸟和鸣起兴的男女爱情诗硬被说成是"后妃之德"，即使我们找出一千个理由证明二者之间相似都是牵强的附会的。在《论语·子罕》《论语·卫灵公》中孔子曾两度发出"吾未见好德如好色者也"的慨叹，看来孔子也认为好德与好色是不同的：好色容易好德难，好德如好色就更难。而好礼如好色同样难。"色"与"礼"之间隔着一道难以逾越的鸿沟。好色出自人的本能，好礼则需后天的教化。而人的教化又是从学诗开始的，所谓"不学诗，无以言"，所谓"兴于诗，立于礼，成于乐"。在孔子看来"诗三百"是人们接受礼乐教化的最基础的教科书，理应成为礼乐教化的载体。因此要弥合"色"与"礼"的鸿沟，就要把《关雎》解释成"好色而不淫"的典型，"不淫"在于符合"礼"的规范。这样

"色"与"礼"就实现了"对接"，达到了统一。因此，是"礼"寄托到了"色"上，而不是"礼"与"色"有相似性。所以，孔子所说《关雎》"以色喻于礼"，实质是"以礼托于色"；汉儒所说的"以喻释兴"，实质也是"以托释兴"。汉儒中只有郑众对兴的解释最有说服力：

> 比者，比方于物也。兴者，托事于物也。①

只可惜，郑众的解释那么微弱，还没有引起汉儒的响应，便被他的后代——大名鼎鼎的经学大师郑玄所掩盖。随着《诗经》在汉代被推上至高无上的经学地位，"诗三百"生动鲜活的诗性特点也丧失殆尽。当讲求美刺寄托的政教之兴，连同赋与比，都充当了政治教化的工具，《诗经》也就成了名副其实的政教伦理教科书。反之，当《诗经》真的成为名副其实的政教伦理教科书的时候，兴也就沦为两汉经学家"以兴寓理"的政教工具。

（三）诗学之兴：韵味无穷

如果说以美刺寄托为表现形式的政教之兴伴随着儒家诗学话语的强盛而强盛，那么也必然伴随着儒家诗学话语的衰微而衰微。魏晋以降，由于以官方儒家哲学为主体的两汉经学的崩塌，先秦以来的赋比兴终于从经学的废墟中站立起来，脱下了政治教化外衣，焕发出诗性的光芒。"兴"终于由"以兴寓理"的经学本位回归到"以兴寄情"的诗学本位。就诗学之兴的表现方式而言，同祭祀之兴、政教之兴一样，都是隐喻象征。但后二者的隐喻象征意义是特指的，诗学之兴则是泛指的。祭祀之兴蕴含着生殖崇拜、图腾崇拜等原始宗教密码，政教之兴蕴含着讽谕教化等内容，到了诗学之兴则不在蕴含这些特指的内容，而是将其泛化，泛化为诗人丰富多彩的情感世界。诗学之兴从真正意义上达到了言有尽而意无穷的境界，这也正是中国诗学所追求的最高境界。

第一位将"兴"视为抒情手法的是西晋的挚虞。他在《文章流别论》中说："赋者，敷陈之称也；比者，喻类之言也；兴者，有感之辞也。"②

---

① 《周礼注疏》，《十三经注疏》，阮元校刻，中华书局1980年影印本，第796页。
② 《中国历代文论选》第一册，郭绍虞主编，上海古籍出版社1984年版，第190页。

挚虞说赋说比均无新意，唯有说兴有新意。有感之辞是说受外物的触发而形成的感慨、感动之辞，兴的抒情意味突出了。至南朝齐代刘勰在《文心雕龙》专设《比兴》篇加以系统总结。刘勰对比兴的贡献是在总结归纳前人有关比兴的论述的基础上提出"比显而兴隐"的观点，对比兴的区别做了令人信服的阐释。"故比者，附也；兴者，起也。附理者切类以指事，起情者依微以拟议。起情故兴体以立，附理故比例以生。比则畜愤以斥言，兴则环譬以记讽。"又说："兴之托喻，婉而成章，称名也小，取类也大。"①这些言论表明刘勰受儒家诗教观念影响之重。尽管如此，刘勰仍能凸显兴的抒情功能和委婉隐约的话语模式。而真正确立兴的诗学品格的是稍晚于刘勰的钟嵘。他在《诗品·序》中说：

> 故诗有三义焉：一曰兴，二曰比，三曰赋。文已尽而意有余，兴也；因物喻志，比也；直书其事，寓言写物，赋也。弘斯三义，酌而用之，干之以风力，润之以丹采，使味之者无极，闻之者动心，是诗之至也。②

应该说是钟嵘摆脱了儒家诗教观念的束缚，真正从诗歌美学的角度为诗之兴赋予了新的生命与活力。"文已尽而意有余"是一个全新的命题。这里的兴不是简单地给诗开个头儿，不是"引譬连类"、美刺寄托、"主文而谲谏"，而是要通过有限的文字表达无限的情意。这是对诗歌内在审美特征的要求，是解读诗歌艺术奥秘的深切体验，是诗人诗美理想的艺术呈现。在钟嵘看来，如果恰当地运用赋、比、兴的手法，再把骨气风力内蕴于诗中，文采华章润泽于诗表。这样的作品才能"使味之者无极，闻之者动心"，才能达到诗的极致。这可视为钟嵘的诗美理想。钟嵘对赋比兴的阐释突出了诗人在诗歌创作中"吟咏性情"的艺术特质，不再把赋比兴同儒家推行的讽谕教化内容联系起来，摆脱了诗歌创作为政教服务的束缚，赋比兴真正成为中国古典诗歌艺术创作的基本手法，并对后代诗学之兴的理论建构产生了积极影响。如果说刘勰论比兴意在总结过去，对汉以来儒家诗教之兴进行系统总结，那么钟嵘论比兴则意在开辟未来，开辟了

---

① 范文澜：《文心雕龙注》，人民文学出版社1958年版，第601页。
② 何文焕：《历代诗话》，中华书局1981年版，第3页。

中国诗学之兴审美建构的新路径。从此，《诗经》之兴形成了以审美创造为核心的诗学派，有别于以儒家诗教理论为核心的政教派。

　　沿着《诗品》的路径，唐人多以兴与象相融合的方式表达诗学之兴的美学理念。皎然《诗式》云："兴者，立象于前，后人以人事谕之。"①　殷璠《河岳英灵集》则拈出"兴象"一词解读唐诗。唐末司空图所提出"象外之象"②，虽然看似与兴的理论无关，但是，作为诗歌的审美意象，"象外之象"正是以"兴象"为基础的③。至于他所提出的"韵外之致"和"味外之味"正与钟嵘提出的"文已尽而意有余"的"兴"以及"滋味"说密切相关。宋代严羽《沧浪诗话》则以"兴趣"评价唐诗："盛唐诗人惟在兴趣，羚羊挂角，无迹可寻。故其妙处透澈玲珑，不可凑泊，如空中之音，相中之色，水中之月，镜中之象，言有尽而意无穷。"④"兴象"也好，"兴趣"也罢，都是由"兴"引发的审美意象和意趣。尽管"兴象"侧重在艺术创造，"兴趣"侧重在艺术鉴赏，但都表明"兴"的含蓄蕴藉，涵咏不尽的特点。可以说"兴象"与"兴趣"一脉相承。事实上，溶风骨、声律与兴象为一炉，达到炉火纯青的盛唐诗歌正是对诗学之兴的最好诠释。"兴"的"吟咏性情"功能不仅在理论上得到了发扬，而且在创作上得到了响应。宋人胡寅在《与李叔易书》引李仲蒙的话说："叙物以言情谓之赋，情物尽也。索物以托情谓之比，情附物者也。触物以起情谓之兴，情动物者也。"⑤这里，李仲蒙从情物关系上阐释赋比兴，认为比是情在先物在后（"索物以托情"），兴是物在先情在后（"触物以起情"）。与朱熹所说"比者，以彼物比此物也；兴者，先言他物以引所咏之词也"意思相近，但比朱熹说得醒豁，强调比兴在抒发情感上有别于赋（情意尽显），而追求含蓄蕴藉的特点。类似的话，在明代李东阳的《麓堂诗话》中也说过："所谓比与兴者，皆托物寓情而为之者也。盖正言直述，则易于穷尽，而难于感发。唯有所寓托，形容摹写，反复讽咏，以俟人之自得，言有尽而意无穷。"⑥　清初王

---

　　①　［日］遍照金刚：《文镜秘府论·地卷·六义》，见卢盛江《文镜秘府论汇校汇考》，中华书局 2006 年版，第 471 页。

　　②　司空图：《与极浦谈诗书》："戴容州云：'诗家之景，如蓝田日暖，良玉生烟，可望而不可置于眉睫之前也。'象外之象，景外之景，岂容易可谈哉？"

　　③　刘怀荣：《赋比兴与中国诗学研究》，人民出版社 2007 年版，第 380 页。

　　④　何文焕：《历代诗话》，中华书局 1981 年版，第 688 页。

　　⑤　《斐然集》卷十八，《四库全书》1137 册，上海古籍出版社影印，第 534 页。

　　⑥　丁福保：《历代诗话续编》，中华书局 1983 年版，第 1374—1375 页。

士祯论诗，倡导"神韵"说，从理论渊源上说，也是从诗学之兴发展而来。宋人范温在《潜溪诗眼》中认为"有余意之为韵"①，可见宋以后韵的内涵就与诗学之兴发生了联系。至于"神"，早在唐代殷璠在《河岳英灵集》中谈"兴象"就有"神来、气来、情来"之语。至明代彭辂《诗集自序》云："赋实而兴虚，比有凭而兴无据，不离字句而有神存于其间，神之在兴者十九，在赋者半之。"② 尽管王士祯标举"神韵"意在追求山水诗中清幽淡远的诗趣，不免有些狭窄，但"神韵"也罢，"清远"也罢，都与诗学之兴"言有尽而意无穷"相合。直到清末王国维的"境界"说，我们仍能看出诗学之兴对其理论的影响。王国维在《人间词话》删稿中说："言气质，言神韵，不如言境界。有境界，本也。气质、神韵，末也。有境界而二者随之矣。"③ 在王国维看来，境界是在神韵、气质之上的更高级的诗美范畴，彼此并不相互排斥。那么，什么是"境界"？王国维并未对这一范畴作出明确的解说，但他评说姜白石词的一段话值得注意："古今词人格调之高，无如白石。惜不于意境上用力。故觉无言外之味，弦外之响，终不能与于第一流之作者也。"④ 在王国维看来，姜白石之所以不入第一流作者，是在意境（境界）创造上不用力，所以没有"言外之味，弦外之响"。这就等于说境界的特点在于有"言外之味，弦外之响"，在于"言有尽而意无穷"。境界与诗学之兴便紧密地联系起来。可见诗学之兴对后代诗论影响之深。这是一方面。

另一方面，政教之兴在发挥着它讽谕时政作用的同时，也呈现出向诗学之兴回归的趋势。隋唐之际经学大师孔颖达对汉儒各家有关赋比兴的阐释进行了系统的梳理和总结。其中，对郑众"兴者，托事于物"的解释就颇有诗学之兴的意味："兴者起也，取譬引类，起发己心，诗文举诸草木鸟兽以见意者，皆兴辞也。"⑤这里的"意"是意愿，也包括是人的情感在内。也就是说，外在世界各种事物的形象触动并引发了诗人内心的感受，进而展开联想、想象，借草木鸟兽形象表达内心的意愿。孔颖达是经

---

① 转引自钱锺书《管锥编》第四册，中华书局 1986 年版，第 1362 页。

② 《明文授读》卷三十六，黄宗羲选、黄百家编，康熙三十八年（1699）味芹堂刻本。

③ 王国维：《人间词话》，人民文学出版社 1960 年版，第 227 页。

④ 同上书，第 212 页。

⑤ 孔颖达：《毛诗正义》，见阮元校刻《十三经注疏》，中华书局 1980 年影印本，第 271 页。

学家，却对兴作了文学的阐释。初盛唐之交的陈子昂不满与六朝以来"风雅不作"、"彩丽竞繁，而兴寄都绝"的文风，提出"兴寄"说。兴寄就是比兴寄托，通过比兴手法寄托诗人政治怀抱，实现诗歌讽谕时政的社会作用。他的三十八首《感遇》诗就是他这一主张的具体实践。尽管《感遇》诗多寄托而少比兴，质胜于文，影响了《感遇》诗的艺术成就，但仍不乏《兰若生春夏》那样的佳作。从陈子昂开始，唐人把《诗经》的风雅精神作为反对当下颓靡文风的一面旗帜，如李白"大雅久不作，吾衰竟谁陈？"（《古风》其一）"而欲继风雅，岂为清心魂"（《过彭蠡湖》），杜甫"别裁伪体亲风雅，转益多师是汝师"（《戏为六绝句》），元结"风雅不兴，几及千岁"（《箧中集序》）等。至中唐白居易则把比兴同风雅联系在一起："诗之豪者，世称李杜。李之作，才矣奇矣，人不逮矣；索其风雅比兴，十无一焉。"（《与元九书》）又说："为诗意如何？六义互铺陈。风雅比兴外，未尝著空文。"（《读张籍古乐府》）白居易论诗以"风雅比兴"为标准，强化了诗人以诗歌干预现实，反映民生疾苦，进而达到讽上化下，泄导人情的政治作用，但也没有忽视诗歌的艺术规律。他说："诗者，根情，苗言，华声，实义。"（《与元九书》）肯定了诗歌的抒情功能。白居易如此，宋代的理学家论兴也是如此。一般说来理学家被冠之以"存天理，灭人欲"的恶名，不可能重视人的情感，可实际不然。程颐认为："诗者……其发于诚，感之深，至于不知手之舞、足之蹈，故其入于人也亦深，至可以动天地，感鬼神。"[①]"诗发于人情，止于礼义，言近而易知，故人之学，兴起于诗。"[②] 不仅如此，理学家还将人心之善与"诗可以兴"联系起来："兴己之善，观人之志，群而思无邪，怨而止礼义。"[③] 可见，情、善、义在理学家那里是可以统一的，统一于诗之兴，诗可以兴情，可以兴善，也可以兴义。到了清代，政教之兴归于诗学之兴的趋势就更加明显，尤以常州词派比兴寄托理论为代表。尽管陈沆作《诗比兴笺》意在强化儒家诗教伦理观念[④]，但在具体解读比兴诗篇

---

① 《诗说》，见《二程集·程氏经说》卷三，中华书局 1981 年版，第 1046 页。

② 《论语解》，见《二程集·程氏经说》卷六，中华书局 1981 年版，第 1148 页。

③ 《正蒙·乐器》，见《张载集》，章锡琛点校，中华书局 1978 年版，第 55 页。

④ 魏源在《诗比兴笺序》对历史上萧统、钟嵘、司空图、严羽侧重诗美而忽视诗教的做法十分不满："自《昭明文选》专取藻翰，李善《选注》专话名象，不问诗人所言何志，而诗教一敝；自钟嵘、司空图、严沧浪有《诗品》、《诗话》之学，专揣于音节风调，不问诗人所言何志，而诗教再敝；而欲其兴会萧瑟嵯峨，有古诗之意，其可哉！"魏源的这些观点基本上代表了陈沆的意见。

因多牵强附会而难以令人信服，也形不成广泛影响。相比较而言，常州词派的代表人物张惠言、周济、陈廷焯等人的比兴寄托理论在当时影响很大。张惠言论词主张"意内言外"，与"诗之比兴，变风之义，骚人之歌"① 同类，体现了诗学之兴与政教之兴相互融合的特点。稍后的周济论词以"寄托"为本，在《宋四家词选条目序》云："夫词，非寄托不入，专寄托不出。一事一物引而申之，触类而旁通，驱心若柔丝之飞英，含毫如郢斤之斫蝇翼。"又在《介存斋论词杂著》中专列"词亦有史"条，主张"感慨所寄，不过盛衰"②，将比兴寄托与历史感慨统一起来，实际上是借比兴之象寄托政治情怀。周济之后的陈廷焯对"兴"的理论也多有阐发：

> 所谓兴者，意在笔先，神余言外，极虚极活，极沉极郁，若远若近，可喻不可喻，反复缠绵，都归忠厚。求之两宋，如东坡《水调歌头》、《卜算子》……亦庶几近之矣。③

如此说"兴"，不免绕口，但意图是明显的。这里，陈廷焯所说的"兴"就是"不说破"的意思。他在《白雨斋词话》卷一云："写怨夫思妇之怀，寓孽子孤臣之感，凡交情之冷淡，身世之飘零，皆可于一草一木发之。而发之又必若隐若现，欲露不露，反复缠绵，终不许一语道破。"④卷二亦云："感慨时事，发为诗歌，便已力据上游，特不宜说破，只可用比兴体，即比兴中亦须含而不露，斯为沉郁，斯为忠厚。"⑤ "不说破"就是意在笔先、神余言外，就是反复缠绵、含而不露，就是沉郁，就是忠厚。

综上所述，诗之兴是祭祀之兴政教之兴更是诗学之兴；诗之兴是隐喻象征的美刺寄托的更是韵味无穷的；诗之兴可以牢笼万物于掌下，可以思接千载于胸中，可以家事国事天下事事事兴发，但一定是抒情的艺术的和

---

① 张惠言：《词选序》，见郭绍虞主编《中国历代文论选》第三册，上海古籍出版社 1986 年版，第 557 页。
② 唐圭璋：《词话丛编》第二册，中华书局 1986 年版，第 1630 页。
③ 屈兴国：《白雨斋词话足本校注》，齐鲁书社 1983 年版，第 611 页。
④ 同上书，第 20 页。
⑤ 同上书，第 123 页。

审美的，一定是意内言外涵咏不尽而终不许一语道破的。

三　"史"之笔

如果说"易"之象用以喻理，"诗"之兴用以抒情，那么"史"之笔无疑是用来叙事的。在这里所说的"史"之笔特指《春秋》之"笔法"。关于史笔与诗兴的关系，笔者在第三章论"春秋笔法"与诗史关系中业已说明，此不赘述。史笔与易象的关系尚需简要说明。同诗兴早于史笔一样，易象也是早于史笔的。易象虽然不像诗兴那样以美刺寄托的方式展开，但其隐约含蓄的易象话语系统也对史笔间接地产生了影响。正如汉代桓谭发现了诗兴与易象间的关系一样，清桐城派古文代表人物方苞在论述文章"义法"时同样发现了易象与史笔的关系：其《又书货殖传后》云：

> 《春秋》之制义法，自太史公发之，而后之深于文者亦具焉。义即《易》之所谓"言有物"也；法即《易》之所谓"言有序"也。义以为经而法纬之，然后为成体之文。①

在方苞看来，《春秋》"义法"虽然被司马迁发现，但究其实还是《周易》"言有物"和"言有序"的具体体现。这就把"春秋笔法"与《周易》易象联系起来。"言有物"出自《周易·家人》，卦《象》说："风自火出，家人；君子以言有物而行有恒。"② 王弼《周易注》云："家人之道，修于近小而不妄也。故君子以言必有物，而口无择（训为'败'，笔者加）言；行必有恒，而身无择行。"③ 《家人》卦系上巽为风，下离为火之象，即内火外风，犹如家事自内影响到外，隐喻君子居家勿以小事而不修，有伤社会之风化。故君子言必有物不虚言，行必有恒不败事。"言有序"出自《周易·艮》卦，爻辞"六五，艮其辅，言有序，悔亡。"④ "艮"卦上下皆为"艮"，象征"抑止"。"辅"，上牙床，代指

---

① 《望溪先生全集》卷二，四部备要本。
② 黄寿祺、张善文：《周易译注》，上海古籍出版社 2007 年版，第 215 页。
③ 楼宇烈：《王弼集校释》，中华书局 1980 年版，第 401 页。
④ 黄寿祺、张善文：《周易译注》，上海古籍出版社 2007 年版，第 308 页。

"口"。王弼《周易注》云："施止于辅，以处于中，故口无择言，能无其悔也。"① 这句的意思是管好嘴巴不乱言，言必有序，就会无悔。方苞以《周易》"言有物"和"言有序"解释《春秋》"义法"，是对"春秋笔法"的创造性解说，形成了他的《春秋》"义法"理论：言之有物不虚言，言之有序不乱言。合而言之，就是强调文章要有思想，有条理，前者注重教化内容，后者注重表达技巧。实际上这已将"春秋笔法"泛化为文章的普遍作法。

回到"春秋笔法"的叙事原点上，这里主要探讨《春秋》约言示义的记事体例。

（一）约言示义：《春秋》的记事特征与文体特征

《春秋》记事之特征，一言以蔽之，约言示义，也就是用简约的言辞表现深隐的意义，这不仅是《春秋》的记事特征，记事原则，也成为后来中国古代叙事文体的基本手法，即"春秋笔法"。

《春秋》记事始于鲁隐公元年，终于鲁哀公十四年，共二百四十二年历史。据《史记·鲁世家》记载，鲁国从周成王封周公之子伯禽于曲阜开始，在隐公之前的国君依次为伯禽、考公、炀公、幽公、魏公、厉公、献公、真公、武公、懿公、伯御、孝公、惠公共十三位君主。孔子作《春秋》为什么以隐公元年为始年？这是研究《春秋》记事不能回避的问题。赵生群以为："《春秋》的上限，大致是平王东迁之后，其所以不载鲁惠公事（惠公亦在周室东迁后），则是为了托始隐公以表现'让德'。"② 这是颇有道理的。孔子主张治国以礼，为政以德，非常强调"礼让"精神，在《论语》中多次赞美上古尧舜禅让制度，赞赏伯夷、叔齐的让国行为。他说："能以礼让为国乎？何有？不能以礼让为国，如礼何？"③ 鲁隐公就是一位能以礼让国的君主。《左传》对《春秋》隐公元年不书即位解释说：隐公是惠公的继室声子所生，而桓公则是鲁夫人仲子所生。桓公年幼不能即位，隐公代弟弟"摄政"，待桓公长大后即位。所以不书隐公即位而是摄政，摄，假代之意。《史记·鲁世家》说得更明

---

① 楼宇烈：《王弼集校释》，中华书局 1980 年版，第 481 页。
② 赵生群：《春秋经传研究》，上海古籍出版社 2000 年版，第 10 页。
③ 杨伯峻：《论语译注》，中华书局 1980 年版，第 38 页。

确："及惠公卒，为允（允，桓公名）少故，鲁人共令息（息，隐公名）摄政，不言即位。"① 对此，《公羊传》说："公何以不言即位？成公意也。何成乎公之意？公将平国而反之桓。曷为反之桓？桓幼而贵，隐长而卑……故凡隐之立，为桓立也。"② 《谷梁传》与《公羊传》的见解相同："公何以不言即位？成公志也。焉成之？言君之不取为公也。君之不取为公何也？将以让桓也。"③ 可见，《春秋》记事始于隐公元年，《春秋》三传对此解释基本一致。

《春秋》记事为什么截止于鲁哀公十四年？也是同样需要讨论的问题。《春秋》哀公十四年："十有四年春，西狩获麟。"《左传》云："十四年春，西狩于大野，叔孙氏之车子鉏商获麟，以为不祥，以赐虞人，仲尼观之，曰：'麟也。'然后取之。"④ 《谷梁传》云："引取之也。狩地不地，不狩也。非狩而曰狩，大获麟，故大其适也。其不言来，不外于中国也。其不言有，不使麟不恒于中国也。"⑤ 《左传》对经文的解释并不能说明孔子为何于哀公十四年绝笔《春秋》，但文中已表现出对"获麟"的关注。《谷梁传》虽表现出对西狩获麟的重视，但强调麒麟只生活在中原地区，则显得牵强费解，难以令人信服。孔子于哀公十四年停止作《春秋》，与获麟确有直接关系。对此，《公羊传》的解释可资参考："麟者，仁兽也，有王者则至，无王者则不至。有以告者曰：'有麕而角者。'孔子曰：'孰为来者！孰为来者！'反袂拭面，涕沾袍。颜渊死，子曰：'噫，天丧予！'子路死，子曰：'噫，天祝予！'西狩获麟，孔子曰'吾道穷矣！'"⑥ 如果这段记载可信的话，那么孔子作《春秋》绝笔于获麟则蕴含着他人生理想破灭的深哀巨痛！如果说颜渊、子路之死折断了孔子的左膀右臂，使其在实现王道政治的道路上落寞前行还显得有些悲壮的

① 司马迁：《史记》，中华书局 1959 年版，第 1529 页。
② 《春秋公羊传注疏》，见《十三经注疏》，阮元校刻，中华书局 1980 年影印本，第 2197 页。
③ 《春秋谷梁传注疏》，见《十三经注疏》，阮元校刻，中华书局 1980 年影印本，第 2365 页。
④ 杨伯峻：《春秋左传注》，中华书局 1990 年版，第 1682 页。
⑤ 《春秋谷梁传注疏》，见《十三经注疏》，阮元校刻，中华书局 1980 年影印本，第 2451 页。
⑥ 《春秋公羊传注疏》，见《十三经注疏》，阮元校刻，中华书局 1980 年影印本，第 2352—2353 页。

话，那么，麒麟作为祥瑞之兽而遭到捕杀则意味着王者时代不但不复存在而且难以重现。孔子"拨乱世反之正"的社会理想在现实中无法实现，也只能保留在《春秋》中。"吾道穷矣"，短短的一句话，是一位圣哲老人在饱经沧桑之后无可奈何地发出日暮途穷，人间何世的呼告！是"念天地之悠悠，独怆然而涕下"的孤独与绝望。正所谓"知我者，谓我心忧；不知我者，谓我何求？悠悠苍天，此何如哉！"

开头结尾如此，整个《春秋》行文也同样表现为约言示义的记事特征。从经学角度看，《春秋》之笔并不是一般意义所说的文章笔法，而是有"微言大义"的文章笔法，是《春秋》之义与《春秋》之法的结合，"春秋笔法"就是"春秋书法""春秋义法""春秋义例"。《春秋》的记事原则，通常被经学家称之为"例"。今文经学家重"例"，在本书第四章已有论述，在此从略。受今文经学家的影响，古文经学家如杜预也重"例"，有"凡例""变例""非例"之说。其《春秋左传序》云："其发凡以言例，皆经国之常制，周公之垂法，史书之旧章。仲尼从而修之，以成一经之通体。"[①] "凡例"就是"发凡以言例"。《左传》解释《春秋经》时，多用"凡"字，一共用五十句，又称"五十凡"。如《左传》隐公七年："凡诸侯同盟，于是称名。故薨则赴以名，告终、嗣也，以继好息民，谓之礼经。"杜预注云："此言凡例乃周公所制礼经也。"[②] 在杜预看来，这"五十凡"是周公制定并流传至春秋时代的定例，孔子继承了周公之志，将这一定例贯穿在《春秋》的写作中。所以，"五十凡"可称为"旧例""正例"。对于"变例"，杜预解释说："其微显阐幽，裁成义类者，皆据旧例而发义，指行事以正褒贬，诸称书、不书、先书、故书、不言、不称、书曰之类，皆所以起新旧，发大义，谓之变例。"[③] 在杜预看来，《左传》中这些"称书、不书、先书、故书、不言、不称、书曰之类"解经语，是孔子自己在《春秋》确定的"变例"，并以此表达他的褒贬态度。"正例"和"变例"在《左传》中都有固定的话语表达方式，容易辨识。而"非例"是说，

① 《春秋左传正义》，见《十三经注疏》，阮元校刻，中华书局 1980 年影印本，第 1705 页。
② 同上书，第 1732 页。
③ 同上书，第 1706 页。

"其经无义例，因行事而言，则传直言其归趣而已。非例也"。① 也就是说，"正例""变例"之外，《左传》的其余传文是叙述事件的过程，而不是阐发《春秋》的"义例"，也就可以称之为"非例"了。宋胡安国云："《春秋》之文，有事同而辞同者，后人因谓之例；有事同而辞异，则其例变矣。"② 这里所说的"例"就是"正例"，"例变"就是"变例"。可见，杜预有关"正例""变例"之说，对后来产生了很大影响。

但是，"凡例""变例"之说只是杜预对《左传》中有关解经之语的主观阐释。左丘明在《左传》中并未说明哪些为周公之"凡例"，哪些为孔子之"变例"，杜预则根据什么来确立"凡例""变例"？所以杜预之后很多人对此予以反驳。如唐人啖助云："刘歆云：'左氏亲见夫子。'杜预云：'凡例皆周公之旧典礼经。'按其《传》例云：'弑君称君，君无道也；称臣，臣之罪也。'然则周公先设弑君之义乎？又云：'大用师曰灭，弗地曰入。'又周公先设相灭之义乎？又云：'诸侯同盟，薨赴以名。'又是周公令称先君之名以告邻国乎？虽夷狄之人，不应至此也。又云：'平地尺，为大雪。'若以为灾沴乎？则尺雪，丰年之征也，若以为常例书乎？不应二百四十二年唯两度大雪，凡此之类，不可类言。则刘杜之言，浅近甚矣。"③ 从这一批评中可以看出，杜预有关"例"的理论，同今文家总结《春秋》"义例"一样，都是出于对《春秋》的阐释，至于是否符合《春秋》的本义，需要做具体的分析。当然，这样说，并不是把杜预同今文家等同起来。比起今文家动辄以"例"求"义"的繁琐解经条目，杜预的"凡例""变例"自然简省了许多，也容易被后人接受。

那么《春秋》记事有"例"还是无"例"？当然是有的，但是否是杜预所说的"凡例""变例"，或如今文家归纳出的"日月例""晦朔例"等琐细的"义例"条目，还要看是否符合《春秋》的本义。笔者认为，《春秋》记事之"例"简单地说，就是约言示义，就是用简约的文辞表达深隐的意义，就是用词简约而意含褒贬。这不仅是《春秋》的记事原则，也是《春秋》的文体特征和记事特征。试看《春秋》隐

① 《春秋左传正义》，见《十三经注疏》，阮元校刻，中华书局1980年影印本，第1706页。
② 胡安国：《春秋传》卷首，见《四部丛刊》续编本。
③ 陆淳：《春秋啖赵集传》，中华书局1985年版，第8—9页。

公元年的记事：

> 元年春王正月。三月，公及邾仪父盟于蔑。夏五月，郑伯克段于
> 鄢。秋七月，天王使宰咺来归惠公、仲子之赗。九月，及宋人盟于
> 宿。冬十二月，祭伯来。公子益师卒。①

从写作体例的角度看，这很像是鲁隐公元年的"大事记"。记事不求详
尽，不记载事件的起因、发生、发展的经过而只记录事件的结果，且全书
无一句人物言论的记录，更没有人物对话和评论性文字。但是，在这些简
约的记录文字背后却隐含作者的"微言大义"。其中，对一年四时的记
载，似乎没什么"微言大义"，但在朱熹看来，则有"上奉天时，下正王
朔之义"。② 赵生群认为《春秋》对四时的记载乃孔子之特笔③。过常宝
则对《春秋》记载四时作了深入分析，认为记载四季隐含着史官的话语
权力：顺四时以尽人事就是符合"礼"的，"不时"就是"非礼"的④。
司马迁在《史记·太史公自序》中说："夫春生夏长，秋收冬藏，此天道
之大经也，弗顺则无以为天下纲纪，故曰'四时之大顺，不可失也'。"⑤
因此，如果说《春秋》"元年春王正月"含有奉天时而尊天子之义，那么
记四时则含有奉天时而尊礼的价值判断。可见，仅仅是记四时，就含有这
么多的"微言大义"，至于"郑伯克段于鄢"含有哪些褒贬态度，"春秋
三传"有详细的解释，这里毋庸赘言。当然，说《春秋》字字句句都有
"微言大义"，是不切实际的，但如果说《春秋》没有"微言大义"也同
样是武断的，不合实际的。

（二）《春秋》记事与"百国春秋"、《竹书纪年》记事之比较

《春秋》这种约言示义的记事手法，与中国现存最早的文献《尚书》

---

① 杨伯峻：《春秋左传注》，中华书局1990年版，第5、7、8、9页。
② 朱熹：《与张敬夫书》："以《书》考之，凡书月皆不著时，疑古史记事例只如此。至孔
子作《春秋》，然后以天时加王月，以明上奉天时，下正王朔之义。"见《朱子全书》第21册，
安徽教育出版社2002年版，第1330页。
③ 赵生群：《春秋经传研究》，上海古籍出版社2000年版，第12页。
④ 过常宝：《先秦散文研究——早期文体及话语方式的生成》，人民出版社2009年版，第
138页。
⑤ 司马迁：《史记》，中华书局1959年版，第3290页。

相比，与《春秋》稍后的《左传》《国语》《春秋事语》① 相比，有明显
的不同。墨子说他见过的"百国春秋"② 是什么样子，是否和现存《春
秋》一样，也不得而知。但在《墨子·明鬼下》中有大段对周、燕、宋、
齐各国《春秋》的转述：

> 周宣王杀其臣杜伯而不辜，杜伯曰："吾君杀我而不辜，若以死
> 者为无知，则止矣；若死而有知，不出三年，必使吾君知之。"其三
> 年，周宣王合诸侯而田于圃，田车数百乘，从数千，人满野。日中，
> 杜伯乘白马素车，朱衣冠，执朱弓，挟朱矢，追周宣王，射之车上，
> 中心折脊，殪车中，伏弢而死。当是之时，周人从者莫不见，远者莫
> 不闻，著在周之春秋……昔者，燕简公杀其臣庄子仪而不辜，庄子仪
> 曰："吾君王杀我而不辜，死人毋知亦已，死人有知，不出三年，必
> 使吾君知之。"期年，燕将驰祖，燕之有祖，当齐之有社稷，宋之有
> 桑林，楚之有云梦也，此男女之所属而观也。日中，燕简公方将驰于
> 祖涂，庄子仪荷朱杖而击之，殪之车上。当是时，燕人从者莫不见，
> 远者莫不闻，著在燕之春秋……昔者宋文君鲍之时，有臣曰祏观辜，
> 固尝从事于厉，祩子杖揖出，与言曰："观辜，是何珪璧之不满度
> 量？酒醴粢盛之不净洁也？牺牲之不全肥？春秋冬夏选失时？岂女为
> 之与？意鲍为之与？"观辜曰："鲍幼弱，在荷襁之中，鲍何与识焉？
> 官臣观辜特为之。"祩子举揖而槁之，殪之坛上。当是时，宋人从者
> 莫不见，远者莫不闻，著在宋之春秋……昔者齐庄君之臣，有所谓王
> 里国、中里徼者。此二子者，讼三年而狱不断。齐君由谦杀之，恐不
> 辜；犹谦释之，恐失有罪。乃使之人共一羊，盟齐之神社。二子许
> 诺。于是泏洫，㧅羊而漉其血，读王里国之辞既已终矣，读中里徼
> 之辞未半也，羊起而触之，折其脚，祧神之而槁之，殪之盟所。当是
> 时，齐人从者莫不见，远者莫不闻，著在齐之春秋。③

① 1973 年马王堆三号西汉墓出土的秦末至汉初在缣帛上书写的二十余种古书，其中有一种
记载春秋史事的的古佚书，原书无名且残缺严重，马王堆汉墓整理小组据内容定名为《春秋事
语》。该书在写作体例上与《左传》《国语》相类，成书略晚于《左传》，以记言为主，与《春
秋》"大事记"式的写作体例不同。
② 孙诒让《墨子间诂》之附录载《墨子》佚文有墨子"吾见百国春秋"之语。
③ 孙诒让：《墨子间诂》，中华书局 2001 年版，第 224—233 页。

墨子转述的这段"周之《春秋》""燕之《春秋》""宋之《春秋》""齐之《春秋》",有场面有对话有细节,有矛盾冲突有环境渲染有人物形象,主题鲜明,层次清晰,与其说是历史记事,不如说是袖珍体历史小说。由此可以推知:"百国春秋"记事详尽的特点与孔子《春秋》之简约殊不相类。

此外,现存文献中只有《竹书纪年》在写作体例上能与《春秋》相似。西晋泰康年间汲冢出土的战国简策《竹书纪年》采用编年体的形式记载了夏、商、周、晋以及魏国的历史,成书于战国时期。见过这批简策的杜预在《春秋经传集解后序》中认为"其(《竹书纪年》)著书文意大似《春秋经》,推此足见古者国史策书之常也"①。杜预用《竹书纪年》印证《春秋经》,指出两部书在写作上的相似性,是正确的,但是如果以此就可以推断出古代史官记史大都是《竹书纪年》或《春秋经》式的写法,则不免武断。或许这样说更容易让人理解:《竹书纪年》可能受了《春秋经》写作体例的影响才形成了现有的样式。但《竹书纪年》记事不仅记录结果,也记录过程,有的记事比较完整、细致,只要看一看下面的几个事例就一目了然了:

例一:

> 仲壬即位,居亳,其卿士伊尹。仲壬崩而立太甲,伊尹放太甲于桐,乃自立。伊尹即位,太甲三年,太甲潜出自桐,杀伊尹,乃立其子伊陟、伊奋,命复其父之田宅而中分之。

例二:

> 及宣王立,四年,使秦仲伐戎,为戎所杀。王乃召秦仲子庄公,与兵七千人,伐戎破之,由是少却。

例三:

> (伯盘)与幽王俱死于戏。先是,申侯、鲁侯及许文公立平王于

---

① 《春秋左传正义》,见《十三经注疏》,阮元校刻,中华书局 1980 年影印本,第 2187 页。

申，以本大子，故称天王。幽王既死，而虢公翰又立王子余臣于携。
周二王并立。

例四：

晋惠公十有五年，秦穆公率师送公子重耳，围令狐、桑泉、白
衰，皆降于秦师。狐毛与先轸御秦，至于庐柳，乃谓秦穆公使公子挚
来与师言，退舍，次于郇，盟于军。

例五：

晋烈公十一年，田悼子卒。田布杀其大夫公孙孙，公孙会以廪丘
叛于赵。田布围廪丘，翟角，赵孔屑，韩师救廪丘，及田布战于龙
泽，田布败逋。①

上述 5 例虽然不如墨子转述的周、燕、宋、齐各国《春秋》故事生动，
情节离奇，但是能按照编年的顺序完整地记录事件的全过程，包括事件的
起因、发展、结局，有的如例三还运用了插叙的手法等。这样的记事在
《竹书纪年》中多达十余处，在《春秋》中却找不到一处。其实，这种差
异就是记过程与记结果的差异，也就是叙事与记事的差异。这表明《竹
书纪年》作为战国时期的编年体史书，不仅受到《春秋》记事简约的影
响，也有可能受到《左传》《国语》长于叙事的启示，只不过受编年体的
限制不便于铺张扬厉罢了。此外，《竹书纪年》与《春秋》在记载同一事
件上也显出了明显不同，最典型的莫过于鲁僖公二十八年《春秋》有关
"天王狩于河阳"的记载。《左传》云："是会也，晋侯召王，以诸侯见，
且使王狩。仲尼曰：'以臣召君，不可以训。故书曰"天王狩于河阳"，
言非其地也，且明德也。'"②《史记》中的《晋世家》《周本纪》《孔子世
家》也有类似的记载。《公羊传》《谷梁传》也有相应的解释。从这些记

---

① 以上 5 例见王诗铭、王修龄校注《古本竹书纪年辑证》，上海古籍出版社 1981 年版，第
70、20、21、27、33 页。

② 杨伯峻：《春秋左传注》，中华书局 1990 年版，第 473 页。

载可以看出，以臣召君是违礼的行为，直书其事会使周王丧失应有的尊严，也彰显了晋侯的无礼。那么以周王来河阳狩猎为由，就可以遮掩君臣的尴尬了。所以出于避讳，写成了"天王狩于河阳"。这就是用简约的言辞表达深隐的意义，是《春秋》约言示义的记事体例。而《竹书纪年》书曰："周襄王会诸侯于河阳。"① 由于没有了遮掩，历史真相赤条条地躺在史书上，这是令史家颇为得意的"实录"之作，是信史，却成了经学家难以启齿的羞涩与尴尬。

《春秋》约言示义的记事原则，在顾颉刚、钱锺书等学者看来，都是由于当时书写工具繁难造成的，出于简省而行文简约，并非有什么"微言大义"②。其实并不这么简单。因为《春秋》之后不久便出现了《左传》《国语》那样翔实的史书，《春秋》之前又有记言完备的《尚书》。同样面对文字繁难，书写工具的繁重，《尚书》《左传》《国语》记事何以如此翔实？《春秋》记事何以如此简约？如此提纲挈领？司马迁在《史记》中说孔子整理《鲁春秋》"约其辞文，去其繁重，以制义法"，虽缺乏传世文献的佐证，但也不无道理。

（三）《春秋》记事与甲骨卜事、青铜铭事之比较

《春秋》记事简约的笔法可以追溯到商、周时期的甲骨卜辞和青铜铭文的记事风格。由于文字繁难，书写工具繁重，商、周的巫史在记录占卜内容时，不得不力求简约，在简约中寓深意。为了减少用字，甲骨卜辞常采用"合文"（两个字合成一个，但同样是两个字的意思）的方式记事，行文中也多使用单音动词，省略了动词宾语，力求用最少的字表达最丰富的内容。这是客观上受书写条件的限制而形成的简约凝练的记事风格。同时，甲骨卜辞作为巫史占卜的记录，也保留了许多占卜者的占卜话语。这些话语其实就是当时的口语，通俗而鲜活，只不过由于年代久远，当时的口语也成为我们今天难以破解的"甲骨天书"。所以说，甲骨卜辞在体现言简意深的记事风格的同时，也不乏鲜活生动的特点。通常情况下，一篇完整的卜辞包括前辞、命辞、占辞和验辞四部分。前辞记录占卜的日期和

---

① 王诗铭、王修龄校注：《古本竹书纪年辑证》，上海古籍出版社 1981 年版，第 27 页。
② 顾颉刚：《春秋三传及国语之综合研究》，巴蜀书社 1988 年版，第 4 页；钱锺书：《管锥编》第一册，中华书局 1986 年版，第 163 页。

占卜者（贞人）的名字。命辞记录问卜的内容，又叫贞辞。占辞记录占卜的结果，即据兆象做出的吉凶判断和后事预测。验辞是对事后具体情况的记录。例如，收入《甲骨文合集》14138 版的一篇卜辞：

（前辞）戊子卜，㲄，（命辞）贞帝及四夕令雨？贞帝弗其及今四夕令雨？（占辞）王占曰：丁雨，不重辛。（验辞）旬丁酉，允雨。

大致的意思是："戊子日占卜，㲄问道：上帝到第四天晚上允许下雨吗？又问道：上帝到第四天晚上不允许下雨吗？时王武丁占视兆象认为，丁酉日下雨，辛卯日不下雨。第十天丁酉日，果然下雨了。"① 这段简短的卜辞包含了时间、人物、事件和结果，构成了叙事的基本形态。而占卜者的语气、声口宛然在耳，不由得令人联想起占卜者虔敬的神态。所以，"卜辞的性质从根本上来说是记言的"。②

较之甲骨卜事，青铜铭事更彰显出历史叙事的古朴与鲜活。稍晚于甲骨记事，青铜铭文兴起于商代中晚期，盛于西周，衰于战国晚期。陈梦家把西周金文内容大致划分为祭祀祖先，记录战役和大事，记录王的任命、训诫和赏赐以及记载田地纠纷与疆界四类，而以王的任命、训诫和赏赐最为重要③。这只是大致的划分，有时是由多个原因集中在一起而作器。试看西周后期虢季子白盘铭文：

佳十又二年，正月初吉丁亥，虢季子白乍宝盘。丕显子白，壮武于戎工，经维四方。博伐猃狁，于洛之阳，折首五百，执讯五十，是以先行。趠趠子白，献馘（音国，左耳）于王。王孔嘉子义，王格周庙宣榭、爰飨。王曰伯父，孔显有光。王锡乘马，是用佐王。锡用弓，彤矢其央，锡用钺，用征蛮方。子子孙孙，万年无疆。④

该铭文记录了虢季子白率军在洛水一带打败猃狁，将其斩获报献于周王，并得到周王嘉奖和赏赐的故事。全文分四层：前三句为第一层，记作器的

① 李圃：《甲骨文选注》，上海古籍出版社 1989 年版，第 40 页。
② 过常宝：《先秦散文研究》，人民出版社 2009 年版，第 14 页。
③ 陈梦家：《尚书通论》，中华书局 2005 年版，第 146 页。
④ 转引自谭家健《先秦韵文初探》，《文学遗产》1995 年第 1 期。

具体时间和作器的主人公。第四句到第十一句为第二层，略记虢季子白抗击猃狁获胜。第十二句到第二十三句详记虢季子白献馘（割敌兵之左耳来计数献功）于周王，并得到周王的诸多赏赐。末二句为第四层，以作器铭文保佑子孙万代为结。全文记事简约而不乏生动细致，思路清晰而又层次分明。较之甲骨卜辞，叙事能力明显提升，与西周中期史墙盘铭文有异曲同工之妙。所不同的是，这篇铭文以韵语行文，增强了铭文的音乐性和文学意味。

《左传》成公十三年说："国之大事，在祀与戎。"甲骨卜事、青铜铭事如此，《春秋》记事也是如此。但《春秋》对战事的记录极其简约，在某种程度上还不如青铜铭文详尽。现以《春秋》鲁僖公二十八年晋楚城濮之战为例略作说明。

> 二十八年春，晋侯侵曹，晋侯伐卫。公子买戍卫，不卒戍，刺之。楚人救卫。三月丙午，晋侯入曹，执曹伯。畀宋人。夏四月己巳，晋侯、齐师、宋师、秦师、及楚人战于城濮，楚师败绩。楚杀其大夫得臣。卫侯出奔楚。五月癸丑，公会晋侯、齐侯、宋公、蔡侯、郑伯、卫子、莒子，盟于践土。①

城濮之战是春秋时期的著名战役。晋国以弱胜强，最终击败楚军而称霸诸侯。整个战事十分复杂，包括战事的起因、性质，交战双方的兵力部署，将帅的心态，战略战术的安排，政治外交的努力，战前的军事动员以及战后政治格局的变化等，都需要作详尽的交代。但《春秋》将这场战役生动的细节全部略而不书，仅记写晋侯的行踪，这就是约言。至于说示义，就体现在约言中。如侵曹、伐卫，两度提到晋侯，《谷梁传》解释说："再称晋侯，忌也。"意思是，当初晋公子流亡途中经曹、卫，两国均未接待他而心生忌恨。此次为救宋国之围而侵曹。侵曹则须向卫国借道，卫国不借则讨伐之，以解昔日之恨。公子买被杀而曰"刺"，也是《春秋》一字定褒贬之笔。凡《春秋》于外大夫曰杀，于鲁大夫曰刺。据《左传》载，鲁国大夫公子买被鲁国派去戍卫，晋楚交恶，鲁僖公惧怕晋国报复就杀了公子买，又对楚国谎称公子买戍卫不能坚持到底而被杀，从

中透露出鲁僖公对晋国、楚国都不敢得罪的畏惧心理。再如成公二年的齐晋鞌之战也是一场轰轰烈烈的大战役，战事之复杂不亚于城濮之战。对此，《左传》有翔实的记载，而《春秋》只记录参战双方的主要人物以及战争的结果，体现出一贯的记事简约的风格。如果说历史故事仿佛是一棵枝繁叶茂的大树，而《春秋》则削掉了枝枝叶叶，只剩下了笔直的树干，挺立在历史的旷野中，一任风吹雨打。

综上所述，无论是传世文献还是出土文献，目前还找不到哪一种先秦时期的文献能和《春秋》约言示义的记事体例相一致。尽管受文字繁难，书写工具繁重等客观条件的限制，甲骨卜辞、青铜铭文呈现出简约的行文风格，但这是出于省文省字的需要而不得不简约。《春秋》有意略去了事件的起因、发展过程以及在这些过程中的诸多细节描写，削掉了人物的对话、言语以及内心世界的展示。于是，大量鲜活生动的历史叙事被抽空、榨干，犹如庞然昂然的恐龙埋藏在土壤深处，历经千年万年演化为化石一样，留待后人去复原。这种约言示义的记事特征虽然与甲骨卜事、青铜铭事的简约风格有一定的渊源，但更是出于表达"微言大义"的需要而有意为之。所以，笔者认为，《春秋》约言示义的记事体例是孔子的创造，由此体现出《春秋》简约叙事观不是自发的而是自觉的，也自然成为《春秋》的记事特征和文体特征。

（四）《春秋》记事笔法在《左传》《国语》中的运用

值得注意的是，虽然《春秋》约言示义的文体特征对后代史书文体产生直接影响的仅限于欧阳修的《新五代史》等个别史书，但《春秋》约言示义的记事手法，即用词简约而意含褒贬的"春秋笔法"则被解释《春秋》的《左传》直接继承下来。《左传》成公十四年赞《春秋》之"笔法"："微而显，志而晦，婉而成章，尽而不汙，惩恶而劝善"，昭公三十一年又说"《春秋》之称，微而显，婉而辨"①，其实，《左传》何尝不如此？刘知几说："《左氏》之叙事也，述行师则簿领盈视，哤聒沸腾，论备火则区分在目，修饰峻整；言胜捷则收获都尽，记奔败则披靡横前；申盟誓则慷慨有余，称谲诈则欺诬可见；谈恩惠则煦如春日，纪严切则凛若秋霜；叙兴邦则滋味无量，陈亡国则凄凉可悯。或腴辞润简牍，或美句

---

① 杨伯峻：《春秋左传注》，中华书局 1990 年版，第 1513 页。

入咏歌，跌宕而不群，纵横而自得。若斯才者，殆将工侔造化，思涉鬼神，著述罕闻，古今都绝。"① 这已成为《左传》叙事成就的经典话语被广泛引用。这里不对《左传》的叙事成就作全面评述，而是探讨春秋士人如何运用"春秋笔法"在辞令艺术上表现出的婉转含蓄而意含褒贬的隐秀风格。

《左传》宣公三年，再度崛起的楚国，在楚庄王的带领下挥师北上，讨伐了居于陆浑的姜戎，遂陈兵于周王境内的洛水畔，杀气腾腾，威慑周王。周定王便派王孙满犒劳楚军。楚庄王趁机问周王传国九鼎之大小轻重，觊觎周室之心昭然若揭。王孙满则巧妙答道：

> "在德不在鼎。昔夏之方有德也，远方图物，贡金九牧，铸鼎象物，百物而为之备，使民知神、奸。故民入川泽、山林，不逢不若。螭魅罔两，莫能逢之，用能协于上下，以承天休。桀有昏德，鼎迁于商，载祀六百。商纣暴虐，鼎迁于周。德之休明，虽小，重也。其奸回昏乱，虽大，轻也。天祚明德，有所厎止。成王定鼎于郏鄏，卜世三十，卜年七百，天所命也。周德虽衰，天命未改，鼎之轻重，未可问也。"②

面对楚庄王的骄横和逼问，王孙满不是正面指斥，而是避实就虚。指出天佑王权，不在于鼎之大小轻重，而在德之休明昏乱。夏桀昏德，所以鼎迁于商，而商纣暴虐，天命不保而传鼎于周，现如今周德虽衰，但天命未改。言外之意是说，楚王德薄，想要取代周王还没有资格，更没有理由问周鼎之大小轻重了。一场问鼎中原，杀机四伏的危难场面在王孙满的委婉措辞中灰飞烟灭了。

僖公三十二年冬晋文公卒，早有称霸诸侯野心的秦穆公趁机派军东进，试图与客居郑国的秦人杞子等里应外合，偷袭郑国。郑穆公得知消息，派人探视，发现客馆中的秦人早已"束载、厉兵、秣马"，便派皇武子驱逐他们。皇武子来到客馆不动声色地说："吾子淹久于敝邑，唯是脯资、饩牵竭矣。为吾子之将行也，郑之有原圃，犹秦之有具囿也，吾子取

---

① 刘知几：《史通》，黄寿成校点，辽宁教育出版社 1997 年版，第 132 页。
② 杨伯峻：《春秋左传注》，中华书局 1990 年版，第 699—672 页。

其麋鹿，以闲敝邑，若何？"① 这段逐客令说得十分巧妙，妙就妙在没有当面戳破杞子等做秦军内应的事实，却分明让他们感到事已败露，避免了当众被揭穿的尴尬，又留有逃生的余地，点到为止又不撕破脸皮，深得"春秋笔法"约言示义的神韵。待后来秦军在崤山遭到晋军伏击，全军覆没，主帅百里孟明视、西乞术、白乙丙被活捉。晋襄公在母亲文嬴（秦穆公之女）的求情下放走三位主帅，继而后悔，派阳处父去追赶。赶到河边，秦军主帅已上船，便以晋君赠马为由，诱其上岸。孟明这样回答："君之惠，不以累臣衅鼓，使归就戮于秦，寡君之以为戮，死且不朽。若从君惠而免之，三年将拜君赐。"最后一句"三年将拜君赐"就是三年后定来报仇的委婉说法，可以说是一句定褒贬。

成公二年，齐国攻打鲁国、卫国，鲁、卫求救于晋，晋派郤克率战车八百乘联合鲁、卫、姜戎等军队攻伐齐国，会战于鞌地，这就是著名的齐晋鞌之战。齐顷公狂妄轻敌，草率应战，结果一战而败，溃退中齐顷公的战车被树绊住，若不是逢丑父急中生智，与齐顷公互换位置，险被追赶上来的晋将韩厥活捉。韩厥误以为逢丑父是齐顷公，于是：

> 韩厥执絷马前，再拜稽首，奉觞加璧以进，曰："寡君使群臣为鲁卫请，曰：'无令舆师陷入君地。'下臣不幸，属当戎行，无所逃隐。且惧奔辟，而忝两君，臣辱戎士，敢告不敏，摄官承乏。"②

面对被活捉的齐顷公（其实是逢丑父），韩厥不是以胜利者的姿态傲视俘虏，而是走向前跪地叩头，捧着酒杯和玉璧献给齐顷公，行君臣大礼，还说出了受君王之命，身为军人不得不如此的谦卑的话，措辞委婉，面带恭敬，超出了一般意义上的外交辞令，不仅体现了韩厥谦谦君子的人格修养，更表明在礼崩乐坏的春秋乱世一般士人仍在坚守西周以来"君君、臣臣"的礼仪规范。刘知几《史通·惑经》云："……春秋之世，有识之士莫不微婉其辞，隐晦其说。斯盖当时之恒事，习俗所常行。"③"微婉其辞，隐晦其说"之所以成为春秋有识之士习惯性的话语表达方式，是宗

---

① 杨伯峻：《春秋左传注》，中华书局 1990 年版，第 496 页。
② 同上书，第 793—794 页。
③ 刘知几：《史通》，黄寿成校点，辽宁教育出版社 1997 年版，第 118 页。

周礼乐文化长期浸润的结果。

《左传》褒贬辞令如此，《国语》又何尝不如此？《国语》一书的成书年代虽难以确考，但其中所保存的史料当写成在战国以前，则是比较一致的看法。① 王充《论衡·案书篇》云："《国语》，《左氏》之外传也。《左氏》传经，辞语尚略，故复选录《国语》之辞以实。"② 说《国语》为《左传》之外传没有充分的理由，但以记言为主的确成为《国语》的书写特点。那么《国语》作者怎样运用"春秋笔法"来记言的呢？通常情况下，《国语》和《左传》一样，从维护西周礼制出发，继承了《春秋》以讳字、讳辞记言载事的功能，在此不赘。这里仍从委婉含蓄的褒贬辞令上加以说明。

《鲁语上》载，齐孝公问鲁使臣乙喜，鲁国怕不怕齐师伐鲁。乙喜给出不怕的理由不是从两国的实力上比较，而是从成王封鲁齐两国封地谈起："昔者成王命我先君周公及齐先君大公曰：'女股肱周室，以夹辅先王。赐女土地，质之以牺牲，世世子孙无相害也。'今君来讨敝邑之罪……岂其贪壤地而弃先王之命？其何以镇抚诸侯？"③ 意思是说，齐师伐鲁违背了西周初年成王提出的鲁齐两国世代友好的成命，此其为不忠；为贪图鲁国土地而放弃先王成命，则何以镇抚诸侯？此其为不信。对先王不忠、对诸侯不信，这就是鲁国不怕齐师进犯的理由。乙喜看似娓娓道来，但句句击中齐侯要害，齐孝公只好撤军。

《晋语四》载，流亡到楚国的晋公子重耳，受到了楚成王隆重的礼遇。有一天，楚成王对公子曰："子若克复晋国，何以报我？"公子再拜稽首，对曰："子女玉帛，则君有之。羽旄齿革，则君地生焉。其波及晋国者，君之余也，又何以报？"楚成王再问如何报答他。公子曰："若以君之灵，得复晋国，晋、楚治兵，会于中原，其避君三舍。若不获命，其左执鞭弭，右属櫜鞬，以与君周旋。"④ 在楚成王的一再追问下，重耳以退为进，巧妙作答，措辞委婉而又顺理成章，展现了一位政治家的外交智慧和辞令艺术。这就是成语"退避三舍"的由来。再看《晋语九》的记载：

① 曹道衡、刘跃进：《先秦两汉文学史料学》，中华书局2005年版，第134页。
② 黄晖：《论衡校释》，中华书局1990年版，第1165页。
③ 徐元诰：《国语集解》，中华书局2002年版，第151—152页。
④ 同上书，第331—332页。

> 董叔将娶于范氏，叔向曰："范氏富，盍已乎？"曰："欲为系援焉。"他日，董祁愬于范献子曰："不吾敬也。"献子执而纺于廷之槐。叔向过之，曰："子盍为我请乎？"叔向曰："求系既系矣，求援既援矣。欲而得之，又何请焉？"①

董叔将娶范宣子之女范祈为妻，叔向劝他范氏富，不要娶范家女，董叔不听，意在攀高枝儿，求上位。婚后不久，董叔之妻范祈向哥哥范献子告状说董叔不尊敬她。范献子便派人把董叔绑来吊在庭院的槐树上惩罚他，恰好叔向经过，董叔便请他代为求情。叔向说："你不是想攀高枝儿、求上位吗？如今想要的都实现了，还让我求什么情啊。""系援"二字用得精妙，为联结、攀附之意②。叔向见董叔被吊在树上，即兴发挥，把"系援"二字坐实，收到了意想不到的讽刺效果，可谓一字定褒贬。

笔削见义是"春秋笔法"的重要书写原则，《国语》记言也以此为要务，在书与不书，详书与略书之间表达褒贬之意。

> 晋文公既定襄王于郏，王劳之以地，辞，请隧焉。王不许，曰："昔我先王之有天下也，规方千里以为甸服，以供上帝山川百神之祀，以备百姓兆民之用，以待不庭不虞之患。其余以均分公侯伯子男，使各有宁宇，以顺及天地，无逢其灾害。先王岂有赖焉，内官不过九御，外官不过九品，足以供给神祇而已，岂敢厌纵其耳目心腹以乱百度？亦惟是死生之服物采章，以临长百姓而轻重布之，王何异之有？今天降祸灾于周室，余一人仅亦守府，又不佞以勤叔父，而班先王之大物以赏私德，其叔父实应且憎，以非余一人，余一人岂敢有爱？先民有言曰：'改玉改行。'叔父若能光裕大德，更姓改物，以创制天下，自显庸也。而缩取备物以镇抚百姓，余一人其流辟于裔土，何辞之与有？若由是姬姓也，尚将列为公侯，以复先王之职，大

---

① 徐元诰：《国语集解》，中华书局2002年版，第446页。
② "欲为系援"，徐解为"欲自系缀，以为援助"，并引《太平御览·仪礼部二十》孔晁的解释："系援，欲自结联于大援也。"按：徐仅以此句解释"系援"为"欲自系缀，以为援助"尚可，但结合下文"求系既系矣，求援既援矣"，"系援"均为动词，即"联结，攀援、攀附"之意，通过联姻步入社会上层，俗称"攀高枝儿"，时尚话叫"求上位"。

物其未可改也。叔父其懋昭明德，物将自至，余何敢以私劳变前之大章，以忝天下，其若先王与百姓何？何政令之为也。若不然，叔父有地而隧焉，余安能知之？"文公遂不敢请，受地而还。①

这是《国语·周语》中的一段著名的言辞。此前，晋文公兵围温地捉拿作乱的襄王同母弟王子带，又迎襄王入王城，可谓勤王有功，便伺机请求襄王答应他死后隧葬。据《左传》僖公二十五年杜预注云："阙地通路曰'隧'，王之葬礼也。诸侯皆县（悬）柩而下。"② 也就是说，按礼制只有天子死后才能通过隧道入葬，诸侯只能露天悬柩下葬。显然晋文公请隧葬是僭越之举。但鉴于晋强周弱的现状，周襄王只好从先王典章制度谈起，指出"周王"与"诸侯"的不同名分，自己恪守名分，以礼治国，不敢私变大章，以忝天下。襄王言辞和顺，娓娓道来，无一贬语，而情伪毕现，迫使晋文公自觉理亏，"遂不敢请"。但是，从史官的角度看，晋文公毕竟是一位具有雄才大略的春秋霸主，《晋语四》主要记录晋文公一生的主要功绩。若详写"请隧"之事势必影响晋文公的形象。所以，史官仅以"公请隧，弗许。曰'王章也，不可以二王，若无政何'"③ 一笔带过。在此略彼详的描写中，可以看出《国语》上承孔子《春秋》之"笔法"，下开司马迁《史记》"互见法"之先河。

　　《左传》《国语》运用"春秋笔法"载笔叙事受益于《春秋》约言示义的叙事体例，对后代的史书书写和文学叙事产生了深远的影响。到了汉代，司马迁不仅在理论上全面总结了"春秋笔法"，而且在《史记》创作上自觉地运用"春秋笔法"叙事写人，遂完成了"春秋笔法"由经及史的嬗变。魏晋以降，"春秋笔法"渐渐成为史传和小说等叙事文体的基本创作手法，成为史传文学批评和小说评点的基本范畴。"春秋笔法"由经及史、由史及文的嬗变表明：如果说在抒情诗创作与批评领域形成了中国诗学的比兴传统，那么在叙事文创作与批评领域则形成了中国叙事学的"春秋笔法"传统。中国叙事学呈现出的"春秋笔法"特征表明，与西方叙事学侧重于形式分析，比如对叙事结构、叙事模式的探究等有所不同，

---

① 徐元诰：《国语集解》，中华书局 2002 年版，第 51—54 页。

② 左丘明撰，杜预集解：《左传》（《春秋经传集解》），上海古籍出版社 1997 年版，第 356页。

③ 徐元诰：《国语集解》，中华书局 2002 年版，第 352 页。

中国叙事学更注重作家对人物、事件的价值评判。这一价值评判不是赤裸裸的说教，而是寓于叙事之中，通过人物塑造和情节演进自然流露出来。也就是说，中国叙事学不像西方叙事学那样追求穷形尽相的叙事描写，而是追求内容与形式的统一，也就是追求"尚简用晦"的诗意表达，即在简约的叙事中寄寓作家的爱憎褒贬。这一手法由《春秋》首创，并形成了中国文学的叙事传统。因此，"春秋笔法"是中国叙事学的诗性话语，也是中国叙事学的基本特征。

结　　论

　　"春秋笔法"是最富有中国本土精神的理论范畴，包括写什么（笔），不写什么（削），怎么写（"微而显，志而晦，婉而成章，尽而不汙"），写作目的是什么（"惩恶而劝善"）。本书第一次对"春秋笔法"的渊源流变加以考辨。认为"春秋笔法"源于孔子的《春秋》，但早在孔子《春秋》以前的西周青铜铭文已有"隐恶扬善"笔法的出现，《尚书》中亦有历史鉴戒的观念。"春秋笔法"在经学家尤其是今文经学家的不断阐释和演绎下得以确定其神圣的经学地位。经司马迁对孔子《春秋》"义法"的总结，并在《史记》中近乎完美的运用，"春秋笔法"遂转向史学，成为史家修撰史书的原则、例法。"春秋笔法"最终转向文学是历史的必然选择，从文体学的角度看，亦史亦文的笔记小说《世说新语》可能是较早成功运用"春秋笔法"的文学叙事文本。此后历史优秀的小说、戏曲、史传文本都在不同程度上运用"春秋笔法"来表达作家的褒贬善恶。与文本文体相比较而言，"春秋笔法"成为文学理论范畴显得有些漫长，先有刘勰于《文心雕龙》中加以总结，继之有刘知几《史通》中"尚简""用晦"的归纳，直到清前期方苞"义法"说的提出，才最终完成了"春秋笔法"向文学理论范畴的转型。清末刘熙载《艺概·文概》中有关"文法"说的阐释则最终将"春秋笔法"提到艺术哲学的高度来认识，"春秋笔法"也因方苞、刘熙载等人的阐释而泛化为文章笔法。

　　什么是"春秋笔法"？有不同的看法，或以为是避讳，或以为是影射。本书认为，《春秋》"五例"是"春秋笔法"的基本内涵，其社会功利价值表现为惩恶劝善的思想原则与法度；其审美价值表现为微婉隐晦的修辞原则与方法。前者为目的，后者为方法。经法、史法与文法是"春秋笔法"的外延：经法旨在惩恶劝善，故求其善；史法旨在通古今之变，故求其真；文法旨在属辞比事，故求其美。尚简用晦是"春秋笔法"的本质特征，是孔子在《春秋》中对"诗三百"比兴寄托手法的借用和发挥，意在追求"一字定褒贬"的美刺效果。

诗史关系或文史关系一直是文学史、史学史上的重要问题，本书从"春秋笔法"的角度对诗史关系进行了新的阐释。一方面是诗具史笔，即"《诗》亡然后《春秋》作"：早期的《诗》实际上充当了"史"的角色，是"全面的社会生活"，突出表现在春秋战国时期"诗三百"得到了最广泛的应用，诗的实用功能先于其审美功能而在社会上产生影响。诗具史笔的被理解在于"惩恶劝善"的教化作用，"诗史"范畴的提出以及"以诗证史"批评方法的应用。其被误解在于注重诗教，轻视诗美；以诗为史，诗史混淆；依史订诗，苛责诗艺。另一方面是史蕴诗心。"《诗》亡然后《春秋》作"固然道出了"采诗"制度消亡和由诗向史嬗变这一现象，却遮蔽了一个潜在的不容忽视的事实："《春秋》作而《诗》未亡"，即史蕴诗心。尚简用晦的"春秋笔法"是源于"诗三百"的比兴寄托手法和美刺褒贬精神在史书写作中的拓展和延伸，并与赋比兴有明显的对应关系，是史蕴诗心的集中表现。史蕴诗心与西方后现代史学既不同又相通，其理论意义在于解构了史学中关于"实录"、"信史"观念的霸权地位，将史书还原为历史叙述文本；突破了传统以史为中心，史主于文的价值观念体系，确立了文艺性修辞在史书中的本体地位；史书有了诗性生命而变得鲜活灵动的同时，"史真"仍不失为史家孜孜以求的终极目标。

今文经学是怎样阐释"春秋笔法"的？"《春秋》无达辞"是《公羊》《谷梁》解经与董仲舒释经共有的逻辑前提，这一前提不仅为今文家释经提供广阔的阐释空间，同时也道出《春秋》的可阐释性和阐释的无限性的特点。《公羊》《谷梁》释经的诸多义例表明二传能围绕《春秋》文本加以推演，以形而下的归纳为主要特色，呈现出聚焦式的思维结构样态。其"咬文嚼字"的功夫有益于汉语训诂学、修辞学的建立和发展。董仲舒的春秋学则以《公羊传》文本为基础，以形而上的演绎为特色，呈现出发散式的思维结构样态。他以训诂学深察名号，采用"形训""声训""义训"的训诂学方法加以阐释；他从言意关系推究辞指，其中尤以"见其指，不任其辞"，追求"辞"外之"指"为特色为关键。这构成了董仲舒经学阐释学的基本特点，并在方法论上与后代魏晋玄学的"言意之辨"，以及中国诗学所追求的"不著一字，尽得风流"的审美趣味不尽同而相通。

　　司马迁是怎样践行"春秋笔法"的？司马迁不仅系统地总结了孔子的"春秋笔法"，而且实践并超越了"春秋笔法"。如果说孔子"春秋笔法"主要表现在"一字定褒贬"的修辞层面上，那么《史记》"笔法"则将其扩大为篇章的叙事结构上，人物形象的描写上，乃至《史记》全书的整体布局上。首先是寓论断于序事。或述而不作，借史料之取舍传心中之隐曲；或据事直书，词不迫切而意独至；或侧笔旁议，托他人之口代作者之言。其次，藏美刺于互见。互见法有显隐之别，"事见某篇""语在某篇"即为显，而隐是指不标互见之语而实为互见之法，也就是"春秋笔法"。通过对勘互比，可分为属辞比事之微婉显晦和人物写真之褒贬抑扬二类，而人物写真亦可分为一人异事之互见和一事异人之互见二类。其三，定褒贬于论赞。如果说寓论断于叙事意在画龙，那么定褒贬于论赞则意在点睛。"太史公曰"把《左传》"君子曰"的道德评价主题发展为历史哲学主题。论赞也有显隐之别。所谓显：或借仁人君子之义行壮举抒发敬仰之情；或书昏君权臣之暴行劣迹发泄怨愤之意；或述王朝更迭世族盛衰以寄托兴亡之感；或对重大事件提要勾玄以探其成败之因；或深察人心向背以昭示民意不可诬；或阐明写作本旨书法义例以成其一家之言。所谓隐：或反话正说，似褒实贬；或侧笔反衬，寓有深意；或暗含影射，曲笔诛心。

　　"春秋笔法"在古代诗文中是怎样运用的？以杜甫、白居易诗和韩愈、柳宗元文为例。杜诗的"诗史"特点：一为善陈时事，推见至隐；二为沉郁顿挫，褒贬自现。前者是从叙事手法上说，后者是就风格境界而言。杜诗善于通过具体的生活细节或片段反映重大政治事件，揭露社会矛盾，管窥锥指，于记事中表达政见，寄寓褒贬，记事逾真而推见逾隐，呈现出记事与政论相结合的特点；在诗美追求上，杜诗的沉郁顿挫风格与儒家倡导的风雅比兴、尚简用晦的话语表达方式有密切的联系，意蕴厚重沉实，节奏跌宕回旋，用语凝练曲折，从而与《春秋》以来内敛式的记事风格一脉相承。白诗讽谕诗的突出特征就是运用"春秋笔法"进行美刺褒贬，以期达到惩恶劝善的政治讽谕目的。具体表现在即事作断，卒章显志和人物叙事三个方面：即事作断与卒章显志强化了美刺褒贬的批判力量，但同时也弱化了诗歌委婉含蓄的韵味，显得"直而切"。而人物叙事是通过诗中主人公言行推动故事的展开，诗人的美刺褒贬借主人公言行来表达，比诗人在诗中"直而切"的呼告更能显示"春秋笔法"尚简用晦的特色。韩柳古文创作也得益于"春秋笔法"的运用，主要表现在"辞令褒贬"和"导扬讽谕"两方面。从"辞令褒贬"的角度看，韩柳的政论文均以见解独到，论证严密著称，显示出娴熟的辞令和鲜明的褒贬态度；韩柳的传记文则在曲折生动的叙事中传达出作者对人物和事件的爱憎和褒贬，实为史家之笔。从"导扬讽谕"的角度看，韩柳的寓言文以虚构的故事场景讽刺世态人心，寄托感慨，看似戏笔，实为箴言；柳宗元的山水游记既描摹了山水物态，又从中寄托个人兀傲不群的个性。如果说韩柳古文在"辞令褒贬"上多采用"尽而不汙"的笔法，那么在"导扬讽谕"上多采用"委婉隐晦"的笔法。

　　"春秋笔法"在小说叙事中是怎样运用的？"春秋笔法"是中国古代小说叙事学的基本特征，并从作者与视角、结构与寓意、修辞与技巧三个层面加以阐释。从作者与视角层面看，作者的微言大义、美刺褒贬首先是通过叙述者的介入和叙事视角的切入来实现的，不能抛开作者来谈小说叙事，这是中国叙事学不同于西方叙事学之处。中国古代小说中的叙述者也可分为可靠的叙事者和不可靠的叙述者。前者大都具有鲜明的"史官"特点，褒善贬恶，据事实录，故所用"春秋笔法"呈现出"直而切"特色；而后者表层叙事与深层用意的不统一正显出作者的叙事智慧，故所用"春秋笔法"则呈现出"曲而隐"的特点。"春秋笔法"在古代小说不同叙事视角中有不同程度的表现，如果说在全知叙述中呈现为褒贬分明的显性样态，那么在限知叙述中则呈现为隐性样态，在客观叙事中就更加隐晦，进而提升了小说叙事的文学魅力。从六大古典小说叙事结构特征看，大致可分为"缀段式"和"网状式"两种，但都以"纪传式"为基础。这一结构特色使作家能更加自觉地运用"春秋笔法"寄寓褒贬之义。《水浒传》《西游记》《儒林外史》属于"缀段式"结构，即通过贯穿全书的结构意脉把多个人物传记组合成有机的整体。《水浒传》从"义"到"忠"的意脉流动，不仅反映了忠义观念从俗文化中的江湖义气向雅文化中的儒家忠君思想的嬗变，更反映这一嬗变的悲剧性结局带给人的深刻的历史反思。《西游记》以"收心""定心""修心"为结构意脉，象征着西天取经的过程，是由魔成佛、由妖成仙的修心过程，是正心诚意、格物致知的修身过程。《儒林外史》以"功名富贵"作为全书的结构意脉，在于作者以诛心之笔写出了儒林士人受"功名富贵"的毒害由肌肤到内脏到骨髓的血淋淋的历程。作为网状结构的《三国演义》、《金瓶梅》和《红楼梦》都以人物传记关锁全书。以诸葛亮关锁全书意在表达《三国演义》"尊刘贬曹"主题下明君贤相的治国理想以及理想不得实现的深沉感慨；以西门庆关锁全书意在表达《金瓶梅》钱色交易背景下的政治批判主题；以贾宝玉关锁全书意在表达"石"与"玉"冲突下人性被社会异化的痛苦历程和人性回归自然的象征意义。从修辞技巧上看，尽管古代小说评点家归纳出许多小说叙事技巧，但"春秋笔法"是古代小说最基本的叙事手法。《春秋》"微而显，志而晦，婉而成章，尽而不汙"的笔法与小说叙事技巧异曲而同工，依次表现为，露珠映日、一叶知秋，草蛇灰线、绵针泥刺，曲笔回护、褒贬有度，明镜照物、妍媸毕露。总体特征是文约而意丰，委婉而多讽，即"春秋笔法"之尚简用晦而意含褒贬。如果将小说叙事比喻为枝繁叶茂的大树，那么作者、叙述者、叙述视角就是树根，小说文本的叙事结构是树干，小说叙事技巧是满树的枝叶和缤纷的花朵，"春秋笔法"则一以贯之。

　　儒家文化是用诗性的话语来表达的。"易"之象、"诗"之兴和"史"之笔，构成了中国文化诗性话语的三种话语模式。其中，易象用以寓理，诗兴用以抒情，史笔用以叙事。易象包括卦爻象、卦爻辞两部分，后者是对前者的解释，但不是抽象的逻辑的哲学阐释，而是直观的形象的诗性描述。从整体上说，易象是隐喻是象征，易象所蕴含的道理是宗教的哲学的，但表达方式是文学的象征的。《周易》以"立象尽意"的方式传达出对世界诗意解读，易象也就成为隐含《周易》易理的诗性载体。与易之象相比，诗之兴则经历了从祭祀之兴到政教之兴再到诗学之兴演变历程。从《诗经》中的鸟兴象和鱼兴象的文化分析可以看出，祭祀之兴是隐喻是象征，作者选取的"他物"本身就隐含着原始先民丰富的宗教文化密码即生殖崇拜、图腾崇拜、祖先崇拜以及乡土观念、父母观念等。政教之兴伴随春秋"用诗"时代的到来而兴起，经孔子及其弟子对"诗三百"的解说而形成，至汉代形成的"以喻释兴"的经学化解读方式则完成了兴的政教理论建构。其话语模式有别于祭祀之兴的隐喻象征而呈现出美刺寄托的特点。伴随着经学的衰微，诗学之兴以其言有尽而意无穷的话语表达方式在齐梁时期兴起，经司空图、严羽、王士禛、王国维等人的不断探索而成为中国诗学追求的最高的抒情境界。"史"之笔特指《春秋》之"笔法"。《春秋》所开创的约言示义的记事方法，即用词简约而意含褒贬的叙事手法，在现存先秦出土文献与传世文献中独树一帜，并被《左传》《国语》《史记》等继承和发展，逐渐成为史传和小说等叙事文体的基本创作手法，成为史传文学批评和小说评点的基本范畴。如果说在抒情诗创作与批评领域形成了中国诗学的比兴传统，那么在叙事文创作与批评领域则形成了中国叙事学的"春秋笔法"传统；如果说西方叙事学侧重于对叙事结构、叙事模式等形式的分析，那么中国叙事学更注重作家对人物、事件的价值评判。这一话语评判不是赤裸裸的说教，而是寓于叙事之中自然流露出来。也就是说，中国叙事学不像西方叙事学那样追求穷形尽相的叙事描写，而是追求内容与形式的统一，也就是追求"尚简用晦"的诗意表达，即在简约的叙事中寄寓作家的爱憎褒贬。因此，"春秋笔法"是中国叙事学的诗性话语，也是中国叙事学的基本特征，体现了中国人的叙事智慧。

主要参考文献

B

《白氏长庆集》，白居易撰，四部丛刊，上海涵芬楼借江南图书馆藏日本翻宋大字本。

《白雨斋词话足本校注》，屈兴国校注，齐鲁书社 1983 年版。

《百年"春秋笔法"研究述评》，肖锋著，《文学评论》2006 年第 2 期。

《比兴思维研究》，李健著，安徽教育出版社 2003 年版。

《卜辞通纂》，郭沫若著，《郭沫若全集》第二卷，科学出版社 1982 年版。

C

《存在与时间》，［德］海德格尔著，陈嘉映、王庆节译，生活·读书·新知三联书店 1999 年版。

《春秋大事表》，顾栋高著，吴树平、李解民点校，中华书局 1993 年版。

《"春秋笔法"与古代史官的话语权利》，过常宝著，《北京师范大学学报》2003 年第 4 期。

《春秋笔法与〈红楼梦〉的叙事方略》，石昌渝著，《红楼梦学刊》2004 年第 1 期。

《"春秋笔法"与"微言大义"》，曹顺庆著，《北京大学学报》1997 年第 2 期。

《春秋的回声——左传的文化研究》，刘丽文著，北京燕山出版社 2000 年版。

《春秋啖赵集传》，陆淳撰，中华书局 1985 年版。

《春秋繁露义证》，苏舆撰，钟哲点校，中华书局 1992 年版。

《春秋经传研究》，赵生群著，上海古籍出版社 2000 年版。

《春秋经传研究选题举例》，张高评著，《南京师范大学文学院学报》2004年第2期。

《春秋三书》，张溥撰，北京大学图书馆藏明刊本。

《春秋三传及国语之综合研究》，顾颉刚著，巴蜀书社1988年版。

《春秋三传要义解读》，晁岳佩著，国家图书馆出版社2008年版。

《春秋书法与左传学史》，张高评著，台北五南图书出版股份有限公司2002年版。

《春秋史》，童书业著，上海古籍出版社2003年版。

《春秋学史》，赵伯雄著，山东教育出版社2004年版。

《春秋释例》，颖容撰，《续修四库全书》本。

《春秋释例》，杜预撰，《四库全书》本。

《春秋诗话》，劳孝舆撰，毛庆耆点校，广东高等教育出版社1996年版。

《春秋左传研究》，童书业著，童教英校订，中华书局2006年版。

《春秋左传学史稿》，沈玉成、刘宁著，江苏古籍出版社1992年版。

《春秋左传注》，杨伯峻编著，中华书局1992年版。

《春秋传》，胡安国撰，《四部丛刊续编》本。

《陈亮集》，陈亮著，中华书局1974年版。

《陈寅恪的最后20年》，陆键东著，生活·读书·新知三联书店1995年版。

D

《当代叙事学》，〔美〕华莱士·马丁著，伍晓明译，北京大学出版社2005年版。

《读杜心解》，浦起龙著，中华书局1961年版。

《杜诗详注》，仇兆鳌注，中华书局1979年版。

《杜预及其春秋左氏学》，叶政欣著，台北文津出版社1990年版。

《东坡志林》，苏轼撰，中华书局1981年版。

《董学探微》，周桂钿著，北京师范大学出版社1989年版。

E

《二十世纪先秦散文研究反思》，常森著，北京大学出版社2002年版。

《二十世纪中国易学史》，杨庆中著，人民出版社2000年版。

F

《返本开新——汤一介自选集》，汤一介著，首都师范大学出版社2008

年版。

《返本与开新——中国传统文论的当代阐释》，党圣元著，河南大学出版社 2011 年版。

《赋比兴与中国诗学研究》，刘怀荣著，人民出版社 2007 年版。

G

《古本竹书纪年辑证》，王诗铭、王修龄校注，上海古籍出版社 1981 年版。

《古代社会》，〔美〕路易斯·亨利·摩尔根著，商务印务馆 1997 年版。

《古代思想文化的世界》，陈来著，生活·读书·新知三联书店 2002 年版。

《古代宗教与伦理——儒家思想的根源》，陈来著，生活·读书·新知三联书店 2009 年版。

《古代中国的思想世界》，〔美〕本杰明·史华兹著，程钢译，江苏人民出版社 2004 年版。

《古典文学研究资料汇编·红楼梦卷》，一粟编，中华书局 1963 年版。

《古汉语修辞资料汇编》，郑奠、谭全基编，商务印书馆 1980 年版。

《古诗归》，钟惺、谭元春辑，复旦大学图书馆藏明闵振业三色套印本影印原书版。

《古史辨》，上海古籍出版社 1982 年版。

《古史新探》，杨宽著，中华书局 1965 年版。

《顾颉刚古史论文集》，顾颉刚著，中华书局 1996 年版。

《国学概论》，钱穆著，商务印书馆 1997 年版。

《国语集解》，徐元诰撰，王树民、沈长云点校，中华书局 2002 年版。

《观堂集林》，王国维著，河北教育出版社 2003 年版。

《管锥编》，钱锺书著，中华书局 1986 年版。

H

《汉代"兴"喻说》，萧华荣著，《齐鲁学刊》1994 年第 4 期。

《韩非子集解》，王先慎撰，钟哲点校，中华书局 1998 年版。

《韩诗外传集释》，韩婴撰，许维遹校释，中华书局 1980 年版。

《汉书》，班固撰，中华书局 1962 年版。

《后汉书》，范晔撰，中华书局 1965 年版。

《后现代历史叙事学》，〔美〕海登·怀特著，陈永国、张万娟译，中国社会科学出版社 2003 年版。

《后村先生大全集》，刘克庄撰，四部丛刊上海涵芬楼景印旧钞本。

《红楼梦哲学精神》，梅新林著，华东师范大学出版社 2007 年版。

《红楼梦资料汇编》，朱一玄编，南开大学出版社 2001 年版。

《红楼十二论》，张锦池著，百花文艺出版社 1982 年版。

《红楼梦考论》，张锦池著，黑龙江教育出版社 1998 年版。

《红楼小讲》，周汝昌著，北京出版社 2002 年版。

《胡适古典文学研究论集》（上下），上海古籍出版社 1988 年版。

J

《甲骨文选注》，李圃选注，上海古籍出版社 1989 年版。

《简帛古书与学术源流》，李零著，生活·读书·新知三联书店 2004
　　年版。

《结构主义和符号学》，〔英〕特伦斯·霍克斯著，瞿铁鹏译，上海译文出
　　版社 1987 年版。

《近三十年来国内外"〈春秋〉笔法"研究的回顾与展望》，张金梅，《兰
　　州学刊》2006 年第 8 期。

《晋书》，房玄龄等撰，中华书局 1974 年版。

《旧唐书》，刘昫撰，中华书局 1975 年版。

《金瓶梅资料汇编》，朱一玄编，南开大学出版社 2002 年版。

《经学历史》，皮锡瑞著，中华书局 2004 年版。

《经学通论》，皮锡瑞著，中华书局 1954 年版。

《经籍纂诂》，阮元等撰，中华书局 1982 年版。

《经典释文》，陆德明撰，中华书局 1983 年版。

《积微居小学述林》，杨树达著，科学出版社 1954 年版。

《镜与灯》，〔美〕M. H. 艾布拉姆斯著，北京大学出版社 1989 年版。

《嘉祐集笺注》，苏洵撰，曾枣庄笺注，上海古籍出版社 1993 年版。

K

《孔子评传》，匡亚明著，南京大学出版社 1990 年版。

《孔子传》，钱穆著，生活·读书·新知三联书店 2002 年版。

《孔子的乐论》，江文也著，杨儒宾译，台北"国立"台湾大学出版中心
　　2009 年版。

《孔子诗论的文化推绎》，萧兵著，湖北长江出版集团 湖北人民出版社

2006 年版。

L

《老子新译》，任继愈译著，上海古籍出版社 1985 年版。

《老子注译及评介》，陈鼓应著，中华书局 1984 年版。

《礼记译解》，王文锦译解，中华书局 2001 年版。

《礼化诗学》，陈桐生著，学苑出版社 2009 年版。

《礼学思想体系探源》，王启发著，中州古籍出版社 2005 年版。

《礼崩乐盛——以春秋战国为中心的礼乐关系研究》，李宏锋著，文化艺
术出版社 2009 年版。

《历代诗话》，何文焕辑，中华书局 1981 年版。

《历代诗话续编》，丁福保辑，中华书局 1983 年版。

《历代文话》，王水照编，复旦大学出版社 2007 年版。

《历史的起源与目标》，［德］亚斯贝斯著，华夏出版社 1989 年版。

《历史的观念》，［英］柯林武德著，何兆武等译，商务印书馆 1997 年版。

《历史理性批判文集》，［德］康德著，何兆武译，商务印书馆 1991 年版。

《历史学是什么》，葛剑雄等著，北京大学出版社 2002 年版。

《历史哲学》，［德］黑格尔著，王造时译，上海书店出版社 1999 年版。

《历史本体论·己卯五说》，李泽厚著，生活·读书·新知三联书店 2003
年版。

《两汉经学今古文平议》，钱穆著，商务印书馆 2001 年版。

《两汉思想史》，徐复观著，华中师范大学出版社 2001 年版。

《两周诗史》，马银琴著，社会科学文献出版社 2006 年版。

《柳宗元集》，柳宗元撰，中华书局 1979 年版。

《论“〈春秋〉笔法”》，张毅著，《文艺理论研究》2001 年第 4 期。

《论春秋笔法对后代文论的影响》，敏泽著，《社会科学战线》1985 年第
3 期。

《论戴震与章学诚》，余英时著，生活·读书·新知三联书店 2000 年版。

《论方苞“义法”说》，王镇远，《江淮论坛》1984 年第 1 期。

《论衡校释》，王充著，黄晖校释，中华书局 1990 年版。

《论〈金瓶梅〉的结构方式与思想层面》，张锦池著，《求是学刊》2001
年第 1 期。

《论〈金瓶梅词话〉的政治性》，黄霖著，《学术月刊》1985 年第 1 期。

《论孔子的"春秋笔法"》，李颖科、符均著，《云梦学刊》1997 年第 3 期。

《论文偶记／初月楼古文绪论／春觉斋论文》 刘大櫆／吴德旋／林纾著，人民文学出版社 1998 年版。

《论语译注》，杨伯峻译著，中华书局 1980 年版。

M

《美学》，［德］黑格尔著，朱光潜译，商务印书馆 1981 年版。

《美的历程》，李泽厚著，文物出版社 1981 年版。

《孟子译注》，杨伯峻译著，中华书局 1960 年版。

《孟子正义》，焦循撰，中华书局 1987 年版。

《牧斋有学集》，钱谦益撰，上海古籍出版社 1996 年版。

《墨子间诂》，孙诒让撰，孙启治点校，中华书局 2001 年版。

N

《南雷文定》，黄宗羲撰，《丛书集成初编》，王云五主编，商务印书馆 1936 年版。

《廿二史劄记校证》 （订补本），赵翼著，王树民校证，中华书局 1984 年版。

P

《普列汉诺夫哲学著作选集》，［俄］普列汉诺夫著，生活·读书·新知三联书店 1961 年版。

Q

《秦汉文学论丛》，刘跃进著，凤凰出版传媒集团凤凰出版社 2008 年版。

《全上古三代秦汉三国六朝文》，严可均辑，商务印书馆 1999 年版。

《清代公羊学》，陈其泰著，东方出版社 1997 年版。

《情感与形式》，［美］苏珊·朗格著，刘大基等译，中国社会科学出版社 1986 年版。

《清诗话》，王先之等撰，上海古籍出版社 1963 年版。

《清诗话续编》，郭绍虞编选，富寿荪校点，上海古籍出版社 1983 年版。

《七缀集》，钱锺书著，上海古籍出版社 1994 年版。

R

《日知录集释》，顾炎武著，黄汝成集释，岳麓书社 1994 年版。

《人间词话／惠风词话》，王国维／况周颐著，人民文学出版社 1960 年版。

《儒林外史研究论集》，作家出版社 1955 年版。

《儒家元典与中国诗学》，李凯著，中国社会科学出版社 2002 年版。

《儒林外史研究资料汇编》，朱一玄、刘毓忱编，南开大学出版社 2003
年版。

S

《三礼词典》，钱玄、钱兴奇编著，江西古籍出版社 1998 年版。

《三礼通论》，钱玄著，南京师范大学出版社 1996 年版。

《三国演义资料汇编》，朱一玄、刘毓忱编，南开大学出版社 2003 年版。

《三国志》，陈寿撰，中华书局 1963 年版。

《上海博物馆藏战国楚竹书》（一），马承源主编，上海古籍出版社 2001
年版。

《四书章句集注》，朱熹集注，中华书局 1983 年版。

《十批判书》，郭沫若著，东方出版社 1996 年版。

《十一家注孙子校理》，孙武撰，曹操等注，杨丙安校理，中华书局 1999
年版。

《十三经注疏》，阮元校刻，中华书局 1980 年版。

《十七史商榷》，王鸣盛撰，黄曙辉点校，世纪出版集团上海书店出版社
2005 年版

《诗词例话》，周振甫著，中国青年出版社 1962 年版。

《诗化哲学》，刘小枫著，华东师范大学出版社 2007 年版。

《诗经研究》，闻一多著，巴蜀书社 2002 年版。

《诗经三颂与先秦礼乐文化》，姚小鸥著，北京广播学院出版社 2000
年版。

《诗集传》，朱熹集注，上海古籍出版社 1980 年版。

《诗学》，［古希腊］亚里士多德著，商务印书馆 1999 年版。

《诗外诗论笺》，傅道彬著，黑龙江教育出版社 1993 年版。

《诗与意识形态》，李春青著，北京大学出版社 2005 年版。

《史记》，司马迁撰，中华书局 1959 年版。

《〈史记〉的学术成就》，杨燕起著，北京师范大学出版社 1996 年版。

《史记体制义例简论》，张大可著，《兰州大学学报》1983 年第 6 期。

《史记文献学丛稿》，赵生群著，江苏古籍出版社 2000 年版。

《史记札记》，郭嵩焘著，台北释文堂 1975 年版。

《史通》，刘知几撰，黄寿成校点，辽宁教育出版社 1997 年版。

《史通通释》，刘知几撰，浦起龙释，上海古籍出版社 1978 年版。

《史传通说——中西史学之比较》，汪荣祖著，中华书局 1989 年版。

《史学九章》，汪荣祖著，生活·读书·新知三联书店 2006 年版。

《史学与中国文化传统》，陈其泰著，学苑出版社 1999 年版。

《士与中国文化》，余英时著，上海人民出版社 2003 年版。

《世说新语校笺》，刘义庆撰，徐震堮校笺，中华书局 1984 年版。

《商君书锥指》，蒋礼鸿撰，中华书局 1986 年版。

《上海博物馆藏战国楚竹书（一）读本》，季旭升主编，北京大学出版社
　　2009 年版。

《尚书通论》，陈梦家著，中华书局 2005 年版。

《宋诗选注》，钱锺书著，人民文学出版社 1958 年版。

《神话与诗》，闻一多著，北京古籍出版社 1956 年版。

《水浒传资料汇编》，朱一玄、刘毓忱编，南开大学出版社 2002 年版。

《生殖崇拜文化略论》，赵国华著，《中国社会科学》1988 年第 1 期。

T

《谈艺录》（补订本），钱锺书著，中华书局 1984 年版。

《唐国史补》，李肇撰，古典文学出版社 1957 年版。

《通志》，郑樵编撰，中华书局 1987 年版。

《退庵随笔》，梁章钜著，二思堂丛书，浙江书局光绪元年校刊本

W

《王弼集校释》，楼宇烈著，中华书局 1980 年版。

《王国维文集》，姚淦铭、王燕编，中国文史出版社 1997 年版。

《王文公文集》，王安石撰，唐武标校，上海人民出版社 1974 年版。

《望溪先生全集》，方苞撰，四部备要本。

《文镜秘府论汇校汇考》，卢盛江校考，中华书局 2006 年版。

《文史通义校注》，章学诚著，叶瑛校注，中华书局 1983 年版。

《文心雕龙注》，刘勰著，范文澜注，人民文学出版社 1958 年版。

《文献通考》，马端临编撰，中华书局 1986 年版。

《文学理论》，［美］韦勒克、沃沦著，刘象愚等译，生活·读书·新知三
　　联书店 1984 年版。

《文艺对话集》，［古希腊］柏拉图著，朱光潜译，人民文学出版社 1963

年版。

《文则/文章精义》，陈骙/李塗著，人民文学出版社 1998 年版。

《文章辨体序说/文体明辨序说》，吴讷/徐师曾著，人民文学出版社 1998
　年版。

《文章例话》，周振甫著，中国青年出版社 1983 年版。

《五经哲学及其文化学的阐释》，严正著，齐鲁书社 2001 年版。

X

《西方二十世纪文论史》，张首映著，北京大学出版社 1999 年版。

《西方文论选》，伍蠡甫主编，上海文艺出版社 1963 年版。

《西游记考论》，张锦池著，黑龙江教育出版社 2003 年版。

《西游记资料汇编》，朱一玄、刘毓忱编，南开大学出版社 2002 年版。

《西周墙盘铭文笺释》，徐中舒，《考古学报》1978 年第 2 期。

《西周史》，杨宽著，上海人民出版社 1999 年版。

《西周史》，许倬云著，生活·读书·新知三联书店 2001 年版。

《习学记言序目》，叶适撰，中华书局 1979 年版。

《新唐书》，欧阳修、宋祁撰，中华书局 1975 年版。

《新唐书纠谬》，吴缜撰，商务印书馆 1936 年版。

《先秦两汉文学史料学》，曹道衡、刘跃进著，中华书局 2005 年版。

《先秦散文研究》，过常宝著，人民出版社 2009 年版。

《先秦叙事研究》，傅修延著，东方出版社 1999 年版。

《先秦文学编年史》，赵逵夫主编，商务印书馆 2010 年版。

《先秦韵文初探》，谭家健，《文学遗产》1995 年第 1 期。

《先秦诸子系年》，钱穆著，商务印书馆 2001 年版。

《现代西方文论选》，伍蠡甫主编，上海译文出版社 1983 年版。

《现代西方历史哲学译文集》，张文杰等译，上海译文出版社 1984 年版。

《叙事学导论》，罗钢著，云南人民出版社 1994 年版。

《叙事学与小说文体研究》，申丹著，北京大学出版社 1998 年版。

《叙事、文体与潜文本》，申丹著，北京大学出版社 2009 年版。

《学林漫录》初集，中华书局 1980 年版。

《荀子集解》，王先谦撰，沈啸寰、王星贤点校，中华书局 1988 年版。

《小说修辞学》，［美］韦恩·布斯，华明等译，北京大学出版社 1987
　年版。

《小说修辞研究》，李建军著，中国人民大学出版社2003年版。

Y

《艺概》，刘熙载著，上海古籍出版社1978年版。

《艺术》，［英］克莱夫·贝尔著，周金环、马钟元译，中国文联出版公司1984年版。

《义法与经世——方苞及其文学研究》，［新］许福吉著，学林出版社2001年版。

《饮冰室书话》，梁启超著，周岚、常弘编，时代文艺出版社1998年版。

《殷契佚存考释》，商承祚著，金陵大学中国文化研究丛刊甲种，1933年线装本

《英美小说叙事理论研究》，申丹等著，北京大学出版社2005年版。

《元白诗笺证稿》，陈寅恪著，见《陈寅恪集》，生活·读书·新知三联书店2009年版。

《原始思维》，［法］列维——布留尔著，丁由译，商务印书馆1994年版。

《迂回与进入》，［法］弗朗索瓦·于连著，杜小真译，生活·读书·新知三联书店2003年版。

Z

《在文本与历史之间——中国古代诗学意义生成模式探微》，李春青著，北京大学出版社2005年版。

《战国策笺注》，张清常、王延栋撰，南开大学出版社1993年版。

《战国史》，杨宽著，上海人民出版社1998年版。

《真理与方法》［德］伽达默尔著，洪汉鼎译，上海译文出版社2004年版。

《拯救与逍遥》，刘小枫著，上海三联书店2001年版。

《周礼考论——周礼与中国文学》，丁进著，上海人民出版社2008年版。

《周易译注》，黄寿祺、张善文译注，上海古籍出版社2007年版。

《周易全解》，金景芳、吕绍纲著，上海古籍出版社2005年版。

《周易大传今注》，高亨著，齐鲁书社1998年版。

《周易古经今注》，高亨著，中华书局1982年版。

《周易与中国文学》，陈良运著，百花洲文艺出版社1999年版。

《中古文学理论范畴》，詹福瑞著，河北大学出版社1997年版。

《中国传统文化中的儒道释》，汤一介著，中国和平出版社1988年版。

《中国的品格》，楼宇烈著，南海出版公司 2011 年版。

《中国古代的文史关系——史传文学概论》，李少雍著，《文学遗产》1996
　　年第 2 期。

《中国古代社会研究》，郭沫若著，《郭沫若全集》第 1 卷，人民出版社
　　1982 年版。

《中国古代史籍校读法》，张舜徽著，《张舜徽集》，华中师范大学出版社
　　2004 年版。

《中国古代史学批评纵横》，瞿林东著，中华书局 1994 年版。

《中国古代史学史纲》，瞿林东著，北京出版社 1999 年版。

《中国古代思想史论》，李泽厚著，人民出版社 1986 年版。

《中国古代图书事业史》，来新夏等著，上海人民出版社 1990 年版。

《中国古代文学史长编》，郭预衡主编，首都师范大学出版社 2000 年版。

《中国古代文论管窥》（增补本），王运熙著，上海古籍出版社 2006 年版。

《中国古代文体概论》（增订本），褚斌杰著，北京大学出版社 1990 年版。

《中国古代小说史叙论》，刘勇强著，北京大学出版社 2007 年版。

《中国古代小说叙事研究》，王平著，河北人民出版社 2001 年版。

《中国古代叙事思想研究》（三卷本），赵炎秋主编，湖南师范大学出版社
　　2011 年版。

《中国古代阐释学研究》，周裕锴著，上海人民出版社 2003 年版。

《中国古典解释学导论》，周光庆著，中华书局 2002 年版。

《中国历代文论选》，郭绍虞主编，上海古籍出版社 1979 年版。

《中国礼文化》，邹昌林著，社会科学文献出版社 2000 年版。

《中国历史研究法》，梁启超撰，汤志钧导读，上海古籍出版社 1998
　　年版。

《中国美学史》，李泽厚、刘纲纪主编，中国社会科学出版社 1984 年版。

《中国美学史大纲》，叶朗著，上海人民出版社 1985 年版。

《中国美学思想史》第一卷，敏泽著，齐鲁书社 1987 年版。

《中国青铜时代》，张光直著，生活·读书·新知三联书店 1999 年版。

《中国人性论史·先秦篇》，徐复观著，上海三联书店 2001 年版。

《中国散文史》，郭预衡著，上海古籍出版社 1999 年版。

《中国散文学通论》，朱世英、方遒、刘国华著，安徽教育出版社 1995
　　年版。

《中国上古史研究讲义》，顾颉刚著，中华书局1988年版。

《中国诗歌艺术研究》，袁行霈著，北京大学出版社1987年版。

《中国诗学通论》，袁行霈、孟二冬、丁放著，安徽教育出版社1994年版。

《中国诗学之现代观》，陈伯海著，上海古籍出版社2006年版。

《中国诗性文化》，刘士林著，海南出版社2006年版。

《中国诗学精神》，刘士林著，海南出版社2006年版。

《中国诗学原理》，刘士林著，海南出版社2006年版。

《中国史学论集》，白寿彝著，中华书局1999年版。

《中国史学名著》，钱穆著，生活·读书·新知三联书店2001年版。

《中国思想史》，葛兆光著，复旦大学出版社2000年版。

《中国思想通史》，侯外庐主编，人民出版社1957年版。

《中国四大古典小说论稿》，张锦池著，华艺出版社1993年版。

《中国文论与西方诗学》，余虹著，生活·读书·新知三联书店1999年版。

《中国文学》（第一分册），杨公骥著，吉林人民出版社1980年版。

《中国文学的文化批评》，傅道彬著，黑龙江人民出版社2000年版。

《中国文学概论》，袁行霈著，高等教育出版社1990年版。

《中国文学精神》，徐复观著，上海世纪出版集团上海书店出版社2006年版。

《中国文学理论》，〔美〕刘若愚著，凤凰出版传媒集团江苏教育出版社2006年版。

《中国文学批评范畴及体系》，汪涌豪著，复旦大学出版社2007年版。

《中国文学批评通史》，王运熙、顾易生主编，上海古籍出版社1996年版。

《中国文学史》，袁行霈主编，高等教育出版社1999年版。

《中国文学叙事传统研究》，董乃斌主编，中华书局2012年版。

《中国现代文学批评史》，温儒敏著，北京大学出版社1993年版。

《中国小说史略》，鲁迅著，《鲁迅全集》第九卷，人民文学出版社1981年版。

《中国小说叙事模式的转变》，陈平原著，北京大学出版社2003年版。

《中国小说学通论》，宁宗一主编，安徽教育出版社1995年版。

《中国小说源流论》，石昌渝著，生活·读书·新知三联书店1994年版。

《中国修辞学史》，周振甫著，商务印书馆1991年版。

《中国叙事学》，［美］浦安迪著，北京大学出版社1996年版。

《中国叙事学》，杨义著，人民出版社1997年版。

《中国学术思想史随笔》，曹聚仁著，生活·读书·新知三联书店1986年版。

《中国艺术精神》，徐复观著，春风文艺出版社1987年版。

《中国早期叙事文研究》，［美］王靖宇著，上海古籍出版社2003年版。

《中国哲学大纲》，张岱年著，中国社会科学出版社1982年版。

《中国哲学史大纲》，胡适著，上海古籍出版社1997年版。

《中国哲学史新编》，冯友兰著，人民出版社1998年版。

《中国中古文学史/论文杂记》刘师培著，人民文学出版社1998年版。

《中华元典精神》，冯天瑜著，武汉大学出版社2006年版。

《朱自清说诗》，朱自清撰，上海古籍出版社1998年版。

《朱光潜美学文集》，朱光潜著，上海文艺出版社1982年版。

《庄子集释》，郭庆藩辑，王孝鱼整理，中华书局1961年版。

《庄子今注今译》，陈鼓应注译，中华书局1983年版。

《庄子与现代和后现代》，刘梦溪著，河北教育出版社2004年版。

《资治通鉴》，司马光等撰，中华书局1956年版。

《走出疑古时代》（修订本），李学勤著，辽宁大学出版社1997年版。

《宗周社会与礼乐文明》（修订本），杨向奎著，人民出版社1997年版。

《左传》（《春秋经传集解》），左丘明撰，杜预集解，上海古籍出版社1997年版。

《〈左传〉的真伪和写作时间问题考辨》，胡念贻著，《文史》第11辑。

《左传之文学价值》，张高评著，台北文史哲出版社1991年版。

《左传文章义法撢微》，张高评著，台北文史哲出版社1989年版。

后　记

　　从嫩柳新绿的初春写起，时断时续，如今当我不得不暂时辍笔的时候，偶一抬头，窗外已是落叶缤纷的深秋时节了。

　　关于《春秋》的命名，《公羊》学家有一说，以为孔子起笔于春，封笔于秋，故谓之《春秋》。我倒希望这是真的。因为这篇论文的主体部分恰恰是从春写到了秋。这期间，跑书馆查资料，一箪食一瓢饮，青灯摊书，萤火相伴，居于陋巷不改其志，实在是难以言喻的快乐。每每于会心有得处，恨不得肋生双翅，飞回到二千五百年前的春秋时代，为周游列国的伟大圣人执鞭揽辔，奋然前驱！

　　写论文的艰难自不待言，如何确定一个好的选题就更难了。选好题目，不仅是论文写作成功的一半儿，甚至决定毕业论文的成败。因此，如何选题也就成为最令师生头痛的事。然而，道彬先生不经意间拈出"春秋笔法"这个题目来让我作，显出深厚的学养和敏锐的眼光，也令我眼前一亮，久久埋在心头的沉郁一扫而光，好像布满浓云的天空忽透太阳。钱锺书先生说："两汉时期最有后世影响之理论，为'春秋书法'，自史而推及于文。"而此前学界通常认为两汉时期对后世文论最有影响的是《诗大序》和《礼记·乐记》。沿着这个思路下去，我隐约地感到像是在荒原中发现了宝藏，不由得怦然心动。

　　感动是创作的生命，也是学术的生命。道彬先生的话令我感慨良多。记得写《中国古文学史·隋唐五代文学》时，是出于对唐诗的感悟和感动；写《古槐树下的钟声》是出于对钱学的感悟和感动；如今到了感悟"春秋笔法"的时候，先生却一再告诫我要写得沉潜、写得厚重。这是在鼓励我向更深更广的学术领域迈进。每当我陷入五里雾中茫然不知所之，身不由己地叩响先生家的门扉时，先生总是循循善诱，指点迷津，犹如拨雾见日，令我茅塞顿开。因此说，这篇论文的完成应首先感谢导师三年来的精心指导。

还要感谢的是为我主持论文开题报告的张锦池、刘敬圻、邹进先三位先生，他们在充分肯定论文选题的同时，又对论文结构、思理脉络提出了许多建设性意见，使我在论文写作中少走了不少弯路。

尤其让我感激的是北大中文系袁行霈先生。寒假去北大查资料，先生在百忙中接待了我，当得知我查不到台湾学者张高评先生的《春秋书法与左传学史》一书时，慨然将张先生赠予他的这本书送我去复印，让我能及时掌握最新的海外相关研究成果。此外，先生在充分肯定选题的基础上，仔细听取了我的论文开题汇报，提出了中肯的修改意见，临行前还一再鼓励我要写出自己的特色来。先生的期望不禁让我想起十八年前师从先生研习古代文学时的一幕幕情景。我虽不敏，愿以先生的教诲自励。

"春秋笔法"属当前学界并不热闹的话题，却是最具有中国本土精神的重要理论范畴。往往涉猎的人多，系统研究的人少。本文的大部分章节都是目前学界很少论及的。阐述未必周详，观点或有偏颇，即使偶有所得，恐亦沦为意大利笑话里那个自称发明了雨伞的乡巴佬。所谓敝帚之享，野芹之献，良可哂也。如今，当这篇尚未完稿的毕业论文即将送交各位专家、学者评审的时候，内心颇为惶悚，正如唐诗说的那样："洞房昨夜停红烛，待晓堂前拜舅姑。妆罢低眉问夫婿，画眉深浅入时无？"想来诗中的那位新娘毕竟是盛妆堂前拜舅姑，虽有余悸尚可心安。而我这个丑媳妇，梳妆未罢，居然光着脚跑去见公婆，岂不自讨没趣，贻笑大方吗？所以写下这段文字就不仅仅是出于感谢了。

李洲良

2003 年 10 月 24 日

补　记

　　在 2003 年 12 月 17 日举行的毕业论文答辩会上，本文顺利通过答辩。答辩委员会詹福瑞、陈熙钟、袁世硕、李炳海、张锦池、刘敬圻、邹进先等 7 位先生对论文给予了充分肯定，并提出宝贵的意见。9 年过去了，当时先生们的点评音犹在耳，让我永远铭记。

　　本书大多以单篇论文发表，感谢下列期刊编辑所付出的辛勤劳动。现以章节先后罗列如下：

　　1.《文章"义法"与"春秋笔法"关系考》，《国学研究》第十七卷，北京大学出版社 2006 年 6 月出版；

　　2.《春秋笔法的内涵外延与本质特征》，《文学评论》2006 年第 1 期；《中国社会科学文摘》2006 年第 2 期、中国人民大学报刊复印资料《中国古代、近代文学研究》2006 年第 4 期、中国文学年鉴社《中国文学年鉴（二〇〇七）》2008 年 6 月转载；

　　3.《论春秋笔法与诗史关系》，《文学遗产》2006 年第 5 期；《中国社会科学文摘》2007 年第 2 期、中国人民大学报刊复印资料《中国古代、近代文学研究》2007 年第 3 期转载，中国文学年鉴社《中国文学年鉴（二〇〇七）》2008 年 6 月论点摘编；

　　4.《"〈诗〉亡然后〈春秋〉作"的文化解读及其诗学批评》，《河北学刊》2012 年第 6 期，该文曾在韩国高丽大学作学术演讲；

　　5.《阐释的权利：〈公〉〈谷〉释例举隅》，《北方论丛》2005 年第 3 期，《新华文摘》2005 年第 22 期《报刊篇目文章辑览》收录；

　　6.《阐释的权利：董仲舒释经方法论述要》，《北方论丛》2006 年第 2 期；

　　7.《史迁笔法：寓论断与序事》，《求是学刊》2006 年第 4 期；

8.《史迁笔法：藏美刺于互见》,《文艺评论》2011 年第 12 期,中国人民大学报刊复印资料《中国古代、近代文学研究》2012 年第 5 期转载;

9.《史迁笔法：定褒贬于论赞》,《求是学刊》2012 年第 5 期,该文曾在韩国崇实大学作学术演讲,后收入［韩］《人文学研究》第 42 期,2012 年出版;

10.《春秋笔法与中国小说叙事学》,《文学评论》2008 年第 6 期,该文曾提交韩国高丽大学承办的东亚国际学术论坛,并作学术演讲;

11.《叙事者叙事视角与春秋笔法——春秋笔法与小说叙事（上）》,《中国古代小说研究》第三辑,人民文学出版社 2008 年 12 月出版;

12.《论"春秋笔法"在六大古典小说叙事结构中的作用》,《中华文史论丛》2010 年第 1 期;中国人民大学报刊复印资料《中国古代、近代文学研究》2010 年第 7 期转载;

13.《春秋笔法：中国古代小说的叙事技巧——春秋笔法与小说叙事（下）》,《北方论丛》2008 年第 5 期;

14.《易象：〈周易〉的诗性话语及其象征》,《河北学刊》2009 年第 6 期;中国人民大学报刊复印资料《中国古代、近代文学研究》2010 年第 3 期转载;

15.《诗之兴：从政教之兴到诗学之兴的美学嬗变》,《文学评论》2010 年第 6 期,《中国社会科学文摘》2011 年第 5 期全文转载,《文艺理论前沿问题研究》全文收录,钱中文主编,河南大学出版社 2011 年 6 月出版;

16.《论〈春秋〉约言示义的写作体例和叙事特征》,"纪念杨公骥先生诞辰九十周年暨全国古代文学学术研讨会"论文集,首都师范大学 2011 年 8 月。

需要说明的是,此次出版,除改正了明显的错误和个别错字外,主要内容和观点均以单篇论文发表时为准,不作改动。一来可以作为阶段性研究工作的记录;二来也便于专家、学者和广大读者对本书进行批评指正,以便今后进一步修订、完善。

本书曾以"春秋笔法的现代阐释"为题获批国家社科基金课题立项,经专家鉴定,评为优秀成果,并获得"大连市优秀学术著作出版基金"资助,这是对我的鞭策和鼓励,在此表示衷心的感谢。

在本书付梓之际,感谢中国社会科学院徐公持、陶文鹏、党圣元、刘跃进、胡明、王毅、李伊白、戴燕、竺青诸位先生；感谢北京大学程郁缀先生，中国人民大学叶君远先生，华东师范大学臧克和先生，华中师范大学张三夕先生，首都师范大学赵敏俐、马自力先生。他们的关怀、指导和帮助给了我在学术上潜心前行的动力。

最后，感谢中国社会科学出版社编审罗莉女士为本书出版所付出的辛勤劳动。郑晓峰同学为我核对了书中的部分引文，劳心费力，在此一并致谢。

李洲良

2012 年 10 月 24 日

Contents